本書爲全國高等院校古籍整理研究工作委員會直接資助項目

國家出版基金項目
NATIONAL PUBLICATION FOUNDATION

近現代報刊詞話彙編

一

朱崇才 編纂

人民文學出版社

圖書在版編目（CIP）數據

近現代報刊詞話彙編：1—5 册/朱崇才編纂. —北京：人民文學出版社，2022

ISBN 978-7-02-016197-3

Ⅰ. ①近… Ⅱ. ①朱… Ⅲ. ①詞話（文學）—彙編—中國—近現代 Ⅳ. ①I207.23

中國版本圖書館 CIP 數據核字(2021)第 268342 號

責任編輯　李　俊
裝幀設計　黃雲香
責任印製　任　禕

出版發行　人民文學出版社
社　　址　北京市朝内大街 166 號
郵政編碼　100705

印　　刷　北京盛通印刷股份有限公司
經　　銷　全國新華書店等

字　　數　2100 千字
開　　本　880 毫米×1230 毫米　1/32
印　　張　73.625　插頁 5
印　　數　1—2500
版　　次　2022 年 5 月北京第 1 版
印　　次　2022 年 5 月第 1 次印刷

書　　號　978-7-02-016197-3
定　　價　460.00 圓(全五册)

自序

詞之爲學，自唐圭璋師《詞話叢編》問世，詞學批評遂劃一時代。《詞話叢編》中華書局一九八六年版收錄詞話八五部，计約三四〇萬字。唐師《詞話叢編·例言》云：『所收範圍，大抵以言本事、評藝文爲主。……是編於通行之刊本，無論精粗，皆網羅之。時賢新論，亦並收之。此外新輯稿本，爲數尚多，將來當謀續刊。』依《例言》所定標準，所謂詞話專著，就内容言，爲『言本事、評藝文』兩大類，就形式言，則有『通行刊本，無論精粗』、『時賢新論』、『新輯稿本』等。以這一標準衡量，當『續刊』而《詞話叢編》未刊者，尚有數百部之多。

晚生不敏，曾有幸考入唐圭璋師門下攻讀博士學位，而以詞話之學爲主要研究方向。研讀唐師詞學論著及《詞話叢編》之餘，亦開始搜集整理《叢編》未及之詞話。期間偶有一二心得，亦曾試圖整理成稿。後即以《詞話學》一稿獲文學博士學位，該文稿已在一九九五年由臺北文津出版社出版；有《詞話史》一稿，由中華書局二〇〇六年出版；又有《詞話理論研究》一稿，由中華書局二〇一〇年出版。另有《詞話考》一稿，尚在寫作中。匆匆三十餘年，於詞話之學，汲汲以求，未敢稍有懈怠。唐圭璋師《詞話叢編·例言》『當謀續刊』之囑，亦時時未敢稍忘。其間辛苦坎坷，不足爲外人道也。幸有南京師範大學諸位師友督促，高校古委會、人民文學出版社、中華書局等有關部門大力支持，遂有《詞話叢編·續編》、《詞話叢編·三編》等資料陸續成稿。《詞話叢編·續編》已於二〇〇九年由全國古籍整理規劃領導小組資助，人民文學出版社出版。《續編》收錄《詞話叢編》未收詞話三三部，計一五〇萬字。

晚清以來，以上海爲代表，近代都市之報紙雜誌蔚然興起，於是傳統詞話，遂大多改在此一新陣地發表。這些報刊詞話中，有大家名家之力作，有愛好者業餘試筆，有閑暇無聊之戲作，有高中學生之稚嫩初啼；其文筆，或老到沈鬱，或練達洞明，或生動活潑，或迂腐相因；其學術價值雖參差不齊，然皆可窺得昔日『詞學原生態』之一斑，而其絕大多數，爲《詞話叢編》及《續編》所未及。今彙輯其稿爲《詞話叢編·三編》，計得一二〇部，約二〇〇萬字，因全部發表於報刊，遂改名《近現代報刊詞話彙編》，仍依《叢編》、《續編》之樣，再畫葫蘆，望讀者諸君批評指正。

近代以來，全國各地、海外華人社區，報紙雜誌數以萬計，檢索搜尋殊爲不易。本《彙編》交稿之後，又陸續發現數百部近現代報刊詞話，《彙編》未及收錄，俟將來再謀續刊。

淮陰後學朱崇才　二〇一七年一二月於南京隨園

《近現代報刊詞話彙編》凡例

一　收錄標準

㈠近代以來發表於各種報紙雜誌刊物，唐圭璋师《詞話叢編》未收錄。

㈡一九四九年底之前成稿。成於該年之後但始寫於該年之前者，亦酌情收錄。

㈢以條目爲結構方式，條目以一段連續話語爲語言形式；以漫話詞學爲主要内容。

㈣近現代報紙、雜誌、集刊所連續或間斷刊載專論詞學之『雜記』、『漫談』等，凡符合前款者，從寬收錄。研究詞話之作，亦以是否『條目式、連續話語』爲採用標準。

㈤詞樂、詞譜、詞韻之作，概不收錄。詞集箋注評批、章節式詞學專著、詞人傳記年譜、詞學年表、學詞日記、單篇詞學論文、詞學序跋題記、詞籍書目提要、論詞詩詞、話詞書札等，擬彙集另行，本編不予收錄。

二　編排次序

以發表時間之先後爲主綫次序。個別成稿時間與發表時間相差久遠者，適當調整。

三　底本整理

本編以原發表之報刊雜誌爲底本，而加以統一整理：

㈠分卷：篇幅較長者，酌情分卷；原有卷次者，盡量保留。二卷及以上者，標出卷數。

㈡標點：以國標《標點符號用法》一九九五年版爲主要根據，增加曲牌號〔〕、篇名號〈〉，不用問號、感嘆號。原已標點者，在盡量保留原標點之前提下，依全書統一標點符號用法（詳見下條）酌改。

㊂校注：底本原有之注釋等文字，酌情盡量保留，作爲正文中一部分，依底本用括號、小字等方式表示。

本書編者所加之按語、注釋、校勘、説明等，用當頁底注方式表示。底本文字之處理，以保留原貌爲原則，凡有明顯訛誤須改動者，以當頁底注方式説明之。有底本避諱缺筆、版刻習慣（如己、已、巳不分，『泠泠』作『冷冷』）等情，則依文意酌情處理，一般不另出注。

㊃文字：以國標GBK書宋字庫爲基本字庫，以利電腦操作。底本之異體字盡量保留，GBK書宋字庫未收之字，酌情或改用正體，或造字。中國數字，除引用尊重原文外，用『一、二、三……』，不用『十、百、千……』等字。

四　標點符號

本編標點符號之具體用法爲：

㊀標點：

詞作。依先師《全宋詞》例，句内停頓，用頓號『、』；非韻句，用逗號『，』；韻句，用句號『。』。是否叶韻，主要依據詞律。依詞律爲非韻句，偶屬同韻者，標逗號。依詞律應韻而失韻處，仍標句號，頁末出注説明。以方音叶或依慣例叶，如第三部與第四部通押，不出注。另，引用詞作文句，在引號内結尾處，不論是否爲韻，均用句號。

詩作，按一般習慣，入韻首句不用句號而用逗號。〔竹枝〕、〔三臺〕等可詩可詞者，從寬按詞體標點。

曲作，因其用韻較密，每韻標句號並無必要，故從文意點。

六朝歌曲，作爲詞體源頭之一，仿詞作標點。如梁武帝〔江南弄〕：『衆花雜色滿上林。舒芳耀彩垂輕陰。連手躞蹀舞春心。舞春心，臨歲腴。中人望，獨踟躕。』梁僧法雲〔三洲歌〕一解：『三洲。斷江口。水從窈窕河旁流。啼將別共來。長相思。』二解：『三洲。斷江口。水從窈窕河旁流。歡將樂共來。長相思。』

長句（八字及以上）標點，歷來各家處理不同。爲方便誦讀，本書盡量依詞律及文意用頓號點斷。凡有領字，且其下一氣貫注者，均作頓；語氣文意確實無法連貫者，用逗號點斷。如〔摸魚兒〕上第四韻及下第五韻，一般點作『三、七』，或『五、五』；個別地方作『五，五』。疑難之處，則依康熙《詞譜》、先師《全宋詞》、龍榆生《唐宋詞格律》等擇善而從。如〔南歌子〕上下結，依《全宋詞》作『五、三』；〔虞美人〕某體上下結，從《全宋詞》，一般作『六、三』，或有『六三』間不可頓者，可依文意作『四、五』，如王千秋『海棠開盡野棠開。匹馬崎嶇、還入亂山來』。〔賀新郎〕，上下闋第五韻，頓作『三、五』或『五、三』，偶有不可頓者則作『八』。

㈡符號：

曲牌、詞牌用〔〕標示。詞曲總類名，如『橫吹』、『清商』、『神絃』等，作爲總集名，用《》，作爲詞曲總名，用〔〕。宮調名，如『高平』、『般涉』等，亦用〔〕。宮調、曲牌連綴，用同一符號，如〔黃鐘喜遷鶯〕。

書名用《》，篇名及戲曲中齣名用〈〉；二級書名如卷名、分册名，一般用《·》，如陸心源

《宋詩紀事·補遺》；書名連用篇名，用《》〈〉，如《宋史》〈瀛國公本紀〉、《宋史》〈周邦彦傳〉、《四庫全書》〈蘆川詞提要〉等。

小標題符號用法同正文，但題末不用符號。

前人字號與詞集常用一名，指人指書，本無定則。本書以從簡爲原則，凡不易辨别者，則不加書名號。如秋水、烏絲等，讀者自可體會。

五　目録　簡介　標題　署名

㈠全書前總目録，標明題目、編撰者、首見發表報刊及時間。依發表時間爲序。

㈡每種詞話前，由本書編者介紹該詞話簡况，如撰編人、卷數、成稿、出版、今存版本等。因報刊詞話多署室號筆名，作者生平概况擬另文考證。

㈢標題，依底本所題。近現代報刊、雜誌、集刊多有以『詞話』爲標題者，爲便於稱謂，酌加作者筆名或字號，並在簡介中説明，如吴癯菴撰有題名爲『詞話』者，本編改署爲『癯菴詞話』。

㈣署名，悉依底本所署。署名不同但確可考證爲同一人者，酌情集中編排，統一署常用或最早之署名。

六　小標題及序號

㈠每條詞話，原無小標題者，加一小標題。小標題之擬定，以簡練爲原則，盡量標明其話及詞學之關鍵詞。

㈡各條詞話，原無序號者，依原序次，按卷爲單元編以序號，分别標以漢字數碼。

㈢底本原有之小標題及序號等，盡量保留。

總目錄

自序 …… 一
《近現代報刊詞話彙編》凡例 …… 一
詞學芻言　瘦鶴詞人　上海《益聞録》一八八六年三月一七日第五四三號 …… 一
香海棠館詞話　況夔笙　上海《大陸報》一九〇四年八月一日第二年第六號 …… 一三
古今詞品　天虚我生　杭州《著作林》一九〇六年第一期 …… 三三
慘離別樓詞話　旡生　上海《民吁日報》一九〇九年一〇月五日 …… 一三九
飲瓊漿館詞話　龐獨笑等　北京《國學萃編》一九〇九年第二三期 …… 一五三
從軍詞話　陶駿保　南京《南洋兵事雜誌》一九一〇年第四二期 …… 一五九
詞通　失名　上海《詞學季刊》一九三三年四月第一卷第一號 …… 一六七
綰春樓詞話　畢楊全蔭　上海《婦女時報》一九一二年七月一〇日第七期 …… 二三三
閨秀詞話　逸名　上海《時事新報》一九一三年二月二八日 …… 二四九
蓮子詞話　蓮子　北京《鐵路協會會報》一九一三年七月二〇日第二卷第七册 …… 二七七
舊時月色齋詞譚　陳匪石　上海《華僑雜誌》一九一三年一一月第一期 …… 二八九
滑稽詞話　逸名　上海《最新滑稽雜誌》一九一四年一月第六册 …… 三三一

梅魂菊影室詞話　王藴章　上海《生活日報》一九一四年三月二八日……三三九
倚琴樓詞話　周焯　上海《夏星雜誌》一九一四年六月二〇日第一卷第一號……三八三
學詞隨筆　鵷雛等　上海江東書局《江東雜誌》一九一四年第一期……三九九
鏡臺詞話　病倩　上海《女子雜誌》一九一五年一月第一期……四〇七
詞林獵豔　靜庵　上海《鶯花雜誌》一九一五年二月一日第一期……四一七
香豔詞話　无悶　上海《鶯花雜誌》一九一五年四月一日第二期……四三五
竹雨緑窗詞話　碧痕　上海《民權素》一九一五年八月一五日第九集……四四九
適齋詞話　摩翰　上海《愛國月報》一九一五年一二月第一卷第一期……五〇七
紅藕花館詞話　哲廬　上海《小説新報》一九一六年一月第二年第一期……五一七
雙鳳閣詞話　鴛雛　上海《申報》一九一六年五月一二日……五四一
藝文屑論詞　鵷鶵等　上海《民國日報》一九一六年六月一九日……五七九
申報詞話　似春等　上海《申報》一九一七年一月一日……五九三
東園論詞　吳東園　上海《中華編譯社社刊》一九一七年二月一六日第一號……六一九
天問廬詞話　舍我　上海《民國日報》一九一七年四月一日……六二七
習静齋詞話　瘦坡山人　上海《小説海》一九一七年五月五日三卷第五號……六三九
獨笑詞話　龐獨笑　《無錫日報》一九一七年七月一日……六六一
病倩詞話　陳巢南　上海《民國日報》一九一七年九月一日……七一三
冰簃詞話　秋雪　澳門《雪堂月刊·詩聲》一九一九年三月一六日第四卷第二號……七二七

心陶閣詞話　沛功　澳門《雪堂月刊·詩聲》一九一九年七月一二日第四卷第六號……七三七
陳陳詞話　陳陳　上海《廣益雜誌》一九一九年第五期……七四七
實業新報詞話　逸名　上海《中國實業新報》一九二〇年一月第七期……七五三
紅葉山房詞話　霜蟬　廣州《明覺》一九二〇年二月一〇日第一卷第一號……七五九
餐櫻廡詞話　況周頤　上海《小説月報》一九二〇年五月第一一卷第五號……七七三
小梅花館詞話　冷芳　蘇州《消閒月刊》一九二一年八月第四期……八九一
雙十書屋詞話　忍庵　無錫一九二一年一〇月一〇日《國慶紀念特刊》……八九七
啼紅閣詞話　沈瘦碧　上海《禮拜六》一九二二年四月一五日第一五七期……九〇三
守誠齋詞話　稚儂　上海《小説新報》一九二二年七月第七年第六期……九一一
滑稽詞話　堃生　上海《新聞報》一九二二年七月七日……九二五
愛蓮軒詞話　林子和　上海《新世界》一九二二年八月一二日……九三三
海棠香夢館詞話　朱婉貞　上海《快活》一九二二年一二月第三六期……九四七
詩餘管窺　毛翼雄　杭州《浙江公立法政專門學校季刊》一九二三年八月一日創刊號……九五三
化之説詞　李萬育　南京《國學叢刊》一九二三年九月第一卷第三期……九六一
雙梅花龕詞話　鄭周壽梅　上海《半月》一九二四年三月五日第三卷第一二號……九七一
學詞大意　傅君劍　北京《晨報副刊·藝林旬刊》一九二五年七月三〇日第一一期……九七九
秋平雲室詞話　蓴農　上海《新聞報》一九二六年一月一日元旦增刊……九九一
詞讕　宣雨蒼　上海《國聞週報》一九二六年三月七日第三卷第八期……一〇〇三

纗蘭堂室詞話　況周頤　上海《中社雜誌》一九二六年七月一日第二期……一〇二九
一葦軒詞話　劉德成　瀋陽《東北大學週刊》一九二六年一〇月一〇日第一期……一〇四三
電影本事詞　高天棲　上海《電影畫報》一九二六年一〇月二五日第一期……一〇五一
況蕙風詞話　況蕙風　上海《聯益之友》一九二七年一月一日第三五期……一〇五九
醉月樓詞話　伴鵑等　北平《民彝》一九二七年三月二四日第一卷第一期……一〇七七
癯菴詞話　吳癯菴　上海《聯益之友》一九二七年五月一六日第四四期……一〇八三
讀紅館詞話　次檀　上海《秋棠月刊》一九二七年六月二九日第一期……一〇九七
秋蘋詞話　蘋子　上海《紫羅蘭》一九二七年一〇月二五日第二卷第二〇號……一一〇三
柳谿詞話　仲堅　天津《南金雜誌》一九二七年一二月一〇日第五期……一一〇九
憶紅館詞話　鴛湖　天津《婦女月刊》一九二八年四月一〇日第二卷第一號……一一一七
讀詞星語　蕭滌非　北平《清華週刊》一九二九年一〇月二五日第三二卷第二期
第四六七號……一一二三
詞學大意　壽璽　北平《藝林月刊》一九三〇年二月第二册……一一五九
讀詞小紀　張龍炎　南京《金聲》一九三一年五月第一卷第一期……一二〇一
詞話考索　畢壽頤　《無錫國學專修學校校友會集刊》一九三一年六月第一期……一二一五
覺園詞話　譚覺園　長沙《勵進》一九三二年七月一日第一期……一二四三
韋齋雜説　易大厂　上海《詞學季刊》一九三三年四月第一卷第一號……一二六九
讀詞雜志　鮑傳銘　上海《光華附中半月刊》一九三三年四月一〇日第八期……一二七九

椶窗雜記　汪兆鏞　上海《詞學季刊》一九三三年八月第一卷第二號……一二八九
鄒嘯詞論　鄒嘯　上海《青年界》一九三四年四月第五卷第四號……一二九五
西谿詞話　星舫　汕頭《海濱月刊》一九三四年四月一五日第三期……一三一三
碧梧詞話　王桐齡　北平《文化與教育》一九三四年六月二〇日第二二期……一三三一
憾廬談詞　憾廬　上海《人間世》一九三四年九月二〇日第一二期……一三四七
詞瀋　孫蜀丞　北平《細流》一九三四年一〇月一五日第三期……一三七三
顧名詞說　顧名　上海《大夏》一九三四年一一月一五日第一卷第六號……一三八七
瑞良詞話　林瑞良　天津《津滙月刊》一九三四年一一月一五日創刊號……一三九七
凝寒室詞話　徐興業　無錫《國專月刊》一九三五年四月一五日第一卷第二號……一四〇七
文宬詞論　張文宬　成都《國立四川大學周刊》一九三五年四月二九日第三卷第三〇期……一四一五
夢桐室詞話　唐圭璋　上海《茾報》一九三五年五月二八日……一四二五
詞的淺說　李昌浸　上海《光華附中半月刊》一九三五年六月一日第三卷第九第一〇期合刊……一五四三
影香詞話　逸名《天津商報畫刊》一九三六年二月二〇日第一六卷第三五期……一五五九
詞品　陳永年　開封《河南政治月刊》一九三六年四月第六卷第四期……一五六九
四時閨中詞話　業輝　南京《中央日報》一九三六年七月二二日……一五八一
當代詞壇概況　焦嗇　上海《文風月刊》一九三六年一二月一〇日第二期……一六〇七

新年詞話　吳去疾　上海《神州國醫學報》一九三七年一月三一日第五卷第五期……一六二一
讀詞雜記　細華等　上海《華年》周刊一九三七年五月三一日第六卷第二〇期……一六二九
須曼龕詞話　舊燕　煙臺《魯東月刊》一九三八年一月第一卷第一期……一六四三
淡泊齋詞話　李冰人　大阪《華文大阪每日》半月刊一九三八年一一月上海創刊號……一六五一
仄韻樓詞話　金受申　北平《立言畫刊》一九三九年四月二九日第三一期……一六五九
廣播週報詞話　慕班等　重慶《廣播週報》一九三九年一一月一五日第一七九期……一七〇七
紉芳宧讀詞記　陳運彰　杭州《之江中國文學會集刊》一九四〇年四月第五期……一七一七
尚勳詞話　顧尚勳　上海《立信會計專科學校卅年級級刊》一九四〇年第二期……一七三三
星槎詞話　厲鼎煃　上海《國學通訊》一九四〇年一二月五日第一輯……一七四一
珍重閣詞話　趙叔雍　南京《同聲月刊》一九四一年二月二〇日第一卷第三號……一七六五
清季詞家述聞　夏緯明　南京《同聲月刊》一九四一年六月二〇日第一卷第七號……一八七五
繆鉞論詞　繆鉞　遵義《思想與時代月刊》一九四一年一〇月一日第三期……一八八三
詞學一隅　王西神　南京《民意月刊》一九四一年一二月一五日
第二卷第八、九、一〇期合刊……一八九九
詞客詞話　詞客　北平《三六九畫報》一九四二年一月二九日第一三卷第九期……一九〇九
誦帚詞箋　劉永濟　重慶《讀書通訊》一九四二年四月一五日第四〇期……一九六一
靖梅詞話　靖梅　北平《三六九畫報》一九四二年六月一九日第一五卷第一五期
第二七九號……一九八一

懷人詞話　子文　重慶《中央周刊》一九四二年七月二日第四卷第四七期……一九八九
漚盦詞話　漚盦　上海《雜誌》一九四二年一一月一〇日第一〇卷第二期
復刊第四號……一九九七
文芸閣先生詞話　龍沐勛　南京《同聲月刊》一九四三年一月一五日第二卷第一二號……二〇二三
碩父詞話　碩父　上海《永安月刊》一九四三年五月一日第四八期……二〇四七
瘦儒說詞　瘦儒　《新天津畫報》一九四三年一二月五日第一二卷第五期……二〇五九
讀詞隨筆　汪遵時　蘇州《藝文》一九四四年一〇月第二卷第一期……二〇六七
讀詞隨筆　林書田　天津《公教學誌》一九四四年一二月二五日第四卷第二期……二〇七九
詞之話　欽德　上海《叔蘋月刊》一九四五年一一月第一卷第一一期……二〇八五
讀詞憶語　郝樹　上海《和平日報》一九四六年八月一八日……二一〇五
今古一爐室談詞　郝少洲　上海《和平日報》一九四六年八月二三日……二一一三
雙白龕詞話　蒙庵　上海《雄風月刊》一九四七年二月一日第二卷第二期……二一四五
觀海說詞　楊拱辰　開封《國光月刊》一九四七年三月創刊號……二一六五
石厂說詞　也石　開封《國光月刊》一九四七年三月創刊號……二一七五
讀詞漫談　劉次簫　青島《星野月刊》一九四七年五月一〇日第一卷第四期……二一八三
集成詞話　厲鼎煃　鎮江《集成》一九四七年七月一〇日第一號……二一九九
說詞韻語　楊仲謀　遵義《鐘聲月刊》一九四七年七月一〇日第一〇期……二二〇七
無庵說詞　祝南　廣州《文學》一九四七年七月一五日第一期……二二二九

讀詞雜記　王仲聞　南京《現代郵政》一九四七年一一月一日第一卷第三期……二二五五
無所任庵詞話　竹庵　南京《大地週報》一九四七年一二月二八日第九〇期……二二六三
詞林語絲　紅豆軒主人《上海洪聲月刊》一九四八年五月一日第二卷第五期……二二七一
危樓詞話　目寒　上海《和平日报》一九四八年八月二八日……二二八一
風樓詞話　一風　上海《中華時報》一九四九年二月二六日……二二八九
紉芳簃説詞　陳蒙庵　上海《永安月刊》一九四九年三月一日第一一八期……二三一五
附录　引用書目……二三二五
後記……二三三五

詞學芻言

瘦鶴詞人

《詞學芻言》，載上海《益聞錄》一八八六年三月一七日第五四三號；《續錄詞學芻言》，載上海《益聞錄》一八八六年三月二〇日第五四四號；《詞學芻言補餘》，載上海《益聞錄》一八八六年四月二二日第五五五號。前二者又載上海《字林滬報》一八八六年三月二二日、二四日。均署『瘦鶴詞人』。今據《益聞錄》迻錄，合三者爲一，分爲九則，參校以《字林滬報》。

詞學芻言目錄

詞學芻言

一　詩餘爲古樂之遺

詩餘一道，爲古樂之遺。樂府亡，然後有長短韻語。其源雖濫觴於六代，然創詞調、辨聲律，則實始於唐。如李白之〔菩薩蠻〕、〔憶秦娥〕，白樂天之〔憶江南〕是。而牌調之最古者，莫如〔長相思〕一解。梁陳樂府中，每以此三字作起。自是而後，分調製腔，漸臻盛軌。至南北宋，尤爲大備。《花間》、《草堂》諸集，雖語句參差，而古拍遵循，燦然一代著作。至金元之朝，變詞爲曲，辨宮叶羽，惟古是循。有明開國之初，文獻堪徵，薪傳未墜。若文成之丰格，青邱之體裁，落落大家自成一格。嗣後，風流漸替，詞學一衰。如王太倉所創之〔怨朱絃〕、〔小諾臯〕，楊新都所創之〔落燈風〕、〔欵殘紅〕等調，雖一時稱爲傑構，而律理未細，後人每有不足之思。國朝龍興，首命詞臣更定樂章，刻羽訂商，成《欽定詞譜》四十卷，而詞學爲之一振。其時，尤西堂、成容若、顧梁汾、萬紅友輩，相繼而興，式靡振浮，力矯弊失，實爲詞學中興功臣。自後去古愈遙，步趨愈下。至今日，則盲絃啞笛，充塞詞壇。

二　近日各家之作

試觀近日各家酬詠之作，竟無一人能知律理而遵譜照填者。雖四海之內，不少名家，但隱爪藏鱗，不屑與時人爭勝，致後生淺學，自命詞家。其所成之作，但觀皮毛，頗有蘊藉風流之致，及一按律譜，則每一解中，輒有數字或數十字之差，更有句而不句，讀而不讀，甚而多少字數，此體之調，與別體攙雜而填者在。强作解人之輩，每以『詩人之詞』與『詞人之詞』兩語，文過飾非。信如是言，曷不舍棄舊詞之名，而隨意自成腔調，何必謂之拍譜，謂之倚聲，沾沾於平上去入之中，爲其難，不爲其易耶。

三　詞之有律

夫詞之有律，猶射者之有正的，匠氏之有準繩規矩，範圍不可少越。若但取順便，自詡才華，欺一己則可，欺衆人則不可；欺一時則可，欺後世則不可。或曰，前人製調，亦不過信口吟成，祇以後人太拘，遂欲奉爲圭臬。不知周、柳、万俟輩所製之調，皆按五音；卽白石、夢窻集內，凡自度之腔，其音律亦極講究。雖眉山、耆卿之作，桀驁不羈，而有意參差，斷非不知詞律而妄爲之者。試觀周美成《清眞集》詞，方千里和作甚多，其中一字不違，四聲盡合。其後吳夢窻之和作，亦與相同。豈周則漫然作之，方、吳亦漫然和之耶；亦豈方、吳之不能製腔，而必確守前人成法耶。

上海《益聞錄》一八八六年三月一七日第五四三號

四 依律填詞

總之，依律填詞，須求合節。從古名家傳世之詞，每有不合之處，然或屬故意，或係錯誤，或用另體。吾輩好學深思，當舍其短而取其長，并綜觀歷代諸詞，廣采兼收，以折衷於至當。先擇一調，詳辨四聲，然後方能搆思下筆。其中如何填聲，如何琢句，如何作讀，如何換頭，如何結尾，尤須詳辨清楚。且一調之中，有應用何聲，不可更易者，如〔江城梅花引〕結句，須用『上去平』；〔摸魚兒〕上半解之第七句，下半解之第八句，須用『平平去上』；〔霜葉飛〕上半解第五句[一]，下半解第六句，須用『仄仄仄平平去上』[二]；〔瑞鶴仙〕及〔永遇樂〕之結句，第一字須用仄，第二字須用平，第三字須用去，第四字須用上；〔點絳脣〕上半解及下半解之第二第三句起首一字，須用去聲；〔清商怨〕上半解起句、結句，下半解起句、結句，押韻須用上聲，韻上一字須用去聲。不但此也，句有斷續，字有含蓄，即如五言一句，有上二下三者，如無名氏〔九張機〕『無復奉君時』，李後主〔浪淘沙〕之『簾外雨潺潺』，趙令畤〔錦堂春〕之『腸斷欲棲鴉』，呂渭老〔一絡索〕之『暑氣昏池館』；七言句，有上三下四者，如史達祖〔綺羅香〕之『喜泥潤、燕歸南浦』，唐珏〔摸魚子〕之『奈回首、姑蘇臺畔』，陳允平〔唐多令〕之『算淒涼、未到梧桐』；七言有上二下五者，如李後主〔浪淘沙〕之『羅衾不耐五更寒』，李白〔憶秦娥〕之『秦娥夢斷秦樓月』；有上四下三者，如李

[一] 第五句，疑當作『第六句』。

[二] 仄仄仄平平去上，原作『仄仄平平去上』，據《字林滬報》、《詞譜》補。

甲〔八寶粧〕之『曲屏香煖凝沉炷』，秦觀〔臨江仙〕之『日高風定露華清』；有一字領首者，如石孝友〔燕歸梁〕之『記千金一笑』，吳文英〔霜葉飛〕之『早白髮緣愁萬縷』之類。以上諸説，不知者以爲穿鑿。然古人製腔，皆有至意，學者但多閱前賢之詞，便能領會。

五　上去二聲

至若四聲之中，上去二聲，相判天壤。入聲、上聲〔一〕，雖或可借作平聲，而去聲則斷難作平聲。去聲〔二〕激厲滯重，其聲久而且高。故名家製詞，轉折跌宕處，每用去聲。作者不得因調中可仄之處，而以三聲統塡。偶一差失，則起調、換頭、結尾〔三〕之處，必不能雅叶宫商，付之歌唱矣。

六　天籟自有妙悟

欲知其故，須審音極細，辨律極嚴。臨塡時，將全調於口中熟吟，天籟當然自有妙悟。若僅恃天資頴敏，披華鑄字，選句摘辭，於宫羽之間，茫然無得，則何必傍人門户，倚調塡聲。不如漁樵農牧之倫，隨口吟哦，反無拘束也。總之，不能作詞，不妨作詩；不能作詩，不妨擱筆，掩醜藏拙，免得千秋之後，被人詈駡譏評。

〔一〕入聲上聲，《字林滬報》作『入聲』。
〔二〕去聲，《字林滬報》作『蓋去聲』。
〔三〕結尾，《字林滬報》作『煞尾』。

七　斂才就範

若欲從事詩餘，自當確遵定律，既就範圍之內，然後運才抒力，敷藻言情，由雕琢以致凝鍊，由凝鍊而致自然。如往昔名家，白石以高淡勝，稼軒以豪邁勝，河東以奇詭勝，美成以嫵媚勝，秦淮海之福德莊嚴，張三影之心思逋峭，其始無不斂才就範，方能自立門户，昭示來茲。非漫然而塡，可爲後人矜式也。方今學詞者，汗牛充棟，酬唱極多，而於韻律句讀之間，間有〔二〕未能講究，因不恤人言，不辭唾罵，將井蛙一得之見，商質吟壇。此中見解或有未真，詞氣未免率直。文字爲天下公物，尚望諸大雅匡其不逮，曲諒苦衷，是則平生之深幸也夫。

上海《益聞錄》一八八六年三月二〇日第五四四號

八　連聲混韻突調

前作〈詞學芻言〉一篇，以鄙人一得之見，取古人倚聲塡譜之法，爲詞壇同志共證淵源，雖未免識見之偏頗、議論之苛刻，然欲成方圓之制，必在規矩之中；取法乎上，恐流乎下。固非此，不足以言詞學者。當今人才奮起，不少作家，而欲求其純粹以精，有大醇必無小疵，則十人之中，恐無一二。因不憚□于饒舌，爲吾輩耽吟之士更進一解焉。夫詩餘一道，唐時尚無曲譜，卽以所塡之詞，付之教坊，凡北院歌姬、梨園子弟，所演唱而成劇本者，皆有一定之腔，一定之律，故詞中稍有參差，則

〔二〕　間有，《字林滬報》作『每有』。

工尺難和，聲調不能振起。其尤宜戒者，曰連聲，曰混韻，曰突調。

何謂連聲。宮羽之間，毫釐不可勉强，須高下抑揚，互相間雜。倘一句中數字皆響，則聲調不能轉低；數字皆低，則聲調不能轉響。如〔如夢令〕之『池塘涼浸春星影』，非不凝鍊也，而『浸春星影』四字相連，則聲失之啞矣。〔桃源憶故人〕之『翠幙斜遮花架』，非不自然也，而『斜遮花架』四字相連，則聲失之高矣。他若〔醜奴兒〕之『東風涷損梅花夢』，〔霜天曉角〕〔二〕之『長隄飛絮』，〔涼州令〕之『屋角夕陽紅瘦』，〔阮郎歸〕之『樓頭秋正愁』，皆以雙聲之字連用，非惟律理有乖，即讀去，亦多不順。

何謂混韻。一調之中，有一定之韻。倘僅屬點句，而結句之字，與本調韻中相犯，則以僞亂眞，與本律大有窒碍。譬如〔高陽臺〕第四句，不應用韻，倘用『淚滴殘紅，銷魂人立東風』，『紅』字與『風』字相犯，則混而不分矣。〔鵲橋仙〕第一、第二句，不應用韻，倘用『傷春人病，欄杆懶凭，閒煞窻前花影』，『病』、『凭』二字，與『影』字相犯，亦混而不分矣。諸如此類，塡詞時，不可輕心，以防累及通體。

何謂突調。詞以柔婉爲主。四聲之中，總須酌置勻稱，不宜多用一音之字，亦不宜於一宮之字，妄用他宮之字。假使『春波吹縐』一句，『吹』字改爲『綠』字，則突矣。『蘭舟同上鴛鴦浦』一句，上字改爲『赴』字，則突矣。欲知其故，總須婉唱曼吟，細審四聲音律，而後選字定句，聯句成詞。神而明之，存乎其人，斷非躁心粗氣之人所能辨者。余昔拈〔浣溪紗〕調與秦小汀聯句，有

〔二〕霜天曉角，原作『霜天角曉』。

『蘼蕪綠到板橋頭』句，小汀謂，鍊一『綠』字，不見痕跡；然以『綠』字改爲『青』字，則聲調不突，尤爲天衣無縫矣。余拍手叫服，稱之爲『一字師』。

九　詞學與詩道迥異

誠以詞學一道，與詩道迥異。老杜吟詩，尚且有律，豈塡詞而反可無律耶。方今詞壇充斥，喜尚四聲而講究宮商，罕逢眞識。若任其滔滔不返，摸索暗中，於大公無我之懷，未免問心滋疚。因不憚再三之瀆，妄貢狂愚。世有罪者乎，我將擱筆而焚君苗之硯矣。

上海《益聞錄》一八八六年四月二八日第五五五號

香海棠館詞話

况夔笙

《香海棠館詞話》三七則，載上海《大陸報》一九〇四年八月一日第二年第六號起，訖一〇月二八日第九號，署『况夔笙』。該詞話後易名《玉梅詞話》，載《國粹學報》一九〇八年第四一、四七、四八期，署『况周儀』。今據《大陸報》迻錄，參校《國粹學報》本。《香海棠館詞話》及稍後之《餐櫻廡詞話》、《纗蘭堂室詞話》，皆爲《蕙風詞話》之前身，而前三者與後者互有出入。本編將前三者依原本標點，加條目序號及小標題，以方便讀者查考况氏詞話之原貌及源流。

香海棠館詞話目錄

香海棠館詞話

一　蜀語可入詞者

蜀語可入詞者：四月寒，名『桐花凍』。七夕，漬[一]綠豆令芽生，名『巧芽』。

二　梁汾營捄漢槎

梁汾營捄漢槎一事，詞家記載綦詳。惟《梁溪詩鈔》〈小傳〉注：『兆騫既入關，過納蘭成德所，見齋壁大書顧梁汾爲吳漢槎屈膝處，不禁大慟。』云云。此說它書未載。昔人交誼之重如此。又《宜興志》〈僑寓傳〉：『梁汾嘗訪陳其年於邑中。泊舟蛟橋下，吟詞至得意處，狂喜，失足墮河。一時傳爲佳話。』說亦僅見。亟坿箸之。

[一] 漬，原作『潰』，據《國粹學報》改。

三　〔後庭花破子〕

〔後庭花破子〕，李後主、馮延已相率爲之。『玉樹後庭前。瑤草妝鏡邊。去年花不老，今年月又圓。莫教偏。和月和花，天教長少年。』單調三十二字。見《古今詞話·詞辨》卷上引陳氏《樂書》。王惲、邵亨貞、趙孟頫，並有此詞。萬氏《詞律》不收，謂是北曲，不知南唐已刱此調也。

四　賀方回〔小梅花〕

賀方回〔小梅花〕『城下路』一闋前段，《詞綜》作金人高憲詞，調名〔貧也樂於家〕，均分段。半塘云：『或沿明人選本之譌也。』

五　宋謟

宋謟『饞如鷂子』、『孏如㕭子』，稼軒〔玉樓春〕：『心如溪上釣磯閑。身似道旁官㕭孏。』又云：『謝三娘不識四字罪字頭。』吕聖求〔河傳〕：『常把那目字横書，謝三娘全不識。』

六　楊娃詞

楊娃，亦稱楊妹子。宋甯宗恭聖皇后妹。以藝文供奉内廷。〈題馬遠松院鳴琴小幅〉〔訴衷情〕云：『閑中一弄七絃琴。此曲少知音。多因淡然無味，不比鄭聲淫。　松院靜，竹樓深。夜沈沈。清風拂軫，明月當軒，誰會幽心。』[二] 按，楊娃詞各選本未箸錄。此闋見《韻石齋筆談》。

七　黄子由尚書夫人

黄子由尚書夫人胡氏與可，號惠齋，元功尚書之女也。有文章，兼通書畫。嘗因几上凝塵，戲畫梅一枝，題〔百字令〕云：『小齋幽僻，久無人到此，滿地狼籍。几案塵生多小憾，把玉指親傳蹤跡。元注：此句誤多一字。畫出南枝，正開側面，花蘂俱端的。可憐風韻，故人難寄消息。　非共雪月交光，者般造化，豈費東君力。只欠清香來撲鼻。亦有天然標格。不上寒牕，不隨流水，應不鈿宫額。不愁三弄，只愁羅袖[三]輕拂。』按夫人有〔滿江紅〕〈燈花〉詞，見《花草粹編》及《詞統》。此闋見董史《皇宋書錄》。

上海《大陸報》一九〇四年八月一日第二年第六號

八　作詞有三要

作詞有三要：重、拙、大，政南宋人不可及處。

[二]《全宋詞》作張掄。

[三] 袖，原作『衷』，應爲『褎』之誤植。據《國粹學報》改。

九　沈著

重者，沈著之謂。在[一]氣格，不在字句。

一〇　宋人與國初諸老拙處

半塘云：宋人拙處不可及，國初諸老拙處亦不可及。

一一　詞中轉折宜圓

詞中轉折宜圓。筆圓，下乘也；意圓，中乘也；神圓，上乘也。

一二　方與圓

詞不嫌方。能圓，見學力；能方，見天分。但須一落筆圓，通首皆圓；一落筆方，通首皆方。圓中不見方易，方中不見圓難。

一三　秀在骨厚在神

明以後詞，纖庸少骨。二三作者，亦間有精到處。但初學，抉擇未精，切忌看之。一中其病，便

[一] 在，與下一『在』，原作『枉』，據《國粹學報》改。

不可醫也。東坡、稼軒，其秀在骨，其厚在神。初學看之，但得其麤率而已。其實二公不經意處，是真率非麤率也。余至今未敢學蘇辛也。

一四　愁而愈工

詞人愁而愈工。真正作手，不愁亦工，不俗故也。不俗之道，第一不纖。

一五　詞太做嫌琢

詞，太做嫌琢；太不做嫌率。欲求恰如分際，此中消息正復難言。但看夢窗何嘗琢，稼軒何嘗率，可以悟矣。

一六　詞中對偶

詞中對偶，實字不求甚工。草木可對禽蟲也，服用可對飲饌[一]也。實勿對虛，生勿對熟。平舉字勿對仄串字。深淺濃澹、大小輕重之間，務要侔色揣稱。昔賢未有不如是精整也。

上海《大陸報》一九〇四年八月三〇日第二年第七號

[一] 饌，原作「算食」，據《國粹學報》改。

一七　學填詞先學讀詞

學填詞，先學讀詞。抑揚頓挫，心領神會，日久胸次鬱勃，信手拈來，自然丰神諧鬯矣。[一]

一八　歐陽永叔元夕詞

歐陽永叔〔生查子〕〔元夕〕詞，誤入朱淑真集。升菴引之，謂非良家婦所宜。《欽定四庫全書提要》辨之詳矣。魏端禮《斷腸集序》云：『蚤歲，父母失審，嫁爲市井民妻。一生抑鬱不得志。』升菴之說，實原于此。今据集中詩余藏《斷腸集》鮑淥飲手斠本，巴陵方氏碧琳瑯館景元鈔本，又從《宋元百家詩》、後邨《千家詩》、《名媛詩歸》暨各撰本輯《補遺》一卷。及它書攷之，淑真自號幽栖居士，錢塘人《四庫提要》，或曰海甯人。文公姪女《古今女史》。居寶康巷《西湖游覽志》：『在湧金門內，如意橋北。』。或曰錢塘下里人，世居桃邨《全浙詩話》。幼警慧，善讀書《游覽志》，文章幽豔《女史》，工繪事《杜東原集》有朱淑真〈梅竹圖〉題跋，《沈石田集》有〈題淑真畫竹〉詩，曉音律本詩〈答求譜〉云：『春醲醲處多傷[二]感，那得心情事筦弦。』。父[三]官淛西。紹定三年二月，淑真作〈璿璣圖記〉，有云：『家君宦游淛西，好拾清玩，凡可人意者，雖重購，不惜也。』《池北偶談》其家有東園、西園、西樓、水閣、桂堂、依綠亭諸勝。本詩〈晚春會東園〉

[一] 此條原無，據《國粹學報》補。
[二] 傷，原脫，據《國粹學報》補。
[三] 父，原脫，據《國粹學報》補。

云：『紅點落痕綠滿枝，舉杯和泪送春歸。倉庚有意留殘景，杜宇無情戀晚暉。蝶起落花盤地舞，燕隨柳絮入簾飛。醉中曾記題詩處[一]，臨水人家半掩扉。』〈春游西園〉云：『閒[二]步西園裏，春風明媚天。蝶疑莊叟夢，絮憶謝孃聯。蹋草翠茵輭，看花紅錦鮮。徘徊林影下，欲去又依然。』〈西樓納涼〉云：『小閣對芙蕖，囂塵一點無。水風涼枕簟，雪葛爽肌膚。』〈夏日遊水閣〉云：『澹紅衫子透肌膚，夏日初長板閣虛。獨自憑闌無箇事，水風涼處讀殘書。』〈納涼桂堂〉云：『微涼待月畫樓西，風遞荷香拂面吹。先自桂堂無暑氣，那堪人唱雪堂詞。』〈夜留依綠亭〉云：『水鳥栖煙夜不喧，風傳宮漏到湖邊。三更好月十分魄，萬里無雲一樣天。』　案各詩所云，如『長日讀書』、『夜留待月』，碻是家園遊賞情景。淑真它作，多思親念遠之意，此獨不然。〈依綠亭〉云『風傳宮漏到湖邊』，當是寓錢塘作，不在[三]于歸後也。夫家姓氏失攷，似初應禮部試，本詩[四]〈賀人移學東軒〉云：『一軒瀟灑正東偏，屏棄囂塵聚簡篇。美璞莫辭雕作器，涓流終見積成淵。謝班難繼予慚甚，顏孟堪希子勉旃。鴻鵠羽儀當養就，飛騰早晚看冲天。』〈送人赴禮部試〉云：『春闈報罷已三年，又向西風促去鞭。屢鼓莫嫌非作氣，一飛常自卜沖天。賈生少達終何遇，馬援才高老更堅。大抵功名無早晚，平津今見起菑川。』　案二詩似贈外之作。其後官江南者。本詩〈春日書褱〉云：『從宦東西不自由，親幃千里泪長流。』〈寒食詠懷〉云：『江南寒食更風流，絲莞紛紛逐勝游。春色眼前無限好，思親懷土自多愁。』　案二詩言親幃千里，思親褱土，當是于[五]歸後作。淑真從宦，常往來吳越荆楚間。本詩〈舟行即事〉其六云：『歲莫天涯客異鄉，扁舟今又渡瀟湘。』〈題斗野亭〉云：『地分吳楚界，人在斗牛中。』　案〈舟行即事〉其二云：『白雲遙望有親廬。』其四云：『目斷親幃瞻不到。』其七云：『庭闈獻壽阻傳盃。』又〈秋日得書〉云：『已有歸甯約。』足爲于歸後遠離之

[一] 處，原作『虎』，據《國粹學報》改。
[二] 閒，原作『閑』，據《國粹學報》改。
[三] 在，原作『枉』，據《國粹學報》改。
[四] 詩，原誤植爲『裏』之倒字，據《國粹學報》本改。
[五] 于，原作『於』。下一『于』字同。

碻證。與曾布妻魏氏爲詞友。《御選歷代詩餘》詞人姓氏嘗會魏席上，賦小鬟妙舞，以『飛雪滿群山』爲韻，作五絕句。又宴謝夫人堂，有詩。今並載集中。淑真生平大略如此。舊説悠謬，其證有三：其父既曰宦游，又嘗留意清玩，東園諸作，可想見其家世，何至下嫁庸夫；一證也。市井民妻，何得有從宦〔一〕東西之事；二證也。案本詩〈江上阻風〉云：『撥悶喜陪尊有酒，供廚不慮食無錢。』〈酒醒〉云：『夢回酒醒嚼孟仌，侍〔二〕女貪瞑喚不應。』〈睡起〉云：『侍兒全不知人意，猶把梅花插一枝。』淑真詩，凡言起居服御，絕類大家口吻，不同市井民妻，若近日《西青散記》所載賀雙卿詩詞，則誠邨僻小家語矣。魏、謝大家，豈友駔儈；三證也。淑真之詩，其詞婉而意苦，委曲而難明，當時事跡，別無記載可攷。以意揣之，或者其夫遠宦，淑真未必皆從，容有竇滔陽臺之事，未可知也。本詩〈恨春〉云：『春光正好多風雨，恩愛方深柰別離。』〈初夏〉云：『待封一掬傷心泪，寄與南樓薄倖人。』〈梅窗書事〉云：『清香未寄江南夢，偏惱幽閨獨睡人。』〈惜春〉云：『願教青帝長爲主。莫遣紛紛點翠落。』〈愁裏〉云：『鷗鷺鴛鴦〔三〕作一池，須知羽翼不相宜。東君是與花爲主，一任多生連理枝。』案〈愁裏〉一首，大似諷夫納姬之作。近有才媛諷夫納姬詩云：『荷葉與荷花，紅綠兩相配。兜央自有羣，鷗鷺莫入隊。』政與此詩闇合。《游覽志餘》改後二句作『東君不與花爲主，何似休生連理枝。』以爲淑真厭薄其夫之左證，何樂爲此，其心地殆不可知。它如思親感舊諸什，意各有指，以證『斷腸』之名，案淑真歿後，端禮輯其詩詞，名曰《斷腸集》，非淑真自名也。尤爲非是。〔生查子〕詞，今載《廬陵集》第一百三十一卷。《四庫提要》宋曾慥《樂府雅詞》、明陳耀文《花草粹編》，並作永叔。慥錄歐詞特慎，〈雅詞序〉云：『當時或作豔曲，謬爲公詞。今悉删除。』此闋適在選中，其爲

〔一〕宦，原作『官』，據《國粹學報》改。
〔二〕侍，原作『待』，《國粹學報》同，據中華書局本《朱淑真集注》改。
〔三〕鷗鷺鴛鴦，原作『驅鷺兜央』，《國粹學報》作『鷗鷺鴛央』，據中華書局本《朱淑真集注》改。

歐詞明甚。余昔斠刻汲古閣未刻本《斷腸詞》，跋語中詳記之。茲復箸於篇。

上海《大陸報》一九〇四年九月二九日第二年第八號

一九　春事闌珊芳草歇

東坡詞『春事闌珊芳草歇』，升菴《詞品》引唐劉瑤詩『瑤草歇芳心耿耿』，傳奇女郎玉真詩『燕折鶯離芳草歇』，謂是坡詞出處。不知謝靈運有『芳草亦未歇』句也。此條見古虞朱亦棟《羣書札記》。

二〇　游人都上十三樓

又坡詞『游人都上十三樓』，《詞品》云：用杜牧詩『婷婷嫋嫋十三餘』句也。案，《咸淳臨安志》『十三間樓』，在錢塘門外大佛頭纜船石山後。東坡守杭時，多遊處其上。今爲相嚴院。又見《武林舊事》、《夢粱錄》。郭祥正、陳默並有詩，見《西湖志》。升菴豈未攷耶。

二一　李後主〔搗練子〕

升菴又云，李後主〔搗練子〕二闋，常見一舊本，俱係〔鷓鴣天〕。其『雲鬟亂』一闋前段云：『節候雖佳景漸闌[一]，吳綾已煖越羅寒。朱扉日莫隨風揜，一樹藤花獨自看。』『深院靜』前段

〔一〕闌，原作『蘭』，據《國粹學報》改。

云:『塘水初澄似玉容。所思還在別離中。誰知九月初三夜,露似珍珠月似弓。』其詞姑勿具論,試問〔搗練子〕平側與〔鷓鴣天〕後半同耶異耶。升菴大儒,填詞小道,何必自欺欺人。

二二　詞貴意多

詞貴意多。一句之中,意亦忌複。如七字一句,上四是形容月,下三勿再說月。或另作推宕,或旁面襯托,或轉進一層,皆可。若帶寫它景,僅免犯複,尤爲易易。

二三　佳詞不可改

佳詞作成,便不可改;但可改,便是未佳。改詞之法,如一句之中,有兩字未愜,試改兩字,仍不愜意,便須換意。通改全句,掔連上下。常有改至四五句者,不可守住元來句意,愈改愈滯也。

二四　改詞須知挪逐法

改詞須知挪逐法。常有一兩句語意未愜,或嫌淺率。試將上下互易,便有韻致。或兩意縮成一意,再添一意更顯厚。此等倚聲淺訣,若名手,意筆兼到,愈平易愈渾成。無庸臨時[二]掉弄也。

[二] 時,原無,據《國粹學報》補。

二五　真字是詞骨

真字是詞骨。情真景真，所作必佳，且易脱稾。

二六　性情少勿學稼軒

性情少，勿學稼軒。非絕頂聰明，勿學夢牕。

二七　融景入情

東山詞『歸臥文園猶帶酒，柳花飛度畫堂陰。只憑雙燕話春心。』『柳花』句融景入情，丰神獨絕。近來纖佻一派，誤認輕靈，此等處何曾夢見。

二八　得來容易卻艱辛

梅溪詞『幾曾湖上不經過。看花南陌醉，駐馬翠樓歌』，下二語人人能道。上七字妙絕，似乎不甚經意。所謂得來容易卻艱辛也。

二九　邵復孺詞

邵復孺詞『魚吹翠浪柳花行』，小而不纖，最有生氣。

三〇　《江湖載酒集》

《江湖載酒集》，有〔點絳脣〕一闋〈題虞夫人玉映樓詞集〉，後坿元詞。虞名兆淑，字蓉城，海鹽人。案《鶴徵錄》：李秋錦，元名虞兆潢，海鹽籍。或蓉城爲弟行也。

三一　孫愷似布衣

孫愷似布衣，奉使朝鮮。所進書有朴誾填詞二卷，名《擷秀集》。封達御前。見蔣京少《刻瑤華集述》[一]。海邦殊俗，亦擅音閡。足徵本朝文教之盛。庚寅，余客滬上，借得越南阮綿審《鼓枻詞》一卷。短調清麗可誦，長調亦有氣格。〔歸自謠〕[二]云：『溪畔路。去歲停橈溪上渡。攀花共繞溪前樹。重來風景全非故。傷心處。綠波春草黃昏雨。』〔望江南〕十首，錄二云：『堪憶處，曉日聽啼鸎。百裯[三]細裙偎草坐，半裝高屧蹋花行。風景近清明。』『堪憶處，蘭槳泛湖船。荷葉羅幂秋一色，月華粉靨夜雙圓。清唱想夫憐。』〔沁園春〕〈過故宫主廢宅〉云：『好箇名園，轉眼荒涼，不似前年。憶琱甍繡闥，夫容江上；金尊檀板，翡翠簾前。歌扇連雲。舞衣如雪，歷亂春花飛半天。曾無幾，卻平蕪牧篴，頹岸漁船。　悠悠往事堪憐。況日莫、經過倍黯然。但夕陽欲落，

[一] 刻瑤華集述，原作『瑤華集述』，據《詞話叢編・續編》本《瑤華集詞話》補。
[二] 歸自謠，原作『歸自遙』。
[三] 裯，原作『椆』，據《國粹學報》改。

照殘芳樹；昏雅已滿，嘑斷寒煙。暫駐笻枝，淺斟梧酒，暗祝輕澆廢址邊。微風裏，恍玉簫彷彿，月下遙傳。』〈玉漏遲〉〈阻雨夜泊〉云：『長江波浪急。蘭舟叵耐，雨昏煙溼。突兀愁城，總爲百憂皆集。歷亂燈光不定，紙牕隙、東風潛入。寒氣襲。鐘殘酒渴，詩裹荒澀。料想碧玉樓中，也背著闌干，有人悄立。彤管鸞椾，一任侍兒收拾。誰忍相思相望，解甚處、山川都邑。休話及。此宵鵑啼花泣。』綿審，字仲淵，公爵。

三二　寒酸語不可作

寒酸語不可作。即愁苦之音，亦以華貴出之。飲水詞人所以爲重光後身也。

三三　初學作詞

初學作詞，只能道第一義，後漸深入。意不晦，語不琢，始稱合作。至不求深而自深，信手拈來，令人神味俱厚，槼橅兩宋，庶乎近焉。

三四　僵臥碎璚呼不起

『僵臥碎璚呼不起。看鲧星歷亂，如碁走。』趙億孫舍人懷玉〈題張仲治雪中狂飲圖〉〈金縷曲〉句也。情景逼真，非老於醉鄉不能道。

三五　怎奈向

淮海詞「怎奈向、歡娛漸隨流水」，今本「向」改「何」，非是。怎奈向，宋時方言。它宋人詞，亦有用者。

三六　《女詞綜》

《文選樓叢書》未刻稿本「待購書目二册」，有《女詞綜》，此書未之前聞。

三七　詞人生日

曩與筱珊、半唐約爲詞社，月祝一詞人，爲一集[一]。嗣筱珊有湖北之行，因而中止。攷出詞人生日，錄記於此。它日克踐斯約，尚當補所未備。正月初四日，黃仲則景仁生見《年譜》。十一日，李分虎符生見本集。三月十二日，蔣京少景祁生見《罨畫溪詞》題。二十五日，王西樵士祿生見《名人年譜》。五月初二日，厲樊榭鶚生見本集。初四日，彭羨門孫遹生見《延露詞》題。二十二日，項蓮生鴻祚生見汪遠孫《清尊集》。六月二十九日，李武曾良年生見本集。七月初七日，周稚圭之琦生見《年譜》。八月二十一日，朱竹垞彝尊生見《年譜》。閏八月二十八日，王阮亭士正生見《年譜》。十月二十八日，蔣苕生士銓生見

[一] 爲一集，《蕙風詞話續編》卷二作「合爲一集」。

《名人年譜》。十一月二十二日，王德甫昶生見《年譜》。十二月十二日，納蘭容若成德生見高士奇《蔬香詞》題〔二〕。

上海《大陸報》一九〇四年一〇月二八日第二年第九號

〔二〕詞題，原作『題詞』，據《國粹學報》乙。

古今詞品

天虛我生

《古今詞曲品》四卷，《續古今詞曲品》三卷，載杭州一粟園《著作林》一九〇六年第一期起，迄一九〇八年第二二期[一]，署『天虛我生』。其雖名『古今詞曲品』，然大半言詞。今據此迻錄整理，删去個別未及詞學條目，改稱《古今詞品》。原《古今詞曲品》四卷，《古今詞品》卷次仍舊；合《續古今詞曲品》卷一、卷二爲《古今詞品》卷五，以《續古今詞曲品》卷三爲《古今詞品》卷六。原無序號、小標題，今酌加。

[一] 關於《著作林》出版年份及地點，考第一期起標有『一粟園藏版』，第一期有乙巳冬（一九〇五年末至一九〇六年初）櫻川三郎題潘蘭史、陳蝶仙寫真，則其第一期應不早於此時；第一期起標示『月刊一册，望日發行』；第一七期標示『本社編輯部現設上海』，〈著作林改定新章程廣告〉署『戊申六月望（一九〇八年七月一三日）』；又第二一期〈創辦國聞日報館章程〉署『光緒三十四年十一月朔日（一九〇八年一一月二四日）』；則《著作林》約一九〇六年出版於杭州，一九〇八年七月遷上海，一九〇八年一二月出版第二二期。

古今詞品目錄

卷一

卷二

卷三

卷四

卷五

卷六

古今詞品卷一

一　詞稱詩餘

詞稱詩餘，始於宋之《艸堂詩餘》。按唐李白詩名《艸堂集》，見隱樵《書目》。白本蜀人，而艸堂在蜀，宋人因懷故國之意，故名『艸堂』。其曰『詩餘』者，蓋以〔憶秦娥〕、〔菩薩蠻〕二首爲詩之餘而百代詞曲之祖也。今士林多傳其書而昧其名。抑亦未之深考。《全唐詩》載吕巖[一]詞三十首，其末首云：『暫遊大庾。白鶴飛來誰共語。嶺畔人家。曾見寒梅幾度花。　春來春去。人在落花流水處。花滿前蹊。藏盡神仙人不知。』注云：吕巖，求齋不得。失注『調名無考』。愚按，即〔減字木蘭花〕。

二　馮延己〔金錯刀〕

唐馮延己有〔金錯刀〕詞二首，一名〔醉瑤瑟〕。其一云：『雙玉斗，一瓊壺。佳人歡飲笑喧

〔一〕 巖，原作『嚴』，據下文改。

呼。麒麟欲畫時難偶，鷗鷺何猜興不孤。　歌婉囀，醉糢糊。高燒銀燭臥流蘇。只消幾覺懵騰睡，身外功名任有無。』愚按，即〔鷓鴣天〕後半兩疊，而《花間》、《艸堂》及《圖譜》、《嘯餘》、《詞律》等均不收入，抑亦遺漏此格。

三　填詞一道

詩聖如杜子美，而填詞一道若不聞者；詞工如秦少游、辛稼軒，而詩殊不强人意，亦大缺點。

四　〔六州歌頭〕之名

唐人西邊之州凡六，曰伊、梁、甘、石、渭、氐，故詞有〔六州歌頭〕之名。

五　〔菩薩鬘〕、〔蘇幕遮〕

菩薩鬘，西域婦女髻名也，以纓珞爲飾，如塑佛像。又〔蘇幕遮〕，據楊升庵謂，系西域女帽，但《唐書》呂元濟上書有云：『比見方邑相率爲渾脱隊，駿馬胡服，名曰「蘇幕遮」。』太白詩『公孫大娘渾脱舞』，則『蘇幕遮』當作舞名。升庵之説殆非。

六　〔望江南〕本〔法曲獻仙音〕

〔望江南〕，本唐開元間之〔法曲獻仙音〕，但〔法曲〕三疊，〔望江南〕二疊，白樂天改〔法曲〕爲〔憶江南〕，仍三疊，其後作者遂無一定。

七　杭郡酒肆道人

南宋紹興中，杭郡酒肆有道人，携烏衣椎髻女郎，買斗酒獨飲，女郎歌以侑之。其詞非人世語。或問道士，謂赤城韓夫人之作，名〔法駕導引〕。其詞云：『朝元路，朝元路，同駕玉華君。千乘載花紅一色，人間遥指是祥雲。迴望海光新。』二疊云：『東風起，東風起，海上白花摇。十八風鬟雲半動，飛花和雨著清綃。歸路碧迢迢。』三疊云：『烟漠漠，烟漠漠，天淡一簾秋。自洗玉舟斟白酒，月華微映十三樓。歌罷海西流。』愚按，蓋即〔法曲〕，但疊起句，餘無少异。

八　〔鷄叫子〕咏荷花

仄韻絕句，唐人以入樂府，唐人謂之〔阿那曲〕，宋人謂之〔鷄叫子〕。余最愛宋張文潛〈咏荷花〉云：『平地[一]碧玉秋波瑩。綠雲搖扇[二]青搖柄。水宫仙子鬬紅妝，輕步凌波踏明鏡。』杜祁公〈雨中荷花〉云：『翠蓋佳人臨水立。檀粉不勻香汗濕。一陣風來碧浪飜，真珠零落難收拾。』張仲宗〈本意〉云：『西樓月落雞聲急。夜浸疎香寒淅瀝[三]。玉人醉渴嚼春冰，曉色入簾横寶瑟。』是皆唐人所不能及。

[一] 平地，《苕溪漁隱叢話》前集卷四七作『平池』。

[二] 搖扇，《苕溪漁隱叢話》前集卷四七作『擁扇』。

[三] 淅瀝，原作『淅瀝』，據《全宋詞》改。

九　毛西河謬誤處

毛西河一代偉人，其所塡詞，類皆駢花儷葉，濃重可愛。特謬誤處極多。如〔十六字令〕云：『花下影，跟人上玉墀。誰推到，横著半氈兒。』按〔十六字令〕凡三用韵，第一字起韻，系一字句。西河善於音律，而此詞竟爾誤塡。《嘯餘》誤之耶，西河自誤耶，是所不解。又〔調笑令〕云：『怨怨柳如綫。青漆鵶頭紅脰燕。背人偷弄金條釧。一曲柳枝相戀。落花飛滿春江面。飛過春江何限。』詞凡三疊，悉如此格。核與〔調笑令〕迥然各别，不知固何所本。如系自度，似又不合沿用〔調笑令〕之名。

一〇　〔如夢令〕始於唐莊宗

〔如夢令〕始於唐莊宗，其詞云：『曾晏桃源深洞。一曲舞鸞歌鳳。曾記别伊時，和淚出門相送。如夢。如夢。殘月落花烟重。』蓋莊宗自度曲也。樂府取詞中『如夢』二字名之，今誤傳爲吕巖之作，非也。

一一　詞牌與詞題

詞牌本無定名，蓋卽題也，故唐詞率塡本意。〔搗練子〕則咏搗練，〔臨江仙〕則言水仙，〔女冠子〕則述道情，〔河瀆神〕則詠祠廟，〔巫山一段雲〕則咏巫峽，〔醉公子〕則描寫公子醉狀，大率類是。而宋王晉卿咏元宵，以〔人月圓〕命名，姜堯章咏梅，以〔暗香〕、〔疎影〕命名，猶是唐人之意。厥後依腔倚聲，遂與題遠，或取己詞所咏之意，標爲題目，於是同腔异名之作，遂汗牛充棟。

一二 唐人樂府塡詞

唐人樂府，原用律絕等詩雜和聲歌之，其幷和聲作實字，長短其句，以就曲拍者，爲之塡詞。開元、天寶間，率多隨意自度，梨園子弟，要無不能依聲和之者。故句法平仄，遂無泥格。其後作者，依腔倚聲，所冀脫稾卽可被之管絃，義取簡便，故墨守成法，無復更易，但於原腔之和聲中，增入一二實字者，亦或有之。因非自度，遂仍其名，於是後世作譜，遂有『又一體』、『又一體』之別，其實一也。注：所謂和聲，卽俗所謂『過文』。

一三 詞體肇端衍流

詞始於唐，開元、天寶肇其端，元和、太和衍其流，大中、咸通以後，迄於南唐、二蜀，尤家工戶習，以盡其變。凡五音二十八調，各有分屬。六朝以降，唐譜失傳，其詞章之僅存者，要惟《花間》、《蘭畹》諸本，故宋人塡詞，大都依此。而宋儒率嫻音律，其間自度新聲，獨開生面者，殊不乏人。故《草堂詩餘》在宋久稱具體大備，至元乃始有曲，其名色聲調迴與詞异，而元人塡詞，率多變易詞句引入曲部，於是詞目始與曲目混入一區。厥後至明，重行考訂。南詞經元人變易句法，加置務頭者，別之曰『南曲』，其元人本有之曲，則仍之曰『北曲』，而依《花間》、《草堂》本塡者，則仍名之曰『詞』。可知南詞與南曲，本爲一支，特北曲派別不與詞類。而萬紅友《詞律》但言詞譜失傳，此吾不知；《大成宫譜》及《納書楹》，豈北曲譜耶。嘻，吾欲質之紅友。

一四 隨園不能詞曲

隨園自命才子，當無所不能，而於詞曲一道，未嘗問津，亦是缺典，乃必諉爲小道，毋亦英雄欺人之飾辭。

一五 梁任公曲

梁任公文章絶世，所作詩亦豪邁不羈，特《新羅馬傳奇》曲中，多平仄倒置、腔調不合之處，如〔皂羅袍〕、〔黄鶯兒〕中四字句，尤顯而易見者，竊爲全書可惜。

一六 方音協韻

張達夫采薇，嘗以余作詞曲每用方音協韻爲病。然宋人多有以方音爲叶者，如黄魯直〔惜餘歡〕『閣、合』同押，林外〔洞仙歌〕『鎖、考』同押，曾覿〔釵頭鳳〕『照、透』同押，劉過〔轆轤金井〕『倒、溜』同押，吴文英〔法曲獻仙音〕『冷、向』同押，陳允平〔水龍吟〕『草、驟』同押，而《中原音韻》諸書，以庚韻『横烹棚榮兄轟萌瓊蒸韻崩薨肱』等字入東冬韻，正枚不勝舉。證之沈約韻書，豈非大謬。但余亦不欲因此貽爲口實，故近日所作，率依《集韻》。

杭州《著作林》第一期

一七　朝天子

朝天子，應作『朝天紫』。陸游《牡丹譜》朝天紫：蜀牡丹名，其色正紫，如金紫大夫之服色，故名。後人以爲曲名，今以『紫』作『子』，非也。

一八　〔江城子〕

〔江城子〕，始作者爲南唐張泌，其詞云：『碧闌干外小中庭。雨初晴。曉鶯聲。飛絮落花，時節近清明。睡起卷簾無一事，匀面了，沒心情。　浣花溪上見卿卿。眼波明。黛眉輕。高綰綠雲，低簇小蜻蜓。好是問他來得麽，和笑道，莫多情。』細玩此詞，前後整齊而『情』字重押，確系兩首。今合爲一首，蓋誤耳。黃叔暘云：『唐詞多無換頭。』觀此詞，益信。

一九　平仄及斷句

塡詞，平仄及斷句，皆有定數。而詞人語意所到，時有參差。如秦少游〔水龍吟〕前段歇拍句云：『紅成陣，飛鴛甃。』換頭落句云：『念多情、但有當時，皓月照，人依舊。』以詞意言，應作『當時皓月』一句，『照人依舊』一句，以詞調拍眼言，則『但有當時』作一拍，『皓月照』作一拍，『人依舊』作一拍。又陸放翁〔水龍吟〕，首句本是六字，第二句本是七字，而『摩訶池上追遊客』，則七字，下云『紅綠參差春晚』，則六字矣。又如後篇〔瑞鶴仙〕『冰輪桂花滿溢』爲句，而按拍，則『滿』字一頓，以『溢』字帶在下句。他如二句分作三句，三句合作二句者，尤多。然句法雖不同，而字數固不少，拍眼亦無异，妙在歌者上下縱横以取協耳。古詩亦有此法，如王介甫云，『一讀亦使我，慨然想遺風』是也。設《詞律》收此，不將别爲又一體，作十字句耶。

二〇　塡詞用韻

楊升庵云：塡詞，用韻宜諧俗，沈約之韻，未必悉合聲律。而今詩人守如金科玉條，此無他，今之詩學李杜，李杜學六朝，往往用沈韻，故相襲不能革也。如『朋』字與『蒸』同押，『打』字與『等』同押，『卦』字與『怪、壞』同押，乃是鴂舌之病，豈可以爲法耶。愚按，宋人塡詞，實已開先，如東坡〔一斛珠〕云：『洛城春晚。垂楊亂掩紅樓半。小池輕浪紋如篆。燭下花前，曾醉離歌晏。　自惜風流雲雨散。關山有限情無限。待君重見尋芳伴。爲説相思，目斷西樓燕。』『篆』字，沈韻在『上』韻，坡特正之也。又蔣捷〈元夕〉〔女冠子〕云：『蕙花香也。雪晴池館如畫。春風飛到，寶釵樓上，一片笙簫，琉璃光射。而今燈謾挂。不是暗塵明月，那時元夜。況年來、心懶意怯，羞與鬧蛾兒爭要。　江城人悄初更打。問繁華誰解，再向天公借。剔殘紅炧。但夢裏隱隱，鈿車羅帕。吴牋銀粉砑[一]。待把舊家風景，當[二]成閒話。笑緑鬟隣女，倚窗猶唱，夕陽西下[三]。』是駁正沈韻『畫』及『挂』、『話』及『打』字之謬也。又吕聖求〔惜分釵〕云：『重簾下。微

〔一〕砑，原脱，據《全宋詞》補。
〔二〕當，《全宋詞》作『寫』。
〔三〕夕陽西下，原作『夕陽下』，據《全宋詞》補。

鐙掛。背闌同説春風話。』用韻亦與蔣捷同意。又晁叔用〔感皇恩〕云：『寒食不多時，牡丹初買。小院重簾飛燕礙。昨宵風雨，尚有一分春在。今朝猶自得，陰晴快。　熟睡起來，宿酲微帶。不惜羅襟揾眉黛。日長梳洗，看看花影移改。笑拈雙杏子，連枝戴。』此詞連用數韻，酌古斟今，尤稱絶妙。蓋眞見在人心目，有不約而同者。俗見之膠固，豈能眯豪傑之目哉。

二一　詞以操名

詞以『操』名者，多歡樂之音，如〔醉翁操〕等是。以『慢』名者，多哀靡之音，如〔石州慢〕、〔聲聲慢〕等。晉鈕滔母孫氏〈空侯賦〉〔一〕云：『樂操則寒條反榮，哀曼則晨華朝滅。』按，『曼』與『慢』同。

二二　南曲不足重

《南史》：『蔡仲熊曰，五音本在中土，故氣韻調平，東南土氣偏詖，故不能感動木石。』楊升庵曰：『北曲雖皆鄭衛之音，然猶古者。總章北里之韻，梨園教坊之調，是可證。近日多尚海鹽南曲，士大夫稟心房之精，從婉委之習者，風靡如一，甚者北土亦移而躭之，更數十年，北曲亦失傳矣。』此論誠是。按，白樂天詩：『吳越聲邪無法用，莫散偷入管絃中。』東坡詩：『好把鸞黃記宮樣，莫教絃管作蠻聲。』亦皆排斥南曲爲不足重者。

〔一〕空侯賦，原作『空候賦』。

二三　南北曲結尾

近世傳奇本，每齣以詞起，以詩結，見者眩爲格調整齊，不知所本蓋南曲也。北曲例用煞尾，其不用尾聲者，或以詩代之。然不足法。後人不揣其本，遂於尾聲之後，更贅以詩，疊床架屋，未免貽笑梨園。

二四　排場結束

南宋院本，有一齣爲一本，有數齣爲一本者。每一本之首，例从詞起，一本之末，例以詩結。此詞及詩，皆應付、末登場，不褋管絃，所謂排場結束是也。今説部彈詞體格，一部之首，類以詞起，一部之末，必以詩結，其於古法，尚無違背。若傳奇，每齣尾聲之後，加下場詩四句，實是誤會一齣爲一本者，蓋不足法也。

二五　詞自《選》語、樂府出

塡詞雖爲文章之末，而非自《選》語、樂府出來，不能入妙。歐陽修詞，『草薰風暖搖征轡』，乃用江淹〈别賦〉『閨中風暖，陌上草薰』之語；蘇公詞，『照野瀰瀰淺浪，横空曖日[一]微霄』，乃用陶淵明『山滌餘靄，宇曖微霄』之語。他如李易安詞，『清露晨流，新桐初引』，乃全用《世

[一] 曖日，《全宋詞》作『曖曖』。

語》。若今人，則徒以綺語取工，又何足重。

二六　風暖草熏

佛經云：『奇花芳草，能逆風聞熏。』江淹〈別賦〉『閨中風暖，陌上草熏』，正用佛經語。乃《草堂》收歐陽修詞，改『熏』爲『芳』，是不獨未見佛經，亦未見《文選》者也。

二七　薄霧濃雰

李易安〈九日〉詞，『薄霧濃雰愁永晝』，俗本改『雰』作『雲』，殊失本意。按，中山王〈文木賦〉『奔電屯雲，薄霧濃雰』，杜詩『屯雲對古城』，用其上句，而易安用其下句耳。

二八　妙語千古

歐陽修詞，『平蕪盡處是青山，行人更在青山外』，膾炙人口，推爲妙語千古。不知同時石曼卿詩亦有『水盡天不盡，人在天盡頭』之句。按，曼卿與六一爲文字友，其偶同乎，抑相取乎。

二九　等身金

張子野〈歸朝歡〉詞有云：『等身金，誰能得意，買此好光景。』人不知『等身金』爲何語，余讀《宋史》〔一〕〈賈黄中傳〉：『賈幼日聰明過人，父取書與其身相等，令誦之，謂之等身書。』張詞本此。而近人所謂『著作等身』者，亦本〈賈傳〉也。

三〇　一點明月

東坡〔洞仙歌〕詞，『一點明月窺人』，蓋用杜詩『關山同一點』也。坊本作『關山同一照』，幾使坡詞無本。且『關山同一照』，小兒亦能之，何必杜公。

三一　索春饒

張小山〔小桃紅〕詞，『一汀烟柳索春饒』，本山谷『蔞蒿穿雪動，楊柳索春饒』詩，今刻本不知，改『饒』爲『愁』，不惟無味，且失卻一韻矣。

三二　葉未凋

賀方回衍杜牧之詩，作〔太平時〕詞云：『秋盡江南葉未凋。晚雲高。青山隱隱水迢迢。接亭皋。　二十四橋明月夜，弭蘭橈。玉人何處教吹簫。可憐宵。』按，此則牧之本作『葉未彫』，今本改作『草木凋』，與『盡』字毫無翻跌。且此詩爲杜牧寄揚州韓綽所作，本意極盡興會，設如改本，則頽唐甚矣。或謂系『草未凋』之誤。然木葉有凋謝，草則未聞有云凋者。既有賀詞可證，

〔一〕 宋史，原作『宋』，據文意補。

又奚用嘵嘵置辨哉。

三三 凝字不作平聲

「凝」字，古無作平聲者。《詩》「膚如凝脂」，凝音「佞」。唐詩「日照凝紅香」，白樂天詩「落絮無風凝不飛」，又「舞鯀紅袖凝，歌切翠眉愁」，又「舞急紅腰凝，歌遲翠黛低」；徐幹臣詞「重省。別時淚漬，羅巾猶凝」，張子野「蓮臺香燭存痕凝」，高賓王詞「想蓴汀水雲愁凝」，柳耆卿詞「愛把歌喉當筵逞。遏天邊、亂雲愁凝」，凡如此類，試作平聲讀，可乎。

三四 三絃

三絃，始於元時。張小山詞云：「三絃玉指，雙鉤草字，題贈玉娥兒。」日本樂器謂「三味線最古」，按，味線切即絃字，然則亦未嘗古也。

三五 雙與兩

近人詞曲中，每用「羅襪一雙」。按，「雙」字不典，應作「兩」字。高文惠妻〈與夫書〉曰：「今奉織成襪一兩，願着之，動與福并。」蓋本《詩》「葛屨五兩」也。無名氏〔踏莎行〕詞云：「夜深着輛小鞋兒，靠着屏風，立地正韻。」「輛」與「兩」同。《漢書注》：「車一乘曰一兩，言其輪轅兩兩而耦也。」則「雙」字與「兩」字，義雖同，終不可以代「兩」字。然近人沿用成習，設竟用「兩」字，又恐駭俗矣。

三六　麝月

蔡松年詞云：『銀屏小語私分，麝月春心一點。』楊升庵云：『麝月，茶名。麝言香，月言圓也。』愚按，徐陵〈玉臺新咏敘〉云：『麝月共嫦娥競爽。』則又似指匳鏡。

杭州《著作林》第五期

三七　紅靺鞨

葛魯卿〔西江月〕詞云：『靺鞨斜紅帶柳，琉璃漲綠平橋。』初不知『靺鞨』爲何語，後見文與可〈朱櫻歌〉云：『君王午座鼓猗蘭，翡翠一盤紅靺鞨。』益疑之。細考靺鞨，乃國名，古肅慎地也。其地產寶石，大如巨栗，中國爲之靺鞨，色紅艷罕匹。與可取以象朱櫻，而魯卿取以象落日也。

三八　月明如水浸樓臺

元曲《西廂記》『月明如水浸樓臺』一句，僉推爲空前之作，不知蜀主王衍已有『月明如水浸宮殿』之句，蓋已拾人牙慧矣。

三九　《北西廂》

《北西廂》究不知何人所作。毛稚黃云：北曲將開，董解元《西廂記》先之。而聖嘆謂爲王實甫所作。又明人雜劇中，有〈崔鶯鶯〉散曲一套，謂系關漢卿所作。紛紛衆説，莫衷一是。然漢卿以北曲名世，其手筆亦復相似，或即是歟。

四〇　手書赤壁詞

《容齋隨筆》載，黃山谷手書東坡『大江東去』詞，『浪淘盡』作『浪聲沈』，三國『周郎赤壁』作『孫吳赤壁』，亂石『穿空』作『崩雲』，驚濤『拍岸』作『掠岸』，『多情應笑我，早生華髮』作『多情應是，笑我生華髮』。按，與〔念奴嬌〕本調並無參差。又『小喬初嫁了雄姿英發』九字，『了』字系屬下句，而《詞律》因此列爲別格，且復詆斥《詞綜》，殊覺多事。

四一　〔十六字令〕起句

毛西河〔十六字令〕，起句作三字句。曩就紅友《詞律》律之，玆見周美成〔十六字令〕云：『明月影，穿窗白玉錢。無人弄，移過枕函邊。』乃知毛調本此。但美成此詞，其《片玉集》中不載，余於《天機餘錦》中見之，殆美成亦以此詞不當，故棄之者。

四二　林君復極有情致

林君復〈惜別〉〔長相思〕云：『吳山青。越山青。兩岸青山相送迎。誰知離別情。　君淚盈。妾淚盈。羅帶同心結未成。江頭潮已平。』極有情致。《宋史》謂其不娶，非也。林洪著《家山清供》，其中言先人和靖先生云云，即先生之子也。蓋喪偶後，遂不娶而隱。

四三　雨打梨花深閉門

《白香詞譜》收秦少游〔憶王孫〕『雨打梨花深閉門』一首，兹閲《草堂詩餘》，收歐陽永叔〔鷓鴣天〕一首云：『枝上流鶯和淚聞。新啼痕間舊啼痕。一春魚鳥無消息，千里關山勞夢魂。無一語，對芳樽。安排腸斷到黄昏。甫能炙得燈兒了，雨打梨花深閉門。』句語俱無少異，歐詞蓋本秦詞。

四四　寶髻鬆鬆綰就

《白香詞譜》又收司馬温公〔席上所賦〕〔西江月〕『寶髻鬆鬆綰就』一首。《詞品》：『姜明叔云，此詞決非温公所作。宣和間，恥温公獨爲君子，作此誣之，不待識者而後能辨也。』説亦近是。

四五　吕巖詞

《全唐詩》收吕喦〔沁園春〕詞三首。按，〔沁園春〕爲宋駙馬[一]王晉卿始製之腔。又世説吕巖始作〔解紅〕詞。按，解紅兒，系五代和凝歌童，凝爲製〔解紅〕一曲，初止五句。見陳氏《樂書》。後乃衍爲〔解紅兒慢〕。豈有洞賓在唐預知其腔，而塡爲此詞乎。

〔一〕駙馬，原作『附馬』。

四六　仙家鍾離

韓澗泉選《唐詩絶句》，卷末有鍾離權一首，卽所謂仙家鍾離先生者也，蓋吕嵒同時人。近世俗子，稱漢鍾離，人知其誤，而究莫明其所以誤會之故。愚按，杜子美〈元日〉詩，有『近聞韋氏妹，遠在漢鍾離』之句，流傳誤會，遂以鍾離權爲漢將鍾離昧耳。

四七　花蕊夫人

花蕊夫人，宫詞外，尤工樂府。蜀亡，入汴，書葭萌驛壁云：『初離蜀道心將碎，離恨綿綿。春日如年。馬上時時聞杜鵑。』書未竟，爲軍騎催行。後人續之云：『三千宫女皆花貌，妾最嬋娟。此去朝天。只恐君王寵愛偏。』按，花蕊見宋祖，猶作『更無一個是男兒』之句，詎有隨孟昶行而書此敗節之語乎。續之者不惟架空，而詞之鄙俚，尤狗尾不如。

四八　張子野〈聞笛〉

相傳，張子野有〈聞笛〉〔玉樓春〕詞一首，題于杭京，其詞云：『玉樓十二春寒側。樓角暮寒吹玉笛。天津橋上舊曾聽，三十六宫秋草碧。　昭華人去無消息。江上青山空晚色。一聲落盡短亭花，無數行人歸未得。』按，子野卒於南渡之前，此詞『三十六宫秋草碧』云云，當在南渡以後，决非子野所作。

四九　斜陽暮

秦少游〔踏莎行〕『杜鵑聲裏斜陽暮』一首，極爲東坡賞識。而黄山谷謂：范元實曰[一]，淮海此詞高絶，但既云『斜陽』，又曰『暮』，即重出也，欲改『斜陽』爲『簾櫳』。元實曰：既言『孤館閉春寒』，似無『簾櫳』。山谷曰：亭傳雖未必有簾櫳，然有亦無害。元實曰：此詞本模寫牢落之狀，若曰簾櫳，恐損初意。山谷曰：極難得好字，徐當思之。愚按，楊升庵亦嘗論及此詞：『謂「斜陽暮」爲重複，非也。見斜陽而知日暮，非複也。猶韋應物詩「須臾風暖朝日暾」，既曰「朝日」，又曰「暾」，當亦爲宋人所譏矣。此非知詩者。古詩「明月皎夜光」，「明、皎、光」非複乎。又唐詩「青山萬里一孤舟」，「滄溟千萬里，日夜一孤舟」，宋人亦言「一孤舟」爲複，而唐人累用之，固不以爲複也。』此論極當。然余謂，山谷既欲改『斜陽』爲『簾櫳』，則不如改『暮』字爲『墮』字之無害本意。

五〇　天黏芳草

范元實，范祖禹之子，秦少游壻也。學詩於山谷，作《詩眼》[二]一書。爲人凝重，嘗在歌舞之席，終日不語，妓有問之曰：『公亦解詞曲否。』笑答曰：『吾乃「山抹微雲」女壻也。』按，『山

〔一〕范元實曰，疑衍。據《潛溪詩眼》、《苕溪漁隱叢話》等，『淮海此詞高絶』云云，實爲山谷語。

〔二〕詩眼，原作『書眼』。

抹微雲，天黏芳草』，乃少游〔滿庭芳〕，當時歌妓盛唱此詞。《草堂》本『天粘芳草』，『粘』字改作『連』字，非也。韓文『洞庭漫汗，粘天無壁』，張祜[一]詩『草色粘天鶗鴂恨』，趙文昇詞『玉關芳草粘天碧』，劉叔安詞『暮烟細草粘天遠』，劉行簡詞『山翠欲粘天』，葉夢得詞『浪粘天、蒲桃漲綠』，嚴次山詞『粘雲紅影傷千古』，山谷詩『遠水粘天呑釣舟』，『粘』字極工，且有出處。改作『連天』，是小兒語矣。

五一　枕花痕

余咏睡起美人，有句云，『靨紅微印枕花痕』，自謂道前人未道。偶見宋子京小詞，有『春睡騰騰，困入嬌波慢。隱隱枕痕留一線。膩雲斜溜釵頭燕』，乃知懷珠韞玉，蓋已早爲前人發洩盡矣。

五二　鬲指聲

姜白石賦〔湘月〕，自注：即〔念奴嬌〕之鬲指聲。紅友《詞律》〈發凡〉云：『體同名異，或有故。但宮調失傳，作者依腔塡句，下必另收〔湘月〕。』愚謂，此實紅友不知宮調之誤也。〔湘月〕與〔念奴嬌〕，字句雖同，而宮調迥別，非如〔紅情〕、〔綠意〕之與〔暗香〕、〔疎影〕也。人如不知鬲指之理，則塡〔念奴嬌〕，不塡〔湘月〕，可也。而〔湘月〕之調，自不可刪。按鬲指之義，方氏《詞麈》有云：姜堯章〔湘月〕詞，自註：即〔念奴嬌〕鬲指，於雙調中吹之。鬲指，亦

[一] 張祜，原作『張祐』。

謂過腔兒。《晁無咎集》：凡能吹竹者，便能過腔。後人多不解鬲指過腔之義。余思索久之，而悟其説。蓋〔念奴嬌〕本大石調，即太簇商，雙調爲仲吕商。律雖异而同是商音，故其腔可過，太簇當用『四』字，仲吕當用『上』字。今姜詞不用『四』字而用『上』字，簫管『四、上』中間，祇鬲一孔，笛則『四、上』兩孔相聯，空在鬲指之間，故曰『鬲指聲』也。『吹竹便能過腔』，即此之謂。如踏風琴，C調而改作E調，或D調改作F調，亦即所謂鬲指聲，即所謂過腔是也。字句雖同，而音律已迥然高過一程，詎得謂填〔湘月〕即填〔念奴嬌〕可也。

五三　住字之收音

〔念奴嬌〕與〔湘月〕之異，蓋在住字之收音口法不同。劉熙載《詞概》云：『詞家既審平仄，當辨聲之陰陽，又當辨收音之口法，取聲取音，以能協爲尚。張玉田稱，〔惜花〕詞先作「鎖窗深」，而「深」字不协，改「幽」字，又不協，改「明」字乃協。此非審於陰陽者乎。又「深」爲閉口音，「幽」爲斂唇音，「明」爲穿鼻音，消息亦别。』按，戈順卿『辨音要則』六条，一穿鼻，二展輔，三斂唇，四抵齶，五直喉，六閉口。明是六者，庶幾起畢住字，無不脗合。則塡詞者，苟不明律吕宫商之理，但辨原詞所用字音，爲穿鼻、爲展輔，亦即以穿鼻音、展輔音之字配合，自無不協。此亦塡詞家不傳之秘。知此以塡〔湘月〕，又何慮非鬲指聲哉。

五四　李煜〔臨江仙〕

南唐後主李煜〔臨江仙〕詞云：『櫻桃落盡春歸去，蝶翻輕粉雙飛。子規啼月小樓西。玉鈎羅幕，惆悵暮烟垂。　別巷寂寥人散後，望殘烟草低迷。何時重聽玉驄嘶。撲簾柳絮，依約夢回時。』此詞相傳後主在圍城中賦此，賦未就，城破，闕後三句。劉延仲補之。然愚按，《耆舊續聞》所載，固是全作，其後三句云：『爐香閒裊鳳凰兒。空持羅帶，回首恨依依。』豈此三句又爲他人先續者歟。是未可以知也。

五五　張蒼水〔滿江紅〕點正

近人汪曼鋒崁，編唱歌教科書，收張蒼水〔滿江紅〕二闋。張詞舛誤特甚，汪書既爲教科而設，深恐貽誤後學，亟爲點正如下。原詞云：『蕭瑟風雲，埋沒盡、英雄本色。最髮指、駝酥羊酪，故宮舊應平闕。青山未築應仄仄平祁連應仄冢，滄海應平又銜應仄精衛應平血〔二〕。又誰知，鐵馬也郎當，琱弓折。　誰討賊，顏卿檄。誰抗敵，蘇卿節。拚三台墜指，九卿藏碧。燕語呢喃新舊雨，雁聲嘹嚦興亡月。想當年、西台應仄痛哭應平人，淚應平盈臆。』『屈指興亡，恨南北、皇圖銷歇。更幾個、孤忠大義，冰清玉烈。趙信城邊羌笛雨，李陵臺畔胡笳月。慘模糊、吹出玉關情，聲淒切。　漢應平苑露，梁園雪。雙龍應仄逝，一應平鴻滅。剩逋臣、怒擊唾壺皆缺。豪氣欲吞白應平鳳髓，高樓肯飲黃羊血。試撥雲、待把捧日應平心，訴應平金闕。』雖近時歌曲，往往有讀平作仄，讀仄作平等處，然終究嗽牙吉屈，不成聲調。使能手作此，斷斷無此等弊病。

〔二〕又銜精衛血，《張蒼水全集》作『猶銜精衛石』。

五六　月上柳梢頭

世傳，朱淑眞有文無行，蓋因楊升庵《詞品》載〔生查子〕一闋『月上柳梢頭。人約黄昏後』語也。毛晉汲古閣刊之，遂跋稱『白璧微瑕』。然此詞實系歐陽修所作，載《廬陵集》第一百三十一卷。而毛晉又刻《宋名家詞》六十一種，歐詞即在其内，何以不於歐詞下註明『或作淑眞詞』，一手所選，而並不互相證辨，已自亂其例，乃復貿然謂淑眞爲『白璧微瑕』，是亦魯莽之甚。按，《四庫全書》收淑眞《斷腸詞》一卷計二十七首，内〔生查子〕二首，系『寒食不多時』，及『年年玉鏡臺』，並無『去年元夜時』一首。《總目提要》謂系本洪武鈔本，是可知淑眞本無此詞也。嗚呼，淑眞以父母失審，所適非偶，在生已屬不幸，而身後微名，復遭此桑濮之厚誣，尤大不幸矣。

杭州《著作林》第六期

古今詞品卷二

一　六更

宋詞每用『六更』，罔知所本。按，宋太祖以庚申即位，後有『五庚』之説。五庚漸周，禁中忌打五鼓，遂作『六更』。理宗寶祐癸丑臨軒，姚勉爲狀元，常作〔賀新涼〕詞云：『月轉宫牆曲。六更殘、鑰魚聲亮，紛紛袍鵠。黼座臨軒清蹕奏，天仗綴行森肅。望五色、雲浮黄屋。三乘忠嘉親賜擢，動龍顔、人立班頭玉。臚首唱，衆心服。　殿頭賜宴宫花簇。寫新詩、金牋競進，繡牀爭蹙。御渥新沾催進謝，一點恩袍先緑。歸袖惹、天香芬馥。玉勒新鞭迎夾路，九街人、盡道蒼生福。齊擁入，狀元局。』

二　劉改之〔沁園春〕

辛稼軒詞，同時學之最似者，爲劉改之。稼軒帥越時，改之寓西湖，稼軒以酒物招其過越，值雨不果去。時改之在三賢堂，答以〔沁園春〕云：『斗酒彘肩，風雨渡江，豈不壯哉。被香山居士，約林和靖，與坡仙老，駕勒我回。坡謂西湖，宛如西子，濃抹淡妝臨鏡臺。二公者，皆掉頭不顧，只管傳杯。　白云天竺飛來。圖畫裏，崢嶸樓閣開。愛縱横二澗，東西水繞，高峰南北，上下雲堆。逋曰不然，暗香疎影，何似孤山先訪梅。須晴去，訪稼軒未晚，且此徘徊。』三賢堂，系吾杭人奉祠白香山、林和靖、蘇東坡之所。故改之詞云云。然余讀此詞，終覺矯揉生硬，遠不逮稼軒矣。

三　閩中士子

閩中士子某，在臨安，與安泊人家女子通。臨歸，女誓不嫁，候重來爲偶。翌歲，其父母竟以他適。士子再來，聞而怏怏。值友人邀游湖上，忽見女與二婦人，亦飲於小舟之次。彼此相顧，含情無語。士子先登蘇隄，題〔卜算子〕於柳樹上云：『月在小樓西，鷄唱霜天曉。淚眼相看話別時，把定纖纖手。伊道不忘人，伊卻都忘了。我若無情似你時，瞞不得、橋頭柳。』未幾，女舟亦至，登隄閒步，得見此詞。忽忽不樂，歸舟，未抵岸，女竟死。其夫廉得其情，亦氣悒暴卒。噫，文人筆墨，發洩帷薄[一]，竟能置人於死地。

四　周青士爲《詞綜》功臣

《歷代詞綜》一書，爲詞學功臣。系秀水朱竹垞彝尊所輯，而嘉楚[二]周青士篔，爲之辨僞。青士隱於市廛，於書無所不闚，辨證古今字句音韻之僞，輒極精當。竹垞推爲《詞綜》之功臣。其於周晴川〔十六字令〕云，『眠。月影穿窗白玉錢』，原系『眠』字爲句，選本譌作『明』字，遂以

[一] 帷薄，原作『帷簿』。
[二] 嘉楚，疑当作『嘉興』。

『明月影』爲句。愚按，此説極是，前余見毛西河〔十六字令〕『花下影，跟人上玉墀』，即訝其舛誤，後於《天機餘錦》中，見所收周晴川『明月影』一詞，復滋疑義，以爲《片玉集》不載，殆是晴川棄餘，詎知『明』字實系『眠』字之誤。余見此，又不覺爲之釋然。

五　《詞綜》爲藍本

又，史梅溪〔綺羅香〕後闋，『還被春潮晚急』，原系六字爲句，《草堂》本脱去『晚』字，諸本因之。歐陽永叔〔越谿春〕結語『沈麝不燒金鴨，玲瓏月照梨花』，并系六字句，坊本譌『玲』爲『泠』，『瓏』爲『籠』，遂以七字、五字爲句。德祐太學生〔祝英臺近〕，『那人何處。怎知道愁來不去』，譌『不』爲『又』，一字之乖，全音〔二〕皆失。《詞綜》悉經周青士爲之改正。他如蘇子瞻〔念奴嬌〕，則從《容齋隨筆》；汪彦章〔點絳脣〕，則從《能改齋漫録》；王晉卿〔燭影摇紅〕，則從《漫録》去其前闋。李後主〔臨江仙〕，則從《耆舊續聞》補其結語。其餘糾定，難更僕數，是《詞綜》一書，無怪萬紅友奉之爲藍本也。

六　鄭文妻〔憶秦娥〕

太學服膺齋上舍鄭文，秀州人，其妻寄以〔憶秦娥〕云：『花深深。一句羅襪行花陰。行花陰。閒將柳帶，試結同心。　日邊消息空沈沈。畫眉樓上愁登臨。愁登臨。海棠開後，望到如

〔二〕全音，疑當爲『全首』。

今。』此詞爲同舍見者傳播，酒樓伎館皆歌之。或爲歐陽永叔詞，非也。而《詞律》謂系孫夫人詞，尤非。見《古杭雜記》。

七　詩詞傳與不傳

詩詞家，傳與不傳，在幸與不幸耳。古人有以一篇傳者，有以一句傳者。如張子野〈弔林君復〉『烟雨詞亡草更青』，蔡君謨〈寄李良定〉詩『多麗新詞到海邊』，是皆以一篇之工，見之吟咏者。『山抹微雲秦學士；露華倒影柳屯田』，『曉風殘月柳三變；滴粉搓酥左與言』，是皆以一句之工，形諸口號者。然此數人，其當時，固何嘗自以此數句爲可傳者。

八　詞人姓氏爵里書法

詞人姓氏爵里，選家書法不一。先系爵，後書名者，趙弘基《花間集》、元好問《中州樂府》體也。書字於官爵下者，黄昇《花庵絶妙詞選》體也。書名者，陳景沂《全芳備祖》體也。書字者，顧從敬《草堂》體也。冠別字於姓名之前者，彭致中鳳林書院體也。至楊慎《詞林萬選》，陳耀文《花草粹編》，或書名，或書字，或書官，或書集，覽者茫然，莫究其世次。初以爲病，及余編《雨花草堂詞選》，搜羅近人所作，恆有詞固絶佳，而其人之名與字竟未嘗並知者，並或祇有別字，而更無可訪其姓字者。選之，則與全書體格不稱；而棄之，則又甚爲可惜。於是不得已，雜書之。其於楊氏《詞選》、陳氏《粹編》，乃不復敢有異辭。蓋亦以見輯書之難也。

九　以雅爲目

言情之作，易流於穢。宋人選詞，多以雅爲目。法秀道人語涪翁曰，『作艷詞當墮犂舌地獄』，正指涪翁一等體製而言耳。塡詞最雅，無過石帚，而《草堂詩餘》不登其隻字，見胡浩〈立春〉、〈吉席〉之作，蜜殊〈咏桂〉之章，亟收卷中，是亦可謂無目者矣。

一〇　吹皺一池春水

世言〔謁金門〕詞『風乍起，吹皺一池春水』，爲馮延巳作，而正中《陽春錄》一卷不載此詞，竹垞《詞綜》收爲成幼文作。成，江南人，仕南唐，官大理卿，而陳質齋亦謂是幼文之作。然愚按，成幼文別無專集，而《詞綜》亦僅選此一闋，殊不可據。馮延巳事南唐爲左僕射同平章事，與成幼文同時，或者幼文曾鈔傳其詞，而正中之《陽春集》適亦失載此詞，遂至後世存爲疑案。朱、陳要亦臆斷之耳。不然，李後主〔二〕『干卿底事』之説，豈亦以誤傳誣者歟。

杭州《著作林》第七期

〔二〕　後主，一説爲『中主』。

一一　唐宋詞人

唐之詞人，李白爲首，其後韋應物、白居易、王建、劉禹錫、皇甫松[一]、司空圖、韓偓，並有述造，而溫庭筠最高，其言深美閎約，莫可比喻。五代之際，孟氏、李氏君臣爲謔，競作新調，詞之雜流，由此而起。然其工者，往往絕倫。亦如齊梁五言，依託漢魏。蓋去古猶未遠也。宋之詞家，號稱絕盛。張先、蘇軾、秦觀、周邦彥、辛棄疾、姜夔、王沂孫、張炎[二]輩，淵淵乎有文有質。而柳永、黃庭堅、劉過、吳文英[三]之倫，亦各演一派，以取重當時。然皆不免有一時放浪通脱之言。後進不務原其旨意，而競效馳逐，卒至壞亂而不可紀。

一二　詞壞於元明

六合徐鼒〈水雲樓詞序〉有云：『太白、飛卿，實導先路；南唐、兩宋，蔚成巨觀。』又云：『元之雜以俳優，明人決裂阡陌，淫哇日起，正始胥亡，高論鄙之。』觀此，則俳優竄而大雅之正音已失；阡陌開而井田之舊跡難尋。詞之壞於明，而實壞於元也。

[一] 皇甫松，原作『皇甫淞』，據《全唐五代詞》改。

[二] 張炎，原作『振炎』。

[三] 吳文英，原作『王文英』。

一三　詞曲之變

元人製詞，率以被之絃索，取悦於俗。其增字、襯字之多，幾不可以復辨本格，於是變而爲曲。然其質，蓋亦未始非詞也。毛先舒曰：『南曲將開，塡詞先之，《花間》、《草堂》是也；北曲將開，絃索先之，董解元《西廂記》是也。《西廂》，即北人塡詞。然塡詞盛於宋，元末明初，始有南曲，其接續也甚遥。絃索調生於金，而入元即有北曲，其接續也相踵。』按此，則詞一變而爲北曲，北曲一變而爲南曲。其變爲南曲者，蓋由明人漸刪其北曲之增字、襯字，而引歸於詞。特元曲本未嘗有旁行別其增字、襯字，故始終不能斷章取義以歸於詞。

一四　明曲之增字襯字

明人曲本之增字、襯字，類以旁行或小字別之。其用心蓋亦良苦，誠恐後之學者，又不復能辨其正格，苟於其增字、襯字間，實之以詞，而復另自增襯數字，不又使南曲之體格混淆何底。然使元曲本亦早如是，要不致於詞之外，再有曲之名稱；於曲之外，再有南北之名稱。

一五　《詞律》不明增襯字

自詞曲判爲兩途，而詞家遂多不明曲律。萬紅友作《詞律》，洵爲詞界功臣。然不明增字、襯字之理，遂以多一字、少一字，別爲一體，其所列之第一體，實亦並非正格。蓋其間有增襯之字在耳。

所謂豆者，大都襯字。

一六　詞中襯字

毛先舒《塡詞圖譜》〈凡例〉云：詞中有襯字者，因此句限於字數，不能達意，偶增一字，後人竟可不用。如〔繫裙腰〕末句『問』字之類。沈天羽曰：調有定格，即有定字。其字數、音韻較然，中有參差不同者，一曰襯字，因文義偶不聯屬，用一二字襯之。按，其音節不多，正文自在。如南北曲『這、那、正、個、卻』字之類，亦非增實字，而藉口爲襯也。

一七　襯字

毛先舒又曰：夢窗詞『縱芭蕉不雨也颼颼』，應上三下四，則『也』字爲襯字，謂『縱』字爲襯字，非。而萬紅友〔唐多令〕註謂，此句誤刻，多一字。《詞統》註，『縱』字爲襯字。『襯』之一說，不知從何而來。詞得有襯乎。愚謂，塡詞乃至窘於字句，不能聯絡，而用襯字，固已陋不足法。然紅友必謂『詞無襯』之一說，則亦適以自形其淺見，乃謂誤刻多一字，則亦何所見而云，然未免貽臆斷之譏。又云，此句上三下四，應註『也』字爲襯。然『也』字必是誤多，不可註襯字一說，以混詞格。愚謂，此『也』字果誤多，但多得如此好，卽不誤矣。且如無此『也』字，則此句將如何索解。謂詞格不准有襯字，顧何以同此一調、同此一人塡之，而忽多一字，忽少一字，其故何歟。總之，紅友一生之誤，誤在不明音律之故，遂謂樂府與詞異，詞與曲異，不能知一篇之音律，而沾沾於字數平仄之間，强作解人，亦殊可笑。

一八　去聲别爲一音

《詞律》註『可平、可仄』，亦未可以全信。其謂上去不可混淆，而惟平入可以通融，説固近似，然終隔膜一層，未嘗能暢論其原，因致學者每爲所疑。愚按，四聲，惟去聲獨異，不可混入平上入三聲之間。蓋上聲、入聲，謳者俱讀作平聲，惟去聲，則迥然特出，别爲一音。試舉最膾炙人口之曲句以明之。如『漫整衣冠步平康』，『整』字上聲，而謳者讀作『飢英』，『步』字則仍去聲本音；『爲了花殘枉斷腸』，『爲』字、『枉』字仍讀作去，而『了』字則讀作『潦坳』；『輕輕試扣銅環響』之『響』字，則讀作『相安切』；『忽聽鶯聲度短牆』之『聽』字則作『梯英切』，『短』字則讀作『端彎切』；他如『影』字讀作『衣英』，『欲』字讀作『謠』，『擁』字讀作『雍』，『鵡』字讀作『扶』等，正不可以枚舉。而『水』字則必讀作『蘇回』，此尤顯而易見者。可知上聲之音，仍讀作平，萬萬不可以代去聲用。然去聲字亦有讀作平聲者，第於押韻處用之，則可融入三聲。如小晏劇中之去聲韻，俱讀作平，而曲句間所用去聲字，則仍讀作去聲正音，蓋明徵也。

一九　音韻樂律

唐人謂徒歌曰『肉聲』。徒歌者，蓋不用絲竹相和也。《爾雅》『歌』曰『謠』，《説文》『謠』作『䍃』，註云：『䍃，從肉言。』按，『肉言』，即唐人肉聲之本。

二〇 音韻樂律四學

音、韻、樂、律四者，斷然判爲四種專門之學。考律者，祇知十二律、二十八調等宫調之原理，而究其某宫須用何種聲音之字配之乃合，蓋未嘗能確指而明言。其著書立説也，無怪其愈説而愈迷。樂工則祇知『工、尺』等字，不復考其工字屬何律，尺字屬何律，按譜吹聲，第於節拍無差，即爲能事，而究其工字應用何種聲音之字配之乃合，亦茫然不能對。而韻學家祇以四聲辨韻，問其某韻合於宫譜管色中之何字，則亦茫然不能對。惟音學家，始能以四聲辨五音，以五音配管色，以管色求律吕。故詞曲家必以知音爲貴。其不知音者，仍不過文章家耳。

二一 學詞需學器

學詞，不學器，與不學等。蓋其所作詞，必不能入樂。無論其造句如何佳妙，要亦不過文章家之駢散文耳，斷不能歌。苟不信，試取〔嬾畫眉〕五句，如其平仄，填爲詞句，令樂工吹之，令善歌者歌之，作者自聽，其果能抑揚合拍，波折天然否。是可知不習器而塡詞，其不爲雛伶俊姬所恥笑者，幾希。

二二 五音之區别

詞曲家必習器，所以辨一字五音之區别，與樂工之注意有别，故亦不必多學，但能吹竹，能歌一二曲劇，即可以融會貫通其所以然之故。所謂所以然者，即同是一調，同是一平仄聲，而何以彼詞歌之自然，此詞歌之而嗷牙咭嘔也。

二三　學歌學器

能詞，而不能曲者，有之；不能詩者，無有也。能曲，而不能器者，有之；不能詞者，無有也。能器，而不能填詞曲者，有之；不能歌者，則斷斷乎無有也。今人好學詞，每每尋聲討律，不遺餘力，然則進而學歌、學器，要亦非難，事半功倍，何樂而不爲。

二四　辨宫商五音

講求音律諸書，汗牛充棟。而切按其究竟，要皆不過小學家，徒事考据，探源窮奥，愈説愈深，而愈看愈迷，始終於詞曲家毫無裨益。余曩時購備諸書，恆不惜重資以求，及每讀一書畢，而其所以爲宫爲商之原因，仍未道穿。徒費歲月以研求，僅不過茶餘酒次，以供座上淵淵之談而已。説者自謂已追本窮末，透澈萬分，而聽者則仍隔膜如故。近年來，始翻然改計。凡及門有所疑問，其曾習器者，則曉以工尺；未習器者，則曉以喉舌唇齒牙之法。蓋亦辨宫商五音之捷徑耳。

二五　信口變腔之弊

讀文、讀詩、讀詞，各人有各人腔調，而讀詞，尤無有一人同者。卽一人讀之，其第一遍與第二遍之腔調，亦復不同。讀且如此，則其所填之詞之音節，可知此其弊。無他，蓋詩文詞，實未嘗有工尺譜，以至無正調也。若曲，則牌調雖多，而腔調聲口，實無大異。所異者，不過節拍緩促、高下、疾徐之間，若徒口直讀，但能歌一二曲劇者，其讀曲之腔調聲口，即有一定。使之讀詞亦然，讀詩文亦然，斷無有一遍一調之弊。此其故無他，蓋有審於喉舌唇齒牙五音之輕重疾徐，而更隨處以節拍繩之，自無信口變腔之弊。

二六　學詞曲先學工尺

學詞曲，不先學工尺而學律吕，舍近以圖遠，愚之甚也。猶學書者，不學行楷，而學結繩之法。蓋律吕固不可不知，然不知工尺而求律吕，亦猶學步而趨，徒取跌仆之苦。惟一二迂儒，陋樂器爲伶工之事，徒知考据律吕名式，以自炫其淵博，遂使音理失傳，僅授近時詞曲家以空談之柄。是其書其人，惜秦皇未及焚之坑之。

杭州《著作林》第八期

古今詞品卷三

一　葉譜

良洲葉懷庭纂《納書楹》，徧取元明以來院本，審定宫商，註譜行世，所稱『葉譜』是也。其『四夢』傳奇，尤殫聰傾聽，悉心從事，以意逆旨，因文註工，洵稱臨川功臣。而《紫釵》一部，則王夢樓、陳竹香二先生之功，亦居其半。

二　王夢樓好詞曲

王夢樓先生以書法名世，尤好詞曲，行無遠近，必以歌伶一部相隨，其辨論音律，窮極要妙。葉譜中，多先生糾正之處。世稱葉譜功臣。先生斥阮大鋮〔一〕《燕子牋》以尖刻爲能事，自謂學玉茗堂，全未窺其毫髮，笠翁惡札，從此濫觴。是說余以爲不然。圓海詞筆靈妙無匹，不得以人廢言。雖不能上抗臨川，又何至下同湖上。〈寫像〉一齣，尤非芥子園所能夢到。

〔一〕阮大鋮，原作『阮大鉞』。

三　馮小青軼事

馮小青軼事，傳之者不乏其人。然《療妬羹》以大士慧劍誅妬婦，小青正位偕老，殊嫌鶻突。而《西湖雪》傳奇，寫小青改適才子，開府杭州，逮誅妬婦。地下香魂，忽被李易安之謗。生腔活剝，益無意味。其視馮猶龍《小青傳》，相去奚啻霄壤。

杭州《著作林》第九期

四　詞曲之源

張席西嘗謂：詞曲之源，出自樂府，雖世代升降，體格趨下，亦是天地間一種文字。曲譜中，大石調之〔念奴嬌〕『長空萬里』，般涉調之〔哨遍〕『睡起草堂[一]』，皆宋詞。可見是詞已開元曲先聲。如青蓮〔憶秦娥〕，爲詞妍麗流美，而聲之變隨之，有莫知其然而然者。然如實甫、東籬[二]、漢卿，猶存宋人體格。自院本雜劇出，多至百餘種。歌紅拍緑，變爲牛鬼蛇神；淫哇俚俗，遂爲大雅所憎。前明邱文莊《十孝記》，何嘗不以宫商夔演，寓垂世立教之意。在文人學士，勿爲男女媟褻之辭；埽其蕪雜，歸於正音，庶見綺語眞面目耳。余謂，此論固極嚴正，然《六如亭》之不能爭勝於《西廂》、《牡丹》、《桃花扇》間者，亦未始非職是之故。

[一] 草堂，《全宋詞》蘇軾詞作『晝堂』。

[二] 東籬，原作『東離』。

五　吳康甫評《眞松閣詞》

吳康甫先生廷康，獨傳書法，而生平著作不傳，亦缺憾也。先生於詞學，頗深研究。余家藏有楊伯夔《眞松閣詞》六卷，俱經先生手批，墨蹟尚存。其跋語云：『白石、草窗，以清勝；屯田、漱玉，以韻勝。伯夔含咀宋人名作，蘊乳吐花，自成風格。近世如曹覺谷、顧莔塘，並爲頫首。若吳江郭麐輩，眞魔道狐禪，不容闌入丈室。迺有和作綴尾，直亦誤於標榜耶。』觀此數語，先生之卓識可見。

六　《眞松閣詞》佳句

其丹鉛處，如〈曉行鳴沙洲〉云：『不是騎驢長吉，錦囊細纈圓花。』〈浪淘沙〉云：『燕踏簾鈎鶯坐樹，齊讓花飛。』〈小重山〉云：『竹溝水活入烟江。』〈湘月〉云：『柳古邀雲，梅遲閣夢。』〈高陽臺〉云：『簾額遮香，闌腰過酒。』〈翠樓吟〉云：『雲緶涼纖，露盤風嫩。』〈思佳客〉云：『綠樹黃簾淡暮塵。』〈長亭怨慢〉云：『有輕盈、珮約飛花，更婕戀、暖香詩鬢。』〈鷓鴣天〉云：『馬馳楊柳山邊策，帆掛桃花港外舟。』又：『萬詩題不破春愁。』〈風入松〉云：『殘鐘宿火南朝寺，感飄零、輕誤年華。』又：『酒闌春思知何處，在黃昏、雪後檐牙。』〈玉樓春〉云：『鐘聲飛出佛貍祠，一鶴一僧江上去。』〈浪淘沙〉云：『幾杵鐘聲風咽住，不是忘敲。』〈酹江月〉云：『一曲楓香，幾絲蘭淚。』〈瑣窗寒〉云：『奈如今、不管苔衣，落紅烟一寸。』〈江神子〉云：『一角烏雲[一]，和恨壓眉峰。』又：『艾納[二]香銷、珊枕夢匆匆。』〔望江南〕云：『晝已無聊何況夜，花如不落但憑風。』〔高陽臺〕云：『短夢離雲，黯花幽雨。』〔木蘭花〕云：『便悟徹桃根，試參棗葉[三]，身感塘蒲。難忘柔柔魚婢，也隨波磬折玉孃湖。』〔淒涼犯〕云：『酒帘如葉。在老柳陰中挑出。』〔浣谿沙〕云：『鳥盡能言鸚䳇去，花都含恨碧桃深。』〔買陂塘〕云：『夢綠髮仙人，琴高溪上，白玉鑄鷗鷺。』等句，正與余見界畧同。

七　咏金絲花架

卷頭塗抹處甚多，而先生之詞藳，亦雜見於中。西泠寓齋窗間，見金絲花架一股，知爲閨中物。伯夔、頻迦，均有咏。卽次韻云：『粉退瓊枝，鈿拋金縷，殘香猶凝。雙鳳盤鴉[四]，舊有碧蓮頭并。想前番、賣花聲裏，穿來蝴蝶雙飛影。恁凌波人去，芙蓉開謝，不堪持贈。　芳信。隨春盡。便紉到浴蘭，同心空印。窺簾蟾鏡。爲誰照、簪華風韻。賸綠窗、蛸網織珠塵，胭脂痕抹銀釭冷。問何年、歸燕重來，落紅飛上鬢。

〔一〕烏雲，原作『焉雲』，據《眞松閣詞》卷二改。
〔二〕艾納，《眞松閣詞》卷二作『艾蒳』。
〔三〕棗葉，原作『棗粟』，據《眞松閣詞》卷三改。
〔四〕雙鳳盤鴉，原作『雙鳳盤鴉鬢』。按，《詞譜》〔瑣窗寒〕各體，楊、郭詞，該句均作四字。據此删。

八 〈春山埋玉圖〉題詞

郭頻伽嘗作〈春山埋玉圖〉，屬伯夔題。蓋郭之義女薛月璘，年十七，未字而卒。頻伽爲之卜葬西湖葛嶺之麓張孝女墓側。孫葦塘爲寫此圖，頻伽自爲之記，伯夔題〔高陽臺〕一闋，詞甚佳。吳康甫批其眉云：『此等瑣屑事，動徹[一]作圖索題，鄙陋可笑。正東坡所謂惟俗不可醫者。郭姓人極輕浮，文理素不通，喜鈔襲元人舊作、宋人雜詩，自鳴風雅，又得同志者多方標榜，腆號名士。嘉慶時，頗見賞於劉文定，亦奇遇也。』按，此論郭頻伽，亦頗當。先生亦作〔高陽臺〕詞一闋，追咏其圖云：『竹淚成烟，梨魂照水，春歸卻向西泠。澹月無言，啼鵑枝上三更。人間天上渾如夢，賸么絃、錦瑟愁聽。報年年。拋了琴心，悔結蘭因。　前生修到隨花伴，便理香雪裏，詩骨當清。祇恐歸來，峯青不照眉痕。女蘿芳草行吟處，采芙蓉、同薦秋聲。更何人。黃絹題銘，紅淚沾巾。』

九 〔高陽臺〕〈次伯夔〉

又前調〈次伯夔秦淮水榭聞歌有感〉云：『玉樹烟消，紅牆影隔，淒涼誰唱江東。銀琵檀板，簾卷水雲空。不是荒城五月，梅花落、偏向西風。南朝恨，賸長橋疎柳，斜襯月玲瓏。　瓊簫雙鳳曲飛來，彩翼何處，樓中憶鴻。鸞鏡裏，芳訊曾通。無奈人間天上，離別後、愁夢芙蓉。凌波遠，早數峯青了，靈瑟又三終。』

〔一〕動徹，或當作『動轍』。

一〇　〔高陽臺〕〈和伯夔〉

又前調〈和伯夔畫扇齋春雪初霽韻〉，祇半闋云：『梧井鳴風，竹窗照雨，蕭蕭伴我秋吟。流火穿簾，微茫光泠書城。碧紗烟暈跳珠散，訝松花、點點橫琴。最堪憐，喜報蘭釭[一]，蕊翦紅明。』

一一　〔生查子〕二闋

〔生查子〕二闋云：『半臂乍裝棉，莫問涼何許。青瑣暗生烟，偏照蕉心雨。報喜一燈花，紅笑含情語。彩鳳落誰家，前夜吹簫處。』『心事苦抽蕉，夢入涼烟瘦。一點玉釭紅，花散胭脂淚。橫笛到秋邊，且把芙蓉醉。中酒不知愁，獨抱吟肩睡。』

一二　〔如此江山〕〈和題羅兩峰鬼趣圖〉

又〈如此江山〉〈和卷中題羅兩峰鬼趣圖之七〉，圖寫風雨如漆，一鬼俛首疾趨，一鬼張繖其後，一鬼導前，一鬼頭出繖上，若依倚疾走，昏黑淋漓，極遑遽奔忙之狀。伯夔原作已佳，先生和作尤高一層。其詞云：『濕雲如墨飛燐舞。黯黯白楊吹雨。荷蓋深青，苔衣淺碧，化作半身烟霧。蹣跚連步。豈捷徑[二]終南，爭趨佳處。幻盡黎邱，逢君欲學阮瞻語。乞憐又工昏暮。忽圖中變相，送窮歸去。寒食歌殘，秋

[一] 釭，原作『紅』，據文意改。
[二] 徑，原作『經』，據文意改。

墳唱罷，底事揄揶行路。可兒如許。恁快著先鞭，不聞甑破。狂走中風，爲誰誇訣墓。』

一三　〔齊天樂〕〈和咏鮮荔支〉

又〔齊天樂〕〈和卷中咏鮮荔支〉云：『往來三百供常啖[一]，曾誇嶺南風味。夢醒羅浮，甘懷蔗境，久別紅塵飛騎。筠籠誰寄。早十斛彤霞，芒騰珠氣。涼玉香融，胭脂顏色可憐紫。　楓亭舊傳佳種，鳳含剛半熟，分致千里。火齊囊盛，水晶盤賜，惜少露華鮮膩。拈來纖指。喜粉髓凝膚，拚教酸齒。翠羽玲瓏，相思空結子。』

一四　〔齊天樂〕〈題半間堂鬬蟋蟀圖〉

又前調〈題半間堂[二]鬬蟋蟀圖〉云：『江山半壁秋聲滿，多少沙蟲蠻觸。金籠餘閒，翠盆幽興，小隊鏘鏘鳴玉。合圍籬角。笑草木皆兵，誰收殘局。決勝籌空，徒教天塹亘南北。　西泠路旁遺墨，一般蛩語鬧，不辨堂壑。蘚砌烟埋，豆棚花散，幾對莎雞相逐。喙長牙錯。任藐爾么麼，銷沈南國。苔巷荒庵，木棉和雨落。』

杭州《著作林》第一〇期

[一]『往來』句，原作『三百供常啖』，脱二字，據北平《華北畫刊》一九二九年六月九日第二二期《怡簃詞話》補。該調各體、《眞松閣詞》卷三〈邀簡塘蘭厓昆季食鮮荔支〉，均作七字句。

[二] 半間堂，或當作『半閒堂』。

一五　〔賀新涼〕『悔種窗前樹』

又〔賀新涼〕云：『悔種窗前樹。恁今宵、西風颯颯，又敲疎雨。報到梧桐纔一葉，便爾新涼如許。聽四壁、蟲聲淒楚。人到中年多感慨〔一〕，祇狂歌、不比悲秋賦。鷄鳴動，聊起舞。　不堪回首長安路。任年年、春花秋月，等閒拋過。閉户著書歸已晚，況乃行吟遲暮。弔香草、女蘿何處。文字無靈窮莫送，待荒墳、夜唱新詩句。搔首問，天不語。』但此詞末二句誤。

一六　〔蝶戀花〕〈和詞數闋〉

又〔蝶戀花〕〈和卷中詞數闋〉云：『最憶梅林初破臘。雪滿南枝，三兩花先發。飛絮漫空銀海合。玉龍萬樹拋鱗甲。　山帶遙連烟一抹。白映全湖，襯水波光黑。鶴氅尋詩天欲壓。瑤田玉筍攢雙塔。』『最憶横橋三月暮。一架朱藤，匝地香雲護。紫帶隨風珠結露。蜂衙午散花深處。　留得斜陽遲下塢。綺落餘霞，影待銀蟾舞。瑣閣不愁春色去。吟成即景紗籠句。』『最憶少年塲結客。飲馬長城，射虎飛鳴鏑。醉舞吳鈎風習習。貂裘夜走胭脂雪。　北斗臨關刀嘯月。不斬樓蘭，先飲黃羊血。日試萬言空挾策。憤來投卻封侯筆。』『最憶承明趨夜直。鑰啟金魚，報到甘泉捷。天上玉書馳羽檄。鳳池賜染生花筆。　誰畫麒麟功第一。甲洗銀河，端賴籌邊策。金雀翎飄雙翠疊。衣香歸袖爐烟碧。』『最憶金門聽漏際。箭徹銀臺，報曉

〔一〕　感慨，原作『感概』。

鷄籌起。珠點宫龍薇露細。鳴珂風動花香裏。　寶扇乍移春殿啟。玉案書仙，表上鸞臺史。詔下五雲輝鳳尾。成編合動天顔喜。』『最憶從戎窮漢北[一]。十萬横麾，那顧絲韁脱。馬踏龍城肥苜蓿。書生手把單于縛。　金甲受降推衛霍。幾輩封侯，盾鼻空磨墨。名爛羊頭貂不足。死功偏勒燕然玉。』『最憶木蘭秋獮路。月黑笳高，風動龍旂舞。玉帳夜傳朱鷺鼓。將軍去射山中虎。　猿臂飛來誇沒羽。挽起烏號，鳴鏑穿雲破。霜落秋高噴血雨。歸來解筆〈長揚賦〉。』

一七　〔風入松〕〈和咏團扇上黄葉〉

又〔風入松〕〈和咏團扇上黄葉〉云：『入懷明月雪龍香。梧井報秋光。玲瓏一葉飄螢火，迴風疑翦新霜。澹印玉鉤，眉黛斜痕，襯出昏黄。　西風離别幾迴腸。拋卻縷金箱。原來畫出，凌波影芳。蘭佩誰解珠囊。莫道梅粧點額，夜深照盡銀釭。』

一八　〔壺中天〕〈鄴城懷古〉

又〔壺中天〕〈鄴城懷古〉云：『烏啼霜滿看烟沈，銅雀荒涼殘月。百尺樓高無片瓦，莫問建安宫闕。横槊詩豪，捉刀威重，往事憑誰説。江山故國，空憐文藻三絶。　笑他花草吴宫，東風吹過，一樣無情碧。賣鏡分香能幾日，知否路人心迹。玉女東歸，銅仙西去，淚染漳河血。繞城流水，

〔一〕漢北，疑當作『漠北』。

爲誰終夜嗚咽。』

一九　〈燭影搖紅〉〈和咏箏〉

又〈燭影搖紅〉〈和卷中咏箏〉云：『銀甲玲瓏，夜窗敲碎芭蕉雨。凌波佩解玉珊珊，風送虛聲步。錯落荷盤滴露。散多少、九天珠唾。忽移宫換羽[一]，翠篠龍吟，青鸞低舞。　高唱黄河，銜枚鐵馬堅冰渡。射鵰身手挽烏號，鳴鏑穿星墜[二]。報到前軍笳鼓。更三弄、漁陽撾破。流音空裊，遏住行雲，峯青無數。』

二〇　詞意藴藉

以上諸詞，悉從塗抹墨痕中辨認而出，蓋當時固未嘗圖存者，其別無刊本無疑。俗傳先生爲宋牛臯再世，嘲其莽也。然玩斁詞意，亦殊藴藉。惟『最憶』詞及〈咏箏〉後半，覺放縱失度。倘使稍加修飾，亦是可觀。余慨先生之僅僅以書法傳，故不厭煩瑣，悉辨錄之。世如先生者，殆不乏其人，惜予未多覯耳。

二一　么篇與換頭

么篇，非曲牌名，乃前腔也。但次闋與前闋，字句俱同者，始名『么篇』。苟稍有參差，祇宜名

[一] 忽移宫換羽，『忽』字疑衍。
[二] 墜，失韻，疑當作『墮』。

『換頭』，故譜中錄換頭十有七八，么篇則十無一二。

杭州《著作林》第一一期

二二　王彥卿詞勝於詩

王彥卿先生復，字媿庵，江蘇人，嘗與趙次閑、戴文節、高小垞諸先輩同游，工詞曲，著有《烟波閣詩詞稿》。庚申難後，蕩然無存。先君月湖公，嘗與友善，曾摘錄其詩詞稿數首。余既錄入詩話，茲更傳其詞如下。〈戲馬臺弔項王〉〈水調歌頭〉云：『欲識大王恨，江上齎荒臺。千年猶舞碧草，艷魄夕陽哀。莫嘆飄零轉徙，不見喑嗚叱咤，且覆掌中杯。羽乃重瞳子，何有鄙人哉。　無限事，不平氣，弔龍媒。悲歌泣數行下，可惜拔山才。俯瞰彭城萬户，極望秦關萬里，暮色莽然來。霸業只如此，長嘯亂雲堆。』又〈蝶戀花〉云：『夢邊雁影和愁墜。背着鐙兒，裏着衾兒睡。西北風兒吹欲死。柳絲不把郎船繫。　驀上心頭還眼底。百苦千辛，第一離滋味。天末芙蓉江上水。相思付與回潮寄。』又〈憶秦娥〉云：『梳頭了。一簾飛絮紅樓悄。紅樓悄。自拈粉筆，細鉤蘭草。　迴身瞥見羞難道。頰窩翻逗微微笑。微微笑。背人行去，鬢光輕嫋。』先生之詞，蓋勝於詩。

杭州《著作林》第一一期、第一二期

二三　詞家情景

詩與文，不外情景二字。而詞家之情景，尤有所宜。吳穀人先生敘《紅豆詞》云：『駐楓烟而聽雁，艤葭水而尋漁。短逕遙通，高樓近接。琴橫春薦，雜花亂飛。酒在秋山，缺月相候。此其境與詞宜。金迷紙醉之娛，管語絲哇之奏，浦遺余佩，釵掛臣冠，滿地蘼蕪，夕陽如畫，隔堤楊柳，紅窗有人。此其情與詞宜。』蓋猶長言之未足也。

二四　詩詞曲之意境

王阮亭云：『或問詩詞[一]分界。余曰，「無可奈何花落去，似曾相識燕歸來」，定非《香奩》詩；「良辰美景奈何天，賞心樂事誰家院」，定非《草堂》詞。』説固甚是。愚謂，《西廂記》之『碧雲天，黃花地』，非即范文正之『碧雲天，紅葉地』乎。詩、詞、曲三者之意境，蓋各不同，夫豈在字句之末。

二五　姚梅伯〈鞞花詞敘〉

姚梅伯先生〈鞞花詞敘〉云：『好謀而曼，習率而徘，競譋哆而矗坌，皆詞之蠹也。若規式兩白，粉澤二窗，自斲心根，私附矉貌，抑惑焉。風弄林葉，態無一定；月當流波，影有萬變。形聲至眇，委乎自然。靜氣相抱，可得其理。』此語實稱簡當。

二六　姜汝長論毛大可詞

姜汝長論毛大可詞云：『其旨精深，其體溫麗。户網粘蟲，枕聲停釧。吹篇苦唇朱之落，夢歡愁臂紅之銷。腰慵結帶，時作縈迴；鏡喜看花，暗相轉側。此其靡曼之瑋詞，夫豈纖庸之逸調。』姜論固佳矣，第毛詞未能如此綿邈。

[一] 詩詞，《詞話叢編》本作『詩詞詞曲』。

二七　董國華敘《二白詞》

董國華敘《二白詞》云：『琅然清圓，一唱三嘆。如冷風過林，自協流徵。涼月輝席，都成秋痕。攄芬芳悱惻之懷，極哀豔騷屑之致。雪滌風響，棣通太音。萬塵息吹，一眞孤雪。度以横竹，當飛奇聲；和之絃桐，居然流水。』此敘恰稱清逸之品。

二八　姚梅伯敘《綠牋詞》

姚梅伯又敘《綠牋詞》云：『一曰綺而不靡，一曰曲而不滯。當其夕綺披紛，春小繫夢，笛尾涕下，煙心醉慵。延淥水以蕩懷，引眉絲以結語。背花憑鏡，纖髩窣波。兜燕坐衣，素襟横雪。離合者影，嬋媛其姿。玉曼難鑴，柱嫻可賦。爲之犀梳櫛玉，脆管題紈，羅帳燈昏。三更畫樓之語，横塘月落；一笏遙天之峰，蓋綺而不靡者，情之止乎義也。風騷斯擅，體繪亦工。揚造化爲波瀾，植理寓爲根柢。搓雲接線，游絲褭來；擣麝成塵，鞠香浮去。塗鵶[一]學劍，而眞宰愁權；引蟻穿珠，而鬼工妬巧。都尉之鴛鴦比翼，魏收之蛺蝶五銖，張郎花影之弄，秦婿微雲之抹，罔不潔逾冰瀹，燦擬觚調。陽和蓄於寸心，優曇噴薄；萌田敷於尺楮，芍葯嬋嫣。蓋典而不滯者，韻之餘文也。』語盡愜當。

〔一〕塗鵶，《詞學集成》卷七作『塗鴉』。

二九　姚梅伯〈鷗波詞序〉

又〈鷗波詞序〉五節：『觀其揎袖整瑟，拈釵播簧。賺鶯飛來，掛簾額之鏡子；恐花睡去，拭屏角之烟痕。其柔膩也。或復養麝半溫，試酒微醉。遠岫春霽，比淺碧於初苔；美人秋病，量窄腰以弱燕。其疏秀也。若夫室白無滓，天青不雲，素月到潭，濯彼姑射之魄；紅玉在掌，溫如太眞之膚。其明潤也。至於顧影自憐，凝情移世，脱楓亭之荔殼，櫻桃可奴；結苕溪之鷗盟，菡萏爲珮。其俊逸也。抑且淑兮若思，迴乎無盡。關中行馬之路，蘼蕪未黄；湘上夕陽之樓，闌干有絮。其緜遠也。』皆極稱閤境。

三〇　叙《次柳詞》

又叙《次柳詞》〔二〕，有登臨、游晏及投贈感懷三節，亦可補《詞品》之未及。登臨云：『浮舸江湖，策馬巖壑，落日横野，憂從中來。芳蘺照襟，春若可掇。脱劍於吳公子墓，試釣於韓王孫亭。朝游九峰，蘿澗尋鶴；夕下京峴，霜燈聽鐘。貰宅姑胥，寄襆茂苑。破楚之門，上有荒雲。梧桐之園，鞠爲茂草。[illegible]趧寡悦，弔古涕零。』游晏云：『綺懷偶引，結客巷游。珠樓高甍，乳燕雙囀。水葓照屏，落花來媚。青蟲若炮，酒氣逼燈。銀甲一汎，箏語潛送。凝情相許，綺扇索題。染春波以蘼蕪，寄頑豔於子夜。或蓮室逃暑，菊社開禊，新芡剝素，肥蟹擘紫。清言不倦，玉塵與忙。密醉思歸，犢

〔二〕次柳詞，原作『柳詞』，據《詞學集成》卷七補。

車猶繫。』投贈感懷云：『五陵氣豪，俠盛交廣。縞紵所納，滿乎東南。孟郊性介，與韓忘形。亦有嵇阮，金蘭爲契。傾蓋片語，憐美人之目成。一日不見，解瓊瑰以密贈。至於安陽折柳，送客盡情之橋；少陵聽鳥，寄夢渭北之樹。帝子已去，寸腸九迴。高臺偶憑，蔓烟千里。逝湘無鯉魚之信，明河斷鳷鵲之梁。青山阻歡，紅豆寫痗。』可當《詞品》五則〔二〕。

三一 《詞品》

吳江郭頻伽嘗作《詞品》十二則，金匱楊伯夔續十二則，工力悉敵，句法亦各極其妙。郭《詞品》，〈幽秀〉云：『千巖巉巉，一壑深美。路轉峰回，忽見流水。幽鳥不鳴，白雲時起。此去人間，不知幾里。曉逢疏花，媚若處子。嫣然一笑，目成而已。』〈高超〉云：『行雲在空，明月在中。瀟瀟秋雨，泠泠好風。即之愈遠，尋之無蹤。孤鶴獨唳，其聲清雄。眾首俯視，莫窮其通。回顧藪澤，翩哉飛鴻。』〈雄放〉云：『海潮東來，氣吞江湖。快馬斫陣，登高一呼。如波軒然，蛟龍牙鬚。如怒鶻起，下盤浮圖。千里萬里，山奔電驅。元氣不死，乃與之俱。』〈委曲〉云：『芙蓉初花，秋水一半。欲往從之，細石淩亂。美人有言，玉齒將粲。徐拂寶瑟，一唱三嘆。非無寸心，繾綣自獻。若往若還，豈曰能見。』〈清脆〉云：『美人滿堂，金石絲簧。忽擊玉聲，遠聞清揚。韻不在短，亦不在長。哀家一梨，口爲芳香。芭蕉灑雨，芙蓉拒霜。如氣之秋，如冰之光。』〈神韻〉云：『雜花欲放，細柳初絲。上有好鳥，微風拂之。明月未上，美人來遲。卻扇一顧，羣妍皆嗤。其秀在骨，非鉛非

〔二〕五則，疑有誤。本條引『三則』。

脂。渺渺若愁，依依相思。』〈感慨〉云：『人生一世，能無感焉。哀來樂往，雲浮鳥仙。銅駝巷陌，金人歲年。鉛華迸淚，鵾雞裂弦。如有萬石，入其肺肝。夫子何歎，唯唯不然。』〈奇麗〉云：『鮫人織綃，海水不波。珊瑚觸網，蛟龍騰梭。明月欲墮，羣星皆趍。淒然掩泣，散爲明珠。織女下示，雲霞交鋪。如將卷舒，貢之太虛。』此則下半換韻。〈含蓄〉云：『好風東來，幽鳥始哢。陽春在中，萬象皆動。一花未開，眾綠入夢。口多微詞，如怨如諷。如聞玉笛，快作數弄。望之邈然，鶴背雲重。』〈逋峭〉云：『清霜警秋，微月白夜。其上孤峰，流水在下。幽鳥欲窮，乃見圖畫。愜心動目，喜極而怕。跌宕容與，以觀其罅。翩然將飛，尚復可跨。』〈穠艷〉云：『雜組成錦，寓花爲春。五醞酒釃，九華帳新。異彩初結，名香始薰。莊嚴七寶，其中有人。飲芳食菲，摘星扶雲。偶然咳唾，名珠如麈。』〈名雋〉云：『名士揮麈，羽人禮壇。微聞一語，氣如幽蘭。荷雨初歇，松風夏寒。之子何處，秋山槃槃。萬籟俱寂，惟聞幽湍。千嗽萬嚥，奉君一丸。』

三二　《續詞品》

楊《詞品》：〈輕逸〉云：『悠悠長林，濛濛曉暉。天風徐來，一葉獨飛。望之彌遠，識之自微。疑蝶入夢，如花墮衣。幽弦再終，白雲逾希。千里飄忽，鶴翅不肥。』〈獨造〉云：『萬山巑巑，迴風盪寒。決眥千仞，飲雲聞湍。龍之不馴，虹之無端。畸士羽衣，露言雷喧。洞庭隱鱗，蒼梧逸猿。元氣分變，創此奇觀。』〈淒緊〉云：『送君長往，懷君思深。白日欲墮，池臺氣陰。百年寸暉，徘徊短吟。松篁幽語，獨客泛琴。聆彼七弦，瀟湘雨音。落花辭枝，淒入燕心。』〈微婉〉云：『之子曉行，細客香送。時聞春聲，百鳥含哢。林花初開，鬖鬖欲動。美人向許，短琴潛弄。明明無言，泠泠如諷。卷簾綠陰，微雨思夢。』〈閒雅〉云：『疏雨未歇，輕寒獨知。茶煙化青，煮藤一枝。秋老茅屋，檐挂蟲絲。葉丹苔碧，酒眠悟詩。飲眞抱和，仙人與期。其曰偶然，薄言可思。』〈高寒〉云：『俯視苔石，行歌長松。千葉萬吹，懍然噓東。返風乘虛，餐煙太蒙。矯矯獨往，落落希蹤。夜開元闕，邈聞天鐘。光滿眉宇，與斗相逢。』〈澄澹〉云：『空波淩天，鳴簪叩舷。鷺鷥立雨，浪花一肩。采采白蘋[一]，江南曉煙。覓鏡照春，逢潭寫蓮。漁舟往還，相忘千年。佳語無心，得之自然。』〈疏俊〉云：『卓卓野鶴，超超出羣。田家敗籬，幽蘭愈芬。意必求遠，酒不在醇。玉山上行，疏花角巾。短笛快弄，長嘯入雲。軒軒霞舉，鬚眉勝人。』〈孤瘦〉云：『悵焉獨邁，憀兮隱憂[二]。悟出繫表，天地可求。亭亭危峰，倒影碧流。空山冱寒，老梅古愁。味之無朕，揖之寡儔。遙指木末，一僧一樓。』〈精鍊〉云：『如莫邪劍，如百鍊鋼。金石在中，匪曰永藏。鉥心搯胃，韜神斂光。水爲沈流，星無散芒。離離九疑，鬱然深蒼。萬棄一取，駏驉錦囊。』〈靈活〉云：『天孫弄梭，腕無暫停。麻姑擲米，走珠跳星。荷露入握，菊香到瓶。如泉過山，如屋建瓴。虛籟集響，流影幻形。四無人語，佛閣一鈴。』

杭州《著作林》第一二期

[一] 白蘋，原作『白頻』，據《靈芬館詞話》卷二改。

[二] 憀兮隱憂，原作『憀予隱憂』，據《靈芬館詞話》卷二改。

古今詞品卷四[一]

一 〈箏樓泣别圖〉題詠

乙巳春，余作〈箏樓泣别圖〉一幀，徵海内諸名士題詠。應徵者百餘家，而詞曲殊寥寥，可見近來詞曲一道，已幾幾如〈廣陵散〉矣。中以白門孫芸伯南曲一套爲冠，選聲鍊字，格調嚴整，深得金元樂府體裁，且材料豐富，音律稱當，酷肖《桃谿雪》、《白頭新》等筆墨。如〔月上海棠〕云：『匆匆一夢黄粱[二]覺，眞難料。未酬枕席，頓賦〈河橋〉。折難開鈿盒初盟，留不住輪蹄就道，鷄聲早。只離魂倩女，淚透鮫綃。』又〔園林好〕云：『看新月，想眉梢。看新柳，想纖腰。』等句，俱佳。

[一] 卷四，原標『卷之五』。按，第一〇、一一、一二期所載，均標『卷之三』；第一三、一四期標『卷之五』，疑『卷之五』爲『卷之四』之誤。

[二] 黄粱，原作『黄梁』。

二　周子炎〔曲游春〕

又，鑑湖社主周子炎〔曲游春〕詞一闋，筆圓意密，委婉盡情。中云：『便應該、守住溫柔，休學薄情輕別。』又云：『看簾底銀燈，門外金勒。衰柳殘烟，繞青山西向，天涯咫尺。欲把金鞭執。肯丢下、淚珠孤滴。想到障面愁容，怎生去得。』此等筆墨，在宋詞中已不多見。

三　金閨小嫻〔蘭陵王〕

金閨小嫻，爲勾章王恩甫君之淑媛，亦題〔蘭陵王〕一闋。本詞凡三疊，頭中多拗句，最難順當。其第一疊云：『君去〔二〕。君去何時重晤。』第二疊云『君去。隔雲樹。』第三疊云：『君去。尚來否。』其纏綿委婉，正如〈哭晏〉齣中〔耍孩兒・五煞〕，讀之令人柔腸如轆轤轉。

四　嚴嵎虎亦題〔曲游春〕

嚴嵎虎亦題〔曲游春〕一闋，如：『一晌匆匆又輕舟，快馬添人離思。迭蕩琴樽裏。早换卻、軟塵燕市。』又如，『可記橙邊扇底，有欵語惺忪，酒痕柔膩。絶好時光，把清愁冪遺，襟懷湔洗。芳事爭彈指。只做成、别來鉛淚。問邯鄲道上，鳴筝果能似此』等句，置諸《草堂》集中，當不可辨。

〔二〕　君去，此句疑少一字。〔蘭陵王〕劉辰翁體第一疊開頭，一般作『三。六。』。

五　許仲瑚〔買陂塘〕

瀏江寄蝶許仲瑚有〔買陂塘〕〈用冒鶴亭韻〉一闋，如：『離懷難賦。願疏乞天公，情央月老，重訂鴛鴦譜。』又云：『縱是有、千萬心頭言語。燈前咽住難數。』又云：『蓮心苦。空賸得、緑楊深處鵑啼雨。香盟塵土。問千里相違，兩心默印，堪慰别愁否。』皆石帚之餘韻。

六　三孝鄉民〔點絳唇〕

三孝鄉民題〔點絳唇〕一闋云：『今生去。來生莫誤。寫個姻緣據。』節短韻長，宛然石孝友口吻，大不易得。

七　古黟羽儀〔滿江紅〕

古黟羽儀題〔滿江紅〕一闋，起句云：『頃刻别離，還有甚、心情説得。』後闋云：『况荒山遠道，車塵馬跡。』皆有曲意，詞筆鬆爽如此，正不多見。

八　俞子淵〔踏莎行〕

廣陵七峯山人俞子淵〔踏莎行〕一闋，結句云：『思卿何處最銷魂，樓頭風雨窗前月。』恰正寫到好處。

九　王鑾官〔臨江仙〕

桃花礦面兒王鑾官，題〔臨江仙〕一闋，言淺意深，頗得小令作法。如『明朝又是長亭』，如『幽怨託秦箏』，如『鮫綃淚漬星星。香車寶馬慢登程』等句，皆摇曳得致，餘意不盡。

一〇　瘦蝶生偶得

弇山瘦蝶生題：『相見何如不見，有情爭似無情。好拼今日撒手，底事雙雙淚盈。』自誌云：『偶得二十四字，不知所謂。』余按之，蓋〔三臺令〕也。韋應物〔三臺令〕原詞云：『冰泮寒塘水緑，雨餘百草皆生。朝來衡門無事，晚下高齋有情。』聲調俱協，作者當是按譜所填。

一一　卵色天

《花間》辭：『一方卵色楚南天。』注以卵爲『泖』。余以爲非也。按唐詩早有『殘霞蹙水魚鱗浪，薄日烘雲卵色天』之句，東坡亦有詩云：『笑把鴟夷一杯酒，相逢卵色五湖天。』今刻蘇詩，改『卵色』爲『柳色』，殆亦如《花間》注，不知出處耳。

一二　戴石屏薄游

戴石屏薄游江西，有富翁以女妻之，留三年，思歸，自言曾娶。婦翁怒，女宛曲解之，盡以嫁奩贈行。仍餞以詞，自投江而死。其詞云：『惜多才，憐薄命，無計可留汝。揉碎花牋，忍寫斷腸句。道傍楊柳，依依千絲萬縷。抵不住、一分愁緒。捉月盟言，不是夢中語。後回君若重來，不相忘處。把杯酒、澆奴墳上土。』嗚呼，女則烈矣，戴尚得爲人類乎。世作詎辭嘲之云：『孫飛虎好色，柳盜跖貪財。這賊牛、兩般都愛。』見馮翊《桂苑叢談》〔一〕。予愛女詞，極佳，錄之。

一三　詹天游艷辭

詹天游以艷辭得名，見諸小說。有妓訴狀，立廳下，詹默作〔清平調〕〔二〕一闋，案上乏紙筆，劄狀尾記之，云：『醉紅宿翠。髻嚲烏雲墜。管是夜來不睡〔三〕。那更今朝早起。東風滿搦腰肢。階前小立多時。恰恨一番新雨，想應濕透鞋兒。』當時傳爲韻事。

杭州《著作林》第一三期

一四　小說中詞曲

小說中往往有極好詞曲。《紅樓夢》、《花月痕》，其尤者也。近人新著中，則鮮有佳者。惟摩西所譯寫情小說《銀山女王》中，詩文詞曲，四者并佳。洵新著中之傑出者。〔減字木蘭花〕云：

〔一〕桂苑叢談，原作『桂花叢談』，據《詞品》卷五改。

〔二〕清平調，《詞品》卷五同，《全宋詞》作『清平樂』。

〔三〕『管是』句，《詞品》卷五同，《全宋詞》作『管是夜來不得睡』。《聽秋聲館詞話》卷九引《樂府紀聞》作『管是夜來渾不睡』。

『春光如駛。輕薄東風吹不止。花落無知。蝶夢依依繞別枝。　一生一死。生死交情如是耳。徹骨相思。只在春光未去時。』又〔西江月〕云：『人事若無缺陷，文章便不稀奇。暗中線索巧提攜。離合悲歡如戲。　失意依然得意。欺人還被人欺。莫言世路有高低。只看各人心裏。』又〈春風得勝歌〉云：『莽天公演出嫩春光，競生存園林現象。燕鶯俱樂部，蜂蝶合資場。國色天香，便是那强權特賦，休輕讓。　金谷長，玉樓藏。牡丹富貴，天人相合，獨愛東皇。供養，那玉梅兒偏占在人頭上。你氣孤寡姿倔强，只配向樓東深鎖耐淒涼。掄不到羅浮夢想，消不起騷客平章。締良緣，我待要百歲成雙。僭虛名，怎許你一時有兩。　端冕維多利，垂簾妙吉祥。桶裘風吹倒了如來藏，菩薩鬘緊縛着華兒項，五大洲沒一個須眉抗。雖則盛衰霄壤，分占了新史千章，都留個英雌榜樣。　我也要烈烈轟轟鬧一場。試手段先把情天色界來開創，也不用提兵調將，也不用囊橐餱糧。甜津津蜜脾兒鈐韜停當，香馥馥粉蕊兒硝彈包藏，鎮壓得十里春風不敢狂，一任你會團攏五花結陣，慣尖鑽夾竹掄槍。到兩陣相當，只費我絳尖兒輕輕幾蕩，便似一聲羌笛韻悠揚，早吹得你巡簷難索笑，點額不成粧。坐不穩蘆簾紙帳，辨不出籬落池塘，背枝飛南北迷方向，隨着那玉龍鱗甲赴汪洋。我自曳霞裾高踞瑤臺上，便要席卷了綺繡封疆，專制了細膩風光，問你明月窗前怎主張。捐故國啼鴂正愴，塡滄溟精衛難翔。烟水茫茫，意中人招不得香魂葬，就歸來環珮月昏黃，也羞見那拖泥帶水飄零狀。我呵，功成一將，你卻做了無定河邊戰骨涼。　恁休道薄命的受摧傷，有福的偏興旺，可知道做名花也當自强。天人淘汰無時□，脆質殘姿怎抵當。莫怪那十八姨興風播浪，就是卅六天也欺軟扶剛。一霎時洗盡梅花瘴，顯出那王氣龍文在洛陽。　我也非妬娥眉主就狠肝腸，禁臠偏嘗，同類相成待放。你呵，你未必將儂放，婦人仁徐偃宋襄。我雖在紅粉班行，卻不肯縱敵貽殃。要下辣手，早些了當。　黑鐵成青史，黃金勝綠章。果報錄算不了閻羅賬，誰信那摩西謊。公法學全換了呼哥樣，占勝的總有理，吃虧的問那個賠償，何况瑣瑣閨房，怨粉啼香。人彘鬼報不得野雞仇，骨醉嫗告不準貓兒狀。算將來如我尚慈良，君不見世界文明是武裝。　繙幡呵國旗張，金鈴呵凱歌響，把一個女霸王，逼死在烏江。雄西施獻上了中軍帳，條約呵山盟海誓一行行，兵費呵明珠翠羽一樁樁，那些不解事的畫眉郎，不經國的烟花將，隨他墻角籬邊各自芳，不值得香風掃盪，這才是擒賊擒王。　一捻丹砂璽，千重紫麝囊。錦乾坤容執事卸戎粧，換上了御袍黃。集么鳳鈞天嘹亮，駕春駒輦路平康，千紅萬紫降，千紅萬紫降，一字兒拜倒金階上，高拱着紅雲捧面的百花王。　金盤香露頒仙釀，便算做論功行賞。祝一聲花王萬歲萬歲，春風同受享。』全篇一派神行，絕無阻滯，直可與《紅樓夢》曲并傳。〔江兒水〕中『都留個英雌榜樣』，二字[一]尤覺新頴可喜。

杭州《著作林》第一三期、第一四期

一五　冷血〔蝶戀花〕

冷血著《白雲塔》小説，又名《新紅樓》，其事實即銀山女主，而用筆造句，遠不及摩西。中惟〔蝶戀花〕一首，差可人意。其詞云：『高棟層軒秋易暮。菡萏池塘，夜久侵瓊露。花影扶疏籠薄霧。碧天如水孤螢度。　別夢依依無着處。小簟輕衾，涼月和魂住。無那離懷天欲曙。鴈聲飛

〔一〕二字，疑當作『英雌二字』。

過瀟湘去。』

一六　朱竹垞〈贈洪昉思〉

朱竹垞先生〈贈洪昉思〉詩云：『海內詩篇洪玉父，禁中樂府柳屯田。梧桐夜雨聲悽絶，薏苡明珠謗偶然。』注：《梧夜雨》，元人雜劇，亦咏明皇幸蜀事，但查《元人百種》，並無是劇，僅於《北九宮》存其名，先生殆亦意度之歟。

一七　近世詞曲

彈詞始於唐李龜年，蓋七字唱，較曲本尤高古也。自繁衍其詞，襯字太多，乃率改爲曲本。董解元《西廂記》爲曲本最早，其詞猶簡淨不蕪，大半屬彈詞體例。經王實甫改竄，始極其變。上古文字，悉取單簡，故樸實無華，多有辭不達意之處，實非完善。譬之草木，猶萌芽也。殆後，始有扶疏之枝葉，掩映之花蕊。倘必謂萌芽可觀，吾知其爲矯情。人謂近世詞曲，不如『葩經』四言，竊以謂未必盡然。

一八　詞曲韻以方音協

詞曲韻，都可以方音協。泥古者，往往排斥不遺餘力，謂之出韻。然《毛詩》三百，其不協處，正不可以屈指數。蓋周秦以上，本無韻書，至六朝，始有沈約輩，各據本處方音，撰爲韻書。其實不足以牢籠天下古今人也。詩家每推子建、淵明，而曹詩出韻者亦多，陶詩〈飲酒〉則尤參差不一，又何説哉。是可知六朝以上，各以方音爲協，固無所謂韻書也。

一九　按樂必先學笛

按樂者，必先學笛。如『五六凡工尺上乙四合』之屬，世以爲俗工俚習，不知其來舊矣。宋《樂書》云：黄鐘用合字，大吕太簇用四字，夾鐘姑洗用一字，夷則南吕用工字，無射應鐘用凡字，中吕用上字，蕤賓用勾字，林鐘用尺字，黄鐘清用六字，大吕夾鐘清用五字。又有陰陽及半陰半陽之半，而遼世大樂，各調之中，度曲協其聲凡十，曰『五凡工尺上一四六勾合』，近十二雅律。第於律吕，各闕其一，猶之雅音之不及商也。可見宋遼以來，此調已爲之祖，宜後之習樂者，不能越其範圍。

二〇　工尺

又説，『五六凡工尺上乙四合』等字，系以數目紀律，『五六乙四』本系數目，凡字蓋九字，工字系二字，尺字系八字，上字系三字，合字則十字之意。説亦近是。但以十二律順次排列，其數目未能相符耳。

二一　白石詞譜

汲古閣刻姜白石詞，其註譜字樣，都不可認。余嘗辨得之，載入《淚珠緣》説部中。嘗以〔暗香〕、〔疎影〕及〔湘月〕等曲，依譜吹聲，未嘗不合。

二二　黄文友〔搗練子〕

『金作勒，馬爲羈。小馬驚香何處嘶。紅板橋頭扉半掩，幾絲楊柳掛黃鸝。』此武進黄文友先生〔搗練子〕詞也。『掛』字殊新頴。其弟董俞先生亦有句云：『獨坐數歸禽，疎鐘逗遠林。』『逗』字亦妙。

二三　論『詩餘』

尤西堂序彭羡門《延露詞》云：『詩何以餘哉。「小樓昨夜」，〈哀江頭〉之餘也；「水殿風來」，〔清平調〕之餘也；「紅藕香殘」，〈古别離〉之餘也；「將軍白髮」，〈從軍行〉之餘也；「今當酒醒」，〔子夜〕、〔懊儂〕之餘也；「大江東去」，〔鼓角〕、〔横吹〕之餘也。詩以餘亡，亦以餘存。非詩餘之能存亡，則詩餘之人存亡之也。』論『詩餘』二字，獨得。

二四　竹垞之高風

朱竹垞有〔風中柳〕詞〈戲題竹垞壁〉云：『有竹千竿，甯使食時無肉。也不須、更移珍木。北垞也竹。南垞也竹。護吾廬、幾叢寒玉。　晚來月上，對影描他横幅。賦新詞、竹山竹屋。郫筒一束。筍鞋三伏。竹夫人、醉鄉同宿。』竹山，蔣捷詞名；竹屋，高觀國詞名。發語尤趣，可想竹垞之高風。

二五　紫姑香火會

楊用修〈荆州元夕〉〔南鄉子〕詞，有『悶上紫姑香火會』句，後人皆習用，而不知顛末。按《氏族譜》，紫姑姓何名媚，萊陽人，李景納爲妾，大妻妬之。正月十五日，陰殺之於厠中。後封爲厠神。《歲時記》：『元夜，迎紫姑神以卜。』謂此。

二六　花庵工於鍊字

花庵黃昇[一]，自號玉林，嘗輯《絶妙詞選》，附以自製，其詞工於鍊字，如〔鷓鴣天〕云：『一行歸鷺拖秋色，幾樹鳴蟬餞夕陽。』『拖』字、『餞』字俱雋。

二七　玉東西

竹坡周紫芝〔南柯子〕，有『殷勤猶勸玉東西。不道使君腸斷[二]、已多時』。按，玉東西，玉色酒也。本山谷『佳人斗南北，美酒玉東西』。今人謂物件曰『東西』，殆亦本此。

〔一〕昇，原作『昃』。

〔二〕腸斷，原作『吻斷』，據《全宋詞》改。

二八　夏侯衣

丹陽葛勝仲魯卿[一]〔浣谿沙〕有云：『縹渺幸聞緱嶺曲，參差猶隔夏侯衣。』初不解『夏侯衣』何指，及見《南史》，『夏侯亶性儉率，晚年頗好音樂，有妓妾十數人，並無被服姿容，每有客，令隔簾奏之。時謂簾爲夏侯妓衣。』爲之爽然。

二九　吕渭老〔豆葉黄〕

楊升庵《詞林萬選》載無名氏〔豆葉黄〕詞云：『輕羅團扇掩微羞。酒滿玻璃花滿頭。小板齊聲唱石州。月如鈎。一寸横波入鬢流。』按此詞系吕渭老作，見《聖求集》，中即升庵所謂『側寒斜雨，用側字甚新』之人也，豈升庵不見《聖求集》耶，不解。

三〇　語極頑艷

趙霞山〔如夢令〕云：『小研紅綾箋紙。一字一行春淚。封了更親題。題了又還擱起。歸未。歸未。好個瘦人天氣。』語極頑艷，而《草堂》不收，亦憾事也。

〔一〕魯卿，原作『葛卿』，據《全宋詞》改。

三一　蜜炬

吳夢窗〔塞垣春〕云：『換蜜炬，花心短。』蜜炬，燭也，見《周禮》。今本作『密炬』，非。

三二　寒花輕撚

蔣竹山〔秋夜雨〕詞有云：『漫細把、寒花輕撚。』按『撚』字，字書、韻書俱不載，意卽『擲』字。

三三　宋人詞話

宋人詩話甚多，未有著詞話者。惟陳后山集中，載吳越王來朝、張三影、青幕子贈妓、黄詞、柳三變、蘇公居潁、王平甫之子七條，是詞話當自后山創始。

三四　奴奴

樂府，女人自稱，只言『奴』，惟黄山谷詞始有『奴奴睡，奴奴睡也奴奴睡』句，後人始用雙字，亦猶稱『人』爲『人人』之意。

三五　黄九秦七

萬氏《詞律》，少游〔河傳〕詞末句云：『悶損人，天不管。』按，山谷和秦尾句云：『好殺人，天不管。』自註云：『因少游詞，戲以「好」字易「瘦」字。』是秦詞應作『瘦殺人』，刊本皆作『悶損人』，蓋由未見《山谷詞》也。然即此一『瘦』字『好』字，已足爲『黄九不敵秦七』之證。

三六　妖邪無力

東坡〔荷華媚〕詞有句云：『妖邪無力。』按，『妖』應作『夭』，音歪，出白樂天《長慶集》詩自註，今俱作『妖』，誤也。

三七　褭蹄

歐陽永叔〔南鄉子〕詞有句云：『偷得褭蹄新鑄樣。』本《漢書》『武帝詔以黄金鑄麟趾褭蹄以叶瑞』，俗作『馬蹄』，非。

三八　闈帳淫媟之語

柳耆卿樂章，於闈帳淫媟之語最工。〔菊花新〕一闋，其尤者也。見升庵《詞林萬選》。詞云：『欲掩香幃論繾綣。先斂雙蛾愁夜短。催促少年郎，先去睡、鴛衾圖暖。　須臾放了殘針線，脱羅衣、恣情無限。留着帳前鐙，時時待看伊嬌面。』

三九　也囉

趙長卿〔攤破醜奴兒〕詞，『也囉，眞個是、可人香』，『也囉』二字乃歌語助語辭。南曲〔水紅花〕亦用此二字。按，佛經『囉』作羅打切，音『拉』，而南曲俱唱作『羅』字音，故《浣紗記》[一]有『唱一聲〔水紅花〕也囉』，不知曲中有『月明千里，故人來也囉』，仍叶羅打切也。

四〇　益壽

沈瀛〔減字木蘭花〕詞〈壽人〉云：『跪花獻酒。清徹雲璈歌益夀。』夀，古『壽』字。『益壽』二字，人都沿用，而鮮知所本。按，《太平廣記》云：『老子父爲上御大夫，娶益夀氏女嬰敷，生老子。』俗作『益壽』，非。

四一　折腰句

顧敻〔獻衷心〕詞，『繡鴛鴦帳暖，畫孔雀屏欹[二]』，蓋詞中折腰句也。今譜作上一下四爲句，非也。

[一] 浣紗記，原作『浣沙記』。

[二] 屏欹，原作『屏歌』，據《全唐五代詞》改。

四二　銀字

和凝〔山花子〕云，『銀字笙寒調正長』，按《唐書》〈禮樂志〉：『備笙[一]本屬清樂，形類雅音，有銀字之名，中管之格，音皆前代應律之器也。』又《宋史》〈樂志〉：『太平興國中，選東西班習樂者，樂器獨用銀字、觱栗[二]、小笛、小笙。』白樂天詩：『高調管色吹銀字。』徐鉉：『檀的慢調銀字管。』吳融詩：『管纖銀字密。』蔣竹山詞：『銀字笙調。』皆本此也。又按，檀的，即檀板。

四三　鞴馬

今人呼馬加鞍轡曰『鞴馬』。按，此二字極典雅，蓋本《花間》薛昭蘊[三]詞：『寶馬曉鞴雕鞍。』

四四　西崑積習

溫飛卿喜用『罛罭』及『金鸂鶒』、『金鳳凰』等字，是西崑積習。衣多爲織金花紋；罛罭，金垂纓也。

杭州《著作林》第一五期

〔一〕備笙，《新唐書》卷二二、《文獻通考》卷一四六作『倍四』。

〔二〕觱栗，原作『觱栗』，據《宋史》卷一四二改。

〔三〕薛昭蘊，原作『韓昭蘊』，據《全唐五代詞》改。

古今詞品卷五

一　宋詞元曲

王弇洲云：『宋未有曲也，自金元而後，半皆凉州豪嘈之習，詞不能按，乃爲新聲以媚之，而一時諸君，如馬東籬、貫酸夫、王實甫、關漢卿、張可久、喬夢符、鄭德輝、宫大用、白仁甫輩，咸富有才情，兼喜音律，遂擅一代之長。所謂宋詞元曲，信不誣也。』愚按，貫酸夫、宫大用、張可久祇工小令，不及馬、王、關、喬、鄭、白遠甚，未可同年語也。

二　新定樂府十五體

《嘯餘譜》有『新定樂府』十五體，名目：一、丹邱體，豪放不羈。二、宗匠體，詞林老手之詞。三、黄冠體，神游廣漠、寄情太虚，有飡霞服日之想，名曰『道情』。四、承安體，華觀偉麗，過於佚樂；承安，金章宗正朝。五、盛元體，快然有雍熙之治，字句皆無忌憚；又曰不諱體。六、江東體，端謹嚴密。七、江南體，文彩焕然，風流儒雅。八、東吴體，清嚴華巧，浮而且艶。九、淮南體，氣勁趣高。十、玉堂體，正大。十一、草堂體，志在泉石。十二、楚江體，曲抑不伸，攄忠訴志。十三、香奩體，裙裾脂粉。十四、騷人體，嘲譏戲謔。十五、俳優體，詭喻淫虐；即淫詞。愚按，此十五體，不過綜其大概而言，其實視撰詞人之手筆，各自成家。如馬致遠之朝陽鳴鳳，則豪爽一路；王實甫之花園美人，則細膩一路。各自成體，不必拘也。

三　涵虛《曲論》

涵虛《曲論》，古今羣英樂府，各有其目：馬東籬，如朝陽鳴鳳；張小山，如瑤天笙鶴；白笙甫，如鵬搏九霄；李壽卿，如洞天春曉；喬夢符，如神鰲鼓浪；費唐臣，如三峽波濤；宮大用，如西風鵰鶚；王實甫，如花間美人；張鳴善，如彩鳳刷羽；關漢卿，如瓊筵醉客；鄭德輝，如九天珠玉；白无咎，如太華孤峯；貫酸齋，如天馬脱羈；鄧玉賓，如幽谷芳蘭；滕玉霄，如碧海閒雲；鮮于去矜，如奎壁騰輝；商政叔，如朝霞散彩；范子安，如竹裡鳴泉；徐甜齋，如桂林秋月；楊淡齋，如碧海珊瑚；李致遠，如玉匣昆吾；鄭廷玉，如佩玉鳴鑾；劉廷培，如摩雲老鶴；吳西逸，如空谷流泉；錢竹村，如孤雲野鶴；馬九皐，如松陰鳴鶴；石子章，如清風爽籟；朱廷玉，如百卉爭芳；庾吉甫，如奇峰散綺；楊立齋，如風煙花柳；楊西庵，如花柳芳妍；胡紫山，如秋潭孤月；張雲莊，如玉樹臨風；元遺山，如窮崖孤松；高文秀，如金瓶牡丹；阿魯威，如鶴淚青霄；呂止庵，如晴霞結綺；荆幹臣，如珠簾鸚鵡；薩天錫，如天風環珮；薛昂夫，如雪窗翠竹；顧均澤，如雪中喬木；周德清，如玉笛橫秋；不忽麻，如閑雲出岫；杜善夫，如鳳池春色；鍾繼先，如騰空寶氣；王仲文，如劍氣騰空；李文蔚，如雪壓蒼松；楊顯之，如瑤台夜月；顧中青，如鵰鶚冲霄；趙文寶，如藍田美玉；趙明遠，如太華晴雲；李子中，如清廟朱瑟；李取進，如壯士舞劍；吳章齡，如庭草交翠；武漢臣，如遠山疊翠；李直夫，如梅邊月影；馬昂夫，如秋蘭獨茂；梁進之，如花裡啼鶯；紀君祥，如雪裡梅花；于伯淵，如翠柳黃鸝；王庭秀，如月印寒潭；姚守中，如秋月揚輝；金志甫，如秋山爽氣；沈和甫，如翠屏孔雀；睢景臣，如鳳管秋聲；周仲賓，如平原孤隼；吳仁卿，如山間明月，秦簡夫，如峭壁孤松；石君寶，如羅浮梅雪；趙公輔，如空山清嘯；孫仲章，如秋風鐵笛；岳伯川，如雲林樵響；趙子祥，如馬嘶芳草；李好古，如孤松掛月；陳存甫，如湘江雪竹；鮑吉甫，如老鮫泣珠；戴善甫，如荷花映月；張時起，如雁陣驚寒；趙天錫，如秋水芙蓉；尚仲賢，如山花獻笑；王伯成，如紅鴛戲波；王子一，如長鯨飲海；王文昌，如蒼海明珠；楚芳如，如秋風桂子；陳克明，如九畹芳蘭；李唐賓，如孤鶴鳴皐；穆仲義，如洛神凌波；湯舜民，如錦屏春風；賈仲民，如錦帷瓊筵；楊景言，如雨中之花；蘇復之，如雲林文豹；楊彦華，如春風飛花；楊大奎，如匡廬疊翠；夏均政，如南山秋色；唐以初，如仙女散花。前九十八人，已經題目；此外一百五人，並稱傑作。其名爲董解元、姚牧庵、景元啓、曾瑞卿、李伯瑜、吳克齋、李德載、王和卿、杜遵禮、程景初、趙彦暉、王敬甫、鄧學可、何正卿、趙明道、王仲誠、葉夢簡、李邦基、吕天用、睢元明、王仲元、高安道、張子友、侯正卿、史敬先、李實甫、彭伯成、李行道、趙君祥、汪澤民、陸顯之、孔文卿、秋君原、張壽卿、費君祥、陳定甫、劉唐卿、阿里耀卿、王愛山、奥敦、周卿諸、蔡善長、范冰壺、施君美、黄德潤、沈珙之、劉聰、張九、廖宏道、陳彦實、吳中立、錢子雲、高敬臣、曹明善、張子堅、王日華、王舉之、陳德和、邱士元。按，曲話惟此最先，自王弇洲《曲藻》以前，未有論及者。今各家曲，雖多失傳，存此猶有考其萬一。

四　元遺山〔驟雨打新荷〕

元遺山有小令云：『湘燕携雛弄語，有高柳鳴蟬相和。驟雨過，珍珠亂撒，打徧新荷。』一時傳播。今入曲，易名〔驟雨打新荷〕。

五 〔春光好〕本事

苕溪漁隱曰：小説紀事，亦多舛誤，豈復可信。雖事之小若如一詞一詩，蓋亦謬爾。〈淮陰侯廟〉詩『築壇拜日恩雖重』之句，《青箱雜記》謂是錢昆作，《桐江詩話》謂是黄好謙作，是一詩而有二説也。小詞〔春光好〕『待得鸞膠續斷絃。是何年』之句，《湘山野錄》[一]謂是曹翰使[二]江南贈妓詞，《本事曲》謂是陶穀使錢唐贈驛女詞，《冷齋夜話》[三]又謂是陶穀使江南贈韓熙載歌妓，是一詞而有三説也。其他如此甚衆，殆不可偏舉。

六 東坡識少游

《冷齋夜話》云：東坡初未識少游，少游知其將過維揚，作坡筆語，題壁于一山寺中，東坡果不能辨，大驚，及見孫莘老，出少游詩詞數十篇，讀之，乃嘆曰：向書壁者，定此郎也。後與少游維揚飲别，作〔虞美人〕曰：『波聲拍枕長淮曉。隙月窺人小。無情汴水自東流。只載一船離恨、向西州。　竹陰花圃曾同醉。酒未多於淚。誰教風鑒在塵埃。醖造一場煩惱、送人來。』世傳此詞

[一] 錄，原作『籙』，據《苕溪漁隱叢話》前集卷二四改。
[二] 使，原作『佚』，據《苕溪漁隱叢話》前集卷二四改。
[三] 冷齋夜話，原作『冷齋夜語』。

是賀方回作，雖山谷亦云。大觀中，于金陵見其親筆，醉墨超脱，氣壓王子猷，蓋東坡詞也。又張文潛詩云：『亭亭畫舸繫春潭，只待行人酒半酣。不管烟波與風雨，載將離恨過江南。』王平甫嘗愛誦之，不知其出于東坡也。

上海《著作林》第一九期

七　〔洞仙歌〕本事

《漫叟詩話》云：楊元素作《本事曲》，記〔洞仙歌〕：『冰肌玉骨，自清凉無汗。水殿風來暗香滿。綉簾開、一點明月窺人，人未寢、欹枕釵横鬢亂。起來携素手，庭户無聲，時見疏星渡河漢。試問夜如何，夜已三更，金波淡、玉繩低轉。但屈指、西風幾時來，又不道、流年暗中偷换。』錢塘有老尼，能誦後主詩首章兩句，後人爲足其意，以塡此詞。予嘗見一士人誦全篇云：『冰肌玉骨清無汗，水殿風來暗香滿。簾間明月獨窺人，欹枕釵横雲鬢亂。起來瓊户悄無聲，時見疎星渡河漢。屈指西風幾時來，只恐流年暗中换。』予按，東坡序云：僕七歲時，見眉山老尼，姓朱，忘其名，年九十餘，自言嘗隨其師入蜀王孟昶宮中。一日，大熱，王與花蕊夫人夜起，避暑摩訶池上，作一詞，朱具能記。今四十年，朱已死矣，人無知其詞者。獨記其首兩句云：『冰肌玉骨，自清凉無汗。』暇日尋味，豈〔洞仙歌令〕乎，乃爲足之云。則《漫叟》所載《本事詩》[一] 云，錢塘老尼能誦後主詩首兩句，與東坡〈洞仙歌序〉全然不同，自當以〈序〉爲正。《漫叟》之説，不足憑也。

[一] 本事詩，據上文，當作『本事曲』。

八　元宗〔浣溪紗〕

《南唐書》云：王感化善謳歌，聲韻悠揚，清振林木。繫樂部，爲歌板色。元宗嘗作〔浣溪紗〕詞二闋，手寫賜感化，曰：『菡萏香消翠葉殘。西風愁起碧波間。還與容光共憔悴，不堪看。細雨夢回雞塞遠，小樓吹徹玉笙寒。簌簌淚珠多少恨，倚欄干。』『手捲珠簾上玉鉤。依然春恨鎖重樓。風裡落花誰是主，思悠悠。　青鳥不傳雲外信，丁香暗結雨中愁。回首綠波三峽暮，接天流。』後主卽位，感化以其詞札上之，後主感動，賞賜甚優。按，元宗嗣位，李璟嘗作此二詞，元宗亦偶錄之耳。今以爲後主作，尤非。

九　〔望江南〕

《青瑣高議》：《海山記》云：隋煬帝泛東湖，製〈湖上曲〉〔望江南〕八闋。按，段安節《樂府雜錄》云：〔望江南〕，李德裕鎭浙日，爲亡妓謝秋娘所撰。本名〔謝秋娘〕，後改此名。亦曰〔夢江南〕。據此，則隋時初無此調也，且曲詞畧不類隋人語，因錄一闋，以祛其惑云。詞曰：『湖上柳，烟裡不勝吹。宿霧洗開明媚眼，東風搖弄好腰肢。烟雨更相宜。　環曲岸，陰覆畫橋低。線拂行人春晚後，絮飛晴雪煖風時。幽意更依依。』

一〇　《古今詞話》之誤

苕溪漁隱曰：《古今詞話》以古人好詞，世所共知者，易甲爲乙，稱其所作，仍隨其詞，牽合爲說，殊無根蒂，皆不足信也。如秦少游〔千秋歲〕『水邊沙外，城郭春寒退』，末云，『春去也，飛紅萬點愁如海』，山谷[一]嘗歎其句意之善，欲和之，而以『海』字難押。陳無己言，此詞用李後主『問君還有幾多愁。恰似一江春水、向東流』，但以『江』爲『海』耳。洪覺範嘗和此詞云：『多少事，都隨恨遠連雲海。』晁無咎亦和此詞吊少游云：『重感慨，驚濤自捲珠沈海。』觀諸君所云，則此詞少游作，明甚。乃以爲任世德作。又〔八六子〕『倚危台，恨如芳草，萋萋剗盡還生』，〔浣溪沙〕『脚上鞋兒四寸羅』，二詞皆見《淮海集》，乃以〔八六子〕爲賀方回作，以〔浣溪沙〕爲涪翁作，晁無咎〔鹽角兒〕『開時似雪，花中奇絶』爲晁次膺作，皆非也。

一一　江南柳本事

王銍《默記》載：歐陽公〔望江南〕雙調云：『江南柳，葉小未成陰。人爲絲輕那忍折[二]，鶯憐枝嫩不勝吟。留取待春深。　十四五，閒抱琵琶尋。堂上簸錢堂下走，恁時相見已留心。何況到如今。』初，歐公有盜甥之疑，上表自白云：喪厥夫而無托，携幼女以來歸。張氏此時，年方七歲。錢穆父素恨公，笑曰：正是學簸錢時也。歐知貢舉[三]，下第舉人復作〔醉蓬萊〕詞譏之。愚按，歐公詞出《錢氏私誌》，蓋錢世昭因公《五代史》中多毁吴越，故詆之。此詞不足信也。予按，

〔一〕山谷，原作『王山谷』，據《苕溪漁隱叢話》後集卷三九删。
〔二〕折，原作『拆』，據《全宋詞》改。
〔三〕舉，原作『粟』，下一『舉』字同。

《詞苑叢談》外編〔二〕載，明州女子柳含春禱於關王廟，雛僧悦其姿，作〔江南柳〕以當咒禱語，其詞同此。未知究爲誰氏之作。

一二　小詞起源

小曲有『咸陽沽酒寶釵空』之句，云李白作，而《花間集》云是張泌〔三〕所爲。莫知孰是。楊繪《本事曲》云，近世謂小詞起於溫飛卿，然王建有〔宮中三台〕、〔宮中調笑〕，樂天有〔謝秋娘〕一云〔三〕〔望江南〕。又曰：近傳李白製。然觀《隋海山記》中，有〔望江南〕調，則煬帝世已有之矣。〔四〕

〔二〕詞苑叢談外編，原作『詞苑叢詩升編』，據《詞苑叢談》卷一二外編改。

〔三〕張泌，原作『張沁』，據《全唐五代詞》改。

〔三〕云，原作『曲』，據《事物紀原》卷二小詞條改。

〔四〕按：此段所引有省略，致文意難通。楊繪《時賢本事曲子集》今佚，《詞話叢編》趙輯本無此條。《事物紀原》卷二小詞條：『楊繪《本事曲子》云：近世謂小詞起于……又曰：近傳一闋，云李白製，即今〔菩薩蠻〕。其詞非白不能及此，信其自白始也。劉斧《青瑣集·隋海山記》中有〔望江南〕調，即煬帝世已有其事也。』可資參考。

一三　山色有無中

『山色有無中』，歐公〈詠平山堂〉句也。或謂，平山堂望江左諸山甚近，公短視，故耳。東坡爲公解嘲，乃賦〈快哉亭〉詞云：『長記平山堂上，欹枕江南烟雨，杳杳沒孤鴻。認得醉翁語，山色有無中。』蓋細雨中看山，正在有無中也。然公起句是『平山闌檻倚晴空』，晴空安得烟雨，恐東坡終不能爲歐公解矣。

一四　太白〔清平樂〕

王弇洲曰：楊用修所載太白有〔清平樂〕二闋，識者以爲非太白作，謂其卑淺也。按太白〔清平樂〕本之絕句而已，不應復有詞。第所謂：『女伴莫語高眠。六宮羅綺三千。一笑皆生百媚，宸游教在誰邊。』亦有情語。予每誦之。及樂天絕句云：『雨露由來一滴恩，爭能遍却及千門。三千宮女如花貌，幾個春來無淚痕。』予輒低回嘆息，古之怨女棄才何限也。

一五　李重光小令

李重光『深院靜』小令，升庵曰：詞名〔搗練子〕，即詠搗練也。復有『雲鬟亂』篇，其詞亦同，衆刻無異。《詞苑叢談》云：常見一舊本，則俱係〔鷓鴣天〕，二詞之前，各有半闋，其『雲鬟亂』一闋云：『節候雖佳景漸闌。吳綾已暖越羅寒。朱扉日暮隨風掩，一樹藤花獨自看。　雲鬟亂，曉粧殘。帶恨眉兒遠岫攢。斜托香腮春筍嫩，爲誰和淚倚闌干。』其『深院靜』一闋云：

『塘水初澄似玉容。所思還在别離中。誰知九月初三夜，露似珍珠月似弓。　深院靜，小庭空。斷續寒砧斷續風。無奈夜寒人不寐[一]，數聲和月到[二]簾櫳。』予謂，恐是徐電發好事爲之耳。

一六　世傳〔沁園春〕

今世樂府傳〔沁園春〕詞，按《後漢書》：竇憲女弟立爲皇后，憲恃宮掖，請奪沁水公主園。然則沁水園者，公主之園也，故唐人用之。崔湜〈長甯公主東莊侍晏〉詩云：『歌舞[三]平陽地，園池沁水林。』又李義山云：『平陽館外有仙家，沁水園中好物華。』世傳吕洞賓〔沁園春〕詞，所謂『九返還丹』者，乃知唐之中世，已有此音矣。

一七　運用得趣

《詞品》云：小説載，曹西士赴試步行，戲作〔紅窻迴〕慰其足云：『春闈期近也，望帝鄉迢迢，猶在天際。懊恨一雙脚底。一日厮趕上五[四]六十里。　爭氣。扶持我去，博得官歸，恁時賞你。穿對朝靴，安排爾、在轎兒裏。更選對、宮樣鞋兒，夜間伴爾。』又劉叔凝〔繫裙腰〕詞云：

[一] 寐，原作『寂』，據《詞苑叢談》卷一〇改。
[二] 到，原作『倒』，據《詞苑叢談》卷一〇改。
[三] 歌舞，原作『歇舞』，據《全唐詩》卷七〇改。
[四] 五，原脱，據《全宋詞》補。

『山兒矗矗水兒清[一]。舡兒似葉兒輕。風兒陣陣沒人情。月兒明。廝合凑、送人行。　眼兒篏篏淚兒傾。燈兒冷清清。鴈兒陣陣向前程。一聲聲。怎得夢兒成。』均運用得趣。

一八　盧絳夢白衣婦

《南唐書》載，盧絳病痁，夢白衣美婦，歌詞勸酒云：『玉京人去秋蕭索。畫簷鵲起梧桐落。欹枕悄無言。月和清夢圓。　背燈惟暗泣。甚處砧聲急。眉黛小山攢。芭蕉生暮寒。』因謂絳曰：『子之病，食蔗卽愈。』如言，果差。數夕，又夢曰：『妾乃玉眞也。他日富貴，相見于固子坡。』後入宋，被刑，有白衣婦人同斬，宛如所夢，問其姓名，曰耿玉眞，問受刑之地，則固子坡也。亦大奇事。

一九　效東坡體〔四時調〕

《詞苑叢談》云：明至順中，有王生居金陵，嘗趁租舡往松江，泊舟渭塘，入肆沽酒，一女于簷幙間窺之，姿態獨絶，彼此注視，怏怏登舟。是夕，忽夢至肆中，見壁上花箋效東坡體題〔四時調〕，其一云：『春風吹花落紅雪。楊柳陰濃啼百舌。東家蝴蝶西家飛，前歲櫻桃今歲結。　鞦韆蹴罷鬢鬖髿。粉汗凝香沁綠紗。侍女亦知心內事，銀瓶汲水煑新茶。』其二云：『芭蕉葉展青鸞尾。萱草花含金鳳嘴。一雙乳燕出雕梁，數點新荷浮綠水。　困人天氣日長時。針線慵拈午漏遲。

[一] 清，原作『滿』，據《全宋詞》改。

起向石榴陰畔立，戲將梅子打鶯兒。』其三云：『鐵馬聲喧風力緊。雲窗夢破鴛鴦冷。玉爐熏麝有餘香，羅扇撲螢無定影。　洞簫一曲是誰家。河漢西流月半斜。要染纖纖紅指甲，金盆夜搗鳳仙花。』其四云：『山茶未開梅半吐。風動簾旌雪花舞。金盤冒冷塑狻猊，綉幙圍春困鸚鵡。　倩人呵筆畫雙眉。脂水凝寒上臉遲。粧罷扶頭〔一〕重照鏡，鳳釵斜亞瑞香枝。』後女終歸於生。然是詞未知何人作也。

予愛其造語雋妙。嘗以重資乞吳友如作畫四幀題之。今失去，而友如亦作故，不可復得。友如名嘉猷，擅人物，其補景亦極工緻。翎毛、山水、博古、花草等類，點綴得宜，雖細亦精，而仕女樓閣，尤別具一種神僊富貴氣象。玩之，直能使人身化入畫，幻爲夢境。予友蕭山王鹿春，名畊，亦善畫者，嘗謂予曰：君輩稱杜老爲詩聖，石老爲詞聖，笠老爲曲聖，吾則以友如爲畫聖。洵乎得當。

二〇　秦詞來處

《藝苑雌黃》云：『寒鴉萬點，流水遶孤村』之句，人皆以爲少游自造此語，殊不知亦有所本。予在臨安，見《平江梅知錄》〔二〕云，隋煬帝詩云：『寒鴉千萬點，流水遶孤村。』少游用此語也。又，予嘗讀李義山〈效徐陵體贈更衣〉云：『輕寒衣省夜，金斗熨沈香。』乃知〔三〕少游詞『玉籠金

〔一〕頭，原作『預』，據《詞苑叢談》卷一二改。
〔二〕平江梅知錄，原作『平江樓和錄』，據《苕溪漁隱叢話》後集卷三三改。
〔三〕知，原作『和』，據《苕溪漁隱叢話》後集卷三三改。

斗，時熨沈香』，與夫『睡起熨沈香，玉腕不勝金斗』，其語亦有來處。

二一　方回〈晚景〉詞出處

賀方回〈晚景〉云：『鶩外紅綃一縷霞。淡黃楊柳帶棲鴉。玉人和月折[一]梅花。　笑撚粉香歸繡户，半垂羅幕護窗紗。東風寒似夜來些。』其起句本王子安〈滕王閣賦〉，此子可云善盜[二]。予謂，王實甫《西廂記》以『嫩綠池塘藏睡鴨』，對『淡黃楊[三]柳帶棲鴉』，可謂盜劫盜矣。

二二　唐初歌詞

苕溪漁隱曰：唐初歌詞，多是五言詩，或七言詩，初無長短句。自中葉以後，至五代，漸變成長短句。及本朝，則盡爲此體。今所存者，〈瑞鷓鴣〉、〈小秦王〉二闋，是七言八句詩，并五言絶句詩而已。〈瑞鷓鴣〉猶依字可歌，若〈小秦王〉，必須雜以虚聲乃可歌耳。其詞曰：『碧山影裏小紅旗。儂是江南踏浪兒。拍手顧[四]嘲山簡醉，齊聲爭唱浪婆詞。　西興渡口[五]帆初落，漁浦山頭日

[一] 折，原作『拆』，據《詞苑叢談》卷一、《全宋詞》改。
[二] 此子可云善盜，原作『此可云喜盜』，據《詞苑叢談》卷一改。
[三] 楊，原脱，據上文補。
[四] 顧，《苕溪漁隱叢話》後集卷三九作『欲』。
[五] 渡口，原作『波口』，據《苕溪漁隱叢話》後集卷三九改。

未歃。儂送潮回歌底曲，樽前還唱使君詩。』此〔瑞鷓鴣〕也。『濟南春好雪初晴。行到龍山馬足輕。使君莫忘霅溪女，時作〔陽關〕腸斷聲。』此〔小秦王〕也，皆東坡[一]所作。予不解漁隱證此二詞，何以獨舉宋詞，豈坡以前無作者耶。

二三　師師令

〔師師令〕，因張子野所製新詞〈贈妓李師師〉得名也。詞云：『香鈿寶珥。拂菱花如水。學粧皆道稱時宜，粉色有、天然春意。蜀綵衣裳勝未起。縱亂霞垂地。都城池苑誇[二]桃李。問東風何似。不須回扇障清歌，脣一點、小于朱蘂。正值殘英和月墜。寄此情千里。』

上海《著作林》第二〇期

[一] 東坡，原作『東東坡』，據《苕溪漁隱叢話》後集卷三九删。
[二] 誇，原作『讀』，據《全宋詞》改。

古今詞品卷六

一　詞與古詩同義

詞有與古詩同義者。『瀟瀟雨歇』，〈易水〉之歌也；『同是天涯』，『麥蘄』之詩也；『又是羊車過也』，〈團扇〉之辭也；『夜夜岳陽樓中』，『日出當心』之志也；『已失了春風一半』，『鯢居』之諷也；『瓊樓玉宇』，〈天問〉之遺也。

二　詞與古詩同妙

詞有與古詩同妙者。如『問甚時同賦，三十六陂秋色』，即『灞岸』之興也；『關河冷落，殘照當樓』，即『敕勒』之歌也；『危樓雲雨上，其下水扶天』，即『明月積雪』之句也；『燕子樓空，佳人何在，空鎖樓中燕』，即『平生少年』之篇也。

三　詞欲婉轉而忌複

詞欲婉轉而忌複。不獨『不恨古人吾不見』，與『我見青山多嫵媚』，爲岳亦齋所誚，即白石之工，如『露濕銅鋪』，與『候館吟秋』，總是一法。

四 詞字字有眼

詞字字有眼，一字輕下不得。如〈詠美人足〉，前云『微褪些跟』，下云『不覺微尖點拍頻』，二『微』字殊草草。

五 詞有初盛中晚

詞亦有初、盛、中、晚，不以代也。牛嶠、和凝、張泌、歐陽炯、韓偓、鹿虔扆輩，不離唐絕句，如唐之初，未脱隋調也，然皆小令耳；至宋則極盛，周、張、柳、康，蔚然大家；至姜白石、史邦卿，則如唐之中；而明初比唐晚，蓋非不欲勝前人，而中實枵然取給而已，於神味處，全未夢見。

六 起結最難

詞起結最難，而結尤難於起。蓋不欲轉入別調也。『呼翠袖，爲君舞』，『倩盈盈翠袖，揾英雄淚』，正是皆然〔二〕。又須結得有『不愁明月盡，自有夜珠來』之妙，乃得。美成〈元宵〉云，『任舞休歌罷』，則何以稱焉。

〔二〕 正是皆然，《七頌堂詞繹》、《詞苑叢談》卷一作『正是一法』。

忌。

七　一直說去

晏叔原[一]熨帖悦人。如『爲少年濕了，鮫綃帕上，都是相思淚』，便一直說去，了無風味，詞家最忌。

八　取娱一時

詞中如『玉佩丁東』，如『一鈎殘月帶三星[二]』，子瞻所謂『恐它姬厮賴』，以取娱一時，可也。乃子瞻〈贈崔廿四〉，全首如離合詩，才人戲劇，興復不淺。

九　詞中境界

詞中境界，有非詩之所能至者，體限之也。大約自古詩『開我東閣門，坐我西閣[三]牀』等句來。

一〇　詞之神理

詩之不得不爲詞也，非獨〈寒夜怨〉之類以句之長短擬也，老杜〈風雨見舟前落花〉一首，詞

[一] 晏叔原，原作『晏升原』，據《七頌堂詞繹》改。
[二] 三星，原作『之星』，據《七頌堂詞繹》改。
[三] 閣，原作『間』，據《七頌堂詞繹》改。

之神理備具，蓋氣運所至，杜老亦忍俊不禁耳。觀其標題，曰『新句』，曰『戲爲』，其不敢偭背大雅如是。

一一　詞家本色

稼軒『盃汝前來』，〈毛穎傳〉也；『誰共我，醉明月』，〈恨賦〉也。皆非詞家本色。

一二　詩詞分疆

『夜闌更秉燭，相對如夢寐』，叔原則云，『今宵剩把銀釭照，猶恐相逢是夢中』，此詩與詞之分疆也。

一三　中長調轉換處

中調、長調轉換處，不欲全脱，不欲明黏，如畫家開闔之法，須一氣而成，則神味自足。以有意求之，不得也。

一四　重字須另出

重字良不易，『錯錯錯』與『忡忡忡〔一〕』之類是也。然須另出，不是上句意，乃妙。

〔一〕忡忡忡，原作『忡忡』，據《七頌堂詞繹》補。

美成《春恨》〔漁家傲〕，以『黄鸝久住如相識』、『簾前[一]重露成涓滴』作結，有離鈎三寸之妙。

一五　離鈎三寸之妙

一六　堆鍊不動宕

千里偏和美成詞，非不甚工，總是堆鍊，皆不動宕，唯『鴻影又被戰塵迷』一闋，差有氣。

一七　文字總要生動

文字總要生動，鏤金錯彩，所以爲笨伯也。詞尤不可參一死句。辛稼軒非不自立門户，但是散仙入聖，非正法眼藏。改之處處吹影[二]，乃博『刀圭』之譏，宜矣。

一八　詞有警句

『惟片言而居要，乃一篇之警策』，詞有警句，則全首俱動。若賀方回，非不楚楚，總拾人牙後慧，何足比數。

[一] 簾前，原未引，據《七頌堂詞繹》補。
[二] 吹影，《倚聲初集》作『吠影』。

一九　作手

詞須上脱香奩，下不落元曲，乃稱作手。

二〇　古詞佳處

古詞佳處，全在聲律見之；今止作文字觀，正所謂『徐六擔板』。

二一　〔竹枝〕〔柳枝〕

〔竹枝〕、〔柳枝〕，不可徑律作詞，然亦須不似七言絶句，又不似〔子夜歌〕，又不可盡脱本意。『盤江門外是儂家』，及『曾與美人橋上別』，俱不可及。

二二　長調難工

長調最難工。蕪累與癡重同忌。襯字不可少。又忌淺熟。

二三　詞中對句[一]

詞中對句，正是難處，莫認作襯句。至五言對句、七言對句，使觀者不作對疑，尤妙。

[一] 本條，原與上條連排，據《七頌堂詞繹》分條。

二四　詠物詞

詠物至詞，更難於詩。即『昭君不慣風沙遠，但時憶、江南江北』，亦費解。

二五　全首比興

放翁『一个飄零身世，十分冷淡心腸』，全首比興，迺更遒逸。

二六　特遇與數奇〔一〕

酒壁釋褐，韓偓之特遇也；『太液波翻』，浩然之數奇也。

二七　鈞天廣樂氣象

『露散綺，月沈鈎』，有勸而無諷。其人去賦〔清平調〕者，不知幾里。然是鈞天廣樂氣象，較之文正公『窮塞主』，不侔矣。

〔一〕本條，原與上條連排，據《七頌堂詞繹》分條。

二八　卓絶千古與移易不得[一]

『紅杏枝頭春意鬧』，一『鬧』字卓絶千古；『濕紅嬌暮寒』，亦復移易不得。

二九　雅正

周美成不止不能作情語，其體雅正，無旁出側見之妙。

三〇　本色當行[二]

柳七最尖穎，時有俳狎，故子瞻以是呵[三]少游。若山谷，亦不免，如『我不合太撋就』類，下此，則蒜酪體也。惟易安女士『最難將息』，『怎一个愁字了得』，深妙穩雅，不落蒜酪，亦不落絶句，眞此道本色當行第一人也。

三一　詞中妙境

文長論詩曰，『如冷水澆背，陡然一驚，便是興觀羣怨』，應爲傭言借貌一流人説法。『溫柔敦

[一] 本條，原與上條連排，據《七頌堂詞繹》分條。

[二] 本條，原與上條連排，據《七頌堂詞繹》分條。

[三] 呵，原作『阿』，據《七頌堂詞繹》改。

厚』，詩教也；『陡然一驚』，正是詞中妙境。

三二　福唐獨木橋體

山谷全首用『聲』字爲韻，注云『效福唐獨木橋體』。不知何體也。然猶〔一〕上句不用韻，至元美《道場山》，則句句皆用『山』字，謂之戲作，可也。詞中如效醉翁『也』字，效《楚辭》『些』字、『兮』字，皆不可無一，不可有二。

三三　隱括體

隱括體，不作可也。不獨醉翁如嚼蠟，即子瞻改琴詩，『琵琶』字不現，畢竟是全首説夢。

三四　過變言情

古人多於過變乃言情，然其意已全於上段，若另作頭緒，不成章矣。

三五　自然從追琢中來〔二〕

詞以自然爲宗，但自然不從追琢中來，便率易無味。如所云絢爛之極，乃造平淡耳。若使語意

〔一〕猶，原作『獨』，據《七頌堂詞繹》改。

〔二〕本條右行題『金粟詞話』。

淡遠者，稍加刻畫，鏤金錯繡者，漸近天然，則駸駸絶唱矣。

三六　論夢窗美成

宋人張玉田論詞，極推少游、竹屋、白石、梅谿、夢窗諸家，而稍詘美成。夢窗之詞，雖雕繢滿眼，然情致纒綿，微爲不足。余獨愛其〈除夕立春〉一闋，兼有天人之巧。美成詞，如十三女子，玉艶珠鮮，政〔二〕未可以其輭媚而少之也。

三七　詞意並工

李易安『被冷香銷新夢覺，不許愁人不起』，『守着窓兒，獨自怎生得黑』，皆用淺俗之語，發清新之思，詞意並工，閨情絶調。

三八　語助入詞

詞人用語助入詞者甚多，入〔三〕艶詞者甚少，惟秦少游『悶則和衣擁』，新奇之甚。用『則』字，亦僅見此詞。

〔二〕　政，原作『致』，據《金粟詞話》改。
〔三〕　入，原無，據《金粟詞話》補。

三九　麗句與佳境

柳耆卿『却旁金籠教鸚鵡。念粉郎言語』，《花間》之麗句也；辛稼軒『驀然回首，那人却在，灯火闌珊處』，秦、周之佳境也；少游『怎得香香深處，作個蜂兒抱』，亦近似柳七語矣。

四〇　鄙俚與藴藉

山谷『女邊著[一]子，門裡安心』，鄙俚不堪入誦；如齊梁樂府『霧露隱芙蓉，明燈照空局』，何等藴藉，乃沿爲如此語乎。

四一　史邦卿爲第一

南宋詞人，如白石、梅谿、竹屋、夢窓、竹山諸家[二]之中，當以史邦卿爲第一。昔人稱其『分鑣清眞，平睨方回，紛紛三變行輩，不足比數』，非虚言也。

四二　秦七黄九

詞家每以『秦七黄九』並稱者，實黄不及秦甚遠，猶高之視史，劉之視辛，雖齊名一時，而優劣

[一] 著，原脱，據《金粟詞話》補。

[二] 諸家，原作『語家』，據《金粟詞話》改。

自不可掩。

四三　范希文〔蘇幙遮〕

范希文〔蘇幙遮〕一調，前段多入麗語，後段純寫柔情，遂成絶唱。『將軍白髮征夫淚』，亦復蒼涼悲壯，慷慨生哀。永叔欲以『玉階遥獻南山壽』敵之[一]，終覺讓一頭地。『窮塞主[二]』，故是雅言，非實録也。

四四　艷麗爲本色

詞以艷麗爲本色，要是體製使然。如韓魏公、寇萊公、趙忠簡，非不冰心鐵骨，勳德才望，炤映千古，而所作小詞，有『人遠波空翠』，『柔情不斷如春水』，『夢回鴦帳餘香嫩』等語，皆極有情致，盡態最妍，乃知廣平梅花，政[三]自無碍。豎儒輒以爲怪事耳。司馬溫公亦有『寶髻鬆鬆』一闋，姜明叔力辨其非，此豈足以誣溫公，眞贋要可不論[四]也。

〔一〕敵之，原作『敲之』，據《金粟詞話》改。
〔二〕窮塞主，原作『最塞主』，據《金粟詞話》改。
〔三〕政，原作『致』，據《金粟詞話》改。
〔四〕要可不論，原作『要不可不論』，據《金粟詞話》删。

四五　千古高風

林處士梅妻鶴子，可稱千古高風矣。乃其惜別詞如『吳山青，越山青』一闋，何等風致，〈閒情〉一賦，詎必玉瑕珠纇耶。

四六　盡頭語

牛嶠『須作一生拚，盡君今日歡』，是盡頭語；作艷語者，無以復加。

四七　學柳之過〔一〕

柳七亦自有唐人妙境。今人但從淺俚處求之，遂使《金荃》、《蘭畹》之音，流入〔掛枝〕、〔黄鶯〕之調，此學柳之過也。

四八　稼軒之詞

稼軒之詞，胸有萬卷，筆無點塵，激昂排宕，不可一世。今人未有稼軒一字，輒紛紛有異同之論，宋玉罪人，可勝三嘆。

〔一〕原與上作一條，據《倚聲初集》本《金粟詞話》分。

四九　作詞必先選料

作詞必先選料。大約用古人之事，則取其新僻，而去其陳因；用古人之語，則取其清雋，而去其平實；用古人之字，則取其鮮麗，而去其淺俗。不可不知也。

五〇　讀書能工

詞雖小道，然非多讀書，則不能工。觀方虛谷之譏戴石屏，楊用脩之論曹元寵，古人且然，何況今日。

五一　景語與情語

近人詩餘，雲間獨盛，然能作景語，不能作情語。嘗從素箋見宋宗丞〔長相思〕十六闋，仿沈約〈六憶〉詩體，刻畫無餘，令人色飛魂斷。言情之作，斯爲優矣。董蒼水、錢寳汾，善爲婉麗之詞，亦往往風美動人。（宗丞新著及董、錢二家，俱集中所未及載。）

五二　長調之難

長調之難於小調者，難於語氣貫串，不冗不複，徘徊宛轉，自然成文。今人作詞，中小調獨多，長調寥寥不概見，當由興寄所成，非專詣耳。唯龔中丞芊綿溫麗，無美不臻，直奪宋人之席。熊侍郎之清綺，吳祭酒之高曠，曹學士之恬雅，皆卓然名家，照耀一代。長調之妙，斯歎[一]觀止矣。（此偶語記酒間之語，餘容細爲揚搉耳。）

五三　詠物詞不易工

詠物詞，極不易工。須字字刻畫，字字天然，方爲上乘。即間一使事，亦必脱化無跡，乃妙。近在廣陵，見程村、阮亭諸作，便爲嘆絶[二]，殆幾幾乎與白石、梅溪頡頏今古矣。

上海《著作林》第二二期

五四　善用疊字

『庭院深深深幾許。楊柳堆煙，簾幙無重數。金勒雕鞍游冶處。樓高不見章台路。雨横風狂三月暮。門掩梨花，無計留春住。淚眼問[三]花花不語。亂紅飛過鞦韆去。』此歐陽文忠公〔蝶戀花〕〈春暮〉詞也。李易安酷愛其語，遂用作『庭院深深』調數闋。楊昇庵云：一句中，連三字者，如『夜夜夜深聞子規』，又『日日日斜空醉歸』，又『更更更漏月明中』，又『枝枝枝梢啼曉鶯』，皆善用疊字也。

〔一〕歎，原作『歉』，據《金粟詞話》改。

〔二〕便爲嘆絶，原作『便嘆絶』，據《金粟詞話》補。

〔三〕問，原作『向』，據《全宋詞》改。

慘離別樓詞話

先生

《慘離別樓詞話》，載上海《民吁日報》一九〇九年一〇月五日起，迄一一月一三日，署『先生』；其中一部分又載上海《友聲日報》一九一八年七月一二日、一三日、一九日，署『先生』。今據《民吁日報》迻錄，校以《友聲日報》。原無序號、小標題，今酌加。

慘離別樓詞話目錄

慘離别樓詞話

一　題《血淚痕傳奇》

曩承乏《申報》筆政時，嘗撰《血淚痕傳奇》，隨報附刊，海内詞壇，頗有嗜痂之癖。上卷撰成後，下卷久未續成，同志中貽書獎厲及促撰下卷者，前後凡數十至。曾撰〔摸魚兒〕一解，自題上卷簡端云：『又無端、幾番惆悵。阿誰寫入粉牒。賺儂多少酸辛淚，洒向西風黄葉。君聽徹。君不見、行間都是鴛鴦血。聲聲淒切。有一縷幽魂，飛來卷裏，一讀一嗚咽。　中心事，待與何人細説。看予頭上冰雪。霎時驚醒黄粱夢，猛换舊時宫闕。愁欲絶。但私祝、根株莫被風吹折。芳菲未歇。願年少男兒，誓心恢復，努力補天缺。』

二　學作詞

余幼年學作詞，力求纖巧，專以刻劃淫冶爲工。記十五歲時，作〔如夢令〕云：『携手畫簾深處。風送口脂香度。説到兩情癡，低啐一聲佯怒。佯怒。佯怒。又把秋波偷顧。』又〔祝英台近〕有云，『偷繙畫册鴛鴦，低頭一笑又無語。臉邊紅暈』，他詞皆此類。綜計前後，所作不下二百闋。既而悔曰，此魔道也。盡取舊作付之火，嗣後輕易不作倚聲，偶有所造，一以碧山、玉田爲祖。自覺所作，視曩時少有進步。附錄近作數解于此，以質世之諳詞者。〔蝶戀花〕云：『睡鴨香殘天欲暮。一出中門[一]，便是離亭路。私祝西風休作雨。將儂吹上橫塘浦。　贈我明珠猶記否。便是重逢，已把華年誤。昨夜夢中曾見汝。可憐夢也無尋處。』又前調〈爲人題團扇〉云：『新製齊紈橫素月。僥倖終朝，纖手常親接。物尚如斯人竟別。何時乞得坤靈牒。　只恐芳菲容易歇。簾外西風，簾裏先愁絕。出入中懷殊皎潔。道儂爭惡輕抛撇。』〔念奴嬌〕〈詠手帕〉下半闋云：『記曾攜手丁寧，勸儂珍重，無異相親接。無奈幾番思拂拭，又怕離愁重疊。薄命憐卿，多情誤我，一樣真癡絕。不知今夜，夢魂可化蝴蝶。』〔金縷曲〕〈寄無量〉下半闋云：『年來我亦飄零久。賸終朝、談棋說劍，評花問柳。欲謝浮名渾未得，漸近中年以後。只萬事、蹉跎如舊。從有文章驚海內，但無端、騰誚妻孥口。歌一曲，淚沾袖。』

上海《民吁日報》一九〇九年一〇月五日

三　贈丁娘詞

比年客遊海上，久懺情禪。今歲夏間，養疴邗江，忽與丁娘重見，忽忽一晤，即別去。感春餘之墜歡，念當年之影事，因于席間倚〔鳳凰臺上憶吹簫〕調爲贈，詞云：『花種將離，絃彈錄別[二]，休將舊事重提。剩墜歡如夢，夢也凄迷。不是長亭風雨，是別淚、洒向臨歧。腸斷矣，夕陽無語，芳草

[一] 中門，《友聲日報》一九一八年七月一二日作『東門』。

[二] 錄別，《友聲日報》一九一八年七月一三日作『輕別』。

斜陧。淒淒。歡場回首，又誰料而今，死别生離。道一聲珍重，宛轉嬌啼。儂便經過萬劫，也難望、素手重携。料今宵，明月多情，還照樓西。』越日，復送之舟次，再填〔賀新涼〕一闋云：『指點離亭路。問今宵、月斜人定，汝眠何處。此去長途須珍重，正是炎風送暑。問更有、阿誰調護。縱使程途千里隔，算相思、只有儂和汝。翻則悔[二]，重逢誤。　朝來相送江干路。强回頭、道聲重見，淚花如注。便欲興辭渾不忍，淚眼頻頻偷顧。早一步一回凝佇。休道今生緣分淺，有夢魂、長繞横塘浦。無限事，向誰訴。』

上海《民吁日報》一九〇九年一〇月九日

四　《笠澤詞徵》之輯

今晨得一函，啓視之，則垂虹亭長書也。循環雒誦，如對故人。君熟於明季掌故，近有《笠澤詞徵》之輯，囑予爲之弁言，誠不朽之盛業也。兹將原書録下：『旡生先生大人有道左右：病院一别，忽忽九秋。露白葭蒼，時殷泂溯，伊人不遠，當必有懷及之乎。僕自春仲病瘍，迄今八月，荷天之寵，得不遽淪泉壤，何幸如之。然一足廢矣。夔蚿身世，夫豈僅如秋水之可憐耶。顧已無可如何，要惟努力春花，勉成盛業，庶幾有所述作，不枉昊穹因材而竺之意。憶昔己亥，家居多感，始有《松陵歷代文集》之輯。拾殘灰於既燼，發潛德而重光。文字因緣，枌榆掌故，一編之中，三致意焉。爰肇自漢莊忌夫子，迄於明季諸遺民節士，爲卷二十有四，得文四百餘篇。屈指於今，星廻一周矣。方擬排比付梓，不

[二]　翻則悔，《友聲日報》一九一八年七月一三日作『别翻悔』。

幸病魔來祟，遂致事廢半途，良用憤慨。竊復自慰，以爲身不遽死，窮而可送，則一二年後，必有出世之日。獨是垂虹亭上，經白石小紅，吹簫低唱，風流韵事，引起後來詞人不少。他姑弗論，即如玉田多情，應爲卿卿一賦，而吾鄉風致，亦既佳絕。況沈伯時之《樂府指迷》，陸友仁之《詞旨》，於填詞一遠[一]，有味言之；至於勝朝，沈詞隱遂有訂正《九宫譜》之舉，其爲益於詞壇者，更非淺尠。而分湖午夢堂，一門風雅，當代尤艷稱之。國朝代興，虹亭、頻伽，繼踵迭起，蔚爲詞宗，聲名與金風亭長、樊榭山人埒，不亦爲一邑豪哉。顧綜甄得失，彙爲一編，尚付闕如。僕用感歎，棄養疴之餘閒，續《詞綜》之雅興，多方剌取，得北宋謝絳以下迄於今代，凡百數十人詞數百首，釐成二十卷，名曰《笠澤詞徵》，以儷《松陵文集》行焉。又以《詞徵》卷少易刊，擬年内即授梓。竊仰先生當代文宗，見聞博贍，當必有以教我。擬請箸述之暇，見有敝邑先輩遺墨，不拘詩文詞集，苟可以爲拙編增益者，均乞隨時指教，僕當感銘不忘。如或賜之弁首，光吾草藁，尤屬歡迎，所甚盼也。」另紙附以近作數首。〔蝶戀花〕云：「一捻纖腰工結束。翦翦秋波，眉黛爭飛綠。姤煞猩裙看不足。小名試向花間錄。　身本當年鐂碧玉。第二泉邊，生小寨蘿屋。翠袖天涯鴻影獨。可憐漂墜西谿曲。」又七絕〈自題所作詞後集定庵句〉云：「惠山秀氣迎客舟，惠泉那許東北流。萬恨沈霾向誰咎，南望夜夜穿雙眸。」「珠聯璧合有時有，婢如夫人難後難。何處復求龍象力，如鵜如鰈[二]在長安。」

上海《民吁日報》一九〇九年一〇月一八日

[一] 遠，疑應作「道」。

[二] 鰈，原作「蝶」，據《己亥雜詩》改。

五　文道希學士詞

文道希學士詞一册，爲南陵徐氏所刊。學士生平論詞，以北宋爲宗，雅不以夢窗諸人爲然。集中有〈自序〉一首，可以覘其宗派。學士天才横溢，出其餘技，從事於此，猶欲與蘇辛相抗衡，而又無迦陵之叫囂氣，其可寶貴者以此。世傳其〔水龍吟〕一闋，爲全稿壓卷。予尤嗜其〈庚子春避地歇浦〉，調〔念奴嬌〕，云：『江湖歲晚，正少陵憂思，兩鬢衰白。誰向水精簾子下，買笑千金輕擲。淒訴鵾絃，豪斟玉斝，黛掩傷心色。更持紅燭，賞花聊永今夕。　聞説太液波翻，舊時馳道，一片青青麥。翠羽明璫漂泊盡，何況落紅狼藉。傳寫師師，詩題好好，付與情人惜。老夫無語，臥看月下寒碧。』其思哀，其音苦，其筆力横絶一時。有如此才，方許學稼軒。又〔菩薩蠻〕云：『蘭膏欲燼壺冰裂。褰帷瞥見玲瓏雪。無奈夜深時。含嬌故起辭。　徐將環佩整。相並瓶花影。斂黛鏡光寒。釵頭玉鳳單。』又云：『情深不惜明璫解。淚珠還沁鮫綃在。雲裊翠翹低。沈沈蕙思迷。　畫橋秋色淺。落葉重門掩。別久倍思量。錦衾初夜長。』又：『回面淚偷彈。此情郎忍看。』又：『凝照倍增妍。佯羞未肯前。』竟酷似五代人語。近世詞客，如況夔笙、王幼霞、張雨珊，雅有盛名，其風格要皆在學士下也。

上海《民吁日報》一九〇九年一一月一日

六　王壬秋《湘綺詞》

湘潭王壬秋先生耆年碩學，海内宗師，詩文横絶，無一世人。即出餘技填詞，亦復一往情深，不同凡豔。坊本《湘綺樓全集》中，並無詞稿，只近人所刻《六家詞》[一]中，有《湘綺詞》一卷。如〔摸魚兒〕〈洞庭舟望用稼軒韵〉云：『問汀洲、幾多芳草，青青遠黏天去。少年兒女春閨意，又對流光重數。留不住。煙波恨、逡巡踏徧湖邊路。憑闌不語。待更不傷心，此心仍似，一點未飛絮。　人間事，離合悲歡總悞。無情猶有癡妒。愁來漫寫登樓賦。未遇解人休訴。梁燕舞。還只恐、洞庭也化桑田土。當年戰苦。誰更憶周郎，風流盡在，千古浪淘處。』又〔轆轤金井〕〈廢圃尋春見櫻桃花感賦〉云：『玉窗長別，分今生、不見淚痕彈粉。春夢潛窺，驀相逢傍晚。亭亭似問。背人處、倩妝誰認。朝雨香殘，斜門煙鎖，背他思忖。　常時上林芳訊。見玉妃侵曉，撩亂雙鬟。妒殺夭桃，占東風不穩。如今瘦損。記前度、掛心提恨。又欲成陰，一時判與，早鶯銜盡。』皆深得南宋人家法者。

上海《民吁日報》一九〇九年一一月九日

七　李舜卿《搗塵詞》

頃於舊書坊內，見新化李舜卿所著《搗塵詞》，大好之。李爲道光朝人，與周自菴、孫芝房諸人，皆以詞名，而李詞實在二家之上。稿中最佳者，如〔摸魚兒〕〈爲顧曲生題幽蘭墜露圖〉云：『甚西風、情根寸寸，等閒吹墜塵土。悄無人候曾攜手，默默芳心私許。顏莫駐。早悟透、靈因夙蒂含愁吐。問花不語。記雨過悽晨，月來悲夕，總是淚零處。　漫回首，夢好都無憑據。光陰三過

[一] 六家詞，原作『六字詞』。

飛絮。湘娥錯把東皇怨，畢竟生天非誤。且遲佇。最怕聽、鮑家秋唱斜陽暮。閒愁賦與。是一點幽燐[一]，千年碧血，化作斷腸句。』〔浣紗溪〕云：『彈指光陰偪禁烟。曉風吹夢不成圓。早無消息到儂邊。　春色二分流似水，碧城千丈遠於天。芙蓉密字待誰傳。』又〈夜坐〉云：『颯颯秋聲百轉蓬。是烟是月總朦朧。思量寸寸是虛空。　踏雪了無痕可覓，行雲猶許夢能通。卻愁屈戌鎖重重。』又云：『簾箔沈沈晝影遲。忽顰忽憶忽相思。朝朝暮暮少年時。　曉鏡都誇眉月小，西風不爲鬢雲吹。略無幽怨逗冰絲。』〔玉京謠〕云：『已是看春去，鴻爪迷離，意共東皇嬾。喚苦啼鵑，聲聲空迸哀怨。恁夕陽、燕子歸來，祇冷落、誰家庭院。殘紅滿。樓臺簾幕，黃昏尋徧。　誰教咫尺如天遠。驀相逢，又愁牽淚濺。細細[二]宵長，朦朧幽夢難喚。聽隔窗、密雨絲絲，到枕畔、將魂同綰。鎮長見。莫任罡風吹斷。』〔菩薩蠻〕云：『忽忽去也來何暮。夢中覓徧相思路。風急五更寒。門前山復山。　悲嗔牽萬種。愁壓眉纖重[三]。入骨淚痕深。要郎知此心。』

上海《民吁日報》一九〇九年一一月一〇日

八　徐貫恂《碧春詞》

近編詞話，海内詞壇，多有以佳作見餉者。昨崇川徐貫恂茂才以所著《碧春詞》寄贈。如

[一] 幽燐，原作『幽憐』，據《友聲日報》一九一八年七月一九日改。

[二] 細細，《友聲日報》一九一八年七月一九日作『細訴』。

[三] 眉纖重，《友聲日報》一九一八年七月一九日作『眉梢重』。

〔綺羅香〕云：『蠅鼻燈殘，虬鬚香燼，心事更憑誰訴。組帳紗幮，如隔一重花霧。躡芳蹤、紅粉西陵，翻別恨、綠波南浦。記年時、擘取吳箋，魫窗偷寫定情句。　蓬山難與飛度。缺月能圓今夜，又逢三五。薏汝蓮儂，全仗藕絲牽住。盼蘭橈、載得人歸，憑錦字、緘將愁去。甚機緣、檢點雙鸞，再來湖上路。』〔菩薩蠻〕〈高樓詞二首集龔定公句〉云：『高樓卜罷芻尼至。鸞箋偷寫伊名字。燈火四更天。香車駕暮煙。　梨花涼弄影。燕子歸期定。春更不回頭。人間無盡愁。』『高樓特啓櫻桃宴。爐香自炙紅絲硯。花影上身時。春愁亂幾絲。　玉闌干畔路。沒個銷魂處。細語道家常。口脂聞暗香。』

上海《民吁日報》一九〇九年一一月一一日

九　周自菴《思益堂詞鈔》

長沙周自菴侍郎，爲道咸中駢體家，宗尚潘、陸，與曾、左二公相友善。所著《思益堂詞鈔》，久未得見。《六家詞》中所刊者，非全豹也。茲錄其〔高陽臺〕〈詠燭淚〉云：『顆顆圓圓，絲絲密密，替人訴盡離憂。一寸紅冰，凝寒不待涼秋。丹心爇透何曾冷，越心煎、越是長流。夜深不。照著花啼，不管花愁。　銅盤堆出珊瑚豔，訝靈芸唾結，飛燕華留。雙炷偷彈，搖風頻閃星眸。歡場獨抱無言恨，便成灰、泫也難休。餝痕收。翦向西窗，滴碎更籌。』〔喝火令〕云：『綠軟苔梳鬢，紅酣豆點唇。一簾風雨遏吟魂。待把桃花作釀，和醉嚥將春。　酒重愁無力，衫輕淚有痕。一春情緒費溫存。便到燈時，無奈得清晨。便到清晨時候，怎地得黃昏。』〔江城梅花引〕〈苦雨夜坐〉下半闋云：『新愁。舊愁。愁未休。到眉頭。到心頭。强欲推愁愁不去、雨更句留。剪燭西窗，兀坐數更籌。閒事關心呼小婢，明早看，嫩芭蕉、打碎不。』意境雖不深厚，亦自婉孌可喜。

上海《民吁日報》一九〇九年一一月一二日

一〇 陳伯弢《褒碧齋詞》

武陵陳伯弢大令所著《褒碧齋詞》，予前已錄入詞話。頃又見續稿一册，蓋最近本也。佳者直偪美成，視舊稿更覺深厚。〔綺寮怨〕〈題鶴道人沽上詞卷〉云：『對雨當風殘夜，早涼吹上衣。暗舞榭、數點狂香，征塵裏、怕見花飛。當年旗亭畫壁，黄河唱、麗日春送悽。念醉中、玉笛羌條，關山遠、怨曲當寄誰。　悵望去天一涯。昆明舊事，何堪再夢銅犀。露泫雲凄。有蟬淚、灑高枝。滄江故人都老，且漫譜、冷紅詞。悲君自悲。相思待盡處，蠶又絲。』〔滿路花〕〈和吷盦詞韻〉云：『梅驕乍逗簪，苔密初勝屧。下廊裙帶重、微風揭。無言有意，不許人撩撥。斷紅生半靨。驀地回頭，此時教恁拋撇。　歌紈啼素，淚染相思篋。殘灰書細字、看看滅。爭知恨網，不爲春蠶設。今後從休説。着甚纏緜，儘伊無箇銷歇。』

上海《民吁日報》一九〇九年一一月一三日

飲瓊漿館詞話

龐獨笑等

《飲瓊漿館詞》，載北京《國學萃編》一九〇九年第二三期，卷首有諸家詞話集評，題『詞話』，係自龐獨笑《靈蕤閣詞話》等文獻中輯録。今據此迻録，改題《飲瓊漿館詞話》。原無序號、小標題，今酌加。

飲瓊漿館詞話目錄

飲瓊漿館詞話

一 〈香海别某校書〉

番禺潘蘭史先生，四十後，更字老蘭，主香港《華報》、《實報》筆政。曾梓其文稿與游記詩集，都爲十四卷，而詞則自《海山》、《花語》二集之後，未有繼刊。有人傳誦其〈香海别某校書〉云：『客裏雲萍情緒亂。便道懽場，説夢應腸斷。莫惜深杯珍重勸。銀箏醉死銀燈畔。同是天涯何所戀。月識郎心，花也如儂面。東去伯勞西去燕。人生那得長相見。』右調〔蝶戀花〕。此詞纏綿盡致，一往情深，置之子野、耆卿，不能過也。《靈蕤閣詞話》

二 蘭史夫婦

蘭史嘗游柏林，氈裘絶域，聲教不同，碧眼細腰，執經問字，亦從來文人未有之奇也。所著《説劍堂集》，意慕定庵，而無其發風動氣。蘭史婦梁佩瓊，亦能詩詞。其斷句，如『花陰一抹香如水，柳色千行冷化烟』，『花前怕依回闌望，紅是相思緑是愁』，皆悽婉可誦。梁卒，蘭史賦〔長相思〕詞十六章，聞者掩涕。《小三吾亭詞話》

三　一代作手

蘭史詞，已梓者，《海山詞》、《花語詞》、《珠江低唱》、《長相思詞》四種，詞筆自是一代作手。求諸近代中，於納蘭公子性德爲近。並世詞家，如浙江張藴梅太史，亦嫌氣促，遑論其他。《五百石洞天揮麈録》

四　蘭史豔迹

蘭史多情，尤多豔迹。居德意志時，有女史名媚雅者，授琴來柏林，彼此有身世之感。蘭史賦〔訴衷情〕詞云：『樓迴。人靜。移玉鏡。照銀櫳。琴語定。簾影。月朦朧。芳思與誰同。丁東。隔花彈亂紅。一痕風。』他日，媚雅邀游蝶渡，招同女史二十六人，各按琴曲，延蘭史入座正拍，復成〔琵琶仙〕詞云：『僊舫晶屏，有人畫、洛浦靈妃眉嫵。歌扇輕約蘋風，雲鬟醮香霧。芳渡口、銀奩浸緑，更紅了、櫻桃千樹。初度劉郎，三生杜牧，塵夢休賦。　還憐我、似水才名，話佳日、匆匆莫閒度。都把一襟羈思，與前汀鷗鷺。扶窄袖、瑤絲代語，唤水仙、共點琴譜。只惜絃裏飛花，斷腸何處。』順德賴處舟，年七十矣，讀而豔之，詫爲奇福，因題其後云：『紇縵情雲結綺寮，萬花叢裏擁嬌嬈。文君自有求凰曲，不待相如玉軫挑。　琴雖異體一般絃，得叶宫商韻總圓。廿六嫦娥翻舞袖，倚聲齊踏〔鷓鴣天〕。』同上

從軍詞話

陶駿保

《從軍詞話》，載南京《南洋兵事雜誌》一九一〇年第四二期起，訖一九一一年第五六期，今見一九一一年三月第五六期六則，署『陶駿保編輯』。今據此迻錄。原無序號、小標題，今酌加。

從軍詞話目錄

從軍詞話

一　吳山尊〔一萼紅〕

吳山尊學士〔一萼紅〕詞〈咏秦良玉〉云：『本驚人。説土司家法，娘子世能軍。《明史稿》稱其姑覃氏亦能戰。亡國才奇，勤王力盡，巾弁徒爾紛紛。況奇捷、從容表上，弄柔翰、能武又能文。百戰歸來，三台奏對，牝牡難分。　何獨兵衣手製，破家財助餉，出自紅裙。弄筆儒生，修儀女士，誰信奇氣如雲。史稱其兼通詞翰，儀度嫻雅。到今日、風流未墜，誇宮錦、當日爲酬勳。嘉慶禮〔一〕，其裔孫以事責戍，過揚州，出勝朝賜袍示人。隔代論才，姓名合與三熏。』按〔一萼紅〕詞，有平韻、仄韻兩〔二〕體。《樂府雅詞》皆用仄韻；用平韻者，始於姜白石。此則用平韻者也。

〔一〕禮，疑當作『朝』。
〔二〕兩，原作『西』。

二 辛幼安贊開邊

自來詞家，其豪放一派，皆帶一種蕭颯之氣。〈大風〉之歌少，而〈虞兮〉之歌多，亦軍國之不祥也。惟世傳辛幼安贊成韓相開邊一詞，英氣勃勃，直欲筆歌墨舞矣。詞曰：『堂上謀臣樽俎，邊頭將士干戈。天時地利與人和。燕可伐與曰可。今日樓台鼎鼐，明年帶礪山河。大家齊唱〈大風歌〉。不日四方來賀。』或以韓之失敗，爲幼安病，曾一管之見也。

三 鄭板橋〈金陵懷古〉

鄭板橋有〈金陵懷古〉〔念奴嬌〕詞十首，其〈周瑜宅〉詞云：『周郎年少，正雄姿歷落，江東人傑。八十萬軍飛一炬，風捲灘前黃葉。樓櫓雲崩，旌旂電掃，熛射江流血。咸陽三月，火光無此横絶。想他豪竹哀絲，回頭顧曲，虎帳談兵歇。公瑾伯符天挺秀，中道君臣惜别。吳蜀交疎，炎劉鼎沸，老魅成姦黠。至今遺恨，秦淮夜夜嗚咽。』其詞氣未嘗不宏毅，然終難脱東坡〔念奴嬌〕之窠臼也。

四 板橋〔水龍吟〕

板橋〔水龍吟〕〈寄噶將軍歸化城〉詞，吾最愛誦之，如『李家部曲，程家刁斗，寬嚴兩到』，此言帥兵者宜恩威并濟也。又『柏舉興吳，鄢陵破楚，兵機最妙。寄東君、滿腹韜鈐，盲左亦須尋討』，此言帥兵者宜討論戰史也。

五　板橋自叙

板橋自叙其集云：『古人以文章經世，吾輩所爲，風月花酒而已。逐光景，慕顔色，嗟困窮，傷老大，雖刳形去皮，搜精抉髓，不過一騷壇詞客耳，何與於社稷生民之計、《三百篇》之旨哉。』可爲近代詩詞家痛乎言之。夫立言爲三不朽之一，吾人一吟一詠，不獨自寫其性情，必求有益於國事。方今時局阽危，民風柔弱，欲挽回末運，惟有提倡尚武精神，歌秦風而唱〈大風〉，庶民族有勃興之日。詩詞家之關係固非輕也。

六　軍人能詞者

軍人之能詩者已少，能詞者更不多見。近見吳祿貞都護〈滿江紅〉詞云：『攬轡躊躇，長白戍、蹄痕遍及。莫太息、層冰載道，翔風鳴鏑。暮色沉沉關月冷，朝煙漠漠寒山碧。看冰心、鐵骨破奇寒，征衫濕。　悲壯志，愁如織。馳獵騎，矢飛急。問鴉羣雁陣，廬山曾識。青海射雕留宿恨，白山縛虎憑羣力。聽聲聲、戍鼓隔江喧，斜陽泣。』吳都護曾充延吉邊防督辦，此乃在邊塞時所作。惟末句『斜陽泣』三字，仍嫌蕭颯。擬改爲『睚眥裂』，結束較緊，且全篇氣勢，亦覺完足。敢以質之都護。

南京《南洋兵事雜誌》一九一一年三月第五六期

詞通

失名

《詞通》，約作於清末。載上海《詞學季刊》一九三三年四月第一卷第一號起，訖一九三四年四月第四號。署『失名』。今據此迻錄，依原大標題釐爲六卷。原有小標題，無序號，今酌加。

詞通目錄

卷一　論字

卷二　論韻

卷六　論譜

詞通

友人趙叔雍先生，以庚午春日，偶於上海坊肆，得無名氏《詞律箋榷》手稿八册，蠅頭細字，多所涂乙，知爲未定之本；序次悉依萬氏《詞律》，更取晚出宋元人詞，爲紅友所未及見者，羅列比勘，一字一句，往往論例至數千言。計全書僅成十之二三，而積稿厚已盈尺；對於萬、徐本立舊本，糾正極多。首冠《詞通》，分立論字、論韻、論律、論歌、論名、論譜諸門，參互斠覈，至爲精審。惜稿屬草創，序次偶有淩亂；塵事牽率，未遑續爲理董。其所徵引詞籍，迄於王氏《四印齋所刻詞》，不及見《彊村叢書》，料其人或卒於清末。書雖未竟，而其志學之堅卓，運思之縝密，咸足令人佩仰無窮。因請於叔雍，將《詞通》一卷，交本刊陸續發表，藉爲斠訂《詞律》者之先導。世有知作者姓氏里居，及其生平志行者，尤盼舉以見告；庶使專門學者，不至終於湮沒而無聞，又豈特本刊之幸而已。癸酉春沐勛附記。

詞通卷一　論字

詞之體格，成於句調聲韻；而句調之同異，聲韻之乖協，皆字爲之也。詞有一名而成數調，一調而成數體，更或一體而故爲數調，一調而故爲數名，皆字數之多少爲之耳。字數之多少，綜其大要，約有四因：曰添字，曰減字，曰襯字，曰虛聲，如是而已。添字減字者，添減調中之本字，而調中之定聲，亦隨之添減者也，實也；襯字者，調中之本字，不足於意，而於調外添字以助之；虛聲者，調中之本字，不足於聲，而即於調中添聲以足之，皆虛也。虛聲之理，非能歌者不明；襯字之法，則知文者皆識。而四者之中，又必先識襯字之故，而後古詞之變通，舊譜之出入，可得而言焉。

一　正體常格中考見襯字

詞有襯字之説，以一調兩體相較而可信，以一詞兩疊相較而益可信，既如前説矣。然兩體相較，必於相異處而求其所以爲異；兩疊相較，必於應同處而求其所以不同；是必藉句調之變而後有以見之。顧有不待證諸異體，不必勘諸別詞，祇就本調常格之中，而襯字確然可見者，豈不尤信哉。

〔喜遷鶯慢〕前遍起句『四五四』，後遍起句『二三四五』，此正體之常格也。蔣竹山詞前起云：『游絲纖弱。漫著意絆春，春難憑托。』後起云：『行樂。春正好，無奈綠窗，辜負敲棋約。』蓋前起十二字，作四字三句；後起變首句四字爲二字，而加二字句過片，所謂換頭也。前起二三句之五字四字，後起三四句之四字五字，皆九字也；而實皆八字。本四字二句，而加襯字於其間，前起加一字於上句，後起加一字於下句；如是則前爲五四，後爲四五矣。何以知其然也。以句法平仄加之也。『漫著意絆春』句，除漫字爲襯字外，其『著意絆春』四字，各家皆作平仄仄平，或作仄仄仄平，而於絆字無用平者；縱亦有之，不過二十之一。以四字常句論之，平住之句，第三字用仄，即是拗聲。後遍此句云，『無奈綠窗』，音正相同。第三字用平聲者，亦甚寥寥。苟非同句，何必同拗。竹山尚有二詞，此句平仄悉合。高竹屋、趙介庵以及諸家名詞，同者極多，不勝條舉。且前句有用仄住者，如竹山云：『被閒鷗誚我』，又云：『被孤雲畫出』，而後句亦有用仄住者，如友古云，『醒魂照水』是也。前句仄住，並有用拗聲者，如王審齋云：『問誰曾開解』，蔡子政云：『正紫塞故壘』，而後句亦有用仄住拗聲者，如趙仙源云『絃管鼎沸』，蔡子政云『烽火一把』是也。前爲五字句，後爲四字句；乃用聲皆同，且至仄住亦同，拗聲亦同，何其一一吻合如此。然則前起五字句，實即後起之四字句；其爲句首加一襯字無疑矣。然則後起下一句之五字，亦句首加一襯字無疑矣。或疑襯字必調外所加；不知詞曲本調中，皆有助貼字，猶文之有語助辭；助貼者，即襯也。曲譜於調外襯字，皆用小字旁寫，而詞譜無此式。故人知曲有襯字，知調外有襯字，而不知詞有襯字；且不知後加之襯字，久而併入本調矣。如此調，前則五四，後則四五，句法參差，而字聲吻合，則此二字者，將不謂之襯字，可乎。自注：次後頁兩詞相較一篇之後。

二　曲調可證詞句中之襯字併入者

襯字並入句中之説，有可以取證於曲者。〔江城梅花引〕程垓詞：『漏聲遠，一更更、總斷魂。』《琵琶記》云：『問泉下有人還聽得無。』《碎金詞譜》依《九宫譜》收之，於『問』字、『還』字，皆作襯字。試以詞曲相較，若詞本七字，而曲作九字，則其有二襯字，宜也。今詞本九字，曲亦九字，而曲則於九字中有二襯字；可見詞之九字，亦有二襯字於其間，否則聲少字多矣。且《琵琶記》非不知聲律者，果是詞中本字，豈能割取二字，改爲襯字，使本調之聲，反作虚聲乎。顧詞家又斷不能依《琵琶記》之曲，而將詞句少填二字。然則襯字竟成詞中之本字，蓋已久矣。自注：次後頁論〔浪淘沙〕之後。

三　襯字併入正調

襯字併入正調者，如〔四字令〕一調，亦其確證。首二句四字矣，第三句六字，是加兩襯字也；第四句五字，是加一襯字也。後段亦然。此調初必全體四字，故名〔四字令〕；亦猶〔三字令〕，全首皆三字句；迨既加襯字，而後人便之，故成定體，而襯字遂并入正調耳。或謂首二句四字，故名〔四字令〕；則小令首二句四字者多矣，且何以解於〔三字令〕乎。

四　同句用襯字處各不同

〔一落索〕之加減，於〈論句〉篇中詳之矣，然又可爲襯字之確證。首句之六字，變爲七字，且無論矣，次句之四字句，加一領句字爲五字句，是即襯字也。然猶可曰或是加實字，非襯字也。如結句之六字，加爲七字。若是加實字，則句法當同。乃嚴次山云：『獨自箇，傷春無緒』，三四句法；張子野云：『問幾日上，東風綻』，四三句法；此則明是襯字。蓋嚴襯於後半句中，张則襯於句首，是襯字之明明可見者。

五　句法比較可得襯字

〔後庭花〕一調，最爲整齊；兩段各四句，而每段之上二句與下二句，又皆連用七四句法。毛熙震詞云：『鶯啼燕語芳菲節。瑞庭花發。昔時懽宴歌聲揭。管絃清越。』後疊云：『自從陵谷追游歇。畫梁塵黦。傷心一片如珪月。閑瑣宮闕。』前後字句，斠若畫一。而孫光憲詞，後段前二句，一云：『晚來高閣上，珠簾卷。見墜香千片。』每句各多一字。一云：『玉英彫落盡，更何人識。野棠如織。』首句多二字。此皆襯字也。若謂變調，則此調疊用七四句，獨變此二句，整散不倫。倘以換頭之調例之，則此類之整齊小令，句法重疊者，絕少換頭。且變調云者，必別成一格；斷無既變之後，而又可隨意參差之理。孫詞一則後段首二句各添一字，一則首句添二字；是殆欲使過片時稍舒其聲韻，故加襯字以跌宕之；故連成兩首，而加字不同。是可爲詞有襯字之確據矣。

六　由襯字變爲添字

〔卜算子〕結句，有兩段皆五字者；宋人作者，不止什九，是爲正格。有兩段皆六字者，是明明由五字而添爲六字，自成一格矣。然亦有前五字而後六字者，亦有前六字而後五字者，視前兩體皆覺參差；不知此即五字變六字之所由來也。蓋初於五字句偶添襯字，或前或後，本所不拘。迨作者偶添此段，而嫌其不齊，則併彼段而添之；兩段既齊，乃不復辨其爲襯字矣。

七　襯字併入調中爲實字

詞中襯字，非若曲本以小字别之，可以一望而知也。詞之歌法失傳，並詞之襯字亦不可見；且恐有幷入正調之中，如唐詞之和聲，幷作實字者矣。句外增出之字，尚可見其爲襯；而其幷入調中，諸作皆同者，則無從辨之。然亦偶有可見者，如〔浪淘沙慢〕，周清真『正拂面垂楊堪攬結』之句，吳夢窗云：『見竹静梅深春海闊』，方千里云：『念一寸迴腸千縷結』，皆八字句也，皆一字領七字者也。而陳允平云：『恨入迴腸千萬結』，則僅七字。夫周、吳、方皆一字領句；若是調中本字，陳作豈能去之。故疑此字初爲襯字，後乃幷入調中，意成實字者。然今人填詞，則祇能依周體，而不敢復依陳體。蓋初字縱是襯字，而入調已久，不可追奪矣。

八　由襯字變爲減字

前説〔浪淘沙慢〕『正拂面垂楊堪攬結』之句，可爲襯字之證；抑更可爲減字之證。蓋此句第一字，實係領句之虚字，諸家皆同。無論其爲調中之本字，抑幷入正調之襯字，要之皆領句之虚字耳，減之未嘗不成句；且此字不在調首，不在句中，減之亦未必不成聲；故諸家皆用之，而日湖獨減之也。日湖本用周韻，其原句『恨入迴腸千萬結』，隨添一字，以合周調，亦似無難；則其減此字，必出於自然不覺，非由勉强；足知此字之無關要旨。

九　前後遍比較可得襯字

兩詞相較，而以羡字爲襯字，猶或疑於體格之小異也。若一詞前後遍相較，則當無所疑矣。如〔女冠子〕前遍之七八九句，即後遍之六七八句也。蔣竹山詞前遍云：『而今燈漫挂。不是暗塵明月，那時元夜。』後遍云：『吴牋銀粉砑。待把舊家風景，寫成閒話。』皆五字下六四二句也。康伯可詞前遍云：『薰風時漸動，峻閣池塘，芰荷争吐。』後遍云：『有時魂夢斷，半窗明月，透簾穿户。』皆五字下四字二句也。而竹山又一詞前遍云：『深衷全未語。不似素車白馬，卷潮起怒。』後遍云：『楚妃竹倚暮。玉簫吹了，□陂同步。』李漢老詞前遍云：『紗籠纔過處。喝道轉身一壁，小來且住。』後遍云：『引人魂似醉，不如趁早，步月歸去。』皆前遍五六四，後遍五四四。比竹山則後遍爲減，比伯可則前遍爲添；且八字自成二句；其爲襯字之添減，可以無疑。又周美成詞前段云：『聽笙歌猶未徹，漸覺寒輕，透簾穿户』，後遍云：『南軒孤雁過，嚦嚦聲聲，又無書度』，則前遍『聽』字必是襯字，更無疑矣。

一〇　減字調中見襯字及虚聲

李後主〔浪淘沙令〕前後兩遍，皆以五字句起者。柳屯田前遍云：『有一箇人人』，後遍云：『薮薮輕裙』，後少一字。杜安世前遍云：『簾外微風』，後遍云：『嶺外白頭翁』；又前遍云：『又是春暮』，後遍云：『念念相思苦』；李之儀前遍云：『霞捲雲舒』，後遍云：『魂斷酒家罏』；皆前遍少一字。是必用李後主之調而減字者。然減字則必減聲。如此整齊雙疊之小令，何以不前後遍俱減，而但減一字，使其句調參差，理必不然。萬紅友有見於此，故《詞律》謂：柳詞『有一箇人人』一字是羨字，引周美成〔柳梢青〕起句之『有個人人』爲證，而不知兩調迥殊，豈能强爲比附，而竟奪其一字。余謂柳、杜諸作，用減字之體，必前後皆減。兩遍皆四字起句；其仍有五字句者，則作者語意未足，於減字調中，仍添一襯字耳。蓋減字即減聲；此一字在減字調定聲之外添之；故但可謂之襯字，而不可視爲原調之五字句矣。如謂必係依原調，但減一字；則其四字必有虚聲以襯之，不得謂之減字。舊詞虚聲，可按譜而得者甚罕。兼存此論，亦足爲考虚聲之一助。

一一　添字減字襯字虚聲以一調各詞舉例

〔八聲甘州〕一調，於添字、減字、襯字、虚聲，皆備焉。試取常調之柳屯田詞爲準，而以諸家異體之詞比較之。柳詞云：『對瀟瀟暮雨灑江天，一番洗清秋。漸霜風悽緊，關河冷落，殘照當樓。是處紅衰綠減，苒苒物華休。惟有長江水，無語東流。』後疊：『不忍登高臨遠，望故鄉緲邈，歸思難收。歎年來蹤跡，何事苦淹留。想佳人、妝樓長望，誤幾回、天際識歸舟。爭知我、倚闌干處，正恁閒愁。』蕭列詞於『漸霜風』三句，作『殘春幾許，風風雨雨，客裏又黃昏』，去其領句之字，是減一字；而『客裏』句五字，與張鎡『閒咏』句五字皆實者不同，當是於句中襯一字。胡翼龍詞於『苒苒』句，作『倚西風、誰可寄芳蘅』，是加三字。張鎡詞於『無語』句作『閒詠命尊罍』，是加一字。楊恢詞於前疊『苒苒』句作『誰品春詞』，後疊『何事』句作『白鶴忘機』，是前後各減一字。張鎡詞於『想佳人』句作『喚汝東山歸去』，少一字。此本上三下四句，前三字多用虚字換接者。今作二四，可減處或寓虚聲；與蕭列之去領句字，及楊恢之去句中實字，其理不同。劉過詞於

『倚闌干』句作『看東南王氣』，錢應庚詞作『待翦鐙深坐』，皆添一襯字。此字添於三字之下，非領句字，故可謂之襯字也。此詞並可證句法同異之理，别詳〈論句〉篇中。蓋此起句本四字三句之調；兩體各添襯字，正體添於第二句

一二　減字於音節之變否

有字雖減而音節不變者，亦即有因減字而變音節者。〔風流子〕前段，三四五六句，如張耒云：『奈愁入庾腸，老侵潘鬢，漫簪黄菊，花也應羞。』以一仄字，領起四字四句者也。賀方回則去其領句之字。後遍之六七八九句，亦以一字領起，與前遍例同。張古山亦去其領句之字。此猶前論陳日湖〔浪淘沙慢〕之減字，未必有礙於音節，是不變者也。若前段七八九句，『楚天晚，白蘋香盡處，紅蓼水邊頭』，三字一句，五字兩句。而吴夢窗云：『自引楚嬌天正遠，傾國見吴宫』，作七字一句，五字一句。是以兩句去其一字，而併爲一句。隨口讀之，音節即殊；不待能歌者而後知其變矣。

一三　一調中襯字之添減變换

〔喜遷鶯慢〕高竹屋詞云：『凉雲歸去。再約著晚來，西樓風雨。水静簾陰，鷗閒菰影，秋到露汀煙浦。試省喚回幽恨，盡是愁邊新句。倦登眺，動悲凉還在，殘蟬吟處。』後遍云：『凄楚。空見説，香鎖霧扃，心似秋蓮苦。寶瑟彈冰，玉臺窺月，淺黛可憐偷聚。幾時翠溝題葉，無復繡簾吹絮。鬢華晚，念庾郎情在，風流誰與。』此常格也。張元幹一詞，起句云：『雁塔題名，寶津頒宴，盛事簪

紳常説。』次句五字變爲四字，第三句四字變爲六字。蓋此起句本四字三句之調；兩體各添襯字，正體添於第二句，此體添於第三句也。四五六句云：『文物昭融，聖代搜羅，千里争趨丹闕。』則此體與正體同。蓋此三句爲四四六之調，皆無襯字也。何以知其無襯字。蓋起處既是四字三句調，此韵之六字句；若有二襯字，則又四字三句調矣。兩韻連用四字六句，惟〔水龍吟〕有之。然果有意爲四字六句，則必不加襯字。況此韻之下，正體六字二句，趙、蔡俱變爲四字三句，豈非連用四字九句乎。故此韻若是四字三句，則下一韻之六字二句者，趙、蔡必不變爲四字三句；而此體下一韻之變法，亦必不如下文之所云矣。下一韻之第七八九句云：『元侯勸駕，鄉老獻書，發軔龜前列。』即正體之七八句。正體六字二句，此體四字三句，而於後一句添一襯字。觀趙長卿兩遍皆用四字三句，蔡伸道前遍亦用四字三句，可爲此體添襯字之確證；亦即可爲起句十二字而各添襯字不同之確證矣。前結三句云：『山川秀，圜觀衆多，無如閩越。』正體三五四，此體三四四。蓋正體之五字句，有一襯字，而此體減之也。後疊過片句云：『豪傑姓標紅紙帖。報泥金、喜信歸來俱捷。』正體以二字三字兩句爲換頭，此體則以二字四字兩句爲換頭，蓋添一字也。正體四字五字兩句，即前遍之五字四字兩句；前遍添一襯字於上句，後遍添一襯字於下句；而此體則兩遍俱添二襯字於下句。然則襯字之説，尤明白無疑矣。五六七句云：『驕馬蘆鞭醉垂藍□吹雪芳□□月。』與正體同。八九句云：『素娥情厚，桂花一任郎君折。』則以正體之六字二句共十二字，變爲四字七字二句，共十一字。是於調中本字，減去一字也。前遍既變爲四字三句，後遍又可變爲四字七字二句者，則史邦卿一詞兩遍，俱用五七，可以爲證。而蔡伸道前遍四字三句，後遍五七二句，更與此體吻合。至若不變五七，而變四七，則辛幼安云：『千古〈離騷〉文字，至今猶未歇。』劉行簡云：『怒月恨花，須不是、不曾經著。』皆十一字，尤可爲此體之證。雖辛、劉二詞，有作十二字者，然各本相傳，各有所本；要當兩存其說。後結云：『須滿引、南臺又是，合沙時節。』則與前結相同，皆減去襯字耳。或謂既爲四字三句之調，何必添襯字。既在調中之字，何以知其爲襯字。不知調有定而腔則活也。調或板滯，則須有襯字以便於歌；而此調起句添字之處，前後不同。故雖在調中之字，而可以知其爲襯字矣。況又有別體以證之乎。更於另條詳之。

一四　僻調變體中考見襯字

冷僻之調，僅見數詞，而字句各異，有不知何者爲正格者；而就其各異之處，正可以爲襯字之確證，而並可以考見其本體焉。〔歸田樂引〕黄庭堅二闋，晏幾道一闋，《樂府雅詞》無名氏一闋，可見者僅此而已。過遍句，黄云：『看幸廝承勾。又是尊前眉峯皺。』又一闋云：『前歡幸未已。奈向如今愁無計。』次句皆七字也。晏云：『花開還不語。問此意年年，春還會否。』次句九字，襯二字也。無名氏云：『光陰轉雙轂。可惜許、等閒愁萬斛。』次句八字，襯一字也。後遍第五六句，即前遍之第四五句也。黄後遍云：『拚了又捨了。一定是、這回休了。』其前遍云：『憶我又喚我。見我嗔我。』又一闋後遍云：『這裏誚睡裏。誚睡裏、夢裏心裏。』其前遍云：『怨你又戀你。恨你惜你。』後遍下句皆多三字，萬紅友疑其衍文。然不能兩闋皆衍，紅友亦不應衹見一闋也。以晏詞及無名氏詞證之，則前後遍皆五四句。且無名氏前遍云：『種竹更洗竹。詠竹題竹。』後遍云：『念足又愿足。意足心足。』則並疊字句法，亦與黄同。可見此句必以前後相同爲正格，而黄襯入三字耳。考見本體之說，見〈論調〉篇。又此調用韻參差，可爲韻叶通融之證，見〈論韻〉篇。

一五　添減字襯字互相考見

詞中僻調，作者愈少，參差愈甚。甚至有一調僅此數闋，而每闋字句各殊者。蓋調雖草創，而聲律尚未確定，故人各爲譜，一似漫無拘檢者然。然其調既同，其聲必同，則其字之加減，正可資爲考證，而得明其變通之故焉。〔女冠子〕長調凡五體，而詞不過七闋。李漢老一首，蔣竹山『蕙風香也』一首，『電旂飛舞』一首，同體者也。康伯可一首，周美成一首，柳耆卿『淡煙飄箔』一首，『斷煙殘雨』一首，不同體者也。併竹山詞爲五體。若併漢老減字，亦作一體計之，則六體也。首二句，蔣云：『蕙風香也，雪晴池館如畫。』漢老及『電旂』一首既同，即康、柳亦皆同。而周美成云：『同雲密布。撒梨花、柳絮飛舞。』柳耆卿又云：『淡煙飄箔。鶯花謝、清和院落。』則可知爲周、柳之加字，且可知爲前二字中加一襯字矣。第三句蔣云：『春風飛到』，四字，李、康皆四字，周用五字云：『樓台悄似玉』，是加一襯字。柳之『淡煙』一首云：『樹陰密、翠葉成幄』，其『斷煙』一首云：『動清籟、蕭蕭庭樹』，是句前加三襯字矣。此由四字而加爲五字，又加爲七字也。第四五六句，蔣云：『寶釵樓上，一片笙簫，琉璃光射』，四字三句，李、康同。周云：『向紅罏暖閣，院宇深沈，廣排筵會』，是加一領句字矣。柳之『淡煙』云：『素秋霽景，夏雲忽變，奇峯倚廖廓。』是後五字中襯入一字矣。而其『斷煙』一首，則仍是四字三句。則此二首之爲周、柳加字，更可見矣。第七八九句，蔣云：『而今燈漫挂。不是暗塵明月，那時元夜。』後段云：『吳牋銀粉砑。待把舊家風景，寫成閒話。』兩段皆五字句，下接六字四字二句。漢老及竹山『電旂』一首，前段皆同，而後段則五字句下接四字二句，是十字減爲八字也。然蔣、李僅自減其後段，康伯可則並取前[illegible]減之；

於是前後皆減二字，而五字下用四字二句之變格成矣。周美成一首，前作六四四，後作五四四。是不過康體前段之五字，偶加爲六字也。其『淡煙』一首前云：『波暖銀塘，漲新萍綠魚躍。』後云：『別館清閒，避炎蒸、豈須河朔。』避炎蒸句雖七字，然與前之七字句法不同。此爲三四句法，即六字句加一襯字耳。竟謂其與前段六字句同，亦無不可。是則五字既加爲六字者，又取而減爲四字；而八字既減爲七字者，又取而減爲六字矣。其柳之『斷煙』一首，則併後段之五字而亦加之。前云：『芳階寂寞無覩。幽蛩切切吟秋苦。』後云：『因循忍便睽阻。相思不得長相聚。』是兩段五字皆成六字；而併取八字二句，減爲七字一句矣。仍合其字數，仍是十三字也。則至變而益遠矣。（按：此處原稿有脱誤）前段結處，李、蔣皆七字一句，六字一句；而其後段則變爲五字一句，四字二句。此種變法，各調頗多。康伯可則兩段皆四字三句；是減其領句字也，周則前段四字三句，後段七六二句；前無領句字，後有領句字也。柳詞二首，一則兩段皆五四四，一則兩段皆四字三句，一有領句字，一無領句字。是亦可見領句字之加減不拘矣。過片處，蔣云：『江城人悄初更打。問繁華，誰能再向天工借。』李漢老同。康伯可則八字十字；首句加一襯字也。周與康同。柳之『淡煙』一首云：『正鑠石天高，流金晝永，楚榭光風轉蕙，披襟處、波翻翠幕。』上以一字領四字二句；亦猶前之『幽蛩』七字句，可代四字二句也。下則十字中加入『披襟處』三襯字；是仍十字也；其『斷煙』一首云：『對月臨風，空恁無眠耿耿，暗想舊日牽情處。』易十字句在前，而七字句在後。柳之〔浪淘沙慢〕，即有此例；特他家所少見耳。三四五句，蔣云：『剔殘紅灺，但夢裏隱隱，鈿車羅帕。』李、康皆同。周則前二句同，而第五句六字；加二襯字也。柳之『淡煙』一首云：『以文會友，沈李浮瓜忍輕諾』，四字句同；而以七字句變四字二句，並去其襯字，亦『幽蛩』

句例也。其『斷煙』一首云：『綺羅叢裏，有人人那回飲散，略略曾諧鴛侶。』第四句用三字襯，第五句加二字襯也。第六句以下，已於前段並論之。大抵古之作者，皆自通音律；故襯字不難自爲加減。若屯田則一紙偶出，已播歌場，知必非漫爲加者。今則歌法失傳，未可以藉口於古人耳。

一六　詞調别休即添字減字之確證

詞之就舊調而變體者，其添減之字，已幾於不可見。惟全調不變，而添減一二字者，則確然可證。然所以知其爲添字而非襯字，知其爲減字而非虚聲者；則以其於舊調之外，别成一調，諸家用之，而非一二闋之偶然也。試就〔南鄉子〕一調證之：歐陽炯單遍，平仄換韻，四字起句。馮延巳即同用此調，加成雙疊，而用五字起句；是於起句添一字也。馮延巳又一首，與前首字句悉同，而不換韻；宋人多依之。惟歐陽修一詞，用馮詞不換韻體，而首句仍用四字。是於馮詞爲減一字，而復歐陽炯之舊調。卓珂月《詞統》未加細考，所以誤名爲『減字南鄉子』也。就此一調，可以舉古人添減之例。

一七　添減字之體復互爲添減

〔一落索〕之添減變換，與〔南鄉子〕之例略同。起處六字四字兩句，結處六字一句，諸家所同，當是正格。而程正伯、秦少游、李元膺皆變次句爲五字，而六四起句者變爲六五矣。嚴次山用六五起句體，而後遍次句仍減爲四字，乍觀之，似是前遍變格，而後遍仍正格；實則用變格而再變後遍，非用正格而獨變前遍也。歐陽永叔、黄魯直皆變起句爲七五，而蜀伎陳鳳儀用七五起句體，而變其後遍爲六五；是在變體中而減其後遍之一字。得此，可證嚴次山詞，亦是由變體而減者矣；並可證六一之〔南鄉子〕，確由馮詞而減者矣。至結句之七字，余既以爲襯字，而其五字者，則減字也。其有前用五字，而後仍六字，如六一、聖求者，皆用減字體而後遍添字也。

一八　減字於體格之變否

〔更漏子〕過片云：『香霧薄。透羅幕。惆悵謝家池閣。』此正調，各家所同者也。歐陽炯云：『一向凝情望。待得不成模樣。』過片首句減一字，而同頭小令，遂成換頭之調矣。

一九　今人填詞不宜通假

字之加減，既確有可以比勘而知者；則今人填詞，可以依加減之例，而通假之乎。曰：不可。古人自通聲律，其於本調之加減，必無礙於本調之聲音。故作者當循一家之體，萬不容取二三體而通假之也。如〔女冠子〕，各體紛紜，雖其加減之跡，一一可尋；而句法用韻，每闋而異。若展轉轃合，能知其必合宫譜乎。然其中亦有可以通假者；雖事所不可，而理所或可。如兩段結處，李、蔣則前段七六；蓋六字二句，而加一領句字也。故其後段，即變作五四四；亦四字三句，而加一領句字也。康則兩段皆四字三句，而皆去其領句字；周則易七六於後，而置四字三句於前；前無領句字，而後有領句字；柳則兩段皆五四四，皆有領句字；其又一首則四字三句，皆無領句字。然則一領句字也，或此用而彼不用，或後用而前不用；其句法則或改換之，或顛倒之，各家互爲出入；而領句字之用否，且不隨句法而定。然則〔女冠子〕一調，其兩結之變換，或可以各體通假乎。此爲理所可信者。然詞至今日，求其步趨不失者，尚不可得；若又從而通假之，則將去而日遠矣。故曰事所不可也。

上海《詞學季刊》一九三三年四月第一卷第一號

詞通卷二　論韻

一　韻與律

王幼遐刊戈寶士《詞林正韻》跋云：『居今日而言詞韻，實與律相輔；蓋陰陽清濁，舍此更無從叶律；是以聲亡而韻始嚴。』余謂韻不足以盡律，而律實寓於韻；今之填詞者，律之得失不可知，而韻之嚴慢，則可知者也。且論宫調者在收韻，韻誤則誤收别宫矣。故周、柳名詞，有同此一調，而分收兩宫者，即收韻之别也。

二　换韻

詞之换韻與詩異；詩有平换平，仄换仄者，詞則無之。劉光祖之〔長相思〕，前段用江陽韻，後段用東紅韻，似是由平换平，實則兩段異叶，與换韻不同。僅明人王元美曾用其體，此外不多見。

長調换韻詞，雖平仄轉换，實仍同部，是平仄互叶，非换韻也。如〔哨遍〕、〔换巢鸞鳳〕等是。故换韻詞惟小令有之耳。

雙疊小令换韻者，如兩段相同之調，後段之韻，有與前段同部者，有與前段不同部者，有平仄同部者，有平仄不同部者。即〔醉公子〕一調，可以舉例：薛昭蘊詞云：『慢綰青絲髮。光砑吳綾襪。牀上小熏籠。韶州新退紅。』後段云：『叵耐無端處。偷得從頭汙。惱得眼慵開。問人閑事來。』此後段韻與前段不同部，而平仄亦不同部者也。尹鶚詞云：『暮烟籠蘚砌。戟門猶未閉。盡日醉尋春。歸來月滿身。離鞍偎繡袂。墜巾花亂綴。何處惱佳人。檀痕衣上新。』此後段韻與前段同部，而平仄不同部者也。顧敻詞云：『岸柳垂金線。雨晴鶯百囀。家住綠楊邊。往來多少年。馬嘶芳草遠。高樓簾半捲。斂袖翠蛾攢。相逢爾許難。』此後段韻與前段同部，而平仄亦同部者也。舉一調而三體備。由此推之，則小令平仄換韻之體，皆可以此調爲例，或同叶，或異叶，或換韻，或互叶，其聲響要未嘗不同，其體例即未嘗不通耳。〔巫山一段雲〕，前段平韻，後段換仄，後仍換平韻，後段之平韻，有與前段叶者，有不與前段叶者。唐昭宗二詞，一云：『縹緲雲間質，盈盈波上身。袖羅斜舉動埃塵。明艷不勝春。』後段云：『翠鬢晚妝煙重。寂寂陽臺一夢。冰眸蓮臉見長新。巫峽更何人。』結句『新』、『人』與前段韻相叶。又其一云：『蝶舞梨園雪，鶯啼柳帶煙。小池殘月豔陽天。苧羅山又山。』後段云：『青鳥不來愁絶。忍看鴛鴦雙結。春風一等少年心。閒情恨不禁。』結句『心』、『禁』與前段不相叶。可見換韻後，其相叶不相叶，於調無與矣。

〔更漏子〕雙疊小令，由仄韻換平韻，兩段相同。溫飛卿詞：『柳絲長，春雨細。花外漏聲迢遞。驚寒雁，起城烏。畫屏金鷓鴣。香霧薄。透簾幕。惆悵謝家池閣。紅燭背，繡簾垂。夢長君不知。』平仄遞換，皆不同部者也。賀方回詞：『繡羅垂，花蠟換。問夜何其將半。侵曉履，促杯盤。留歡不作難。令隨鬮，歌應彈。舞按〔霓裳〕前段。翻翠袖，怯春寒。玉闌風牡丹。』韻雖仄平遞易，而實仍一韻。此平仄互叶，而非換韻也。孫孟文詞：『聽寒更，聞遠雁。半夜蕭娘深院。扃繡户，下珠簾。滿庭噴玉蟾。　人語静。香閨冷。紅幕半垂清影。雲雨態，蕙蘭心。此情江海深。』此兩段各用一韻，平仄互叶者也。晏元獻詞：『塞鴻高，仙露滿。秋入銀河清淺。逢好客，且開眉。盛年能幾時。　寶筝調，羅袖輭。拍碎畫堂檀板。須盡醉，莫推辭。人生多別離。』此兩段仄與仄叶，平與平叶者也。此外尚有前段互叶，而後段不互叶者；有後段互叶，而前段不互叶者；有仄與仄叶，而平不與平叶者；有平與平叶，而仄不與仄叶者；不能備錄。具此一調，而換韻小詞之韻法盡之矣。

長調用韻既多，亦還有增減於不覺者。〔女冠子〕一調，所見僅數詞，而字句參差，已成數體，而其韻亦參差各異。試全舉李漢老詞，而以各家分證之。李詞云：『帝城三五。燈光花市盈路。天街游處。此時方信，鳳闕都民，奢華豪富。紗籠纔過處。喝道轉身，一壁小來且住。見許多才子豔質，攜手並肩低語。』後段云：『東來西往誰家女。買玉梅争戴，緩步香風度。北觀南顧。見畫竹影裏，神仙無數。引人魂似醉。不如趁早，步月歸去。這一雙情眼，怎禁得、許多胡覷。』第三句『天街游處』叶韻，康伯可詞同；周美成作五字句，柳屯田皆作七字句；而叶韻則皆同。蔣竹山詞，與李漢老同體者，而此句不叶，兩首皆然，斷非偶失。況後段此句，蔣亦用叶與李同；而獨前段不叶，未免參差。且四字四句，此句不叶，則聲響頗累，非若〔沁園春〕之四字四句也。此可意會，而不能言詮，讀者自見。第六七八句『紗籠纔過處。喝道轉身，一壁小來且住』，『處』字、『住』字叶韻，而後段第六句不叶。蔣詞二首，前後皆叶，而七八二首皆作六四，頗較李詞嚴整。周詞句法小變，而亦同叶。柳詞二首，皆以三句合爲二句者；一則上句六字，下句七字，連用兩叶，是句異而韻同也；一則上句四字，下句前段六字，後段七字，下句叶而上句不叶，是少一韻矣；然猶曰句法本異也。若康伯可詞，上句五字，下二句每句四字，是去前段襯字，而後段固與李、蔣同者，則句亦未變者也。而五字句皆不叶，兩段相同，亦較李詞嚴整。蓋蔣竹山依漢老之前段，而變其後段，伯可依漢老之後段，而變其前段；要之皆使其兩段一律而已。

三　叶韻

入叶上去，宋詞固屢見矣，然皆以入聲讀作上去聲也。故所見者，皆全首上去，偶借入韻者爲多；若全首入韻，偶借上去韻者則甚少。朱敦儒〔柳梢青〕云：『紅分翠别。宿酒半醒，征鞍將發。樓外殘鐘，帳前殘竹，窗前殘月。想伊繡枕無眠，記行客。如今去也。心下難拚，眼前難覓，口頭難説。』『也』字以上聲叶入聲。無名氏〔點絳脣〕云：『殢雨尤雲，靠人緊把腰兒貼。顫聲不徹。肯放郎教歇。檀口微微，笑吐丁香舌。噴龍麝。被郎輕嚙。却更嗔人劣。』『麝』字以去聲叶入聲。夫入可以讀作上去，而上去不能讀作入。此全首入韻，而以一上去之字，羼於羣入韻之中，然則竟以上去本聲諧入聲，即猶之以上去本聲皆平聲。如〔哨遍〕一調，平仄互叶，而用平用仄，則不盡拘，與轉韻之體，平仄韻有定格者不同。是直以平與上去，視爲一例，聽作者之遺用，本已與曲韻相去無幾。此以上去與入視爲一例，竟與曲韻同矣。

杜安世〔惜春令〕起句云：『春夢無憑猶嬾起。』又一首云：『今夕重陽意深。』過遍云：『妝閣慵梳洗。』又一首云：『臂上茱萸新試。』以『起』、『洗』，『深』、『新』之平仄互易讀之，則兩句聲音如一；甚至換韻句三平，亦不因韻而易聲，是可知其爲平仄相代無疑矣。其後遍次句云：『悶無緒，玉簫抛擲』，一作『玉簫頻吹』；又一首云：『似舊年，堪賞光陰。』是又以入代平無疑矣。此三句皆除一押韻字之外，其餘平仄皆同，可見句中音節，不因韻之平仄而異。苟非四聲通叶，勢必不能無異也。是亦詞韻與曲韻相似之證也。

入韻叶上去，其夾於上去之間者易見矣。亦有轉韻詞連用入聲自叶，而實與平上去同叶者。牛嶠〔更漏子〕詞云：『南浦情，紅粉淚。争奈兩人深意。低翠黛，捲征衣。馬嘶霜葉飛。招手别。寸腸結。還是去年時節。書託雁，夢歸家。覺來江月斜。』此調爲轉韻詞，或全首四韵，各不相叶；或通首一韻，平仄互叶；或兩段各一韻而平仄互叶；或仄與仄叶，平與平叶。所謂兩段各互叶者，此詞是也。『别』、『結』、『節』皆讀作去聲；戈寶士《詞林正韻》附於『禡』韻之後，與『麻』同部，故叶『家』、『斜』。又黄山谷詞云：『體妖嬈，鬟婀娜。玉甲銀箏照座。危柱促，曲聲殘。王孫帶笑看。　休休休，莫莫莫。愁撥箇絲中索。了了了，玄玄玄。山僧無盌禪。』此仄與仄叶，平與平叶者也。『莫』字讀作去聲，『索』字讀作上聲；《詞林正韻》附於『果』、『過』韻後，故與『娜』、『座』相叶。由是觀之，曲韻之入聲派入三聲，未嘗不自詞家開之。况以入叶平，見於五代，其來遠矣。

入韻與三聲並叶，竟如曲韻者，又有五代歐陽炯〔西江月〕一詞，云：『水上鴛鴦比翼。巧將繡作羅衣。鏡中重畫遠山眉。春睡起來無力。　鈿雀穩簪雲髻。含羞時想佳期。臉邊紅豔對花枝。獨占鳳樓春色。』此直與南北曲之用韻無異。且『翼』、『力』二字，不必讀作上去，已自然相叶，謝默卿所謂：『「東」、「冬」韻無聲，今以「東」、「董」、「凍」、「督」調之，「督」之爲音，當屬於「都」、「睹」、「妒」之下。』此之謂也。此詞之『色』字，尚須讀作『塞』字之去聲，乃爲『衣』、『髻』相叶，爲曲韻之通例。若『翼』、『力』二字，則本音直叶，猶『督』字之於『都』、『睹』、『妒』矣。

四　入聲韻多有不可通之借叶

入聲韻十九部，詞韻併爲五部，可謂寬矣。而辛幼安〔生查子〕，以『濁』字夾於『雪』、『髮』、『渴』之間，是『覺藥』與『月屑』通用也。韓東浦〔霜天曉角〕，以『絶』、『北』夾於『屋』、『玉』、『促』、『作』、『獨』之間，『北』字讀作逋沃切，姜白石〔疎影〕已有其例，而『絶』字本在『屑薛』，以叶『屋沃』，則當讀若『遂』，實未嘗見者。孫光憲〔謁金門〕以『六』字夾於『得』、『益』、『色』、『日』、『擲』、『疾』、『隻』之間，『得』、『益』等字，皆『質陌』部，而『六』字在『屋沃』部，聲頗不倫，何由得誤。『六』无別讀，何由得通。非令人不解者哉。

五　入聲叶上去韻

入聲與上去通叶，曲韻固然，顧詞韻亦多有之。《菉斐軒詞韻》，識者以爲曲韻矣。然如戈順卿《詞林正韻》，在詞韻中，可謂謹嚴者；而每部皆以入代上去之字，摘列部後；誠以入代上去，宋詞蓋不少見。今試就所見者略舉之：周美成〔女冠子〕『布』、『舞』之下叶『玉』字，是去聲，讀若『裕』也。趙子發〔點絳唇〕『水』、『淚』之間叶『瀝』字，是去聲讀若『郎帝切』也。趙長卿〔卜算子〕以『腹』、『曲』叶『許』、『否』，『腹』字讀若『方補切』，『曲』字讀若『邱雨切』，皆上聲也。

六 入叶上去借書他字

劉過〔行香子〕『賽』、『蓋』之間叶『煞』字，讀若『噝』，曹元寵〔點絳唇〕『改』、『快』之間用『噝』字，柳永〔迎春樂〕『怪』、『債』之間用『噝』字，本用『煞』字去聲，而直書作『噝』耳。按，『噝』音曬，無『煞』音，亦無『煞』義；實以『煞』字去聲則音『噝』，故借其字而免注『叶』之煩，而不復問其義矣。

七 閉口韻不獨用

閉口韻獨用，固詞曲定例；然古人亦有通用者。如杜安世〔更漏子〕云：『庭遠途程。萬山千水，路入神京。暖日春郊，緑柳紅杏，香逕舞燕流鶯。客館悄悄閒庭。堪惹舊恨深。有多少馳駈，驀嶺涉水，枉費身心。』後段云：『思想厚利高名。漫惹得憂煩，枉度浮生。幸有青松，白雲深洞，清閒且樂昇平。長是宦游羈思，別離淚滿襟。望江鄉踪跡，舊游題書，尚自分明。』詞中前段之『深』字、『心』字，後段之『襟』字，俱閉口韻也；而與『京』、『鶯』、『名』、『生』、『明』同押，且一詞屢犯，非偶誤者。又黄機〔南鄉子〕云：『簾幙閟深沈。燈暗香銷夜正深。花落畫屏檐細雨，涔涔。滴破相思萬里心。』後段云：『曉色未平分。翠被寒生不自禁。待得夢成多惡況，堪顰。飛雁新來也誤人。』前段用『沈』、『深』、『涔』、『心』，皆閉口韻，後段『禁』字亦閉口韻，凡五字，而與『分』、『顰』、『人』三字同押，亦斷非偶誤者。杜詞以『庚青』部而雜『侵』部之韻，黄詞則以『侵』部而雜『文』『真』之韻。

玉田可謂深於音律者矣，而〔醉太平〕一調，『屏』、『雲』、『嗔』、『春』、『迎』、『晴』與『尋』、『陰』並叶。白石能自製新腔者矣，〔高溪梅令〕旁注字譜，而『人』、『鄰』、『陳』、『春』、『雲』、『盈』與『尋』、『陰』並叶。

八　鄉音叶韻

《古今詞話》記林外題詞垂虹橋，傳者以爲仙。壽皇笑曰：『此閩人作耳，蓋以「老」叶「我」，知其閩音。』夫韻者，自然之音耳；宋元人詞，既無詞韻之書，其勢必出於自然之音，讀之而叶，即是韻矣。讀之而叶，則其勢又必至於用鄉音。沈約韻書，亦嘗以鄉音範天下被譏，況詞無詞韻之時乎。趙長卿〔水龍吟〕以『少』、『了』、『峭』叶『晝』、『秀』，《四庫提要》謂：『純用江右鄉音。』然趙青山〔氏州第一〕以『狗』叶『老』、『曉』，周紫芝〔如夢令〕以『草』叶『晝』、『候』、『瘦』、『袖』，〔點絳唇〕以『有』、『口』叶『早』、『小』、『老』、『笑』，三家借叶皆同。按《詩·陳風》〈月出〉之篇，『皎』、『皓』、『糾』、『瀏』、『受』相叶，又《豳風》：『四之日其蚤，獻羔祭韭』，叶法亦同。然則『筱』、『有』兩部之通叶，固不僅爲近世之鄉音矣。前所述者，或衆韻中羼雜一二，或全闋中參差相叶，人猶一讀而知也。若李彌遜〔清平樂〕云：『燭光催曉。醉玉頽春酒。一騎東風消息到。占得鼇頭龍首。』『曉』、『到』，『酒』、『首』相間互叶，乍讀之，一似隔句自爲叶者；將謂〔清平樂〕有此用韻之別格，而不知其兩部之通用也。

王炎〔南柯子〕『姝』與『支微』相叶，則『姝』讀若『姿』，今日吴越間尚然。曹組〔點絳唇〕『子』與『黍』、『雨』、『住』、『度』相叶，則『子』讀若『主』。沈端節〔謁金門〕，『起』

與『去』、『樹』、『語』、『渚』、『雨』、『楚』、『句』相叶，則『起』讀若『去』字上聲，如『去食』、『去兵』之『去』；今日蘇滬梨園排演之單，以某伶飾某人爲『去某人』，而『去』字又書作『起』；文人評劇者，亦兩字並用；實則『去』訛爲『起』也。

陳允平〔南歌子〕『翹』、『銷』與『樓』、『洲』、『篌』、『愁』爲叶，盧炳〔武陵春〕『橈』、『嬈』、『梢』與『頭』、『愁』、『流』爲叶。

吳夢窗〔朝中措〕用魚虞韻，而於『初』、『奴』、『書』、『夫』之間，夾一『尤』韻之『浮』字，蓋俗音讀若『孚』也。

九　詞用古詩通韻

杜安世〔賀聖朝〕，用『滯』、『替』、『媚』、『細』、『計』，皆『紙寘』韻，而中夾『待』、『愛』二字，則在『蟹泰』韻，在古詩亦有通者。戈氏詞韻，合爲一部。此其通借，較『支魚』爲稍近，而其爲借叶則一也。

一〇　詞韻通借

詞韻之通借，有不必其爲古音，亦不必其爲鄉音者。毛澤民〔調笑令〕用『冷』字起韻，而以『暖』、『晚』等字爲叶。周美成〔女冠子〕用『無』字起韻，而以『會』字爲叶。楊无咎〔點絳唇〕用『去』字起韻，而以『竄』字爲叶。《絶妙好詞》收無名氏〔謁金門〕，用『坐』字起韻，而以『痦』字爲叶。

一一　古詞俗叶補入韻書

俗音叶韻，宋人習以爲常。戈順卿《詞林正韻》每收附本部之末，然尚多未盡者。姜白石〔暗香〕云：『但暗憶，江南江北。』以『北』字讀逋沃切，與『玉』、『宿』、『竹』、『獨』爲叶，戈《韻》收附沃部。孫光憲〔後庭花〕云：『石城依舊空江國。故宮春色。七尺青絲芳草綠。絶世難得。　玉英彫落盡、更何人識。野棠如織。只是教人添怨憶。悵望無極。』『七尺』句按譜必叶，故萬紅友《詞律》以爲『碧』字。不知『綠』字北音讀若『律』，以與『色』、『得』、『識』、『極』爲叶，亦猶白石『北』字之例也。戈《韻》例應附『質』部『術』韻之末，而偶遺之。凡似此者，皆可爲之補入，於詞韻未爲無功，於戈氏亦未嘗非良助耳。

一二　名人名詞重韻

重韻詞出於名手者，李易安〔鳳凰臺上憶吹簫〕前段句云：『生怕離懷別苦，多少事，欲説還休。』過片云：『休休。這回去也，千萬遍〔陽關〕，也則難留。』重『休』字韻。李漢老〔女冠子〕前段句云：『天街游處。此時方信，鳳闕都民，奢華豪富。紗籠纔過處。喝道轉身，一壁小來且住。』重『處』字韻。但兩詞皆有可疑者。《樂府雅詞》所收李易安詞過片云：『明朝這回去也』，注云：『别本作休休。』其結句云：『從今更數，幾段新愁』，注云：『别本作更添一段。』按注與今日傳本同，想是秦玉生校刻時所注。然即此可見易安初有一詞，後復更定。凡更定文辭，多不免枝節而爲之，故與初稿重韻而不覺；觀其結句，更定之後，於律乃細；而『休休』之句，勝於

『明朝』，又不可以道里計；則『明朝』之句，殆爲初稿無疑矣。汉老詞兩節相连，前節以一句領三句，後節爲一句領二句；其所重『處』韻恰在兩節領句之句，且甚相近；非如易安詞雖隔一韻，而已在後半闋也。且〔女冠子〕如漢老體者僅三詞，而蔣竹山二詞，於『天街游處』句皆不叶，獨漢老用叶，或者其有傳訛乎，

毛熙震〔後庭花〕起句云：『輕盈舞妓含芳豔。競妝新臉。』結句云：『時將纖手匀紅臉。笑拈金靨。』『臉』字重韻。陳克〔謁金門〕起句云：『深院静。塵暗曲房淒冷。』結句云：『夜長人獨冷。』『冷』字重韻。

李易安〔武陵春〕後疊云：『聞説雙溪春尚好，也擬泛輕舟。衹恐雙溪舴艋舟。載不動、許多愁。』連押『舟』字，一意引伸，非無心複韻者比。杜善夫〔太常引〕後疊云：『别時情意，去時言約，剛道不思量。不思量是不思量。説著後、教人語長。』與易安詞之複韻正同。

一三　韻叶之變換添減

詞中用韻，變换添減之例甚多：有二句連韻，而可疊可不疊者；有二句本連韻，而上句或不用韻者；有增韻者，有減韻者，有换叶者，有借叶者，有句中夾叶者，更僕難盡。而舉〔江城梅花引〕一體，可以略盡其變。試錄康與之詞爲準，而分證之。康詞云：『娟娟霜月冷侵門。怕黄昏。又黄昏。手撚一枝，獨自對芳樽。酒又不禁花又惱，漏聲遠，一更更、總斷魂。』後段云：『斷魂。斷魂。不堪聞。被半溫。香半薰。睡也睡也睡不穩、誰與溫存。惟有牀前銀燭、照啼痕。一夜爲花憔悴損，人瘦也，比梅花、瘦幾分。』按此詞前後段第二三句，皆連韻而非疊韻。康前段用兩『昏』字，

趙霞山後段云：『也問天。也恨天。』用兩『天』字，皆疊韻；此所謂連韻而可疊可不疊者也。又後段二三句，周草窗云：『倚清琴，調大招。』諸家同草窗者多；此所謂二句本連韻，而上句或不用韻者也。『睡也睡也』句，在平仄叶體則用韻，而全用平韻體，則此句無韻。而趙霞山云：『髻兒半偏。』與『天』、『寬』相叶。又『漏聲遠』、『人瘦也』二句，仄住無韻，而吳夢窗云：『竹根簾小簾垂。』與『微』、『嘶』相叶，此所謂增韻者也。換頭句『斷魂。斷魂』。兩『魂』字叶韻，而夢窗云：『帶書傍月自鉏畦』，『書、月』不用韻；此所謂減韻者也。此調有平仄互叶體，後段前四句用仄韻，此所謂換叶者也。互叶之體，換頭前四字，仍是平叶。如洪忠宣之『一枝。兩枝』，各家多同，而王觀云：『怨極。恨極。』以『極』字入聲借平而叶『誰』、『飛』；此所謂借叶者也。換頭七字爲句，而第二字第四字用韻；此所謂句中夾韻者也。凡此各例，散見於各調各詞者甚多，别爲條舉而詳説之。此以一調而盡其概，故述之以便省記云。

一四　同句連叶或疊字或不疊字

詞中句法相同而連叶者，或用疊韻，或不用疊韻，往往不拘。如〔江城子〕第二三句，秦少游云：『動離憂。淚難收。』後段云：『恨悠悠。幾時休。』皆不用疊，諸家悉同；而辛稼軒前云：『晚風吹。曉風吹[一]。』後云：『欲開時[二]。未開時。』前後皆疊。周草窗則後段云：『似多情。似

[一]　曉風吹，原作『晚風吹』，據《全宋詞》改。

[二]　後云欲開時，原作『欲後云開時』，據《全宋詞》乙。

無情。』又云：『愛鶯聲。惡鵑聲。』後段疊而前段不疊。又如〔江城梅花引〕第二三句，即〔江城子〕二三句之例。康伯可云：『怕黃昏。又黃昏。』亦用疊韻。又〔長相思〕起句，宋詞或疊韻，或連叶，諸家不同，已成通例。

一五　同句連叶者上句或不叶

句法同而連叶者，上句或不必叶，如〔江城梅花引〕後段二三句，康與之詞云：『被半溫。香半薰。』連叶者也。而周草窗之『倚清琴，調大招』，陳日湖之『渺蓮舟，浮翠瀛』，皆上句不叶。諸家不叶者甚多，即周、陳亦不止一首。又如〔長相思〕，起句連叶者也。而楊季和云：『溪水清，溪水渾。』向伯恭云：『年重月，月重光。』楊首句不起韻，猶用平聲住；向則竟用仄住，未見他作矣。伯恭『月』字，殆借作平。

一六　連叶之韻上句不用韻

詞中應叶之處，而作者偶不用叶，宋詞甚多。每在兩句有韻之處，而省其上句之韻；此例實唐詞開其先。如〔天仙子〕第四五句，皇甫松云：『登綺席。淚珠滴。』兩句皆叶者也。和凝二闋，一云：『桃花洞。瑶臺夢。』亦兩句俱叶；一云：『懶燒金，慵篆玉。』則上句不叶，且用平住。又〔長相思慢〕後段第六七句，秦觀云：『曉鑑堪羞。潘鬢點、吳霜漸稠。』『羞』、『稠』連叶。柳永云：『牆頭馬上，慢遲留、難寫深誠。』『上』字不叶。袁去華云：『流怨清商，空細寫、琴心向誰。』『商』字不叶。袁尚用平住，柳則竟用仄住矣；前者尚同是三字句，後者則長短句也。

一七　連叶之句兩句俱不叶

兩句連叶之處，上句不叶，如前述矣。亦有兩句俱不叶者。夫詞，以聲言之，則以韻爲拍；以文言之，則以韻爲節。若住句之韻而去之，豈非滅其一拍，失其一節乎。〔歸田樂引〕山谷詞起句云：『對景還銷瘦。被箇人、把人調戲，我也心兒有。』首句起韻爲一節，次三句爲一節。《小山詞》及《樂府雅詞》無名氏詞，次句皆用叶。次句非住句處，無論山谷、小山，孰爲正格，要之可叶可不叶，無關宏旨也。前遍第四五句，即後遍第五六句。山谷前遍云：『憶我又喚我，見我嗔我』，後遍云：『拚了又捨了，一定是、這回休了』，兩句俱不叶。無名氏前遍云：『種竹更洗竹。咏竹題竹。』後遍云：『念足又願足。意足心足。』兩句俱叶。小山前遍云：『願花更不謝，春且長住。』後遍云：『對花又記得，舊曾游處。』上句不叶，下句叶。竊以爲小山當是正格，山谷及無名氏之兩叶兩不叶，俱爲疊字所牽耳。然上句多一叶，固自無妨，閒句無韻處，各家用叶者，不勝覼舉，如後條所引是也。惟住字叶韻處，而不用叶，殊不多見；豈真可去其一節一拍哉。或山谷此詞，並下句爲節歟。

一八　無韻之句用韻

詞中不必叶之處，而作者偶用叶，宋詞甚多，今略舉之：如〔訴衷情〕末三句，晏殊云：『皆時拚作，千尺遊絲，惹住朝雲。』絲字句，各家皆不用韻。而賀方回云：『不堪回首，雙板橋東。罷畫樓空。』趙坦菴云：『雨潤風滋。功與天齊。』蔡友古云：『可憐今夜，明月清風。無計君同。』『東』、『滋』、『風』，皆叶韻。然猶同是四字句也。〔采桑子慢〕潘元質云：『數點新荷，翠鈿輕泛水平池。』後段亦同，各家詞皆然；而吳禮之前段云：『去也難留。萬重烟水一扁舟。』後段云：『先自悲秋。眼前景物衹供愁。』『留』、『秋』用韻，則非句法相同者矣。此正可與前節所引減韻之〔長相思慢〕相比例。

上海《詞學季刊》一九三三年八月第一卷第二號

詞通卷三　論律

一　溫飛卿之嚴律

唐詞由詩初變，體格尚寬，故律亦未細，或一句而平仄全異；或兩作而韻叶已殊。張志和〔漁父〕，通首平仄相反；孫光憲、閻選〔八拍蠻〕，僅一七言絶句之體，而首句或用韻，或不用韻；論詞於唐，幾疑其無所謂律矣。而不知唐詞之律，且有嚴於宋人者。溫飛卿〔荷葉杯〕二闋，〔定西番〕三闋，〔南歌子〕七闋，以調論，則頗有平仄通用之字；而溫詞平仄字字相同，未嘗有一字通用者。在〔荷葉杯〕聲促韻繁，平仄或不容不謹，非唐詞之似詩者可比。然〔南歌子〕則音調流美，去詩不遠，人所易忽者矣；何亦謹嚴如是。七闋如一，夫豈無意而然者歟。

二　字聲嚴密見律

唐詞聲律之嚴者，皇甫子奇之〔摘得新〕二闋，銖黍不爽，試錄而校之。詞曰：『酌一卮。須教玉笛吹。錦筵紅蠟燭，莫來遲。繁紅一夜經風雨，是空枝。』又一首曰：『摘得新。枝枝葉葉春。管絃兼美酒，最關人。平生都得幾十度，展香茵。』今以兩首逐句逐字比勘，第一句入入平，第二句平平入入平，字字皆同，第三句，前三字上平平皆同，後二字一連用入入，一連用上上，雖入上不同，然三仄中上入本通，非若去聲獨用；且兩句之用疊聲則固同，此當爲律所限，否則何以謹嚴如此。後三句三仄不同，而平仄同，第五句前一首之『一』字，後一首之『幾十』字，皆借作平也。

三　句調錯綜見律

合衆詞以見律，則字句也，韻叶也，平仄也，腔節也，比之而皆同，斯律見矣。然有一調之中，衆詞各異，而可以確知其律者。〔少年游〕前後二遍，遍各二節，每節或七五兩句，或四四五三句；蓋兩腔相彼此而已。而宋人賦此調者，多至十餘體，或上此而下彼，或前彼而後此，或參差互立如犄角，或左右並駕如兩驂；或兩節連用於一腔，如蟬緌之貫聯，或一節獨異於三節，如山魈之獨脚；拙譜所編，變相略盡，錯綜變化，皆此兩腔互組而成。豈隨一詞而爲一律耶。將此調之本無所謂律耶。不知此兩節者，其腔實二而一者也。七字句之與四四句，七五句之與四四五句，在他調中，多相通之處；已詳〈論句〉、〈論字〉篇中。其於此調可爲確證者，詳於拙譜本調注中，與此參閱，可瞭然其故。蓋此調之四四五三句，仍即七五兩句，故諸家可以縱横左右，隨意組合，而於律無失，字句異而聲同也。然有七五添字而爲七六者，更有四四五減字而爲四四四者，參差出入，亦隨作者之所施；是不但腔節不同，而字句亦不同矣。而不知五字之添而爲六，減而爲四，他調中亦皆有通用者，字句雖不同，而仍未嘗不同也。其間更有平叶之句，而以仄住者，有平起仄起全句相反者，而同編宫調，則并韻叶平仄，而亦不同焉。腔節字句，韻叶平仄，一一皆不同，其律宜不必同矣；而律實無不同。何以知之。不獨以他調字句通用知之也；前後互施，上下錯出，其所以可縱横而左右之者，爲其隨所施，而不虞失律也。否則一定之調，而曰『聽客之所爲』；『專家之詞』，而曰：『今日我爲政』；

宋時有此詞調，有此詞人乎。

四　隨聲生律

詞調之似詩者，格律每不甚嚴，而似絶句詩者，則尤甚。〔竹枝〕多作拗聲，全無定格；〔八拍蠻〕僅此數首，而首句或起韻或不起韻，遂有平仄仄住之殊；其餘同調之作，或此平起而彼仄起，或此拗字而彼不拗，或全首平仄不同，或前後平仄拗接，不可縷數。大抵唐時詩皆可歌，旗亭畫壁，皆絶句也；就詩而成歌，非倚歌而成詩。迨作詩而命之曰『詞』，則亦以歌詩者歌詞矣。不然，旗亭之事，詩固久出，猶得曰先已因詩而製譜也。若〔清平調〕一時三首，三首之中，『名花傾國』『一枝濃豔』，皆平字起頭，『雲想衣裳』則仄字起頭，而帶一拗字，三首之聲，必不能一律，此可斷言者；而醉中起草，臨時宣進，命梨園子弟約略調撫絲竹，促龜年歌之，而明皇遂能倚玉笛和之；苟非就詩而成歌，何能如是。《碧鷄漫志》云：『明皇宣白進〔清平調〕詞，乃是命白於〔清平調〕中製詞。』蓋謂當時有此調，而太白倚其聲。然則何以二首平起，一首仄起耶。是可知其非倚調者矣。

五　宋詞僻調守律之嚴

盛播管絃之调，名作既多，字音一律，其平仄之確不可易者，固可以尋聲而定墨矣。然即宋詞僻調亦有之；〔女冠子〕前段結句，蔣竹山云：『况年來心懶意怯，羞與鬧蛾争耍。』其又一闋云：『但悄然千載舊迹，時有閒人弔古。』李漢老『見許多才子豔質，携手並肩私語』。『心懶意怯』四字，平上去入三作皆同，此當有不可易之理在；不然無如此之合巧也。即句首之去聲字，亦三作無異；此調此體，僅李、蔣三闋，而三闋如一；他家即皆變調，前段結句，無與此同者。《詞律》以『意怯』二字爲可平，毫無憑證，貽誤來者不鮮。

又〔女冠子〕後段過片二句之下接云：『剔殘紅灺。但夢裏隱隱，鈿車羅帕』三句，『但夢裏隱隱』五字仄聲，去去上上上；其又一闋云：『料貝闕隱隱』，去去入上上；李漢老云：『見畫燭影裏』，亦去去入上上；五仄既同，領句之去聲又同，其爲必不可易亦明矣。況全句中，惟第三字兩入一上；然則所不同者，僅一上耳。而上入之相代，亦如平入，是仍未嘗不同也。《詞律》亦以『裏』、『隱』二字爲可平，想因康伯可調而借證耳。然康詞實已變體。在他調體異句同者，可以借證；獨於此調此句，則不可借證。蓋此體僅此三詞而五仄險拗，三詞如一，斷非漫然而然者。謂此調不必依此體，而宜依康體則可；謂蔣詞之『裏』、『隱』二字爲可平，則必不可。

六　自然見律

聲律者，自然之事，而不出於勉强。自聲失而作詞者以比勘字句，斠量聲韻，爲盡律之能事；於是謹嚴中有律，而自然中無律；凡言律者，咸勉强爲能知律焉；皆食馬肝中毒，而仍未嘗知味者耳。晏幾道〔思遠人〕云：『紅葉黃花秋意晚，千里念行客。看飛雲過盡，歸鴻無信，何處寄書得。淚彈不盡臨窗滴。就硯旋研墨。漸寫到别來，此情深處，紅箋爲無色。』凡同頭小令，字句平仄，皆前後相同；即换頭之調，其間相合處，亦莫不然。小山此詞固同頭小令也；兩遍各五句，以七五起，以五四五煞，前後一律，可謂極嚴整者；而其字句之平仄，幾於全體不同：首次句七五起韻，兩句爲一節，而上句全反；三四句一字領起兩句如一句，而上句亦全反；結句爲收調處，宮調所别，分刌宜謹，而前後亦相反；惟前後二五句，以五字成句者凡四句，平起仄起各不同，而第三字則皆用去聲，四句皆然，如守戒令。由是觀之，一字之嚴，猶且若是，况於全句乎，况於全遍乎。是可知句調悉同，而兩遍之用聲全異者，即其律也；句法既異，而四字之用聲必同者，亦其律也；此可謂律出於自然者也。小山此調僅一闋，他家亦無作者，而律之明白昭著若此，奈何諉爲不可知哉。〈論調〉篇中有變體互校，可得本格一則，藉〔歸田樂引〕一調論，與此相爲出入，可以互觀。

七　東坡用律之嚴

詞至於以七絶詩爲調，其律之未必嚴可知矣。東坡天才放逸，所謂『銅琶鐵板』者，其不肯爲律所拘，抑亦明矣。乃以東坡爲七絶體之詞，而其律有不敢不謹者；然則學詞者，固可幸格調之寬以藏身，利古人之疎以藉口乎。〔陽關曲〕，唐絶句也，而當時已有三疊之聲；是殆有律之詩，故變爲〔小秦王〕而仍成宋詞。試舉東坡三作以證其律，當知有不容假借者。王右丞〔陽關曲〕之『渭城朝雨裛輕塵。客舍青青柳色新。勸君更盡一杯酒，西出陽關無故人』，東坡三闋，其〈中秋作〉云：『暮雲收盡溢清寒。銀漢無聲轉玉盤。此生此夜不長好，明月明年何處看。』其〈軍中〉云：『受降城下紫髯郎。戲馬臺南舊戰場。恨君不取契丹首，金甲牙旗歸故鄉。』其〈餞李公擇〉云：『濟南春好雪初晴。纔到龍山馬足輕。使君莫忘霅溪女，時作〔陽關〕腸斷聲。』此調平起，後二句亦用平起，而每句帶一拗字；東坡謹守尺寸，一如右丞三闋中用字之平仄，與右丞原作平仄相校，無一字不合者；惟『銀』字、『纔』字平聲，右丞『客』字入聲，平入本可相代者也。其尤嚴不獨謹於句調，謹於平仄，抑且謹於四聲；除〈中秋作〉第三句兩『此』字上聲；〈錢李公擇〉第三句『莫』字入聲，右丞皆去聲，三字而外，兩詞皆四聲吻合，毫不假借。若〈軍中〉一詞，第一句之『紫』字，第二句之『戲馬』、『舊戰』四字，第三句之『不』字，所用仄聲，與右丞所用不同者凡六字，其餘亦仍吻合。然同是仄聲，不過三仄轉替，非若平仄通借者；且裁二十八字中之六字耳。今爲之逐字推敲，正以見三詞格律之嚴。調中緊要去處，未嘗有所假借；如第一字爲領調之去聲字，而末句兩平中夾一去聲字，皆必不可易者；又第三句拗第五字，此字本在可平可仄之處，而又恰用入聲；兼因末句後三字，是平去平，故此三字用入平去；又因此三字是入平去，故此句第四去聲重頓，然後轉入輕聲；凡此實有不可易之理，明於詩者即知之，無待取嚴於聲律也。唐詞如七絶者，或至宋而不爲詞調，如〔竹枝〕、〔欸乃〕、〔清平調〕等是也；或至宋雖有其調，而已易其聲句，如〔浪淘沙〕、〔楊柳枝〕等是也；是皆無一定聲律之故也。此調在唐爲〔陽關曲〕，至宋爲〔小秦王〕，他家填者，或雖無如此之嚴，而其爲有律之詞調則必矣。東坡詞亦自注云：『〔小秦王〕入腔，即〔陽關曲〕』，是可證余説之不謬。

八　僻調見律

〔秋夜雨〕一調，祇蔣竹山四闋，未見他作，似即竹山自度腔，故初爲〈秋雨〉一闋，復以蔣正夫之屬，更爲春、夏、冬三闋，而四闋之謹嚴，知斷非無意者。今全舉〈秋雨〉而分證之。詞云：『黄雲水驛秋笳咽。吹人雙鬢如雪。愁多無奈處，漫碎把、寒花輕撚。紅雲轉入香心裏，夜漸深、人語初歇。此際愁更別。雁落影、西窻殘月。』此詞要處，當在後遍第三句。蓋前後此句皆五字，而前遍不拗不叶，後遍則拗聲叶韻。明明相同之句，而忍使之不同，是即使人着意處矣。竹山此句，第二字第四字皆去聲，四首皆同。以常例論，兩平相夾之仄字，必用去聲，而平字之外，更連仄字，如此句之第二字者，則去上不拘，而此則四首皆去聲；而上一句『夜漸深、人語初歇』之『語』字，常例必去聲，此則四首皆上聲；其『夜漸』兩字，常例多用去上，此則又四首皆去去；此其於製律遺聲，必誹漫然而已者。其餘用字之細，如首句『水驛』二字上入，其次首『露濕』三句轉急，非去入即上入也；四首『不暖』則轉上入爲入上耳。次句『雙鬟』二字平去，三首『鬆藕』二字平上；而次首之『不能』，四首之『一片』，一則入上，一則入去，實仍平上平去也；平入相代，而去上互施也。第三句皆用去聲住，第四首雖住上聲，而實則去上也。

九　專取一詞爲律之説不能盡通

藉韻以存律，或奉一詞以爲律，皆今日不知律不得已之言也。亦既知其不得已，則有不得不守此説，以求庶幾所謂律者矣。然執此二説，或竟有不能並通者。〔女冠子〕一調，李漢老、蔣竹山之詞，同一體者也；其兩段之第三句，李漢老前後皆叶，蔣竹山則前段不叶，而後段獨叶〔一〕；又前段第七句，即後段之第六句也；蔣竹山前後段皆叶，李漢老則前段叶，而後段不叶；李詞字有不齊者，蔣且從而整齊之；句調且欲其前後整齊，在韻叶更不應前後岐異；故康伯可另題，亦整齊其字句，而於此句則兩段皆不叶；蓋甯少而叶，固猶勝於兩段參差也。然則填此體者，將從李乎，則第三句兩

〔一〕叶，原作『叫』，據上下文改。

叶整齊矣；其如後段第六句少一叶何。將從蔣乎，則前七後六皆叶矣；其如前段第三句少一叶何，將並聽其少一叶乎，則蔣詞猶有可說。蓋此句之下，與後段句法已別也。然四句始叶，已累於聲。若李詞，則在句調相同之處，而韻叶不同，其爲偶疎，無礙也。將取李、蔣各添一叶乎，或亦如康伯可並去其一叶乎，則有悖於奉一詞爲律之旨矣。然則當何如。曰：奉一詞爲律者，謂句調韻叶，既有參差，且析爲多體，而作者取從其便，丹素互施，必致不名一格，更何律之可言。若同在一體，有可互證，則惟其是而已矣。李、蔣之外，既無同體之詞；而李、蔣之詞，又各有可指之隙；以李證蔣，以蔣證李，皆其慎於律者也，非異體混施之謂也。此節可與（下缺）

一〇　片段變換見律

長調多換頭者，亦多頭尾並換者。若兩片全同之調，則小令爲多，長調亦或有之；更有兩片雖同，而中或小異，皆在一二字出入之間，若有意，若無意者。然凡此類詞調，其於律當不甚嚴矣。然一觀其變體，則於其不變之處，可以見其律。試即〔雨中花慢〕論之。蔡伸詞云：『寓目傷懷，逢歡感舊，年來事事疎慵。歎身心業重，賦得情濃。況是離多會少，難忘雨跡雲踪。望斷無錦字，雙鱗渺渺，新雁雝雝。』後片云：『良宵孤枕，人遠天涯，除非夢裏相逢。相逢處、愁紅斂黛，還又悤悤。回首綠窗朱户，可憐明月清風。斷腸風月，關河有盡，此恨無窮。』此爲此調之常體也。兩遍不同處，第四五句，前五四，後六四；結句前五四四，後四四四；其所參差者，皆領句字，似無重要關係也。然諸家變體，多變前遍，而後遍則絶無變者；前遍第四五句，張孝祥、趙長卿皆變爲六四，而後遍仍七四；趙長卿又變爲四五；葛立方且變爲四上五下之九字一句，而後遍仍七四也。結句張才翁變爲六四四，而後遍則仍四四四也。此前後不同處，變前而不變後者也。抑有前後同處，變前而不變後者：第六七句楊无咎變爲四字三句，而後遍仍六字二句也。前遍從後遍而變者，京鏜、趙長卿前結皆四四四也。更有前遍變而後遍不變者，則如東坡詞前遍起句作六四四，次節四五句作六四、第三節六七兩句，作四四四，結句亦作四四四，是全遍已全變矣。驟視之，不但頭尾皆換，且體段亦全不同，而未嘗變後遍之一字。尤奇者，前遍結處，首一句或五四四，或四四四，東坡、趙長卿皆前拗而後遍不拗。又趙處第二句平住者多拗，而後遍亦不拗。然則此調後遍不獨字句不變，且聲亦不可變；豈定律固如是邪。雖不可知，而要非無故而然矣。趙長卿、柳永有後遍亦變者；然彼於變體中，又自爲一格，不可同論。

一一　韻叶變換見律　字聲變換見律

〔玉蝴蝶慢〕詞換頭二字句，皆用平平叶韻，其下則接四字仄住句；獨玉田過片句云：『欲覓生香何處』，將二字四字連爲一句。此在他調亦有之。如〔沁園春〕、〔木蘭花慢〕皆二字句換頭，而作者往往連下句爲一句；然句雖連下，而第二字仍帶叶韻，或雖不帶叶，則必仍用兩平聲。蓋韻者，詞之節拍也；住韻之處，必其待拍之處，其聲之停頓可知；故雖兩句連合，而句中帶叶，則無礙於拍矣；雖不帶叶而仍用平聲，則无礙於聲矣。倘所謂聲者，即此類乎。玉田此詞，此二字韵句連下爲一句，概不帶叶，且不用平聲，則其節拍之變可想；即音調之變亦可想。蓋換頭之句，非若中間係少一叶也；過片第二句入拍之聲，非若中間係變一聲也。而玉田故精於音律者，而竟變之，知必變其律矣。因此而悟玉田此詞，起句首字用平聲，爲他家之所無。柳詞五首，皆用去聲，固無論矣；

即他家亦多用去聲；其用上入者，得二三首耳。末句以比前遍，則第一字可用平；然各家無用者，惟玉田與梅溪用之。玉田過片句既異，而起結亦遂有二字不同，毋亦因於律者邪。起句首字平聲，尹潤民之作亦然。尹詞平仄出入頗多，未可與此並論。

一二　句調爲換見律

〔雨中花慢〕一調，其常格之前遍結句，如張孝祥云：『有當時橋下，取履仙翁，談笑同舟。』各家皆似此者；而東坡詞變其聲，三闋皆然。一云：『有國豔帶酒，天香染袂，爲我留連。』一云：『空悵望處，一株紅杏，斜倚低牆。』一云：『又豈料正好，三春桃李，一夜風霜。』趙長卿亦云：『可堪那盡日，狂風蕩蕩，細雨斜斜。』『取履』句變爲平起仄住，此調甚多；而『有當時橋下』變爲全拗，則惟東坡三首如一，而仙源同之耳。此句第一字爲領句字，故有去之不用，竟作四字句者；其在五字句，則第二字平仄通用；其在四字句，則第一字平仄通用，其餘皆仄。然則實全句仄字，而句首之字可通融耳。即在五字句，既以第一字爲領句，則第二字仍句首也。坡公三詞中兩例俱舉，證以趙作，其律愈明。

一三　東坡論律之嚴

東坡〔瑤池燕〕注云：『琴曲有〔瑤池燕〕，其詞不協，而聲亦怨咽。變其詞作閨怨，寄陳季常。此曲奇妙，勿妄與人。』按，〔瑤池燕〕即〔越江吟〕之別名，各譜不知，多誤分爲二。蘇易簡〔越江吟〕云：『非煙非霧瑤池燕。片片。碧桃冷落誰見。黃金殿。蝦鬚半卷。天香散。青雲和、孤竹清婉。入霄漢。紅顔醉態爛熳。金輿轉。霓旌影斷。簫聲遠。』東坡〔瑶池燕〕云：『飛花成陣。春心困。寸寸。别腸多少愁悶。無人問。偷啼自搵。殘妝粉。　抱瑶琴、尋出新韻。玉纖趁。南風未解幽慍。低雲鬟。眉峰斂暈。嬌和恨。』由坡詞觀之，初謂字句聲韻之間，必多變易，且當時無傳者，故云『奇妙勿與人』也。今以兩詞相勘，則字詞句法全同。以韻論之，惟起句七字，坡詞於第四字帶叶，是其小異；又『散』韻坡用上聲，『婉』、『轉』、『遠』三韻，坡用去聲，不過上去之别耳。以聲論之，句中字如『泠落』上入，坡用平上；然『泠』亦作『零』。『青』字坡用去聲，然『青』當作□，則仍無不同。又『態』、『爛』俱去聲，坡用上平；又『影』字上聲，坡用去聲；其餘即去入之字，亦無一不同者。通篇異處，止於一韻之帶叶，一字之通用，及三仄之互代，如此而已。以尋常填詞言之，可謂謹嚴之至，而坡公所謂不叶者衹此。於此見詞調之嚴密者，實有一字不容假借之處；其聲韻字句，可以各行其是者，必其調之有可假借者也。坡公以不拘聲律名，此豈不知聲律者之事乎。

上海《詞學季刊》一九三三年一二月第一卷第三號

詞通卷四　論歌

金元院本既出，歌詞之法遂漸亡。元人去宋不遠，且多通聲律，故詞雖不歌，而調不遽失也。至明則不守舊譜，並平仄而失之。又輒用己意，造作新腔，遂並格調而亂之。其實所謂新腔者，亦非能歌者也。有清文學鼎盛，詞亦中興。而一時名家，亦僅能按譜填詞，蘄於平仄不誤而已。萬紅友《詞律》斤斤於四聲，而每致慨於唱法之不傳。然聲音之道，自在天壤。南北曲之源，實出於詞。南北曲之聲，至今猶在。尋流以溯源，或有可達之航路。清初載記，猶有歌詞者。縱非宋法，其理則存。今日之所以不能歌者，文士不能唱，伶工不知詞耳。使以其理授之良工，余固疑其猶可歌也。故雜搜古近諸家之説，舉近代歌詞之據，爲〈論歌〉一篇，以待來者。倘有湯玉茗、阮圓海其人，以教曲之心力教詞，吾知終必有能歌之一日。

一　歌法[一]

《四庫提要》云：自古樂亡而樂府興。後樂府之歌法，至唐不傳，其所歌者，皆絶句也。唐人詩歌之法，至宋亦不傳，其所歌者，皆詞也。宋人歌詞之法，至元又漸不傳，而曲調作焉。

二　以工尺歌詞

《顧曲雜言》謂：『五、六、工、尺、上、四、合、凡、一，出於《宋樂書》。』又謂：『北曲以絃索爲主，板有定制。南曲笙笛，不妨長短其聲以就板。』余按，歌詞多用竹，沈氏笙笛之説，可以論南曲，實不妨通之於歌詞。宋元名詞，往往有句法長短、字數多少者，皆長短其聲以就板者耳。宋時無南北曲，而『工、尺』等字，已出於宋。然則固可以工尺歌詞，《九宫大成譜》所譜詞調，亦祇用工尺也。

三　以崑曲唱之

謝元淮《碎金詞譜》，取《九宫大成譜》中所譜之詞訂録之，四聲、工尺、板眼，皆爲縷注。其自序云：『四聲既準，則工尺無訛。即平素不習音律，依譜填字，便可被之管絃。』余嘗依其四聲，填〔霓裳中序第一〕，以横竹吹之，工尺悉叶。因付名伶，用崑曲之法唱之，板眼亦無不合者。宋人

〔一〕本卷原無小標題，今酌加。

唱詞，必非今日之南曲。然詞調往往入於曲調，則知其源未嘗不同。歌詞之法失傳，何妨即以崑曲唱之耶。

四　以譜歌詞

東坡惜張志和〔漁父〕曲度不傳，以〔浣溪沙〕歌之。山谷既和〔浣溪沙〕，季如箎云：『以〔鷓鴣天〕歌之，更叶音律，但少數句。』山谷因又作〔鷓鴣天〕。是則唐詞至宋，已有不能歌者，何況宋元詞至於今日。然其改爲〔浣溪沙〕而可歌者，以其七字句與〔漁父詞〕近也。改爲〔鷓鴣天〕而更叶者，以其兼有三字句，與〔漁父詞〕愈近也。倘即借此二調之聲而增損之，仍歌〔漁父〕，知坡、谷必非不能也。蓋以其本詞之曲度不傳，即傳會成聲，亦未必是曲度耳。然在今日歌詞失傳之後，則又有説：宋元詞有各家皆填此調，而各入一宫者。且有一家再填此調，而分隸兩宫者。是一調之曲度，知非一譜。後人若能比聲協律，衹蘄能歌，何必泥其原譜之宫調。《九宫大成譜》中之調，亦即有分入兩宫調者矣。

五　就曲拍填詞

《全唐詩》〈詞類小叙〉云：『唐人樂府，元用律絶等詩，雜和聲歌之。其并和聲作實字，長短其句，以就曲拍者爲填詞。』所謂和聲者，句外相和之聲也。所謂實字者，曲中並唱之字，謂譜字也。和聲非調中所有，本屬虛聲，迨既取之而並入調中，則虛聲化爲實字矣。南北曲多襯字，亦猶唐人歌詩之法，長短其句，以就曲拍耳。詞調中亦有『添聲』、『減字』諸例，正與唐律絶及南北曲長短就拍之意相同。豈能用於曲者，遽不能用於詞耶。

上海《詞學季刊》一九三四年四月第一卷第四號

詞通卷五　論名

一　字數爲調名

〔百字令〕、〔十六字令〕，以全調字數名之也。〔三字令〕通體三字句，以每句字數名之也。〔四字令〕實亦每句四字得名，其後兩句之六字五字，殆有襯字耳。説詳〈論字〉篇中。或謂起二句四字，故名〔四字令〕。然則小令中四字起句者，豈少也哉。

二　詞句爲調名

有詞之先，既無所謂調，即無所謂名。故有一詞既成，乃取詞句以名其調者，如〔閒中好〕、〔花非花〕、〔章臺柳〕，皆本詞之首句。亦猶唐人詩以首句爲題，如〈自君之出矣〉、〈何處生春早〉之類。若〔梧桐影〕則詞末之字。唐人詩亦有末句爲題者。蓋詞出於詩，初變之時，不獨字句聲韻，皆襲於詩，即題亦沿詩例焉。惟詩句爲題，大都擬古之詞，或無題之作，故拈句代題，皆出於作者所自定。若詞句爲調名，則不盡然。〔桐梧影〕、〔章臺柳〕，皆後人取其句而名之，在作者尚未必自以爲詞耳。

三　以句舉詞因而名調

宋人亦有以詞句爲調名者，其例又與唐詞不同。大抵皆有名之調，作者林立，乃取詞中之句以記此詞，或便於徵歌者之所爲。亦猶今人命曲，不舉齣名而但舉句中首句。如東坡之〔賀新郎〕而名〔乳燕飛〕，且同此一詞，而又名〔風敲竹〕；少游之〔水龍吟〕而名〔小樓連苑〕，不可勝舉。皆以記此詞，非以名此調。相呼既久，此調遂因此詞而有此别名。觀於伶人對東坡之言，即以『銅琶鐵板』、『大江東去』與『二八女郎』、『曉風殘月』對舉。可見當時徵歌者慣以詞名命曲，故伶人不言調而但舉其句也。至若〔莊椿歲〕之類，則以祝壽獻諛，故易舊名，不可與此同日語。張宗瑞全集舊調，悉改新名，則又有心立異，不以常例論矣。

四　一詞中首尾兩句俱爲調名

同此一詞，而首尾句皆取以爲調名者，蘇子瞻〔賀新郎〕起句曰『乳燕飛華屋』，結句曰『又却是、風敲竹』，故有〔乳燕飛〕、〔風敲竹〕兩名。東坡〔百字令〕有〔大江東去〕及〔酹江月〕兩名，亦首尾兩句也。

五　僻調自度腔

宋人僻調孤詞，有本集中不注自度曲，而可以知其爲創調者。如蘇子瞻〔華清引〕云：『平時十月幸蓮湯。玉甃瓊梁。五家車馬如水，珠璣滿路旁。　翠華一去掩方牀。獨留煙樹蒼蒼。至今清夜月，依舊過繚牆。』《碎金詞譜》云：『詞賦華清舊事，因此名調。』按坡集調名下自注『感舊』，則非賦華清矣。然語意於華清故事，在離即之間，其題所謂『感舊事』，大抵當時宫禁之事，而託其調名於華清也。又晏小山〔憶悶令〕云：『取次臨鸞勻畫淺。酒醒遲來晚。多情愛惹閒愁長，黛眉低斂。月底相逢，見有深深良願。願期信似月如花，須更教長遠。』此調惟見小山此詞，詞意與調名相合。《碎金詞譜》云：『調見《小山樂府》』，蓋亦謂小山所造腔也。又王介甫〔傷春怨〕云：『雨打江南樹。一夜花開無數。綠葉漸成陰，下有游人歸路。與君相逢處。不道春將暮。把酒祝東風，且莫恁、匆匆去。』調名下自註云：『夢中作。』此調别無作者，詞意適合調名，自是得詞後而就詞意以名調者。此皆不註自度曲，而詞即調名本意，可以決其爲自度曲者也。或曰：『用〔更漏子〕以詠更漏，取〔江南好〕以賦江南，亦皆可謂爲刱調之人乎。』是又不然。後人就調名以填詞，取其相合者亦甚多，是否刱調，不難考見。今所論者，以僻調孤詞言之耳。

六　僻調非自度腔

僻調孤詞，既不註『自度曲』，而詞無他作，調無可考，而可以知其非刱調者，如毛東堂〔散餘霞〕云：『牆頭花口寒猶噤。放繡簾晝静。簾外時有蜂兒趁。楊花不定。　闌干又還獨凭。念翠低眉暈。春夢枉斷人腸，更懨懨酒病。』此調仅東堂此詞，調名亦無可考，而詞意與〔散餘霞〕絶無相涉。夫命名必有取義，否則摘取詞中字句，決無刱調新詞與調名不相附麗者，故知其非自度矣。張子野〔醉垂鞭〕三首，皆於調名無涉。且自刱之調，屢自填之，美成、白石之所未見。雖〔醉垂鞭〕之調，子野詞外，卻不見於他家，然可以知其非子野所造。

七　自度曲之疑似

由前之説，孤詞之是否刱調，既有可知矣。亦有界在疑似之間者。黄魯直之〔雪花飛〕云：『攜手青雲路穩，天聲迤邐傳呼。袍笏恩章乍賜，春滿皇都。　何處難忘酒，瓊花照玉壺。歸婦絲梢競醉，雪舞街衢。』此詞别無作者，似取後段詠雪爲調名。然前段爲紀恩之作，宜取莊皇，未必以『雪花飛』名之。按《宋史》〈樂志〉，太宗親製小曲有〔雪花飛〕。或山谷因紀恩而倚御製之調耶。然調果播在人間，又豈絶無作者邪。宋太宗所製新曲名，見於填詞家者甚少。偶有見者，皆《宋史》所謂因舊曲製新聲者耳。其舊曲本在人間，非即御製調也。然則此詞是否山谷自度腔，實界在疑似之間。

八　本名别名互見岐出

此調之别名，有爲彼調之本名者。如〔一絡索〕亦名〔上林春〕，又名〔玉連環〕，而〔上林春〕、〔玉連環〕皆另有本調。〔憶少年〕又名〔十二時〕、〔繡帶兒〕又名〔好女兒〕，而〔十二時〕、〔好女兒〕亦各有本調。而最多者莫如〔喜遷鶯〕矣。〔喜遷鶯令〕又名〔鶴冲天〕，而〔喜遷鶯慢〕亦遂名〔鶴冲天〕，而又另有〔鶴冲天〕之本調。〔喜遷鶯令〕又名〔春光好〕，而另有〔春光好〕之本調。〔喜遷鶯令〕亦名〔早梅芳〕，而宋詞〔早梅芳近〕亦但稱〔早梅芳〕，又别有〔早梅芳慢〕，殆歧之中又有歧焉。此調别名凡六，令詞之〔萬年枝〕、〔燕歸來〕，慢詞之〔烘春桃李〕皆是也；而爲别調本名者，已得其三。且〔鶴冲天〕既爲令詞之别名，復爲慢詞之别名；〔早梅芳〕既有令詞之本調，又有慢詞之本調。調名相複者，本不勝舉，此其多而易亂者。舊譜於此，或遺本調之〔鶴冲天〕，是其證矣。

九　論〔江城梅花引〕兩調合名之誤

〔攤破江城子〕，又名〔江城梅花引〕。萬紅友《詞律》云：『相傳前半用〔江城子〕，後半用〔梅花引〕，故合名〔江城梅花引〕。』而疑其後半與〔梅花引〕未合。余謂，此調並非兩調合名，所謂〔江城梅花引〕者，自是〔攤破江城子〕之別名，與五十七字之〔梅花引〕無涉，宜其不能相合，非若〔江月晃重山〕合兩調而爲名也。假使果合兩調，則填此詞者，必不得偏舉一調之名。而周草窗、蔣竹山、趙霞山，皆題〔梅花引〕，是殆此詞之省名，猶洪忠宣之省稱〔江梅引〕耳。萬紅友所謂『相傳者』，不知其説何所本。一名之附會，遂致全調支離。以渺不相涉之詞，而必求其所以爲〔梅花引〕之故，亦云勞矣。毛稚黄《填詞名解》直謂用〔江城子〕之上半，〔梅花引〕之下半，則尤武斷。

一〇　〔江亭怨〕、〔清平樂令〕之辨

魯直登荆州江亭，見柱間有詞，故其詞以所題之地名之曰〔荆州亭〕。又以夢中女子『登江亭有感而作』之語，名之曰〔江亭怨〕。《冷齋夜話》記此事，有『調似〔清平樂令〕』之語。黄叔暘忽其『調似』二字，竟於《花庵詞選》中誤題爲〔清平樂令〕。而《碎金詞谱》用〔江亭怨〕之名，註云：『《花菴詞选》名〔清平樂令〕。』按，《冷齋夜話》云云，故又名〔荆州亭〕，一似此

調本名〔江亭怨〕，亦名〔清平樂令〕，乃因魯直見題柱而後又名〔荆州亭〕者，其誤甚矣。《碎金》之誤，或謝默卿叙語未審，致失先後。然既引《冷齋夜話》，何亦不見『調似〔清平樂令〕』之語，而亦從《花菴》之誤邪。其尤誤者，則杜筱舫引《花菴詞選》以爲原名〔清平樂令〕，以糾《詞律》。不知萬紅友謂原無調名，説本不誤，杜引《花菴》，乃真誤耳。

一一　誤句名調

吕洞賓〔梧桐影〕首句云：『落日斜』，傳本誤爲『月』字，《竹坡詩話》曾辨之，乃有名此調爲〔落月斜〕者。洞賓此詞本無調名，後人取其詞句以爲名，而不知『落月斜』非其詞句矣。

詞通卷六　論譜

一　論同名異調舊譜未收之誤

詞調千餘，從來各譜，苦不能盡。然或失之於孤調，或失之於僻詞耳。抑有失之於目前者。馮延巳《陽春集》〔上行杯〕云：『落梅暑雨銷殘粉。雲重煙深寒食近。羅幕遮香。柳外鞦韆出畫牆。』後疊云：『春山顛倒釵橫鳳。飛絮入簾春睡重。夢裏佳期。衹許庭花與月知。』凡五十字，前後段同。《全唐詩》收之，註云：『與本調不同，而各譜亦未見收入此體者。』夫《陽春集》既題〔上行杯〕，今又别無考證，即不得因其體之不同，而謂其舊題之誤，即不得因疑舊題之誤，而遂不著於譜也。古詞名同而調異者極多。如〔望梅花〕，唐宋迥殊，而張無雨一首又獨異，皆不得不謂之〔望梅花〕。馮正中此詞，與〔上行杯〕本調不同，蓋無足異。前譜之未收者，殆未見邪。

二　漏譜同名異調之詞致令慢同誤

同名異調，《詞律》漏譜者，又不止如〔上行杯〕也。〔上行杯〕之漏譜，失一調而已。有失一調而誤及數調者。如〔雨中花令〕之有七十字體，已於〈論調〉篇中詳之矣。《詞律》收〔雨中花〕又名〔夜行船〕者，而不知有七十字之〔雨中花令〕，遂以〔雨中花慢〕類别於〔夜行舡〕

之〔雨中花令〕後，以爲即彼調之慢詞，是一失而三誤也。夫他調令慢類列，已恐其非出同調，然尚曰名同而調不可考也。此則字句大半相同，〔雨中花慢〕確出於七十字之〔雨中花令〕，無可疑者。偶一不慎，以自誤者誤後人。故知類列之例，其爲蔽實甚矣。

三　論同調異名舊譜專列埘列之辨

〔探芳信〕二體之外，有楊炎昶一詞，自題爲〔玉人歌〕，而其詞則〔探芳信〕也。祇前遍第三四句〔探芳信〕正體，五五兩句，楊詞則四五兩句，去其領句之字，而與後遍正同。蓋正體後遍此兩句本無領句字也。凡變調，必有其可變處。〔探芳信〕史梅溪之變體，適取後遍此兩句變爲四六，便成十字，與前遍同；而楊詞則減前遍爲九字，與後遍同，何其巧合歟。由是而知〔玉人歌〕之必爲〔探芳信〕，一也。〔玉人歌〕倘別爲一調，未必絶無他作。雖僻調孤詞，所見亦屢，然未見與他調全同者。由是而知〔玉人歌〕之爲〔探芳信〕，二也。《詞律》於〔探芳信〕後，附録〔玉人歌〕，誤作者爲楊炎，註云：『通遍皆同，祇少一字，實一調而異名者。』然則當列爲又一體矣，乃附録調後，仍題〔玉人歌〕之名。然則當别爲一調矣，乃於〔探芳信〕調名下註云：『又名〔玉人歌〕』，何舉棋不定有若是哉。《康熙詞譜》則以〔玉人歌〕專列一調，註云：『祇此一首。』夫僻調孤詞，無可取證，則亦無可如何矣。若〔玉人歌〕與〔探芳信〕，明明相合，何苦舍廣就狹。竊疑《康熙詞譜》，每隱採《詞律》之説，觀《四庫提要》之論可知。大抵此調之〔玉人歌〕，亦因《詞律》附録而不收爲又一體，故亦爲之專列，而不附於〔探芳信〕也。然究無可證，不能無疑，故有『祇此一首』之註也。〔暗香〕、〔疏影〕，〔紅情〕、〔緑意〕，宋詞前例，不勝覼舉。〔玉人歌〕

爲〔探芳信〕之又一體，又何疑乎。

四　小令應否分疊之辨

小令中有同此一詞，而諸本或分段，或不分段。如牛嶠〔望江怨〕，《花间集》不分段，朱竹垞《詞綜》分之，必有所本。萬紅友以爲小令必不分段，則謬見耳。小令分段，何勝枚舉。在刻詞無關宏旨，而製譜則不可不審矣。牛詞云：『東風急。惜别花時手頻執。羅幃愁獨入。馬嘶殘雨春蕪濕。倚門立。寄語薄情郎，粉香和淚滴。』於『愁獨入』句分段，則上半是别時語，下半是别後語。一氣讀之，反覺錯雜。據文情以論詞調，可決其爲分段者也。

〔上行杯〕韋莊二詞。其一云：『芳草灞陵春岸。柳煙輕、滿樓絃管。一曲離歌腸寸斷。今日送君千萬。紅樓玉盤金縷盞。須勸。珍重意、莫辭滿。』舊本皆於『腸寸斷』分段，惟《九宫大成譜》收之不分段，《碎金詞譜》因之，而《詞律》則分段者。余謂，韋詞句韻文義，分合皆可。惟證以孫光憲詞，則當以不分爲是。孫詞云：『離棹逡巡欲動。臨極浦、故人相送。去住心情知不共。金船滿捧。綺羅愁，絲管咽。廻别。帆影滅。江浪如雪。』向來諸本皆於『知不共』句分段，而後段起句則叶前段末句。而一叶之後，遂轉别韻，實爲詞體中所絶無。故萬紅友謂應於『金船滿捧』分段，且謂語意本應屬上。夫以韻論之，謂『金船』句屬上可也。若以語意論之，則酒杯歌舞，比事成文，當以『金船』句屬下爲是。若屬上，反覺詞贅。萬紅友欲圓其説，未免强詞，不如直依《九宮譜》韋莊詞之例，不須分段之爲愈[一]矣。然此詞猶可以分段也。若孫光憲之又一首，則必無可分。其詞云：『草草離亭鞍馬，從遠道、此地分襟。燕宋秦吳千萬里。無辭一醉。野棠開，江草濕。佇立。沾泣。征騎駸駸。』舊本皆於『千萬里』句分段，是前段『襟』字、『里』字皆起韻而無叶，後段起句『醉』韻接叶前段之『里』韻，而一叶之後，不復再叶，中既分段，遂不覺『里』、『醉』之相叶也。且『醉』韻之下，又轉別韻，直至末句『駸』字，回叶『襟』韻，使人讀前段不知『襟』字爲起韻，讀後段不知『駸』字爲叶韻。若不分段讀之，則韻叶尚不致迷亂若此。此詞用韻本奇，而又爲分段所誤，幾不成其爲詞，並幾忘其爲有韻之文矣。以此闋證前詞，知此調本不分段，當以《九宮譜》爲正。

五　詞律不能考辨狃誤附列之調

歐陽炯有〔賀明朝〕二首，《詞綜》題爲〔賀聖朝〕，不知其係誤邪，抑有所據邪。《填詞圖譜》收爲〔賀聖朝〕第二體，已嫌鹵莽。然賴氏或但見〔賀聖朝〕之名，不知其爲〔賀明朝〕，則猶有可説也。《填詞名解》乃從而實之曰『〔賀聖朝〕第二體，六十一字，亦名〔賀明朝〕』，則兩調誤爲一調。〔賀聖朝〕之外，別無〔賀明朝〕矣。然終屬不知而誤也。至萬氏《詞律》既收爲〔賀聖朝〕又一體，又註曰：『此調亦作〔賀明朝〕，而汲古刻《花間集》，以此調作〔賀明朝〕，似可另列一調，本譜不欲尚奇，故附此云。』此則明知之而仍誤者矣。苟非別調，不應另列。既可另

〔一〕愈，或當作『宜』。

列，必是別調。何謂好奇。萬氏未能考辨，故作游移之辭，以爲自藏之地。後有作者，另列一調，即不免爲多事，而此誤將終古矣。是明明自誤，而飾爲不誤，且驅後人以同出於誤矣。尤爲詫者，徐氏《詞律拾遺》取歐陽別首，異其句讀，復補爲〔賀聖朝〕之一體，其已爲萬氏之所嚇歟。

六　長句斷續舊譜牽掣之誤

〔賀明朝〕二首，有十二字一氣之句，可分可合，可斷可續。第一首云：『石榴裙帶故將纖纖玉指輕撚。』第二首云：『人前不能巧傳心事別來仍舊。』《填詞圖譜》誤上八字作一句，而『別來依舊』則貫入下文之『孤負春晝』作一句，固誤矣，而《詞律》作八四二句，亦誤。蓋此二首字句韻叶，一一吻合；若此句作八四，則第二首〔一〕『石榴裙帶故將纖纖』爲一句，尚成何語哉。徐氏變其句讀爲別體，則竟合此上之八字，此下之四字，通改爲六字四句，而『紅袖半遮妝臉』爲句，『輕轉石榴裙帶』爲句，『故將纖纖玉指』爲句，『輕撚雙鳳金綫』爲句，於是調大異而體乃殊。遂使叶韻之『轉』字、『撚』字亦皆夾入句中而不顧矣。

七　《詞律》有不能定譜之調

失其調者無論矣，失其體者亦無論矣，乃有收其調，列其體，而不能定其譜者。《詞律》之於杜安世〔惜春令〕是已。杜詞二闋，其一云：『春夢無憑猶嬾起。銀燭盡，畫簾低垂。小庭楊柳黃金

〔一〕第二首，據上文，應爲『第一首』。

翠，桃李兩三枝。』後遍云：『妝閣慵梳洗。悶無緒，玉簫抛擲。絮飄紛紛人疎遠，空對日遲遲。』又其一云：『今夕重陽秋意深。籬邊散，嫩菊開金。萬里霜天林葉墜，蕭索動離心。』後遍云：『臂上茱萸新。似舊年，堪賞光陰。百盞香醪且酬身。牛山會難尋。』驟觀之，兩詞之韻叶既不同，聲音復多拗，製譜者頗難著手。然實無足異者。兩詞字句，全首吻合，所不同者，一則平仄通叶，一則全用平韻耳。不知前首兩起句之仄韻，即後首兩起句之平韻。試以『起』、『洗』二字易作平聲，或以『深』、『新』二字易作仄聲，比而讀之，全句聲音悉同，即後起之三平亦同；可知其不僅通叶，竟是平仄代叶也。過遍次句前首入韻，後首平韻，拗字亦同，是又以入代平也。一本『抛擲』作『頻吹』，尤其明證。至第三句則前首前遍仄叶，而後遍不叶；後首後遍平叶，而前遍不叶。又兩首俱前遍不拗，而後遍用拗；此又於不同處而得其同也。第四句則前首兩遍相同，後首前遍亦同，獨後遍因第三句之拗而並拗焉；是亦未嘗不同也。萬氏於此亦知平仄通叶，亦知入韻代平，而竟不能匯其通，而自謂不敢彊爲之論，而不自知其彊論之處，觸處皆是，乃獨於此而兢兢哉。《花草粹編》錄此二詞，拗句皆叶，不知何所本。而《康熙詞譜》則前首後遍第二句亦平叶，後首後遍第三句亦仄住不叶，而前首前遍第三句亦遂不註叶，而兩首如一體矣。故拙譜分爲二譜以并存之，説詳後編。又〔惜春令〕尚有高漢臣詞，與杜詞迥別，殆同名而異調者。《詞律》未收，蓋未見也。

八　就調分體以體領格之刱例

同調異體之詞，不勝縷指。有一調而至一二十體者，如〔河傳〕、〔酒泉子〕，其尤繁者也。舊譜每詞一體，又依字數爲先後，往往亂次以濟眉目不分；竟是九嶷雲霧，面面皆疑，不僅山陰道上，使人應接不暇也。抑知詞體之繁者，每一體必有其所以爲體之處；或領句不同，或過遍有別，或協韻之異，或起結之殊，當各取其特異處，以爲之類，謂之一體。而其每體中聲音字句之出入者，各附其體以爲别格。則紛然而云陳者，皆朗然而星列矣。此例爲前譜所未見，竊不自揣固陋，於拙譜剏之。

九　論同名異調之應分譜

有同一調名，而詞迥異者，在當時實是二調。各譜之遺而未收者無論矣，有收之而以爲又一體者，則大謬不然。凡同調異體之詞，即參差過半，具聲句之大段處，未嘗不略同，即數變以後，猶可考見其沿變之迹。若至全首迥異，如〔上行杯〕之馮延巳詞，〔望梅花〕之張天雨詞，〔惜春令〕之高漢臣詞，皆與本調字句聲韻，通體全别。其斷非同調之又一體，不待考辨而知。蓋南枝同姓，喚作他楊者矣。當分列兩調以爲譜，而兩調下互註以明之，庶幾各得其所歟。

一〇　《碎金詞譜》工尺字不盡合原調

《碎金詞譜》雙調收〔夜行船〕謝絳詞，其前段尾句云：『意偷傳、眼波微送。』『傳』或作『轉』，謝默卿即用『轉』字譜之。按此調前後遍二四兩句皆七字，而上三下四句法；其三字皆逗處，平仄皆可通。歐陽永叔一詞，此四字皆仄逗，而謝絳此詞，四字皆平逗。即以文論，『轉』字欠適，其爲『傳』字無疑。他調平仄雜用者姑勿論，此則四字平聲，更可證其非『轉』字。而謝氏依『轉』字譜之，亦竟成聲，其非本詞原來之聲明矣。然則謝氏所云『從一人詞爲定體，縱不能四聲俱講，而平仄斷不容舛』者，其説雖甚是，而謝已自犯之矣。譜古詞而易其字，不更甚於從古詞而易其聲者乎。亦足見平仄未嘗不有可通者，在作者審慎之，不爲鹵莽滅裂可耳。

附録[一]

八家兄季同先生嘗論絶句云：『絶句至今日，處處須防與人雷同，蓋圓熟之語，必經人道過，而太生硬又不可入絶句。』此槩（此字原稿不清或係梁字，參看本期影印手稿）十七歲時學詩寄兄，兄書於和詩紙後者也。余謂小詞至今日，何獨不然。凡意之雋穎，句之優倩者，亦莫不經人道過，而盤空硬語，斫地哀歌，又不可入小詞。

徐山民照爲『永嘉四靈』之一，〔阮郎歸〕尾句云：『妾心移得在君心。方知人恨深。』《詞旨》標爲警句者也。而五代顧敻〔訴衷情〕尾句云：『换我心。爲你心。始知相憶深。』如此相襲，不止巧偷，竟成豪奪矣。此必出於無意，蓋有意爲盗者，必掩其跡也。

上海《詞學季刊》一九三四年四月第一卷第四號

[一] 該附録及括注『此字原稿』兩句，皆爲《詞學季刊》編者所附。

綰春樓詞話

畢楊全蔭

《綰春樓詞話》二一則，載上海《婦女時報》一九一二年七月一〇日第七期，署『虞山畢楊全蔭芬若女士輯』。

綰春樓詞話目録

縮春樓詞話

春雨廉纖，薄寒料峭，小樓兀坐，意態寂寥。追憶昔日所讀諸閨秀詞集，清辭麗句，深印腦海，每不能去，際此多暇，一一寫出，編爲詞話，藉以排遣時日。拉雜錄之，不及删潤，序述殊慚蕪陋，海内彦達，肯加匡謬，是全蔭所馨香企禱者也。壬子清明後三日，芬若自記。

一 仿製《花間》

余於詞，酷嗜《花間》，每有仿製，殊痛未似。近讀仁和孫碧梧女史（雲鳳）所著《湘筠詞》，置之《花間集》中，直可亂楮葉矣。爲錄其〔菩薩蠻〕數闋。其一云：『華堂宴罷笙歌歇。夜深香裊爐煙碧。酒醒小屏風。燭花相對紅。　玉釵金翠鈿。柳葉雙蛾淺。日午未成粧。繡裙雙鳳凰。』其二云：『翠衾錦帳春寒夜。銀屏風細鐙花謝。鴛枕夢難成。綠窗啼曉鶯。　愁來天不管。鬢墜眉痕淺。燕子不還家。東風天一涯。』其三云：『日長深柳黄鸝囀。繡床風緊紅絲亂。微雨又殘春。落花深掩門。　高樓眉暗蹙。芳草依然綠。酒醒一鐙昏。思多夢似真。』其四云：『爐煙裊裊人初定。紗窗月上梨花影。春色自年年。故人山上山。　露寒風更急。此景還如昔。記得倚闌干。夜深人未眠。』其五云：『小庭春去重簾下。東風一霎吹華謝。底事惜分飛。高樓啼子規。舉頭還見月。脈脈傷行色。今夜莫教寒。有人羅袂單。』碧梧爲隨園女弟子。郭頻伽評其詞謂：寄意杳微，含情遠渺，髣髴飛卿、延己之間。殊非過譽。

二　碧梧長調有宋人意境

碧梧女史小令單詞固絕似《花間》，長調亦殊有宋人意境。其〔水龍吟〕〈游絲〉一闋，搖曳纏綿，極委宛之致，曼聲長吟，殊令人有意輒心銷之概。詞云：『雨晴乍暖猶寒，清明時節閒庭院。飛花簾幙，輕煙池館，繡床鍼[一]線。曲曲迴腸，悠悠愁緒，隨伊縈轉。颺芳郊翠陌，流雲去水，渾無着、教誰管。　九十韶華過半。記南園、踏青歸晚。紅香影裏，緑陰疎處，飄揚近遠。搖漾吟魂，瞢騰午夢，頓成春懶。但垂垂斜日，小闌人靜，晝長風輭。』

三　陳無垢〔菩薩蠻〕

通州陳無垢女史契（其祖大科仕清爲大司馬），幼適孫安石。安石家中落，以契無子，不相得，挈婢異居。契乃歸母家。久之，落髮事焚修，然不廢吟詠。晚而益貧，至併日以食，隱忍不以告人。病數月，起覆水窗前，脫手墮樓死。人咸惜之。其境之哀，有如此。事見《眾香詞》。女史有〔菩薩蠻〕詞云：『今生浪擬來生約。從今悔却從前錯。腰帶細如絲。思君君不知。　五更風又雨。兩地儂和女。着意待新驢。莫如儂一般。』哀而不怨，怨而不怒，此之謂矣。讀者能勿爲之腸斷。

[一] 鍼，原作『鍼』，據《湘筠館詞》卷上改。

四　鄭蓮〔菩薩鬘〕〈春草詞〉

鄭蓮，字采蓮，爲新城陶嚮甫先生家侍婢。有〈春草詞〉調寄〔菩薩鬘〕云：『春風二月江南路。春山如畫春光妬。綠幔捲高樓。黛痕眉上愁。　薄煙團幾里。拾翠人歸矣。又聽子規啼。如絲雨下時。』末二語含藴無窮，得意内言外之旨。康成詩婢而後，僅見斯人。

五　蓉湖女子〔菩薩蠻〕迴文

王西樵先生士祿曰：〔菩薩蠻〕迴文有二體：有首尾迴環者，如邱瓊山〈秋思〉、湯臨川〈織錦〉是也；有逐句轉換者，如蘇子瞻〈閨思〉、王元美〈別思〉是也。然逐句難於通首。近時惟丁藥園擅此體，云云。近讀《衆香詞》，蓉湖女子有〔菩薩蠻〕〈仿王修微迴文〉一首，殊極其妙。詞云：『鏡開休學新粧靚。靚粧新學休開鏡。離別怕遲歸。歸遲怕別離。　綠痕螺黛促。促黛螺痕綠。千萬約來年。年來約萬千。』迴環一氣，情文相生，當不在丁藥園之『書寄待何如。如何待寄書』下也。（蓉湖女子，《衆香詞》謂其本名家爲宦室婦，文才敏妙，篇什甚多，特以外君戒其吟詠，故不以姓字傳，云云。）

六　沈散華迴文〔菩薩蠻〕

又，長洲沈散華女士纕《浣妙詞》中，亦有迴文〔菩薩蠻〕詞云：『墜華紅處顰眉翠。翠眉顰處紅華墜。春惜可憐人。人憐可惜春。　鬲窗疏雨急。急雨疏窗鬲。門掩便黄昏。昏黄便掩門。』又，孫碧梧女士《湘筠詞》〔菩薩蠻〕迴文云：『小簾疏雨花飛曉。曉飛花雨疏簾小。寒峭覺衾單。單衾覺峭寒。　燕歸傷客遠。遠客傷歸燕。愁莫倚高樓。樓高倚莫愁。』

七　沈宛君迴文〔菩薩蠻〕

又，吳江沈宛君女士宜修《鸝吹詞》中迴文云：『古今流水愁南浦。浦南愁水流今古。清淺棹人行。行人棹淺清。　問誰憑去信。信去憑誰問。多恨怯裁歌。歌裁怯恨多。』又云：『曲闌凭遍看漪綠。綠漪看遍凭闌曲。流水去時愁。愁時去水流。　井梧疏葉冷。冷葉疏梧井。横篷晚舟輕。輕舟晚篷横。』諸作亦佳，因併錄之。

八　曹宜仙〔綺羅香〕極悽咽

吳縣曹宜仙女史景芝，爲同邑陸元弟室。著《壽研山房詞》。有〈梅魂〉一闋，調寄〔綺羅香〕。詞極悽咽，殆亦别有所悼邪。爲錄如下。詞云：『院宇蕭條，美人何處，腸斷黄昏片月。誰弔芳妍，枝上數聲啼鴂。依舊似、䙅袖[一]來邪，悄地共、華鐙明滅。影亭亭、小立蒼苔，乍驚清露更悽絕。　東風輕颺似許，尋徧闌干祇有，半庭春雪。澹露空濛，誤却棲香胡蝶。但一縷、縈住湘雲，扶不起、珊珊瘦骨。還只怕、玉篴吹殘，亂愁千萬疊。』

[一] 袖，原闕，據《壽研山房詞》補。

九　圓圓小令

吴三桂迎滿清兵入關，除李闖，説者謂，三桂以闖據其愛姬陳圓圓，憤而出此。故吴槑邨祭酒〈圓圓曲〉有『衝冠一怒爲紅顔』之句。滿清主中夏幾三百年，其發端始於一圓圓。然則圓圓亦歷史上可紀之人物矣。圓圓著有《舞餘詞》。余僅見其小令二闋，因亟録之，讀者知圓圓固不僅以貌勝也。〔荷葉杯〕〈有所思〉云：『自笑愁多歡少。痴了。底事倩傳杯。酒一巡時腸九迴。推不開。推不開。』〔轉應曲〕〈送人南還〉云：『隄柳。隄柳。不繫東行馬首。空餘千縷秋霜。凝淚思君斷腸。腸斷。腸斷。又聽催歸聲唤。』圓圓，武進人，名沅，亦字畹芬。事詳陸次雲所作〈圓圓傳〉。

一〇　鳳仙花染指甲

舊日，閨中女兒每值鳳仙花開，多擷花捶汁，染指甲上，紅斑深透以爲美觀。年來女界昌明，群趨學校，指甲多剪去以利操作，纖纖春葱，迺不獲見。而染指甲事，亦遂不復道。吴門葛秀英女史玉貞，有〔醉花陰〕詞一闋詠其事，録之，用志舊日紅閨雅事。詞云：『曲闌鳳子花開後。搗入余盆瘦。銀甲暫教除，染上春纖，一夜深紅透。　點絳輕濡龍翠袖。數亂相思豆。曉起試新妝，畫到眉灣，紅雨春山逗。』

一一　葛秀英集詞[一]

集詩難，集詞尤不易，以詞句有長短，詞均有平仄，一字一句，俱有譜律束縛，不容假借也。葛秀英女士《澹香樓詞》中有數闋，無縫天衣，殆同己出。爲錄其〈寄夫子〉之作三章。其一〔憶王孫〕云：『畫堂深處麝煙微（顧敻）。閒立風吹金縷衣（韓偓）。紅綃帶緩綠鬟低（白居易）。落花飛（王勃）。不見人歸見燕歸（崔魯）。』其二〔虞美人〕云：『庭前芳樹朝朝改（李嶠）。尚有餘芳在（韋莊）。年光背我去悠悠（沈叔安）。恰似一江春水、向東流（李後主）。此時欲別魂俱斷（韓偓）。試取鴛鴦看（李遠）。不挑紅燼正含愁（鄭谷）。別有一般滋味、在心頭（李後主）。』其三〔巫山一段雲〕云：『麗日催遲景（公乘億）。羅幃坐晚風（趙嘏）。自盤金線繡真容（王建）。翻疑夢裏逢（戴叔倫）。　離恨却如春草（李後主）。滿地落花慵掃（李珣）。思量長自暗銷魂（韓偓）。蛾眉向影顰（劉希夷）。』其〈贈雙妹兼以送別〉調寄〔生查子〕云：『桃花落臉紅（陳子良），困立攀花久（白居易）。垂柳拂粧台（歐陽瑾），掬翠香盈袖（趙嘏）。　不敢共相留（盧綸），去是黃昏後（韓偓）。欲去又依依（韋莊），幾日還攜手（韓偓）。』玉貞以如許清才，惜不永於壽，年十九便卒。造物忌才，於斯益信。

[一] 原與上作一條，據文意分。

一二　錢冠之〔長亭慢〕極宛約

毗陵錢冠之（孟鈿）女史，爲錢維城女（維城官刑部尚書，清謚文敏），崔龍見室。賦性至孝，嘗剪臂療父疾。生平嗜龍門《史記》，研索殊有心得，旁通韻事。所著《浣青詩餘》，其小令余已選入《綠窻紅淚詞》矣。茲記其〈楊花〉〔長亭慢〕[一]一闋，詠事殊極宛約，余謂有南宋詞人氣息也。詞云：『似花似雪渾無緒。過眼韶光，者般滋味。數點霏微，畫檐飄盡向何許。斷腸堪寄，更莫向、章台路。便折得長條，已不是、舊時眉嫵。遲暮。望天涯漠漠，忍見亂紅無數。池塘夢醒，倩鶯兒、喚他重訴。卻又被、曉風吹去。更淒冷、一天煙雨。算只有灞橋幾曲，綰愁千縷。』

一三　夢芙女史《卷繡詩餘》

外子幾菴，客京邸時，在廠肆以百錢購得抄本詞一小冊，才可廿餘翻，末數頁蟲蝕過半，漫漶不能卒讀，可辨識者，約廿餘闋。字迹娟好，詞復淒豔，題名《卷繡詩餘》[二]。不著姓名，書角有小印，審視，爲『夢芙女史』。不知爲誰氏手筆。茲記其〔浣溪沙〕云：『寒食清明奈怨何。傷春人已淚痕多。可堪春在病中過。　徒有相思縈遠夢，了無情緒畫雙蛾。子規底事斷腸歌。』

[一] 長亭慢，應爲『長亭怨』或『長亭怨慢』。《詞譜》：『〔長亭怨慢〕，姜夔自度中呂宮曲，或作〔長亭怨〕，無『慢』字。

[二] 卷繡詩餘，或當作『倦繡詩餘』。

一四　俞繡孫〔長亭怨慢〕

德清俞繡孫女士綵裳，爲曲園先生女公子，適錢唐許佑身，所著《慧福樓詞》，多長調，頗有可誦語。爲錄一闋，以志嘗鼎一臠之意。始信淵源家學，不同流俗也。其〔長亭怨慢〕云：『正三月、落花飛絮。歲歲魂消，綠波南浦。賸有紅牋，斷腸留得斷腸句。一江春水，量不盡、情如許。欲別更徘徊，但淚眼、盈盈相覷。日莫。縱歸舟不遠，已抵萬重雲樹。無眠彊睡，怕孤負、翠衾分與。想別後、獨自歸來，對羅帳、淒涼誰語。只兩地相思，挑盡一燈疏雨。』（是闋原題注云：春莫，隨家大人返吳下，靜壹主人坐小舟送至城外，賦〔南浦〕一闋見贈。別後舟窗無事，因倚此調寄之云。）

一五　俞慶曾《繡墨軒詞》

又，曲園先生孫女俞慶曾，字吉初，爲繡孫姪女，亦工詞，著《繡墨軒詞》。一門風雅，俞氏見之矣。其〔浪淘沙〕云：『往事慣消魂。銀甲金尊。蛛絲應罥舊題痕。孤館簾垂鐙上早，疎雨江邨。夢裹暫溫存。衹欠分明。花陰燕子鏁重門。兩地酒醒香炧後，一樣黃昏。』〔蹋莎行〕〈秋夜〉云：『秋露冷冷，秋風細細。秋蟲切切如私語。有人不寐倚秋鐙，銀屏疎影秋如水。秋入愁腸，愁生秋際。秋聲聽徹無情緒。開嗛獨自看秋星，秋河隱隱微波起。』〔浣谿沙〕云：『惜別情懷幾度猜。熏籠閒倚漏聲殘。霜濃鴛瓦繡衾寒。度曲怕拈紅豆子，送人記泊綠楊[一]灣。消魂又

[一] 楊，原作『揚』，據《繡墨軒詞》改。

是月初三。』〔浪淘沙〕〈七夕〉云：『羅襪縱情多。不解凌波。年年此夕問嫦娥。碧海青天明月裏，畢竟如何。　涼露濕金梭。風捲雲羅。相思細細訴黃姑。無賴天鷄催曉處，寂寞銀河。』余謂，吉初小令清麗處，遠出其姑母綵裳女史之上。

一六　梁令嫻《蓺蘅》

倚聲之道，自唐迄今，作者林立，專集選本，高可隱人。惟女史之以詞名者，論專集則有《漱玉》、《斷腸》，媲美兩宋；論選本，則千餘年來，僅見《蓺蘅》而已（蓺蘅名令嫻，梁氏，粵之新會人，卓如先生女）。蓺蘅選本上溯唐五代，下迄有清，博視竹垞《詞綜》，而無其浩瀚；精視臯文《詞選》，而矯其嚴苛。繁簡斟酌，頗具苦心，蓺蘅亦一詞壇之功臣與。

一七　孫碧梧〔蘇幕遮〕詞境似晏小山

孫碧梧女史《湘筠館詞》中，有〔蘇幕遮〕一闋，聲調雖胎息於范文正之『碧雲天，紅葉地』，而詞境則絶似晏小山，是湘筠集中佳搆也。詞云：『白蘋洲，黃葉渡。雲靜秋空，人逐飛鴻去。目斷高樓天欲莫。遠水飄，衰艸斜陽路。　漏聲沈，桐陰午。江闊山遙，有夢還難度。簾外霜寒風不住。明月蘆花，今夜知何處。』

一八　孫湘筌〔百尺樓〕

魯山孫湘筌女史（汝蘭）《參香室詞》，有〈采蓮詞〉，戲用獨木橋體，調寄〔百尺樓〕云：

「郎去采蓮花，儂去收蓮子。蓮子同心共一房，儂可如蓮子。儂去采蓮花，郎去收蓮子。蓮子同房各一心，郎莫如蓮子。」淵淵古馨，樂府之遺響也。

一九　《綠窻紅淚詞》之輯

余近有《綠窻紅淚詞》之輯，集有清一代閨秀之作，體仿《花間》，專收小令、中調詞。宗《飲水》意，取哀感頑豔，類多傷春怨別之辭。悉屏酬酢贈畣之什。積時六月，共選詞凡九十五家二百三十一首。書成，置案頭，自供吟諷而已。吾友唐素娟（英）見之，極加謬許，題二十字於冊端曰：「無字不馨逸，無語不哀涼。一讀一擊節，一讀一斷腸。」朋儕聞之，多來索觀，頗有聳余印布者，然自鏡選例未精，未敢率付梓人也。

二〇　莊蓮佩《秋水軒詞》多淒咽之音

陽湖莊蓮佩女士盤珠，嫁同邑吳孝廉軾，年廿五便卒，著《秋水軒詞》一卷，多淒咽之音。如〈柳絮詞〉〔蘇幔遮〕云：「早抽條，遲作絮。不見花開，只見花飛處。繞砌縈簾剛欲住。打箇盤旋，又被風吹去。　埜棠郝，荒草渡。離却枝頭，總是傷心路。待趁殘春春不顧。葬爾空池，恨結萍無數。」悽惋幽咽，真傷心人別有懷抱矣。

二一　李道清《飲露詞》

先母合肥李夫人（自署道清，字味蘭），年未三十，便即仙去。生平極嗜倚聲，所作恒散置奩篋中，自謂殊不足存，每不加珍惜。辭世後，家大人檢點殘篇，爲刊《飲露詞》一卷，不及廿闋。嗚乎，吾母畢生心血，盡於此矣。每一展讀，涕爲琳琅。玆錄存九闋，用志吾哀。至先母詞之品高意遠，當世君子，已有定評，吾不敢贅一辭也。〈浣溪沙〉云：『小閣紅簫均未休。碧烟狼藉白花洲。春陰暗暗夢悠悠。　胡蝶路迷芳艸遠，黄鸝聲住水東流。古來誰得情春留。』〈浪淘沙〉〈春閨〉云：『柳葉澹如烟。柳絮如綿。黄鶯紫燕共纏綿。一片飛花斜月裏，紅過秋千。　無語下珠簾。怕聽啼鵑。閒愁棖觸上眉尖。一曲琵琶渾不是，廿五冰絃。』〈浣溪沙〉云：『春水悠悠澹遠空。無言閒立畫橋東。夕陽影裏落花中。　有恨門開千嶺綠，無情簾捲一庭紅。黄昏惆悵雨和風。』〈青玉案〉〈莫春〉云：『海棠澹白胭脂褪。更寂寞、無人問。九曲迴腸君莫訊。如今猜透，春愁離恨。總是詞人分。　博山一線春寒緊。侍女初將翠裘進。何處銷魂銷不盡。碧紗簾外，飛花成陣。又是黄昏近。』〈更漏子〉〈秋思〉云：『菡萏香，龍鬚冷。簾子風搖難定。還對鏡，更添衣。玉墀清漏稀。　畫樓近，天涯遠。夢裏醉半恩怨。無可奈，不堪尋。小庭秋雨深。』〈菩薩蠻〉云：『博山香定爐烟直。薄妝閒坐西窗側。棋罷正思眠。畫屏春夜寒。　玉堦苔蘚[一]薄。花雨簾纖落。春恨自闌珊。梨花半不閒[二]。』〈相見歡〉云：『畫長正自堪眠。雨簾纖。半是開花時候、落花天。　春如夢，閒愁重，總堪憐。無奈去年今日、

[一] 蘚，原作『蘇』，據《飲露詞》改。
[二] 閒，原作『開』，《飲露詞》該字從『門』，門內所從似爲『日』，底板疑有挖改。

到今年。』〔菩薩蠻〕云：『連塘夜靜簫聲起。銀屏夢覺涼如水。玉臂捲湘簾。星河秋滿天。悠悠今夜怨。只有鴛鴦見。清影不分明。巧雲移月行。』

上海《婦女時報》一九一二年七月一〇日第七期

閨秀詞話

逸名

《閨秀詞話》三七則，小序一則，載上海《時事新報》一九一三年二月二八日起，迄四月四日；又上海《時事新報》館《時事彙報》一九一三年一二月第一號轉載，次序略有淆亂。今據《時事新報》迻錄，校以《時事彙報》。原無序號、小標題，今酌加。

閨秀詞話目錄

閨秀詞話

女子才力薄弱，故工詩者少，而賦性幽婉，最近於詞。《斷腸》、《漱玉》，卓然名家，雖逸才之士，莫能過之矣。有清一代，閨秀能詞者尤衆。搜羅彙集[一]不下數百家。平居多暇，時加點校，因從友人所請，日舉數首，輯爲《詞話》，且云當程督之，勿令以疏嬾而中止也。

一 錢令芬《竹溪詞草》

錢令芬，字冰仙，會稽人，有《竹溪詞草》。記其〔清平樂〕云：『韶華如許。又聽黄鸝語。幾陣輕風兼細雨。多謝東君作主。　枝頭紅杏堪誇。酒幟到處横斜。滿目青山緑水，不知春在誰家。』適丹徒戴少梅。戴亦能詞，惜未見也。

〔一〕彙集，原作『最集』，據上海《時事新報》館《時事彙報》一九一三年一二月第一號改。

二　俞繡孫清婉可誦

俞曲園先生次女繡孫，字綵裳[一]，幼而明慧，曲園題其所居爲『慧福樓』，曰冀其福與慧兼也。性嗜詩，及歸武林許氏，又致力於詞。所作如〔虞美人〕〈寄仲蘐小姑〉云：『當時玉笛紅窗裏。不識愁滋味。無端一别各西東。負了闌干幾度、月明中。　年來折盡離亭柳。贏得人消瘦。雲山總是萬重遮。昨夜相思有夢、到天涯。』〔如夢令〕云：『春色漸歸芳樹。愁思暗和疏雨。莫去倚闌干，簾外輕寒如許。無語。無語。誰識此時情緒。』皆清婉可誦。後以產卒。未卒前一月，盡焚其稿。曲園檢其舊藏，序而刻之，名《慧福樓幸草》，意取《論衡》所云『火燔野草，其所不燔，名曰幸草』也。凡詩七十五首，詞十五首。

上海《時事新報》一九一三年二月二八日

三　吳清蕙《寫韻樓詞》

吳清蕙，字佩湘，吳縣人，同郡彭南屏室，有《寫韻樓詞》行世。愛其〔蝶戀花〕云：『自别蘇臺春色遠。萬縷千絲，那得重相見。絮影漫天飛歷亂。東風著意吹難轉。　玉井瓶沈音信斷。芳草多情，綠過長洲苑。明月曾窺當日面。畫梁空賸將泥燕。』集中載〈戲作〉〔念奴嬌〕、〔一

[一] 綵裳，原作『綵囊』，據《時事新報》一九一三年三月二日『更正』、《時事彙報》一九一三年一二月第一號改。

叢花〕二首，疑爲調南屏挾伎泛舟之作。如〔念奴嬌〕云：『綠波烟暖，記當時載酒，尋春勝處。七里香風佳麗地，有個蘭舟仙侶。』又云：『羡他元白才華，評詩鬭酒，風月年年度。一闋新詞剛譜就，試遣雪兒歌舞。解佩情深，傳巾意密，韻事留佳句。』〔一叢花〕下闋云：『尊前私語太怱怱。密意倩誰通。芒蘿訪得芳蹤後，早又是、煙月空濛。』其詞可見也。嘗讀臨川夢曲本悼俞二姑事，謂女子多爲才誤，因題〔浣溪紗〕云：『玉茗詞章久擅名。紅牙閒譜《牡丹亭》。干卿何事太多情。

文士襟懷原磊落，女兒心性本幽貞。誤人端的是聰明。』

上海《時事新報》一九一三年三月二日

四　吴小荷《寫韻樓詞》

南海吴小荷，亦有《寫韻樓詞》，與佩湘同姓，同以其樓名集，而才力不逮，所作少竟體完善者。惟〈邳州道中寄懷〉〔南歌子〕上闋云：『暖護桃花蕊，寒飄燕子翎。東風吹夢似浮萍。且把一衾愁緒、伴嘘鶯。』殊有清味。

五　小詩類詞

唐人初爲詞，本由詩體流變，亦不甚分别也。如〔憶江南〕、〔花非花〕、〔楊柳枝〕等，詩詞並列其體。〔竹枝〕竟是七言絶句，後人亦以爲詞。予謂，此類惟當辨其意境耳。或言閨閣〔二〕小詩，

〔二〕閨閣，原作『閨閤』，據《時事彙報》一九一三年一二月第一號改。

多有類詞者，因舉錢塘章安貞香奩數首云：『入簾晴雪暗殘缸。踏雪看梅故啓窗。徑滑不愁寒不惜，生憎蓮瓣印雙雙。』又：『乞巧穿針事等閒。怪郎饒舌暈羞顔。問儂若也生天上，鵲駕銀河肯曉還。』又：『郎似月圓儂鏡圓。鏡圓常定在郎前。月圓到處儂難管，知送清光阿那邊。』又：『結習難除笑自家。金盆夜搗鳳仙花。玉纖染就羞郎見，翠袖擎杯一半遮。』

六　被翻紅浪

《漱玉詞》『香冷金猊，被翻紅浪，起來慵自梳頭』，第二句自來誤解。予案：四字亦隨人所用，《樂章集》云：『酒力漸濃春思蕩。鴛鴦繡被翻紅浪。』《清真集》云：『象牀穩，鴛衾謾展，浪翻紅縐。』此狎暱之辭也。若辛稼軒云，『被翻紅錦浪，酒滿玉壺冰』，取語雖同，而用意各别。易安此詞，本言蹙被而起，故紋疊波瀾。嘗見人手識其下云：香冷金猊爲何時，被翻紅浪爲何事。顧猶暢然言之者，情之所感，男女同也。予辨曰：《禮》，婦人不夜哭，嫌思人道。易安空□寄遠，焉得思存媱媟，以受譏嘲乎。近聞某氏女喜吟詠，偶襲此詞，其夫遂與之疏，可云陋矣。

上海《時事新報》一九一三年三月五日

七　文道羲和素君

文道羲《雲起軒詞鈔》，有〔長亭怨慢〕〈和素君寄遠〉一首，其下闋云：『文園病也，更堪觸、傷春情緒。便月痕、不上菱花，儘難忘、衣新人故。但乞取天憐，他日翦燈深語。』並附素君詞云：『甚一片、愁烟夢雨。剛送春歸，又催人去。鷗外帆孤，東風吹淚墮南浦。畫廊攜手，是那日、銷魂處。茜雪尚吹香，忍負了、嬌紅庭宇。　延佇。悵柳邊初月，又上一痕眉嫵。當初已錯，認道是、尋常離緒。念別來、葉葉羅衣，已減了、香塵非故。恁短燭依篷，獨自擁衾愁語。』詳其往復，明爲男女相愛之辭。乃後見程子大《美人長壽盦集》中亦載此首，則攘爲己作，惟改『已錯』爲『見慣』，『離緒』爲『歌舞』，『羅衣』爲『春衣』，似反不逮原作，抑又何也。

上海《時事新報》一九一三年三月七日

八　自述婚事

昏姻嘉禮，以合兩姓之歡，而女子適人者，必流涕登車，蓋不如是，則人將笑之，非其情也。偶見仁和孫秀芬〔洞仙歌〕〈自述昏事〉云：『畫堂銀燭，照氤氳瑞氣。吉日良時是誰筮。看門闌喜聚、冰上人來，人爭羡，兩座輶軒太史。　曉妝雲鬢掠，玉鏡臺前，試點青螺暈眉翠。偷檢綵羅箱、條脱雙金，循環意、袖中私繫。怪無語、人前鎮含羞，算祗有菱花、知儂心喜。』末語可謂曲盡隱微。又〈定情後作〉〔菩薩蠻〕云：『沈沈漏箭催清曉。鴨鑪猶賸餘香裊。吹滅小銀燈。半窗斜月明。　繡衾金壓鳳。好夢教郎共。含笑語檀郎。何須更斷腸。』風流繾綣，令人意消。

九　姚倚雲〔好事近〕

通州范伯子先生，爲吳摯甫弟子，詩文與張季直、朱曼君齊名。時人稱爲『三鳳』。繼妻桐城姚倚雲，亦有清才，著《蘊素軒詩稿》，附伯子集以行。詞不多作，僅見其〔好事近〕一首云：『供養水仙花，窈窕佩欹簪折。一片歲寒清思，共幽香雙絕。　碧天雲淨雪初消，又見風吹葉。人意鐘聲俱遠，有一輪冰月。』

上海《時事新報》一九一三年三月八日

一〇　儲嘯凰《哦月樓詩餘》

宜興蔣萼工詩。早歲知名，老爲丹徒縣教諭，對客輒談故事及身所經歷，終日不倦。娶同邑儲嘯凰，賢而早卒。每舉其所著《哦月樓詩餘》告人，且自歎以爲弗及也。録其〔一翦梅〕云：『旭日東升上海棠。紅映雕梁。緑映瑶窗。曉妝纔罷出蘭房。羅袂生香。錦襪生涼。　風送飛花處處颺。鴨唼迴塘。燕啄迴廊。流鶯也解惜春光。半學調簧。半勸飛觴。』又，〔惜分飛〕云：『簾幕深沈人静悄。杜宇數聲啼了。夢醒紗窗曉。博山寶篆香猶裊。　睡起凝妝渾覺早。窺鏡眉痕畧掃。著意東風小。海棠一夜開多少。』

上海《時事新報》一九一三年三月九日

一一　詠美人體

宋劉改之以〔沁園春〕〈詠美人指甲〉及〈美人足〉，體驗精微，一時傳誦。詞體本卑，雖纖巧，無傷也。後人紛紛效之，俱無足道。惟元邵復孺〈美人眉〉、〈目〉二首，差堪媲美耳。近讀錢塘女史孫蘭友《聽雨樓詞》，亦依其調〈詠指甲〉云：『雲母裁成，春冰碾就，裹住葱尖。憶緑窗人静，蘭湯悄試；銀屏風細，絳蠟輕彈。愛染仙葩，偶挑香粉，點上些兒玳瑁斑。支頤久，有一痕鈎影，斜映顋間。　摘花清露微沾。剖繡線、雙虹掛月邊。把〔霓裳〕悄拍，代他象板；藕絲自雪，搯個連環。未斷先愁，將修更惜，女伴燈前比並看。消魂處，向紫荊花上，故逞纖纖。』又，〈詠後鬟〉云：『青縷鍼長，靈犀梳小，妝成內家。正蘭膏試後，微黏繡領；紅絲繫處，低襯銀叉。背面丰神，鏡中側影，愛好工夫著意加。端詳久，要雙分燕尾，雅稱盤鴉。　春寒較重些些。被護耳、貂茸一半遮。甚羅巾風掩，輕籠頸玉；鬢雲醉舞，欲度顋霞。蟬翼玲瓏，鸞釵句惹，髻畔斜承半墜花。香閨伴，問垂髫攏上，幾許年華。』此則見身說法，宜其工妙矣。

上海《時事新報》一九一三年三月一〇日

一二　孫蘭友瀟灑出塵

蘭友小詞，時有瀟灑出塵之概。其〔浣溪沙〕云：『細雨和風灑竹扉。憑闌心逐濕雲歸。故山回首夢依依。　罥樹花疏蛛網密，繙書人瘦蠹魚肥。病深愁重易霑衣。』摘句，如『月上珠簾和影卷』，又，『半夜秋聲千里夢，三年心事數行書』，皆可喜也。

一三　詞律細入毫芒

北方無四聲之辨，吟諷多乖音節。漁洋、秋谷，一時宗匠，而作近體詩，必依譜用字，嘗兢兢焉。詞律細入毫芒，故工者尤少。或舉新成陶夢琴詞相質，嘆此才正是非易，況閨閣中乎。因錄〔浣溪沙〕〈秋夜〉云：『銀漏聲沈篆半殘。幾回親自注沈檀。莫將纖指故輕彈。　怕向水晶簾下立，今宵偏是十分寒。桐陰扶月上闌干。』〔卜算子〕〈舟行〉云：『雲重壓篷低，沙積闌篙住。雨後山光綠不分，送入天邊去。　岸闊見長蘆，村遠惟疏樹。薄暮漁人泛艇歸，泊向荒烟渡。』

上海《時事新報》一九一三年三月一一日

一四　陶夢琴詞

夢琴又有〔菩薩蠻〕《和鄭嚮甫侍婢春草詞》一首云：『濛濛綠徧天涯路。青袍未免妨相妬。日落上西樓。閨中亦有愁。　長亭三十里。都是春光矣。牆外曉鶯啼。惱人惟此時。』婢名采蓮，其原作云：『春風二月江南路。春山如畫春光妬。綠幔卷高樓。黛痕眉上愁。　薄烟團幾里。拾翠人歸矣。又聽子規啼。如絲雨下時。』不謂康成詩婢，猶有嗣音。

一五　歸佩珊《聽雪詞》

常熟歸佩珊夫人，有『女青蓮』之目，龔定盦題其集云：『一代詞清，十年心折，閨閣無前古。』又云：『紅妝白也，逢人誇說親睹。』今觀其《聽雪詞》，凡二十首，清而不肆，疏而未密，非擅世之才也。至其〔和定盦〕〔百字令〕一首云：『萍蹤巧合，感知音得見，風前瓊樹。爲語青青江上柳，好把蘭橈留住。奇氣拿雲，清談滚雪，懷抱空今古。緣深文字，青霞不隔泥土。　更羡國士無雙，名姝絕世，仙侣劉樊數。一面三生真有幸，不枉頻年羈旅。繡幕論心，玉臺問字，料理吾鄉去。海雲東起，十光五色爭睹。』氣甚充盈，而集中未載，然則世所流傳，固未得其全也。

上海《時事新報》一九一三年三月一二日

一六　夏盥人與左綴芬

新建夏盥人，詩學郊島，尤善爲詞。娶左文襄女孫綴芬，淑慎多才，倡和相樂。盥人《映盦詞》載〔暗香〕、〔疏影〕，題云：『樓中列盆梅數株，先春破萼，嫣然一枝。除夕，綴芬置酒花下，以風琴歌白石此詞，因各倚聲和之。』綴芬作〔暗香〕云：『四山寒色。漸冷魂喚醒，燈樓横笛。細蕊乍舒，雪底闌邊好攀摘。驚聽催春戲鼓，休閒閣、吟牋詞筆。趁此夕、一醉屠蘇，花暖燭摇席。南國。思寂寂。歎歲去歲來，萬感縈積。翠禽漫泣。仙夢羅浮那堪憶。清漏簾間滴盡，疏竹外，雲封殘碧。怕暗暗、年换也，有誰見得。』〔疏影〕云：『苔盆種玉。倚繡屏婀娜，深夜無宿。碧袖天寒，朔管頻吹，凄風弄響檐竹。熏籠紙帳烘纔暖，但笑索、枝南枝北。想姹紅、悉待春來，讓却此花開獨。

同向燈筵送歲，醉顔對鏡淺，杯映眉緑。末世悲歌，及早收身，可有孤山林屋。宵殘臘賸匆匆去，瞬息奏、落梅酣曲。恐漸攜、卧陌長瓶，酒漬掃香裙幅。』沈思健筆，雖盥人，無以過也。今綴芬已卒，聞遺集方付雕鏤云。

上海《時事新報》一九一三年三月一三日

一七　關鍈《夢影樓詞》

錢塘關鍈，字秋芙，幼耽禪理，因署『妙妙道人』。有《夢影樓詞》。自言學道十年，綺語之戒，誓不墮入。然其嫁後諸作，傷離怨別，情語綢繆，愛根終在，豈能掃除重障邪。如〔清平樂〕云：『畫梁春淺。簾額風驚燕。不信天涯人不見。草也池塘生徧。東風吹淺屏紗。飛飛多少楊花。何怪兒家夫壻，一春長不還家。』又〔河傳〕〈七夕懷藹卿〉云：『七月。初七。病懨懨。樓上茶，瓜上筵。别離似今頭一年。天天。懶將針線拈。　驀記當初樓上坐。人兩個。上了羊燈火。二更多。傍銀河。問他。鵲兒曾見麽。』

上海《時事新報》一九一三年三月一六日

一八　《夢影樓詞》沈鬱悲涼

《夢影樓詞》，每多沈鬱悲涼。如〔高陽臺〕〈送沈湘佩入都〉及〈咏斜陽〉二首，已爲近代選家所錄。予謂其規摹易安，亦有似者，非他人所及。如〔惜餘春慢〕〈餞春〉云：『杏燕修巢，柳鶯撤户，春事十分完九。昏昏心上，怕雨思晴，髻也不曾梳就。纔得湘簾半掀，便道西園，鼠姑開久。賸野塘風緊，晚來吹蕩，落花紅皺。　曾記向、陌上春游，調鶯撲蜨，攜得雙鬟柑酒。因循幾日，脂顱粉頳，紅得夕陽都瘦。無計留春不歸，但把海棠，折來盈手。教侍兒知道，者回春色，零星還有。』

上海《時事新報》一九一三年三月一七日

一九　闞侶瓊婉約

秋芙妹侶瓊詞，亦婉約。其〔清平樂〕云：『晚樓鴉定。簾卷東風緊。弱酒亂澆心上冷。摇碎一窗鐙影。　藷魂不肯輕銷。無端瘦減儂腰。却又無愁無病，等閒過到今朝。』

二〇　徐積餘刻《閨秀詞》

徐積餘初刻《閨秀詞》六集，余嘗見之，未遑留意。近況玉梅以余爲《詞話》，特舉一編相贈，則增附至八集，都若干家，以舊所儲藏，互校有無，亦良可爲樂耳。玉梅方輯《繪芳詞》，凡古今詠美人形體者，靡不搜録，五色並馳，不可殫形。因從恿付刻，他日必能流傳士女間也。

二一　吴冰仙《嘯雪菴詞》

余既録錢冰仙《竹溪詞草》，今復見長洲吴冰仙《嘯雪菴詞》。冰仙，一字片霞，爲梅村從女弟，工書，善畫，兼擅絲竹。其詞亦有情韵。玉梅最愛誦其〔鵲橋仙〕〈七夕〉云：『花鍼穿月，蛛絲織巧，河畔鵲橋催度。相逢謾道是新歡，反惹起、舊懷無數。　沈沈鳳幄，依依鴛夢，愁煞曉寒歸路。羲和若肯做人情，成就他、雲朝雨暮。』

上海《時事新報》一九一三年三月一八日

二二　代人作詞

古有爲人作書與婦者，無過[一]以文爲戲，敷陳藻采。然寄書者，必將其意，受書者亦宜會其誠，不以假手于人而有所隔也。至于惜別、懷人，情自我發，莫能相代。良以無其事則無其情，無其情則

[一] 無過，原作『無故』，據《時事新報》一九一三年三月二〇日更正改。

文不能至，又安所貴邪。近見會稽商景蘭《錦囊詩餘》，有〔十六字令〕〈代人懷遠〉，云：『瓜。今歲須教早吐花。圓如月，郎馬定歸家。』又〔眼兒媚〕云：『將入黃昏枕倍寒。銀漢指闌干。半輪澹月，一行鳴雁，雲老霜殘。凭著飄英風自掃，小院掩雙鐶。離情難鎖，苕苕江水，何處關山。』又〔菩薩蠻〕〈代人憶外〉云：『蠟華香動烟中影。紗窗半掩羅幃冷。孤雁宿沙汀。寒砧夢裏聲。夢來相憶地。難訴相思意。夜雨渡芭蕉。懷人正此宵。』再三爲之，殊不可解。景蘭，明吏部尚書商周祚女，祁忠惠公彪佳室。

上海《時事新報》一九一三年三月一九日

二三　蘇佩蘘開闔動盪

周止菴爲《四家詞選》，冠以〈序論〉，所見多獨到處。其側室山陽蘇佩蘘，工詞，有〔望海潮〕云：『濛濛疏雨，漸敲朱户，西風吹逗簾旌。深閣晝眠，重幃暗鎖，鶯啼殘夢偏驚。春盡絮飛輕。共海棠落去，千片無聲。此際魂銷，但將離恨寄春行。　清池水上橋横。被行人遮住，隔岸初晴。斜日樹邊，檐前燕子，銜泥虚傍琱楹。人倚越山屏。是爲花憔悴，減却芳情。冷落香篝，又隨雲想度長更。』〔婆羅門引〕云：『西風過後，更無落葉作秋聲。錦機偏動幽情。萬里天涯路窄，何處月長盈。歎滄波一片，輕換陰晴。　凝眸短檠。渾未辨、舊時明。況又蕭蕭細雨，遥夜爭鳴。繁華夢久，怕相將、都付與雲屏。愁玉女、立盡殘更。』〔大聖樂〕〈咏落梅〉云：『瘦骨亭亭，偏宜妝澹，共春爭色。裊數枝、簾外湘雲，一片清波，誰惜天涯傾國。最恨掃紅東風勁，送藞亂、幽香隨翠陌。無言處，謾凝立畫闌，猶見遺迹。　多情忍教抛擲。料雙燕、歸來難自識。算春光情鍾桃李，那管離愁狼籍。嫩柳搓黃，含烟露，更嗚咽。長堤悲倦客。斜陽晚，悵空寫、生綃盈尺。』數詞開闔動盪，蓋能深得止庵之法者。

上海《時事新報》一九一三年三月二〇日

二四　曾懿《浣月詞草》

華陽曾懿，字伯淵，適湖南觀察使某。治家賢能，於家政、裁縫、烹飪諸學，皆有專書述之，兼通醫理，餘暇則爲詩詞。有《浣月詞草》。錄其〔如夢令〕云：『春水粼粼波縐。南浦銷魂時候。風雨阻歸期，隔住行人那岫。消瘦。消瘦。鎮日簾垂永晝。』〔采桑子〕〈咏秦淮〉云：『湖山罨畫秦淮好，王謝臺前。雙燕呢喃。芳草斜陽水拍天。　六朝金粉銷魂地，桃葉溪邊。撫景流連。亞字闌干丁字簾。』又：『清秋澹冶秦淮好，瘦了青桐。紅了江楓。金碧樓臺醉夢中。　山河舊影依稀在，凉月惺忪。廿四橋東[一]。一片秋心玉笛風。』〔菩薩蠻〕云：『東風已綠西堂草。詩魂爭奈離情攪。好景艷陽天。年年愁病兼。　畫屏金縷鳳。香鏁深閨夢。別緒滿關山。人間心未閒。』

上海《時事新報》一九一三年三月二一日

〔一〕廿四橋東，原作『二十四橋東』，據《時事新報》一九一三年三月二二日更正改。

二五　袁希謝《寄塵詩詞稿》

吳江陳佩忍，爲其里中節婦袁希謝刻《寄塵詩詞稿》，並志其後云：『希謝故與里中顧、董二母齊名，號吳江三節婦。刊其詩詞爲《素言集》行世。顧所箸不全，余嘗於其族孫成洛家，見節婦手寫本，填詞略多，因假録焉。未幾，成洛亡，余以頻年遷徙，此詞亦遂散失。今年秋，養疴吳趨，而成洛之弟文田，重以斯本見畀，故刊而傳之。』其詞如〔阮郎歸〕〈七夕戲贈織女〉云：『今宵腸斷各東西。不堪新別離。無聊且去理殘機。相思意緒迷。　河畔望，景依稀。餘情繞石磯。早知會後更凄其。何如未會時。』〔南柯子〕〈月中遠眺〉云：『皎月懸如鏡，微雲淡似羅。恍將樓閣浸澄波。不羡揚州，更好二分多。　顧影憐秋菊，臨風蹙翠蛾。闌干斜倚待如何。思欲凌空，飛去伴常娥。』味皆淡適。寄塵詩比詞爲少，而勝於詞。有〈題深院梨花燕獨歸圖〉絕句云：『幽情無限付梨花，深院沈沈掩碧紗。燕子亦甘同寂寞，雕梁夜冷月痕斜。』王湘筠以爲凄然欲絕，有心人當不能卒讀也。

上海《時事新報》一九一三年三月二二日

二六　徐自華姊妹

語谿徐自華，亦字寄塵，其妹蘊華，字小淑，俱以能詞入某社中。嘗見小淑〔惜紅衣〕詞并序，庶幾有白石意度。序云：『往歲旅居吳淞，數繫艇石公長崎間。江灣荷花[一]數十頃，夏景幽寒，終日但聞泉響。每值夕峯收雨，湖氣彌清，臨去憺然。欲索李隱玉表姊寫意，王碧棲詞丈題册而未竟。病窗經歲，轉眼薰來。曉起舒襟，填此寄意。』詞云：『盆石堆冰，屏紗障日，曉來無力。强起推奩，含情鏡花碧。　蘂薰細裊，鈎軟燕、簾前嗔客。湛寂。一枕籐陰，約溪人將息。　蓮汀柳陌。來去鳴筱，舊游半陳迹。經年興致，賸憶。斷灣北。載得米家詩畫，烟水刺船尋歷。衹半峯殘雨，猶待碧山詞筆。』友人某君見而受[二]之，因用其韻作〈憶舊〉詞云：『解帶量愁，吟詩計日，倦抛心力。過雨聽潮，江干亂山碧。　驚窺鬢影，誰更認、當筵狂客。幽寂。閒倚柳陰，覺離亭消息。　昏鴉古陌。曾試游驄，東風剗塵迹。都無燕雁，漫憶。水雲北。後約許扶殘醉，重訴此時經歷。奈正酣春夢，禁得斷腸詞筆。』

上海《時事新報》一九一三年三月二三日[三]

二七　莊盤珠《秋水詞》

武陵王夢湘，於近代閨秀中，獨好莊盤珠《秋水詞》。嘗手錄一過，推爲清世第一。又謂其馨逸不減《斷腸》，高邁處駸駸入《漱玉》之室。至譚復堂選《篋中詞》，僅錄四首。余以王君所

[一] 荷花，原作『何花』，據《時事新報》改。
[二] 受，疑應作『愛』，雷瑨、雷瑊《閨秀詞話》卷三作『愛』。
[三] 該頁右眉誤排爲二二日。

稱，或逾其量，而譚選則有未盡。集中如〔醉花陰〕〈清明〉云：『春好翻愁春欲去。燕子銜飛絮。何處響餳簫，楊柳門前，幾點清明雨。紙灰飛過棠梨樹。斜日無情緒。芳草古今多，誰定明年，重踏青郊路。』〔浣谿沙〕云：『睡起紅留枕上紋。病餘綠減鏡中雲。畫簾窣地又斜曛。倦睫分明尋斷夢，浮萍容易悟前因。無聊天氣奈何人。』〔踏莎行〕〈青霄里舟中夜歸〉云：『待放蘭橈，重過菊徑。人和涼月同扶病。輕帆未挂恨行遲，挂時又怕西風勁。剪燭嫌頻，推蓬怯冷。荒涼野岸三更近。草梢露重寂無聲，孤螢照見秋坟影。』〔天仙子〕〈春暮送別凝暉大姊〉云：『蜨到花間飛不去。人在花前留不住。春歸人去一時同，春也誤。人也誤。無數落花攔去路。昨夜同聽簾外雨。梅子青青幾許[一]。留人不住奈春何，行一步。離一步。怎怪鷓鴣嘅太苦。』皆幽咽宛轉，令人輒喚奈何也。

上海《時事新報》一九一三年三月二五日

二八　莊盤珠多凄苦之音

盤珠，陽湖人，莊有鈞女。其母夢珠而生，故名。字蓮佩。幼穎慧，好讀書，女紅精巧，然輒手一編不輟。卒時，年二十有五。垂絕復蘇，謂其家人曰：『余頃見神女數輩，抗手相迎，云：須往侍天后，無所苦也。』余觀其詞，故多凄苦之音。言爲心聲，宜其短折。至如〔菩薩蠻〕〈冬夜作〉云：『梅枝正壓垂垂雪。梅梢又上娟娟月。雪月與梅花。都來作一家。也知人世暫。有聚翻成

[一]『梅子』句，原作『梅子青青幾許』，據《秋水軒詞》補。

散。月落雪消時。梅花賸幾枝。』又〔浪淘沙〕〈海棠盛開以詞志感〉云：『夢斷小紅樓。宿雨初收。鬧晴蜂蝶上簾鉤。一院海棠春不管，儂替花愁。　吟賞記前游。轉眼都休。風前扶病強臺頭。知道明年人在否，花替儂愁。』一則於聚時，悟[一]離散之相因；一則於盛時，悲榮華之易謝。豈真所謂湛然了徹，不昧宿根者邪。天上徵文，竟濟長吉，夫亦可以無恨矣。

上海《時事新報》一九一三年三月二六日

二九　秋璇卿清麗芊緜

往在東京，見《秋璇卿集》，詩非其佳者，詞則間有好句。惜都不記憶。近從纖華處見其絶句四首，藻思綺合，清麗芊緜，雖當代才人，猶不能過，何止閨閣之美也。題爲〈贈曾筱石夫婦並呈觙師〉，云：『一代雕蟲出謝家，天教宋玉住章華。秋風卷盡湖雲滿，桂籟流馨開細花。』『曲屏徙倚見珠衣，離合神光花際飛。石竹礙簾苔印澀，赤簫攜手並斜暉。』『挂席南來楚水清，遥聞奇論稱簪纓。蓮裳何幸逢文苑，廣樂流聲下鳳城。』『海氣蒼茫刁斗多，微聞繡帟動吳歌。綠蛾蹙損因家國，繫表名流竟若何。』璇卿本字蓮裳，其父官湘中，故嫁於王氏[二]。筱石者，其兄公[三]，觙師，即曾廣鈞

[一] 悟，原作『悞』，據雷瑨等《閨秀詞話》卷二改。

[二] 王氏，原作『曾氏』。按，秋瑾由父親秋信及父執輩曾廣鈞等作主，嫁湘中王廷鈞。

[三] 其兄公，此處疑有脱誤。按，曾筱石，即曾廣銓，曾紀鴻四子，出繼爲曾紀澤子。曾廣鈞，曾紀鴻長子，號觙菴，秋瑾曾師事之。

重伯，重伯又字舩菴。此詩附載重伯所箸《環天室文集》中，謂爲法越戰後所作，故第四首云爾。悱惻忠愛。璇卿爾時故自不凡矣。紹興之難，竟隕蛾眉。其事傷心，其才猶爲可惜也。

上海《時事新報》一九一三年三月二七日

三〇　趙儀姞《濾月軒詩餘》

上海趙儀姞《濾月軒詩餘》，强半爲酬贈題物之作，然風格清華，不爲所掩。〈得葉小鸞眉子研拓本賦〉〔瑞雲濃〕詞並小序云：『研側刻八分書「疏香閣」三字，背刻小楷八十四字云：舅氏從海上獲研材三，琢成分貽予兄弟。璚章[一]得眉字研，云：天寶繁華事已陳，成都畫手樣能新。如今只學初三月，怕有詩人說小顰。素袖輕攏金鴨烟，明窗小几展吴牋。開匳一研櫻桃雨，潤到清琴第幾絃。己巳寒食題。下有小印篆文「小鸞」二字。研已歸粤東某氏，今所見者，秀水計氏拓本也。』詞云：『紅絲片玉，螺香猶沁腴紫。素袖頻番井華洗。櫻桃雨潤，記伴著、瑶宫仙史。夢影鎮悤悤，化飛雲逝水。十様新圖，誰拓出、初三月子。細字銀鈎認題識。優曇花謝，想膜拜、猊牀禪偈。墨暈流芬，小顰似此。』

三一　趙儀姞〔金明池〕

又用〔金明池〕調〈題柳如是鎮紙拓本〉，序云：『震澤王研農，藏河東君書鎮青田石，高寸餘，刻山水亭榭，款云「仿白石翁筆」，小篆五字，面鐫「崇禎辛巳暢月柳蘼蕪製」十字。研農方搜

〔一〕璚章，雷瑨等《閨秀詞話》卷二作『瓊章』。

輯河東君詩札爲《蘼蕪集》，將以付梓，適得此於骨董肆，云新出土者。自謂冥冥中，所以酬其晨鈔暝寫之勞也。余見其拓本，因題此闋，即依《蘼蕪集》中〈詠寒柳〉均。』詞云：『片玉飛來，脂香粉艷，解佩疑臨蘭浦。誰拾得、絳雲殘燼，歎細帙、早成風絮。賸芳名、巧琢苕華，揮小草、依約芝田鶴舞。伴十様濤箋，摩挲纖手，記否我聞聯句。　玉樹南朝霏淚雨。共紅豆春蕤，飄藎何許。霑幾縷、綠珠恨血，只畫裏、山川如故。二百年、洗出苔痕，感詞賦多情，燃膏辛苦。想蘇小鄉親，三生許認，試聽深篁幽語。』自注：河東君，本楊氏，小字影憐，盛澤人。

上海《時事新報》一九一三年三月二九日

三二　高芝仙題壁詞

顧子山《眉綠樓詞》，有〔過秦樓〕〈天津旅舍和女子題壁〉之作，並附載原詞，云：『月舊愁新，宵長夢短，今夜如何能睡。燈疑淚暈，酒似心酸，一様斷腸滋味。獨自背著窗兒，數盡寒更，嬾尋鴛被。更空槽馬嚙，荒陲[一]人語，嘈嘈盈耳。　空歎息、落絮沾泥，飛花墮溷，往事不堪題起。美人紅拂，俠客黃衫，不信當時若此。試問茫茫大千，可有當年，崑崙奇士。提三尺青萍，訪我枇杷花裏。』昨偶見時賢《嚼梅咀雪菴筆錄》載此事云：天津旅店，舊傳有高芝仙校書題壁詞，調寄〔過秦樓〕。案其詞，即顧氏所見者，互相印證，知非虛誣。惟後有跋語，則顧所未錄，意其時或先遭剥蝕矣。跋云：『妾良家女，爲匪人所誘，誤墮風塵，荏苒三年。朝夕惟以眼淚洗面。紛紜人海中，古

〔一〕荒陲，原作『荒郵』。

押衙向何處求也。北平高氏第三女芝仙留題。』

上海《時事新報》一九一三年三月三〇日

三三　王貞儀詞多登臨弔古

王貞儀，字德卿，江甯人，宣城詹枚室。記誦淹貫，最嗜梅氏天算之學，所箸有《術算簡存》五卷，《星象圖釋》二卷，《籌算易知》、《重訂策算證訛》、《西洋籌算增删》、《女蒙拾誦》、《沈痾囈語》各一卷，《象數窺餘》四卷，《文選詩賦參評》十卷，《繡帙餘箋》十卷，《德風亭初集》十四卷、《二集》六卷。詞多登臨弔古之作，然非其至者。錄其〔浪淘沙〕〈吉林秋感〉云：『關塞冷西風。沙霧迷濛。可憐秋去又悤悤。凝望亂烟衰草外，離恨無窮。　最好故園中。黄菊丹楓。蟹螯雙擘酒盈鍾。此景那堪回首憶，愁見歸鴻。』〔清平樂〕〈由平原過東方曼倩故里〉云：『衛河西去。斜指沙洲路。此是歲星名里處。大隱金門堪慕。　懸珠編貝空游。書生歎息封侯。歸念細君分賜，詼諧[一]竟爾風流。』〔沁園春〕〈過羊叔子故里〉云：『路指前途，汾水之南，太傅江鄉。羡戈戟臨戎，輕裘裝束；旌旗領隊，緩帶飄颺。談笑兵符，風流將術，卓識誰能與抗行。還回想，想東吳信壓，西晉功揚。　偶來此地堪傷。想蓋世、才華百戰場。剩麥穗千畦，實垂宿雨；棗林萬樹，花發新香。舊里嘗存，殘碑可讀，揮淚何須上峴岡。而今事，歎推賢已矣，更謬青囊。』

上海《時事新報》一九一三年四月一日

[一]詼諧，原作『談諧』，據《德風亭詞》改。

三四　陳敬亭《倚雲閣詩餘》

丹徒陳敬亭，研解經學，配同邑張静宜則。能詩，閨房講肄，儼若分科，然雍容相得也。其子克劭、克勤，皆承母教，梓行遺集，有《倚雲閣詩餘》三種。余與某君同坐閱之，問何首最佳，某君舉其〔國香慢〕〈詠水仙〉云：『沅湘何處。歎蘼蕪杜若，飄零無數。洛浦寒深，宛宛流年，望斷美人遲暮。江皋風雨朝還夕，只相伴、寒梅千樹。悵蒼梧、落木蕭蕭，一派江聲流去。　最好移來妝閣，看星眸素靨，翠幃低護。盆盎波深，照影亭亭，羅襪不教塵汙。明璫翠佩今何在，又怨入、東風無語。暗香風露。問甚時、寫入瑶琴，待倩伯牙重譜。』余笑曰：此點竄彭元遜詞爲之，且非〔國香慢〕本調，但以〔疎影〕改名，又誤增『暗香風露』四字耳。不如其〔點絳唇〕〈春陰〉一首，尚存本色。今録之云：『門徑愔愔，苔痕濃淡籬根繞。過春社了。燕子歸來早。　鄉夢難憑，一覺晨鐘曉。簾櫳悄。篆烟猶裊。此際愁多少。』

上海《時事新報》一九一三年四月二日

三五　鄉女〔木蘭花慢〕

義甯陳彦通以一詞見示，云其鄉某女子所作。芬芳秀逸，殊可誦也。調〔木蘭花慢〕云：『甚菱花瘦了，漸秋信、到闌干。正羅帕新愁，香篝舊病，夜雨江南。無端。歲華誤盡，問西風、何事獨盤桓。無奈尊前意緒，醉餘翻怯輕寒。　情難。對影休看。隄外柳、又摧殘。悵字渺銀鉤，神消玉笛，幽夢闌珊。深關。機回淚灑，祝從今、巢燕莫輕還。未到茱萸時節，料量衣帶先寬。』

三六　珠君〔清平樂〕

余舊見綾枕一方，繡〔清平樂〕詞，旁有『珠君』小印，不署姓名，詞意幽怨，决爲閨中所製。嘗屢和其韵，卒不能工。其詞云：『慵慵春睡。睡又思量起。鳳股釵横雲鬢墜。沾惹粉香脂膩。無情無緒空閨。憑他寄夢天涯，却怨春風何事。朝朝闌入羅幃。』

上海《時事新報》一九一三年四月三日

三七　陳嘉《寫眉樓詞稿》

仁和陳嘉，字子淑，適同邑高望曾，貞静好禮，妙解文辭。咸豐庚申，遘洪楊之難，自杭州東渡錢塘，避居蕭山之桃源鄉。有〔洞僊歌〕〈述途中所見〉云：『錢江東去，蕩一枝柔櫓。大好溪山快重覩。算全家數口、同上租船，凝眺處，隔岸峯青無數。　桃源今尚在，黄髮垂髫，不識人間戰爭苦。即此是僊鄉，千百年來，看鷄犬桑麻如故。問何日、扁舟賦歸歟。待掃盡欃鎗，片帆重渡。』事定，歸杭州。辛酉冬，復被圍城中，食且盡，嘉春粟進姑，自啗糠秕。城破，奉姑出奔，會大風雪，餓不能興，乃屬姑於妯娌而死。所箸有《寫眉樓詞稿》，凡二十四首。佳者，如〔柳梢青〕〈詠新柳〉云：『望裏魂銷。和烟和雨，緑徧亭皋。半拂征塵，半牽離恨，亂逐風飄。　踏青纔過花朝。聽一路、鶯聲畫橋。淺蹙顰眉，微開倦眼，低舞纖腰。』〔踏莎行〕〈花朝〉云：『芳草侵階，落花辭樹。韶光一半隨流去。杏餳門巷又清明，踏青試約鄰家女。　旅燕初歸，流鶯欲語。垂楊緑徧閒庭宇。二分春色一分陰，一分不定晴和雨。』〔如夢令〕〈春盡日聞杜宇〉云：『試問春歸何處。

幾度欲留不住。樓上子規啼，似向東風說與。歸去。歸去。滿院落紅如雨。』逸樓嘗謂，其人足傳其詞，其詞亦足傳其人，信然。

上海《時事新報》一九一三年四月四日

蓮子詞話

蓮子

《詞話》一二則，載北京《鐵路協會會報》一九一三年七月二〇日第二卷第七册，署『蓮子』，今據以迻錄，改稱《蓮子詞話》。原無序號、小標題，今酌加。

蓮子詞話目錄

蓮子詞話

一　詞品

吳江郭祥伯、金匱楊伯夔，仿司空表聖之例，撰詞品各十二則，奄有眾妙。郭云：

千巖巉巉，一壑深美。路轉峯迴，忽見流水。幽鳥不鳴，白雲時起。此去人間，不知幾里。時逢疎花，娟若處子。嫣然一笑，目成而已。（幽秀）

行雲在空，明月在中。瀟瀟秋雨，泠泠好風。即之愈遠，尋之無踪。孤鶴獨唳，其聲清雄。眾首俯視，莫窮其通。回顧藪澤，翩哉飛鴻。（高超）

海潮東來，氣吞江湖。快馬斫陣，登高一呼。如波軒然，蛟龍牙須。如怒鶻起，下盤浮圖。千里萬里，山奔電驅。元氣不死，乃與之俱。（雄放）

芙蓉作花，秋水一半。欲往從之，細石凌亂。美人有言，玉齒將粲。徐拂寶瑟，一唱三嘆。非無寸心，繾綣自獻。若往若還，豈曰能見。（委曲）

美人滿堂，金石絲簧。忽擊玉罄，遼闊清揚。韻不在短，亦不在長。哀家一梨，口爲芳香。芭蕉灑雨，芙蓉拒霜。如氣之秋，如水之光。（清脆）

雜花欲放，細柳初絲。上有好鳥，微風拂之。明月未上，美人來遲。却扇一顧，羣妍皆媸。

其秀在骨，非鉛非脂。渺渺若愁，依依相思。（神韻）

人生一世，能無感焉。哀來樂往，雲浮鳥仙。銅駝巷陌，金人歲年。鉛水迸淚，鶗鴂裂絃。如有萬古，入其肺肝。夫子何嘆，唯唯不然。（感慨）

鮫人織綃，海水不波。珊瑚觸網，蛟龍騰梭。明月欲墮，羣星皆趨。淒然掩泣，散爲明珠。織女下睎，雲霞交鋪。如將卷舒，貢之太虛。（奇麗）

好風東來，幽鳥始哢。陽春在中，萬象始動。一花未開，衆綠入夢。口多微詞，如怨如諷。如聞玉管，快作數弄。望之邈然，鶴背雲重。（含蓄）

清霜警秋，微月白夜。其上孤峯，流水在下。幽尋欲窮，乃見圖畫。愜心動目，喜極而怕。跌宕容與，以觀其罅。翩然將飛，倘復可跨。（逋峭）

雜組成錦，萬花爲春。五醞酒釃，九華帳新。異彩初結，名香始熏。莊嚴七寶，其中天人。飲芳食菲，摘星抉雲。偶然咳唾，明珠如塵。（穠豔）

名士揮麈，羽人禮壇。微聞一語，氣如幽蘭。荷雨夜歇，松風夏寒。之子何處，秋山槃槃。萬籟俱寂，惟鳴幽湍。千嗽百嘯，奉君一丸。（名雋）

楊《續詞品》云：

悠悠長林，濛濛曉暉。天風徐來，一葉獨飛。望之彌遠，識之自微。疑蝀入夢，如花墮衣，幽絃再終，白雲愈稀。千里飄忽，鶴翅不肥。（輕逸）

秋水樓臺，淡不可畫。時逢幽人，載歌其下。明星未稀，美此良夜。惝恍從之，夢與煙借。荷香沈浮，若出雲罅。油油太虛，一碧俱化。（緜邈）

萬山巑巑，迴風盪寒。決眦千仞，飲雲聞湍。龍之不馴，虹之無端。畸士羽衣，露言雷喧。洞庭隱鱗，蒼梧逸猿。元氣紛變，創斯奇觀。（獨造）

送君長往，懷君思深。白日欲墮，池臺氣陰。百年寸暉，徘徊短吟。松篁幽語，獨客泛琴。聆彼七絃，瀟湘雨音。落花辭枝，淒入燕心。（淒緊）

之子曉行，細路香送。時聞春聲，百鳥含哢。林花初開，鬣須欲動。美人何許，短琴潛弄。明明無言，冷冷[一]如諷。卷簾綠陰，微雨思夢。（微婉）

疎雨未歇，輕寒獨知。茶煙晝青，鬐藤一枝。秋老茅屋，檐蟲挂絲。葉丹苔碧，酒眠悟詩。飲真抱和，仙人與期，其曰偶然，薄言可思。（閒雅）

俯視苔石，行歌長松。千葉萬吹，凜然嘘冬。返風乘虛，餐霞太蒙。矯矯獨往，落落希蹤。夜開元關，盪聞天鐘。光滿眉宇，與斗相逢。（高寒）

空波粼天，鳴艣扣舷，鷺鷥立雨，浪花一肩。采采白蘋，江南曉煙。覔鏡照春，逢潭寫蓮。漁舟還往，相忘歲年。佳語無心，得之自然。（澄澹）

卓卓野鶴，超超出羣。田家敗籬，幽蘭逾芬。意必求遠，酒不在醇。玉山上行，疏花角巾。短笛快弄，長嘯入雲。軒軒霞舉，須眉勝人。（疏俊）

悵焉獨邁，憀兮[二]隱憂。悟出繫表，天地可求。亭亭危峯，倒影碧流。空山沍寒，老梅古

[一] 冷冷，《靈芬館詞話》卷二引作「泠泠」。

[二] 兮，原作予，據《靈芬館詞話》卷二改。

愁。味之無腴，揖之寡儔。遙指木末，一僧一樓。（孤瘦）

如莫邪劍，如百鍊鋼。金石在中，匪曰永藏。鉥心掐腎，韜神斂光。水爲沉流，星無散芒。離離九疑，鬱然深蒼。萬棄一取，駏驉錦囊。（精鍊）

天孫弄梭，腕無暫停。麻姑擲米，走珠跳星。荷露入握，菊香到瓶。如泉過山，如屋建瓴。虛籟集響，流影幻形。四無人語，佛閣一鈴。（靈活）

二　《詞律》補遺

詞八百二十餘調，一千三百餘體，紅友《詞律》，錄止六百六十餘調，千百八十餘體。則此外滲漏正多矣。姑就其所見之尤可誦者抄之。袁宣卿〔劍器近〕九十六字：『夜來雨。賴倩得、東風吹住。海棠正妖嬈處。且留取。悄庭戶。試細聽、鶯啼燕語。分明共人愁緒。怕春去。佳樹。翠陰初轉午。重簾未捲，乍睡起，寂寞看風絮。偷彈清淚寄煙波，見江頭故人，爲言憔悴如許。彩牋無數。去却寒喧，到了渾無定據。斷腸落日千山暮。』元遺山〔小聖樂〕九十五字：『綠葉陰濃，偏池亭水閣，偏趁涼多。海榴初綻，朵朵蹙紅羅。乳燕雛鶯弄語，對高柳、鳴蟬相和。驟雨過，似瓊珠亂撒，打偏新荷。人世百年有幾，念良辰美景，休教虛過。富貴前定，何用苦奔波。命友邀賓燕賞，飲芳醑、淺斟低歌。且酩酊，從教二輪，來往如梭。』

三　虞伯生隱括遼主詩

『昨日得卿黃菊賦。細翦金英，題作多情句。冷落西風吹不去。袖中猶有餘香度。滄海麈生秋日暮。玉砌雕闌，木葉鳴疏雨。江總白頭心更苦。素琴尤寫幽蘭譜。』此虞伯生（集）隱括故遼主詩，事詳伯生序。周松靄（春）《遼詩話》，據錢葆酚（芳標）《蒓 詞話》，謂張繼孟（肯）作，想因伯生詞而繼孟偶書之，致有此誤。

四　丁藥園有旗亭歌唱之思

徐釚《續本事詩》稱，丁藥園祠部盛名膴仕垂二十年，單辭隻字，髣髴有旗亭歌唱之思，今其詞，如〔鎖窗寒〕云『入柳非煙，弄花無影，斷腸何處』（〈東風〉），〔柳初新〕云『柔條無力，挽不盡、隴煙湘雨。及早和他同倚，怕銷魂、夕陽飛絮』（〈本意〉），〔鳳啣杯〕云『將和淚雙絹，斷腸一紙，交伊看。怎推得、無人見』（〈舊恨〉）等語，洵才人之筆，在藝香、麗農之間。

五　劉伯壽〔花發狀元紅慢〕

劉伯壽〔花發狀元紅慢〕一百二字，紅友《詞律》失載。伯壽名几，洛陽九老之一。《石林燕語》所謂『戴花劉使』也。神宗朝，官秘書監。時洛陽花品以『狀元紅』爲冠，几致仕後，攜歌工花日新就妓部懿家賞讌，乃撰此曲。詞云：『三春向暮，萬卉成陰，有嘉豔方坼。嬌姿嫩質。冠羣品，共賞傾城傾國。　上苑晴晝暄，千素萬紅尤奇特。綺筵開，會詠歌才子，壓倒元白。　別有芳幽苞小，步障華絲，綺軒油壁。與紫鴛鴦，素蛺蝶。自清旦、往往連夕。巧鶯喧翠管，嬌燕語雕梁留客。武陵人，念夢後[一]意濃，堪遣情溺。』邰懿，李定母。宋同時有三李定，此劾東坡之李資深也。

六　查東山兀自風流

查東山先生（繼佐），以名孝廉，負盛譽於時。性耽音律聲伎。登場旦色，皆以『些』爲名。有柔些者，尤妙絕。汪蛟門（楫）製〔春風裊娜〕以贈云：『看先生老矣，兀自風流。圍翠袖，昵紅樓。羡香山、携得小蠻樊素，玉簫金管，到處遨遊。舞愛〔前溪〕，歌憐〔子夜〕，記曲孃還數阿柔。戲罷更教彈絕調，氍毹端坐撥箜篌。　新製南唐院本，衣冠巾幗，抵多少、優孟春秋。拖六幅，掩雙鈎。英雄氣態，兒女嬌羞。燈下紅兒，真堪銷恨；花前碧玉，耐可忘憂。是鄉足老，任悠悠世事，爛羊作尉，屠狗封侯。』此詞下半指先生新製《鳴鴻度》等樂府也。先生過吴順恪事，觀其自著《敬修堂同學出處偶記》，似有出於傳聞之過者。然當時已有『不羡林宗知孟敏，還同李白識汾陽』之語，傳聞亦非盡無因也。蔣心餘（士銓）[二]《雪中人》傳奇，叙事頗核，惟誤其名作培繼。培繼，字玉望，先生族弟也。綯雲石，今歸海甯馬氏。

七　梅村不作三家村語

梅村閨詞『煙鎖畫橋人病。燕子玉關歸信』，詠别詞『廉纖細雨緑楊舟。畫閣玉人垂手』，尋

[一] 後，原作『役』，據葉夢得《石林避暑録話》改。

[二]（士銓），原誤作『（土）銓』。

常吐屬，自不作三家村語。

八　詠物貴不粘不脱

詠物雖小題，然極難作。貴有不粘不脱之妙。此體，南宋諸老尤擅長。姜白石〈蟋蟀〉云：『候館吟秋，離宫弔月，别有傷心無數。』高竹屋〈梅〉云：『雲隔溪橋人不渡，的皪春心未縱。』又：『開徧西湖春意爛，算羣花、正做江山夢。』史梅溪〈春燕〉云：『還相雕梁藻井。又軟語、商量不定。飄然快拂花梢，翠羽分開紅影。』王碧山〈春水〉云：『别君南浦，翠眉曾照波痕淺。再來漲緑迷舊處，添却殘紅幾片。』〈蟬〉云：『病翼驚秋，枯形閲世，消得斜陽幾度。』〈櫻桃〉云：『薦笋同時，嘆故園春事，已無多了。貯滿筠籠，偏暗觸、天涯懷抱。漫想青兒初見，花陰夢好。』張玉田〈春水〉云：『和雲流出空山，甚年年净洗，花香不了。』〈孤雁〉云：『寫不成書，只寄得、相思一點。』數語刻劃精巧，運用生動，所謂空前絶後矣。

九　雅俗正變之殊

張玉田云：詞貴雅正。如周美成『最苦今宵，夢魂不到伊行』，『天便教人，霎時厮見何妨』，『許多煩惱，只爲當時，一晌留情』，所謂變淳泊爲澆漓矣。韙哉是言。雅俗正變之殊，學者誠不可不辨。『銷魂。當此際』，東坡所以致誚於少游也。

一〇　圓轉工切

周美成〈詠梨花〉云：『傳火樓臺，妬花風雨，長門深閉。亞簾攏半濕，一枝在手，偏勾引、黄昏淚。』用『深閉門』及『一枝春』帶雨意，圓轉工切。黄德夫則云：『一春花下，幽恨重重。又愁晴，又愁雨，又愁風』，却絶不使梨花事，然何嘗不是梨花耶。

一一　言情之詞必藉景色映托

言情之詞，必藉景色映托，迺具深宛流美之致。白石『問後約，空指薔薇，嘆如此溪山，甚時重至』，又『想文君望久，倚竹愁生步羅襪。歸來後、翠尊雙飲，下了珠簾，玲瓏閒看月』，似此造境，覺秦七黄九，尚未有到，何論餘子。

一二　張叔夏題畫詞

張叔夏〈題曾心傳藏溫日觀墨葡萄畫卷〉詞，《山中白雲》失載。曾與叔夏交最深，集中故多寄贈之作。溫號知歸子，宋末僧也。詞云：『想不勞、添竹引龍鬚，斷梗忽傳芳。記珠懸潤碧，飄飄秋影，曾印禪窗。詩外片雲落莫，錯認是花光。無色空塵眼，霧老煙荒。　一翦靜中生意，任前看冷淡，真味深長。有清風如許，吹斷萬紅香。且休教、夜深人見，怕悞他，看月上銀牀。凝眸久，却愁捲去，難博西涼。』係〔甘州〕調。叔夏亦工墨水仙，當時謂得趙子固瀟灑之意。

北京《鐵路協會會報》一九一三年七月二〇日第二卷第七册

舊時月色齋詞譚

陳匪石

《舊時月色齋詞譚》，載上海《華僑雜誌》一九一三年一一月第一期、一二月第二期，署『倦鶴』；上海《生活日報》一九一四年四月二三日起，迄五月二三日，署『倦鶴』；上海民權出版部《民權素》一九一五年一二月一五日第一三集、一九一六年二月一五日第一五集、四月一五日第一七集，署『匪石』。一七集末注『未完』。『倦鶴』爲陳匪石先生別號。《華僑雜誌》各條，《生活日報》中均已重載；《民權素》除『汲古閣刻《宋六十家詞》』一條外，各條已在《生活日報》中揭載；《生活日報》自五月九日起，迄五月二三日，載有宋末元初沈義父《樂府指迷》及按語，爲今所見之《華僑雜誌》、《民權素》所無。今據三者迻錄互校，釐爲二卷：《華僑雜誌》所有部分，據《華僑雜誌》迻錄；其餘據《生活日報》迻錄，校補以《民權素》；以沈義父《樂府指迷》及按語爲卷二，其前部分爲卷一。

舊時月色齋詞譚目錄

卷一

卷二

舊時月色齋詞譚卷一

一　詞謂之填之義

由雅頌而變爲樂府，由樂府而變爲律絕，由律絕而變爲詞，由詞而變爲曲，此亦世事由簡趨繁之常軌也，古之雅頌樂府律絕詞曲，無不可被之管絃，今僅爲詞章之一技，則本眞寖漓矣。然詞謂之填，按腔合拍之義，顯然可見。苟能協律吕，付絲竹，則黄鐘大吕之遺音，其在是乎。

二　五宮四聲

填詞必明五宮，始能合拍，非僅辨四聲，卽爲能事畢具也。觀玉田《詞源》所載，同一平聲，而『深』字不叶，『幽』字不叶，『明』字不叶，卽可知四聲不誤，未必卽能付紅兒也。然輓近以來，五宮之論已成絕響，則但於四聲之用而明辨之，庶或免於偭規錯矩之弊。若旣不知五宮，又不辨四聲，則不必填詞可也。

三　四聲陰陽

萬紅友《詞律》於去聲辨之極嚴，啓發後人不少。近人丹徒茅北山於四聲之中，各分陰陽二部，其論尤爲精密。聞其自編一韻，不知何日告成。

四　平去上入

周止庵曰，平去是兩端，上由平而之去，入由去而之平。此語極精邃。

五　改押〔一〕

凡詞中押入聲之調，必不能押上去，而押上去之調，改押入聲，間或可行。此徵之兩宋各大家而皆然者。

六　〔浣溪沙〕有平仄兩調

〔浣溪沙〕有平仄兩調，又有平調而首句不起韻者，其下三字作平仄仄，此見之於薛昭蘊『紅蓼渡頭秋正雨』，『越女淘金春水上』，皆是也。宋以後用此體者，雖不多見，然固是一格，紅友《詞律》、紉庵〔二〕《拾遺》，皆不載之，何也。

〔一〕　上海《生活日報》一九一四年四月二八日與上條連排。

〔二〕　紉庵，疑當作『誠庵』。清徐本立誠庵有《詞律拾遺》。

七　《詞律》中有誤者

紅友駁《嘯餘圖譜》之誤，固爲倚聲家功臣，然《詞律》中亦有誤者，夢窗〔探春慢〕詞，上段之『重雲冷，哀雁斷，翠微深，愁蝶舞』，明明是三字四句，下句之『冰谿憑誰照影，有明月、乘興去』，明明是六字一句，三字二句，與夢窗自度腔〔探芳新〕詞，上段之『層梯峭空麝散，擁凌波、縈翠袖』，下段之『椒杯香乾醉醒，怕西窗、人散後』等句，句法相似，而紅友於此兩調，注此數句皆爲六字句，非也。

八　夢窗〔玉京謠〕

夢窗〔玉京謠〕過變[一]曰：『微吟怕有詩聲，翳鏡慵看，但小樓獨倚』，明明六字一句，四字一句，五字一句，至『倚』字乃叶韵，而紅友竟以『翳』字屬上句，注之曰『叶』，試問以『翳』字屬上作何解說，不獨多一韵之爲誤也。

九　清真〔浪淘沙慢〕

清真〔浪淘沙慢〕『曉陰重』一首，其結處曰『恨春去、不與人期，弄夜色、空餘滿地梨花雪』，『弄夜色』三字，聯屬於下七字，明明可見。則『色』字處特讀耳，且全首押『月曷屑』韵，

〔一〕過變，原作『遇變』。

而色字在『職』韵，亦無從叶，則不過此處適用入聲字耳，方千里和清眞詞，不和『色』字而於其用色字處用『日』字，其詞曰『漫飄蕩、海角天涯，再見日、應憐兩鬟玲瓏雪』，可爲『色』字非叶之證。紅友注之曰『叶』，亦屬非是。

一〇　紅友《詞律》漏去一體

〔惜分飛〕詞兩結句之第四字，有用韵者，有不用韵者。如陳君衡之作，上段曰『相思葉底尋紅豆』，下段曰『翠腰差對垂楊瘦』，是不用韵也；而毛東堂[一]之作，上段曰『更無言語。休相覷』，下段曰『斷魂分付。潮歸去』，則『語、付』二字皆韵也。紅友《詞律》，僅載君衡之作，而於東塘之體，付之缺如，是漏去一體矣。

一一　〔惜紅衣〕叶處

〔惜紅衣〕一調，爲白石自度腔。紅友所注叶處，只與張玉田諸作相合，其實後段之『國』字亦韵也。鄭叔問謂鈎稽白石旁譜，次句之『日』亦韵。漚尹先生六疊姜韵，『日、國』之韵，皆和之。近人靡然從風矣。考與白石同時之作者，吳夢窗、李周隱各有一闋，周隱之作，『日、國』二韵皆不漏，同於時賢之所塡。夢牕之作，則次句『雪』字，後段『箔』字，似乎不叶。人有謂爲借叶，而以白石〔長亭怨慢〕用此字叶『語御』韵爲此者，則『日、國』之爲叶，審矣。然此義實非叔

[一] 堂，原作『塘』，據《全宋詞》、《宋詞舉（外三種）》改。

問創獲，周止庵亦曾言之。而最初辨爲叶者，則《碎金詞譜》也。

一二 〔木蘭花慢〕

〔木蘭花慢〕一調，當以柳耆卿爲正軌。首句爲四字裝頭固已[一]，中間相連之二字、四字、八字三句，其二字句必叶，其四字句必以一領三，乃爲合格。觀《樂章集》中，此調凡三首，無不如是也。若《山中白雲》，此調亦極夥，而不獨四字句多用二二句法，首句或用二三句法，即二字句亦多不叶，殊不足爲訓。

上海《華僑雜誌》一九一三年一一月第一期

一三 疊用

山谷〔瑞鶴仙〕，檃括《醉翁亭記》，通首用「也」字均；〔阮郎歸〕通首用「山」字均；竹山〔聲聲慢〕《詠秋聲》，通首用「聲」字均。在諸公一時戲作，以此見巧妙心思耳。張詠以謂此體效南唐[二]獨木橋體。近人謝枚如（章鋌）論之，以爲《湯盤銘》用三「新」字，《董逃歌》用

〔一〕固已，疑有誤，或當作「固而」、「故而」，而與下文「中間」連讀。《民權素》第一七集作「首句爲四字換頭，固已，中間……」，則更不通。「裝頭」，爲文章學術語，此指首句「桐花爛漫」通領全篇；「換頭」，指下闋開頭部分。

〔二〕南唐，《宋詞舉（外三種）》作「福唐」。

十三『逃』字，卽此體之濫觴。然吾以爲此種體裁，無論果出於古與否，吾人皆不必效法，以其太嫌纖巧，非大方家數也。不唯此體而已，凡詞中以一二字疊用不已，挑逗以示聰明者，如『衡陽猶有雁傳書。郴〔一〕陽和雁無』、『郴江幸自繞郴山』、『牆裏秋千牆外道。牆外行人，牆裏佳人笑』之類，淮海、東坡，偶一爲之，未嘗不別饒風趣，爲一時名句。然使後人奉爲金科玉律，專意摹仿，其不轉成惡趣者幾希。

一四　詞調所分

《草堂詩餘》，將各種詞調，硬分爲小令、中調、長調，以五十八字以下爲小令，六十字以上九十字以下爲中調，九十二字以上爲長調，不知何所取義。夫詞之有慢、犯、近諸名者，律吕上之關係，而小令、中調、長調等，則無與於宫商也，以此分爲三種，不亦異乎。

一五　調名卽題

古來詞多無題，調名卽題也。後人固或自爲一題，以取別於本意，然無題者居多，則讀其詞者，亦不必爲之强標一題也。若詞本無題，而强就詞中之意，穿鑿附會，取一題以實之，以致『春景』、『夏景』、『秋景』等字，羅列滿紙，不獨無當於詞之眞意，抑亦陋矣。然此例亦創自《草堂》。

〔一〕郴，原作『彬』，據《全宋詞》、《宋詞舉（外三種）》改。下二『郴』字同。

一六　碧山門逕

張皋文《詞選》，不取夢窗，是爲碧山門逕所限。

一七　白石純以氣勝

周止菴《四家詞選》，以『周辛王吴』爲不祧之宗，是已。然降白石爲稼軒附庸，而所挑剔之俗濫、寒酸、補湊、敷衍、支、複等處，又皆白石之小疵。其實白石之所不可及者，在純以氣勝，子輿氏所謂浩然者，白石之詞，足以當之。而瘦硬通神，爲他人屐齒所不到，與稼軒之豪邁，畦徑似別。余謂白石在兩宋中，固當獨樹一幟，非可爲他人附庸也。

一八　屯田詞品

柳屯田有『忍把浮名，换了淺斟低唱』之句，論者譏其輕薄。又以集中諸詞多閨房媟褻語，議其輕褻。不知屯田詞品，正如絕代佳人，亂頭粗服，而一種天然之致，自不可揜。其氣沖和，純是渾淪未鑿氣象。余嘗歎其不易學步，縋不敢人云亦云，視《樂章集》之詞，等於《疑雨集》之詩也。

一九　清眞〔花犯〕

清眞〔花犯〕一首，咏梅也，結處數語曰：『相將見、脆圓薦酒，人正在、空江煙浪裏。但夢想、一枝瀟灑，黄昏斜照水。』忽而推及梅子，忽而勒轉道梅花，中間仍以人爲骨。若在他手，恐非數十字不能滿足其意。而清眞包一切，掃一切，免起鶻落，操縱自如，筆力何等雄渾。試問他人之鈎勒，有如此包舉之大力否。

二〇　張玉田論夢窗詞

張玉田論夢窗詞，謂如『七寶樓臺，炫人眼目，折碎則不成片段』，是美其奇思異彩，而以其過於典實，意猶不之足也。玉田論詞，取清空不取質實。夫質實之流弊，晦澀與堆砌，易蹈其一。玉田之說，未可厚非。但細讀夢窗各詞，雖不著一虛字，而潛氣內轉，盪氣迴腸，均在無字句中，亦絢爛，亦奥折，絕無堆垛餖飣之弊。後人腹笥太空，讀之不能了解，輒襲取樂笑翁語，以爲質實而不疏快，不亦謬乎。

二一　玉田之病

張玉田爲人詬病，不曰律不精，即曰韵太雜。余謂玉田之病，在《山中白雲詞》[一]共三百首，爲數太多，不無瑕瑜之互見耳。使於三百首中，僅精選數十首，傳之後世，亦何至供人指摘耶。

二二　詞至平淡無奇

玉田以〈春水〉詞得名，人呼之曰『張春水』，即〔南浦〕『波暖碧粼粼』一首也。余昔以其平淡無異人處，心焉疑之。漚尹先生曰：此詞雖無新奇可喜之處，然吾嘗試爲之，終不能及玉田之

〔一〕山中白雲詞，原作『山中白雪詞』，《民權素》本同。據《全宋詞》改。

安詳合度，是卽其可傳處也。夫詞至平淡無奇，而他人爲之輒不能及，則其境深遠矣。

二三 妥溜爲入門涂徑[一]

玉田《詞源》標『妥溜』二字，爲入門涂徑；漚尹教人，亦常舉此語，以爲入渾之基。予嘗思之，填詞一道，不必有驚人語，但通首之中，用意應有儘有，層次秩然不紊，遣詞命筆，無不達之意，安章宅句，磬折鈴圓，自然純熟而饒有餘味，卽爐火純青時候，可以當『妥溜』二字。余學填詞有年矣，然尚不能造此境也。

二四 貴重與適用

成容若《淥水亭雜識》[二]曰：《花間》如古玉器，貴重而不適用；宋詞適用[三]而不貴重。李後主兼有其美，而更饒烟水迷離之致。容若瓣香後主，其所著《飲水》、《側帽》詞，神味雋永，亦頗似之，故其語云然也。然細思之，亦屬確論，貴重適用之別，卽世風今古之變。《左》、《國》不如《盤》、《誥》，而《史》、《漢》又不及《左》、《國》，亦此故也夫。

上海《華僑雜誌》一九一三年一二月第二期

[一] 此條與上條原連排，據文意分。
[二] 淥水亭雜識，原作『綠水亭雜識』。
[三] 適用，原作『適重』，據上海《生活日報》一九一四年四月二六日改。

二五　小令爲最難

詞中以小令爲最難，猶詩中之五、七絶也。《花間》一集，盡闢町畦，益之以南唐二主、馮正中，更衍爲珠玉、小山、六一，小令之能事，已不爲後人更留餘地。近世以來，凡填小令，無論如何名家，皆不能脱溫、韋、馮、李、晏〔一〕、歐窠臼。陳伯弢謂：小令可以不填。持論雖似稍偏，然實甘苦有得〔二〕之言也。余謂：填小令而欲避《花間》途徑者，尚有二派：其一取語淡意遠之致，以古樂府之神行之，莊蒿庵〔蝶戀花〕四闋，此其選也。其一用豪邁疏宕〔三〕之致，中泠葉子〔四〕和《庚子秋詞》韻爲〈春冰〉詞五十三首，似得其竅也。

二六　善言詞者

近二百年來，善言詞者，詞多不工。如萬紅友、戈順卿、徐紉菴、陳亦峯，皆是也。或謂律太謹嚴，則爲所束縛，而摛詞遂不能自然超妙。抑知兩宋大家，如秦、周、姜、吳、張諸子，誰非精於律者，又誰不工於詞耶。故謂紅友諸人精於律而拙於詞則可，謂其詞之不工由於律之太細，則斷斷不可

〔一〕晏，原作『宴』。
〔二〕有得，《民權素》作『獨得』。
〔三〕疏宕，《民權素》誤作『疏宏』。
〔四〕葉子，《民權素》誤作『孽子』。

也。

二七　詞至南宋始極其工

竹垞有言：『世人言詞，必稱北宋。然詞至南宋始極其工，至宋季始極其變。』此在竹垞當時，自有兩種道理：一則詞至明季，盡成浮響，皆由高談《花間》、《尊前》，鄙南宋而不觀之過，故以此語矯之；二則竹垞專宗樂笑翁，遂開二百年浙西詞派，其得力正在宋季，自言其所致力也。若律以讀詞之眼光，清眞包括一切，絕後空前，實奄有南宋各家之長。姜、史、吳、王、張諸人，固皆得清眞之一體，自名其家。即稼軒之豪邁，亦何嘗不從清眞出。則至變者宜莫如美成。而屯田、子野、東坡，其超脫高渾處，詞境亦在南宋之上。小山、淮海、方回則工秀絕倫，更不得謂『南宋始極其工』也。竹垞此語，實爲宗南宋而祧北宋者開其端。然亦由南宋有門逕可尋，學之易至；而南宋之不如北宋，愈彰彰矣。喬笙巢曰：『詞至北宋而大，至南宋而深。』予於其論南宋之言，亦未敢以爲愜心貴當也。

二八　有清一代詞學

有清一代詞學，駕有明之上，且駸駸而入於宋。然究其指歸，則『宋末』二字，足以盡之。何則。清代之詞派，浙西、常州而已。浙西倡自竹垞，實衍玉田之緒；常州起於茗柯，實宗碧山之作。迭相流衍，垂三百年。世之學者，非朱即張，實則玉田、碧山兩家而已。湖海樓崛起清初，導源幼安，極縱橫跌宕之妙，至無語不可入詞，而自然渾脫。然自關天分，非後人勉强可學，故後無傳人，不能與浙西、常州分鑣並進也。至同、光以降，半塘、漚尹出，始倡導周、吳而趨其途徑。漚尹則直入夢窗之室，吳派遂爲清末之新聲矣。若學美成而至者，則尚未之有也。

上海《生活日報》一九一四年四月二三日

二九　蘇、辛豪情逸氣

蘇、辛豪情逸氣，自不可及，亦不可學。學之則易流於粗。余固不敢問津也。

三〇　融情入景，由景見情

詞固言情之作，然但以情言，薄矣。必須融情入景，由景見情。溫飛卿之〔菩薩蠻〕，語語是景，語語即是情。馮正中〔蝶戀花〕亦然。此其味所以醇厚也。然求之北宋，尚或有之；求之南宋，幾成〔廣陵散〕矣。

三一　聰明語

詞貴有聰明語，謂能見其性靈也。詞又不可專作聰明語，恐其漸流於薄，不能入於高渾深厚之境也。

三二　詠物體

詞中詠物之體，忌雕琢、忌膚泛，人所共知。然苟無寄托，亦索然無味。碧山詠物諸詞，俱含有一掬亡國淚，而借物以寫其哀，如詠蟬、詠螢、詠榴花諸作，允推絕唱〔一〕。而論者猶謂其詠物體多，未免自卑其格。可見詠物之詞，不可輕作也。余謂詠物體亦非不可作，然須以我爲主，不以物爲主，而時序之感、身世之悲、家國之事，一以寄之，則不爲物所束縛，方免於呆板之弊。彼《茶烟閣體物集》，全掉書袋，直獺祭耳。

三三　填詞以意爲主

瞻園師曰：填詞以意爲主。意淺則語淺，意少則不必强填。意貴新，而造語宜圓熟，不可生硬；意貴遠，而造語宜冲淡，不可晦澀。

三四　詞有『咽』字訣

詞有『咽』字訣，非可於字句間求之者。讀清眞〔六醜〕，無語不咽。而碧山諸作亦然。若於字句間討生活，未有不失之淺薄者。

三五　詞筆無害於拙

詞筆無害於拙。惟拙故重，重則無淺薄浮滑之病，而入渾之基在焉。世之犯纖、犯薄、犯滑者，皆自命不拙之所爲也。

〔一〕唱，《民權素》誤作『倡』。

三六　氣息上作工夫

典博，宜加以微婉；濃麗，宜進以深厚。此當於氣息上作工夫。

三七　用事之法

玉田《樂府指迷》于詞中用事之法，標題『緊著題融化不澀』七字。予謂，『融化』固難，『不澀』則尤難。蓋詞之運用故實，無直用者，無明用者，且地名、人名隨意砌入，則生硬而不圓熟，淩雜而不純粹。故『融化』之法最重。取其意者，不妨變其面目，仍不能失其本眞。使做造〔一〕太過，令人不解其所隸何事，則晦澀矣。欲免此弊，須有一番研煉工夫。

上海《生活日報》一九一四年四月二四日

三八　不善學者之誤

趨輕倩一派，其失也浮；趨側艷一派，其失也猥；趨豪邁一派，其失也粗；趨圓熟一派，其失也滑；趨典實一派，其失也砌；趨雕琢一派，其失也纖；趨疏宕一派，其失也生硬；趨艱深一派，其失也晦澀。然皆不善學者之誤，兩宋名家，固無是也。

〔一〕做造，《民權素》作『造作』。

三九　造句琢字之妙

蘗子語余：一般詞人，多不著意於造句，惟叔問、漚尹，無一字無來歷，無一字不新穎。予謂，造句琢字，不外一『化』字。用一故實，必有數故實以輔佐之。意取於此，用字不妨取於彼。合數典爲一典，自新穎而有來歷。如白石詞中『昭君不慣胡塵遠，但暗憶、江南江北』之類，即得此訣。而夢窗尤擅用之，甲乙丙丁稿中，舉不勝舉。吾人欲求造句琢字之妙，須於夢窗詞深味之。

四〇　練氣

白石、夢窗，皆善鍊氣。但白石之氣，清剛拔俗，在字句外，人得而見之；夢窻之氣，潛氣內轉，伏於無字句中，人不得而見之。此所以知白石者較多，知夢窻者較少。而一般對君特肆攻擊者，猶不免爲吳氏之門外漢也。

四一　夢窗之氣

世人病夢窻之澀，予不謂然。蓋澀由氣滯；夢窻之氣，深入骨裏，彌滿行間，沉著而不浮，凝聚而不散，深厚而不淺薄，然絕無絲毫滯相。淺嘗者，或未之知耳。但必有夢窻之氣，而後可以不澀。

四二　浙西詞派之源

竹垞詞曰：『不師秦七，不師黃九，倚新聲、玉田差近』，□□□□之詞派，亦二百餘年浙西之詞派也。然予殊不敢以爲知詞，以秦七論之，清□之氣，圓秀之致，實玉田之所□述，雖玉田未嘗自言，然玉田之妥溜，卽淮海之清圓，是玉田亦淮海之支派也。至於黄九，則疏宕之致，拗折之氣，在北宋獨樹一識；南宋則白石之清健，似即由山谷脱胎而來，而玉田之詞，實宗堯章，則又不免爲山谷之再傳弟子。竹垞知宗玉田，乃數典而忘其祖乎。蓋玉田之詞派，乃合北宋之秦七、黄九而成。此中消息，微而實顯，恐即起杈夏於九京，亦不易吾説。竹垞未免失辭矣。

四三　數典忘祖

吾於有清一代，有以爲奇者：張、王占兩大派，而兩派歸原之白石，乃宗之者鮮，此亦數典忘祖之類也。夫碧山、玉田，本爲一派，特碧山之氣息較咽，爲能藥張派走而不守之弊。碧山工比興，言中有物，又視張派之用賦體爲較深耳。然玉田清空，固從白石出；卽碧山幽咽，亦何嘗不自白石來。白石固不肯使一直筆、用一淺語也。至碧山末流，亦成浮響，但於字句中求悽咽，致蹈一「滑」字；若求之白石，便免此矣。鄭叔問取徑白石，是能藥淅西、常州两派之病乎。

上海《生活日報》一九一四年五月二日

四四　碧山之詞品

碧山之詞品，其在夢窻、白石之間乎。幽眇之思、绵密之詞，與夢窻爲近；而流利之筆、疏宕之氣，則雅近白石。玉田與碧山近，與夢窻遠，故專取白石一家也。然吾以爲與其學玉田，無甯學碧山。

四五　玉田之境

玉田所以膾炙人口者，以字句打磨，易于爲力，初學者易尋塗徑，吾已言之。若以境言，則淺於碧山，弱於白石，薄於夢窻。

四六　選詞之難

選詞之事難矣。《樂府雅詞》、《陽春白雪》、《詞林萬選》、《草堂詩餘》，『雜』之一字，皆不能免。然而存人存詞，其功自不可没，

四七　選本以一家宗派爲限

詞之選本，以一家宗派爲限，古人蓋多有之。草窻之《絶妙好詞》，其初祖也。他不必論，即觀其於于湖、幼安、龍州、龍川諸人，去取之間，可以概見。竹垞之《詞綜》，守玉田家風；茗柯之《詞選》，守碧山門逕；即近世復堂之《篋中詞》，所選清人之作，亦堅守常州派家法，一絲不紊。故清初之迦陵一派，選入較少，此皆所謂一家言也。

四八　選本之無價值者

選本之無價值者，昔以夏氏《清綺軒詞選》爲最，今則推《蓺蘅館詞選》矣。漚尹先生爲之

題字，吾嘗尤之。蓋此書撰擇[一]之不精，已爲大雅所笑，且其所取材，又不過從朱氏《詞綜》、王氏《明詞綜》、《國朝詞綜》、張氏《詞選》、周氏《四家詞選》、譚氏《篋中詞》，雜抄而成，而再益以近世三數人之專集。千古有只見人人所有之數種書，而卽可操選政者乎。此不足論詞，只可與乃父之不明四段活用而譯東文、稗販[二]日人講義以論國學，同一以腐鼠視之耳。

四九　有清一代詞選

止葊《四家詞選》，其於領袖與附庸之間，配置或有失當。以此種選法，較其他選法爲難，吾雖偶有不滿之語，然未嘗不轉服其眼光之巨、體裁之當也。蓋選詞原爲啟迪後學而設，必使有門逕可尋，方爲善本。然詞與詩文一例，千塗萬轍，而所衍之家數，卽各有不同，株守一先生言，既不足以盡其變，且學者之心思才力，亦未免爲之束缚。在宋，本無宗派之説，而止庵擇其塗徑之相近者，各類比而列之，此中消息，亦可以令人潛心默會，而知倚聲正變之淵源。降至有清，則門徑顯然判矣。吾以爲有清一代之詞，尚無完全之選本，頗欲輯一清代詞選，而體裁則以止葊爲法。蓋自清初以迄乾嘉，迦陵一派趨蘇辛，而梁汾、雹發諸人因之；竹垞一派趨玉田，而樊榭、頻伽諸人屬之；茗柯繼起，標揭碧山，而如黄仲則、莊中白、蔣鹿潭、譚復堂諸人，皆爲碧山之一派。此三者略可以居其大部分。而清末之時，白石、夢窻，又以鄭叔問、王半塘、朱漚尹諸先生之提倡，各成一派，爲一朝之殿焉。特

[一] 撰擇，疑當作『選擇』。
[二] 稗販，原作『稗□』，據文意補。

茲事體大，甄採既恐有掛漏，鑑别又慮有未精，故久懷此志，而不敢必以成書也。

上海《生活日報》一九一四年五月八日

五〇　汲古閣刻《宋六十家詞》

汲古閣刻《宋六十家詞》，在今日頗不易得。子晉刻詞，得一集即以一集付梓，故如子野、石湖、東澤，固多未備，即人人傳誦之草窗、碧山、玉田，亦付闕如。且校讎之功亦多疏忽。此汲古之失也。然填詞叢刻中，實以此爲最豐富，故久爲世界[一]所推重。近錢塘汪氏重鐫板於廣東，亥豕魯魚，視汲古爲尤甚。但取價不昂，且較爲易得，故此人多購之，以彌不得汲古原本之憾。若能以汲古原本付之石印，而再詳加校勘，以校勘記附其後，則風行之遠，可預卜也。

上海《民權素》一九一五年一二月一五日第一三集

[一] 界，疑應爲『人』。

舊時月色齋詞譚卷二

沈時齋（義府）與夢窗同時，夢窗詞中，多有次伯時韻者，即時齋也。惜其詞不傳，而所著《樂府指迷》二十八條，議論精闢，允爲填詞家軌範，其價值足與玉田《詞源》並稱。然只見於《花草粹編》中，無單行之本。吳江翁氏據文瀾閣本刊之《晚翠樓叢書》中，而世亦不多見，惟況夔笙校本，刊之《四印齋所刻詞》中[二]巢南近覓得翁氏刊本，又從吳癯庵處得一癯庵手抄況氏校本[三]。今巢南方刻《笠澤詞徵》，擬與陸輔之《詞旨》同附卷末，吉光片羽，彌足珍貴。兹録之以實我詞話，間附按語，則一得之愚，欲有所引申者也。

[二]『惟況夔笙』二句，原闕，據上海《生活日報》一九一四年五月一〇日勘正補。

[三]手抄況氏校本，原作『手校鈔本』，據上海《生活日報》一九一四年五月一〇日勘正改。

一　作詞之法

余自幼好吟詩。壬寅秋，始識静翁於澤濱。癸卯，識夢窗。暇日相與唱酬，率多填詞，因講論作詞之法。然後知詞之作難於詩。蓋音律欲其協，不協則成長短之詩；下字欲其雅，不雅則近乎纏令之體；用字不可太露，露則直突而無深長之味；發意不可太高，高則狂怪而失柔婉之意。思此，則知所以爲難。子姪輩往往求其法於余，姑以得之所聞，條列下方。觀於此，則思過半矣。（陳去病按：静翁當是翁處静。）

愚按：時齋學於夢窻，時齋論詞之法，即夢窗作詞之法也。下字之雅而不露，發意之不可過高，皆夢窗詞之法度。學吴詞者，執此義以衡之，庶免於半塘所謂『但學蘭亭面』之誚也。

二　當以清真爲主

凡作詞，當以清眞爲主。蓋清眞最爲知音，且無一點市井氣。下字運意，皆有法度，往往自唐宋諸賢詩句中來，而不用經史中生硬字面，此所以爲[一]冠絶也。學者看詞，當以《周詞集解》爲冠。

愚按：夢窗之詞，下字運意，全從清眞脱胎而來。時齋學於夢窗，故亦揭櫫清眞也。然清眞集詞學之大成，世人久有定論，不獨南宋諸家皆得清眞之一體，即以北宋論，亦至清眞而始有百川滙海之觀。有耆卿之冲和而無其俚，有山谷之奥折而無其硬，有東坡之高遠而無其麤，比於淮海、小山，

[一] 爲，原闕，據《四庫全書》本、《詞話叢編》本《樂府指迷》補。

又加以博大高渾之氣，此清眞所以爲大宗也。至其善運化古人詩句，不用生硬字，此世人所皆知。今讀《樂府指迷》，乃知時齋實首發之也。

又按：《周詞集解》一書，當是宋時周詞通行之本，今只見元巾箱本之《清眞詞》（四印齋曾仿刻），汲古閣刻之《片玉詞》（《西泠詞萃》即據此本），而《集解》已不可考矣。

上海《生活日報》一九一四年五月九日

三　康柳詞

康伯可、柳耆卿音律甚協，句法亦多有好處。然未免有鄙俗語。

四　姜白石詞

姜白石清勁知音，亦未免有生硬處。

五　夢窻詞

夢窻深得清眞之妙。其失在用事下語太晦處，使人不可曉。

愚按：時齋從夢窻遊，而論夢窗者如此。此夢窻詞所由受晦澀之譏也。夫夢窻爲詞，用事下語，頗有昌黎古文『陳言務去』之概，故其過也，偶或失之晦，有非細心讀之不能知其所隸何事者。蓋其運典鍊字之法，每有所用爲此典，而其字面則另於他典求之者；只隸一事，而常有數事奔赴腕下，轉化去故實之面目，使他人之所有者，變爲我之所獨有。其晦因此，而其前無古人別開生面者，亦在此。此實啟發後人不少，不可以間有晦處，遽以夢窻造句鍊字之法爲非也。

六　施梅川詞

施梅川音律有源流，故其聲無舛誤。讀唐詩多，故語雅澹[一]。間有些俗氣，蓋亦漸染教坊之習故也。亦有起句不緊切處。

七　孫花翁詞

孫花翁有好詞，亦善運意。但雅正中忽有一兩句市井句，可惜。

愚按，伯時於兩宋人詞，有鄙俗語、俗氣市井句者，特爲指出，此南宋人之詞説也。昔人謂，詞至南宋，遂文人之詞。蓋北宋珠玉、六一、屯田、東坡、少游、美成諸人之作，大半當筵命筆，曲成即付歌喉，非如南宋人視爲著作之業，數日而易一字，一字而改竄數次也。故《樂章集》中，率多俚語，亦常不免。蓋爲便於當時歌唱，但求合拍，不暇推敲。且流傳教坊，亦不能盡歸於雅正，蓋猶不得與溫飛卿之〔菩薩蠻〕比，以飛卿乃受令狐綯之囑，預撰以進，與當筵作曲者不同耳。南宋人去北宋未遠，故雖漸流爲文人之詞，於字句力求雅正，然而流風未沫，則北宋俚俗之弊，必有承之者，此不得爲梅川、花翁咎也。然既爲文人之詞，則俚俗語、市井語，必不可有。藉口北宋以自飾，遂以淺陋者正音，伯時蓋深戒之矣。

上海《生活日報》一九一四年五月一〇日

〔一〕雅澹，原作「雅滲」，據《四庫全書》本、《詞話叢編》本《樂府指迷》改。

八　起句

大抵起句便見所詠之意，不可汎入閑事，方入主意。詠物尤不可汎。

九　過處

過處多是自叙，若才高者方能發起别意。然不可太野，走了元意。

一〇　結句

結句須要放開，含有餘不盡之意，以景結情最好。如清眞之『斷腸院落，一簾風絮』，又『掩重關，徧城鐘鼓』之類是也。或以情結尾亦好。往往輕而露，如清眞之『天便教人，霎時廝見何妨』[一]又云『夢魂凝想鴛侶』之類，便無意思，亦是詞家病，却不可學也。

愚按：一詞之中，緊要關節，不過三處，即起、過、結是也。起處宜迤邐而來，如沿路看山，漸行漸近，其取勢雖不妨稍遠，而貴在不黏不脱，不即不離。蓋去題過遠，拋却主意，則不知所詠何事，且一時不易着題，時齋之論是也。但若泥定題意，將全意説足，則層次將不能分，而布局必如出師之無律。故一詞[二]之全局，當由淺而深，由景而情，由實境而入寄托。比興之體固然，即賦體亦無不如

[一] 霎時廝見何妨，原作『相見何妨』，據《詞話叢編》本改。

[二] 詞，原空一格，據上文補；或當從下文作『篇』。

此。而起首一句，總以虛籠爲佳，即古人詞中，亦有先見喻意或正意者，然不可爲常軌也。閱時齋此條，切勿誤會其意，以爲當一口喝破，而不顧以後轉折之當如何。雖體認一『見』字，亦不可作實見解也。過變處，亦全篇緊要關鍵，周止庵所謂『或藕斷絲連，或奇風峯突起』者，實爲扼要之論。蓋此處爲上下段之樞紐，必開下段而又不可離上一段，須以和婉之氣，而又具跳脱之筆，則上下兩段詞，自然成一關連，所謂『常山蛇，擊中則首尾皆應』也。自敘固多，而另起一意者亦不少，然但以趨入寄托之本旨，或所感之意〔一〕爲要。時齋『不可走了元意』之説，至切當矣。結處之竅要，『有餘不盡』四字，千古不能易其説。蓋天下説煞之語，都無餘味，有何妙處。可見煞而不煞，而言外之意，可由甜吟密詠以求之，嫋嫋餘音，繞梁不絕。『曲終人不見，江上數峯青』，此實行文之極致，亦作詞之要義矣。情入於景，自比專言情者佳。北宋人多寓情於景中，妙處不可言喻。伯時拈出之，吾人當深味斯言。

上海《生活日報》一九一四年五月一一日

一一　詠物用事

如詠物，須時時提調，覺不分曉，須用一兩件事印證方可。如清眞〈詠梨花〉〔水龍吟〕第三、第四句，引用『樊川』、『靈關』事，又『深閉門』及『一枝帶雨』事。覺後段太寬，又用『玉容』

〔一〕所感之意，原作『所感的之意』，據文意删。

事，方表得梨花。若全篇只説花白[一]，則是凡白花皆可用，如何見得是梨花。

愚按：詞中詠物體裁，運典一事，最關緊要。不可過疏，亦不可過密。過疏則流於蹈空之弊，而不能切題；若過密則飣餖堆砌，又成爲兎園册子，成爲書袋，而不成爲詞。二窗固以典實著者，然試靜觀之，有《茶煙閣體物集》、《蕃錦集》之流弊否耶。蓋疏密相間，乃運典之布置法，前後兩段，必須相稱，而不可有所偏。伯時舉清眞〔水龍吟〕以起例，誠哉運典之不二法門也。然而有宜加意者，則不可太泥。

一二　要求字面當看唐詩

要求字面好[二]，當看溫飛卿、李長吉、李商隱及唐人諸家詩句中字面好而不俗者，采摘用之。即如《花間集》小詞，亦多好句。

一三　詠物不可直説

鍊句下語，最爲緊要。如説桃，不可直説破桃，須用『紅雨』、『劉郎』等字；如詠柳，不可直説破柳，須用『章台』、『灞岸』[三]等字。又詠書，如曰『銀鈎空滿』，便是『書』字了，不必更説

[一] 花白，《四庫全書》本、《詞話叢編》本均作『花之白』。

[二] 要求字面好，《四庫全書》本、《詞話叢編》本作『要求字面』。

[三] 灞岸，原作『垻岸』，據《四庫全書》本、《詞話叢編》本《樂府指迷》改。

書字。『玉筯雙垂』，便是淚了，不必更説淚。如『綠雲繚繞』，隱然髻髮；『困便湘竹』，分明是簟。正不必分曉，如教初學小兒，説破這是甚物事，方見妙處。往往淺學俗流，多不曉此妙用，指爲不分曉，乃欲直截説破，卻是賺人與耍曲矣。如説情，不可太露。

愚按：詞中用物之法，當力避庸熟，而運新穎之典以代之，然不可生澀。此在夢窗，最得驪珠，而草窗次之，美成即不免有熟俗處矣。且『熟俗』二字，亦無一定，如前人用得太多，用得過濫，則本不熟不俗者，亦變爲熟俗。此倚聲家所不可不知也。夫熟俗且不可，況説破乎。《四庫全書提要》謂：『伯時此條力避鄙俗，而不免失之塗飾。』此何言歟。塗飾之弊，乃絶無意思，而徒飾門面以爲美者；苟有意，即非塗飾，況力求新穎者。固無新意不足以驅遺乎。揆厥由來，則清當乾嘉以前，蘇辛之派，流爲詞論，姜張一派，又專取清空，而其病乃在直率，在空虛，而與烹鍊興實之説格格不相入，非正論也。吾謂伯時之言，庸有未備，而不得以塗飾目之。蓋露骨之弊，無論言物言景言情，皆不可犯，『渾化』二字爲上上乘，學者當從事於此。

上海《生活日報》一九一四年五月一三日

一四　造句

遇兩句可作對，便須對。短句須剪裁齊整。遇長句須放婉曲，不可生硬。

愚按：一首詞不過數十字，多則百餘字耳。而千迴百轉，不在虛字之掉弄，專在於句中。常有一句之中，而意思轉折至數層者。若一句一意，即嫌淺率矣。長句之放婉曲，即此之故。婉則詞意和美，曲則具有迴折之波瀾，此造句之要訣也。若以生硬出之，則非特不能有清和朗潤之致，且流於直率矣。

一五　押韻

押韻不必盡有出處，但不可杜撰。若只用出處押韻，卻恐窒塞。

愚按：押韻之妙用，與下語用事同。固不可有一字無來歷，亦不可使事而反爲事使。蓋反爲事使者，非生硬即餖飣，而詞機爲之不暢，即伯時所謂『窒塞』也。

一六　去聲字最緊要

腔律豈必人人皆能按簫填譜，但看句中用去聲字，是爲〔一〕緊要。然後更將古知音人曲，一腔三四隻〔二〕參訂，如都用去聲，亦必用去聲。其次如平聲，卻用得入聲字替。上聲字最不可用去聲字替。不可以上、去、入盡道是仄聲，便用得，更須調停參訂用之。古曲亦有拗者〔三〕，蓋被句法中字面所拘牽，今歌者亦以爲硋。如〔尾犯〕之用『金玉珠珍〔四〕博』，『金』字當用去聲字，如〔絳園春〕之用『遊人月下歸來』（原按：此夢窗〔絳都春〕句，或當時亦名〔絳園春〕，他本未見），『遊人』

〔一〕是爲，《四庫全書》本、《詞話叢編》本作『最爲』。

〔二〕三四隻，《四庫全書》本、《詞話叢編》本作『三兩隻』。

〔三〕拗者，《詞話叢編》本作『拗音』，《四庫全書》本作『拗者』。

〔四〕珠珍，原作『珍珠』，據《詞話叢編》本、《全宋詞》乙。

（原按：『人』當作『字』）合用去聲字之類是也。

愚按：宋人言詞，多言五宫，鮮言四聲者，以四聲爲言，其自伯時始矣。《四庫提要》謂此一條『剖析微芒[一]，最爲精核』，萬樹《詞律》，實祖其説。蓋平仄聲之中，上、去、入各有一定，而去聲字尤關音節。如清眞〔六醜〕、〔浪淘沙慢〕、夢窗〔鶯啼序〕諸詞中，去聲字有一定，且上聲字亦間有一定，而〔齊天樂〕結句之『上平平去上[二]』，尤爲著明。此非多看各名家詞而細辨之，不可也。至調停參訂之説，參訂是互參同調之詞，調停則上去間分配之法。周止菴所謂『上聲韻，韻上應用仄字者，去爲妙；去、入韻，則上爲妙；平聲韻，韻上宜用仄字者，去爲妙，入次之』，即伯時調停之法也。今人填詞，什九不知音律，欲求四聲之不誤，當深奉伯時之言指南針。

上海《生活日報》一九一四年五月一四日

一七　坊間歌詞之病

前輩好詞甚多，往往不協律腔，所以無人唱。如秦樓楚館所歌之詞，多是教坊樂工及市井做賺人所作，只緣音律不差，故多唱之。求其下語用字，全不可讀。甚至詠月卻説雨，詠春卻説秋。如〔花心動〕一詞，人目之爲『一年景』。又一詞之中，顛倒重複，如〔曲遊春〕云：『臉薄難藏淚。』

[一] 微芒，原作『微甚』，據《四庫全書總目》卷一九九改。
[二] 上，原作『入』，據上海《生活日報》一九一四年五月一七日勘正改。

過云：『哭得渾無氣力。』結[二]又云：『滿袖啼紅。』如此甚多，乃大病也。

愚按：詞中運意之法，其開門見山，語則忌鑿枘、忌重複。鑿枘則於境不合，即於理不通；重複則意無轉換，詞屬敷衍。不獨詞然，即爲文爲詩，亦必加一紅勒帛也。若以詞言，無意不必填，意少不必填。瞻園師曾諄諄詔我，天下固無勉强完篇之佳文，而勉强完篇亦直不得以文論。伯時此條，深中奥窾。蓋教坊樂工之所爲，律腔容勝我輩，而下語用字，絶不能及，此古今確論。且微特樂工教坊，即令詞家當筵製曲，倉猝成篇，亦未必盡能純粹。六一之〔臨江仙〕、東坡之〔賀新郎〕，不可語於尋常人也。愚謂此病，固應引爲大戒，然輕律腔而重字句，則伯時實首倡之。兩宋名家，工於律者無不工於詞，若以一二鑿枘重複者謂爲重律之過，則其拔本塞源，裂冠毁冕，引人以偭規錯矩，其罪又當加等矣。

上海《生活日報》一九一四年五月一五日

一八　詠花卉及賦情

作詞與詩不同，縱是用花卉之類，亦須略用情意；或要入閨房之意，然多流淫艷之語，當自斟酌。如只直詠花卉，而不著些艷語，又不似詞家體例，所以爲難。又有直爲情賦曲者，尤宜宛轉回互可也。如怎字、恁字、奈字、這字、你字之類，雖是詞家語，亦不可多用，亦宜斟酌，不得已而用之。

愚按：詞稱綺語，蓋〈離騷〉、樂府之遺，本爲道兒女事者。後人用以詠物，其體一變。然美人

〔二〕結，原闕，據《詞話叢編》本補。

香草，自是詞家本面目。故情意不可忽也。伯時謂須用情意，而不可流入淫艷，此雅奏正音，而一洗靡靡之習，實南宋人作詞方法。北宋不同之點，讀詞者可深味而得之也。而怎、恁、奈、這、你等字之不可多用，亦是此意。

一九　句上虛字

腔子多有句上合用虛字，如嗟字、奈字、況字、更字、又字、料字、想字〔一〕、正字、甚字，用之不妨。如一詞中兩三次用之，便不好，謂之『空頭字』。不若徑用一静字，頂上道下來，句法又健，然不可多用。

二〇　誤讀柳詞

近時詞人，多不詳看古曲下句命意處，但隨俗念過便了。如柳詞〔木蘭花〕〔二〕云：『拆桐花爛漫。』此正是第一句，不用空頭字在上，故用『拆』字，言開了桐花爛漫也。有人不曉此意，乃云此花名爲『拆桐』，於詞中云『開到拆桐花』，開了又拆，此何意也。

愚按：詞中虛字，一名軟字；静字，一名硬字。用軟字，取曲折；用硬字，取峭拔。軟字過多，嫌空，且易犯複；硬字過多，又每流於直。此中大宜斟酌。伯時之言是也。但詞之曲折，在意不在

〔一〕想字，原作『極字』，據《四庫全書》本、《詞話叢編》本改。
〔二〕木蘭花，《詞話叢編》本作『木蘭花慢』，《四庫全書》本作『木蘭花』。

字，故硬字苟能用好，則亦無妨。夢窗詞，靜字多於空頭字，而於其潛氣内轉，絶無妨害，可以見之。伯時之論靜字，恰是覺翁家法。

上海《生活日報》一九一四年五月一七日

二一　豪放與叶律

近世作詞者，不曉音律，乃故爲豪放不羈之語，遂借東坡、稼軒諸賢自諉。諸賢之詞，固豪放矣，不豪放處[一]未嘗不叶律也。如東坡之〔哨徧〕、〔楊花〕〔水龍吟〕，稼軒之〔摸魚兒〕之類，則知諸賢非不能也。

愚按：此條乃爲偭規錯矩，而藉口蘇辛者説法。蓋南宋自稼軒、龍洲以後，豪放儼成一派，而人之學之者，乃流於粗、流於直，而音律格調，亦多不屑意。伯時箴之是也。夫東坡即席賦詞，如『乳燕飛華屋』之類，未嘗非立付歌喉，如不叶律，何以能此。稼軒之作亦然。則二公固先通曉音律，而後可以豪放。然其偶不經意，以致格律不嚴之處，世人猶病之。余嘗與人論蘇辛，謂當如馬伏波語，愛之重之，不願汝曹效之。即伯時之旨也。伯時所舉〔哨徧〕、〔水龍吟〕、〔摸魚兒〕諸詞，蓋穠麗微婉，與豪放不同者。他如東坡之〔卜算子〕『缺月掛疏桐』[二]，稼軒之〔祝英臺近〕『寶釵

〔一〕不豪放處，原作『然放處』，據《詞話叢編》本改。
〔二〕缺月掛疏桐，原作『缺月格疏桐』，據《全宋詞》改。

分』之類，亦詞家正軌。又[一]陳龍川之〔水龍吟〕『鬧花[二]深處層樓』一闋，亦極旖旎風華，則豪放固非專長，明明可見矣。不能穠麗微婉，而徒以豪放不羈爲歸，而反藉口蘇辛，使東坡、稼軒爲人受過，此後人之累蘇辛，非蘇辛之誤人也。

一二二　壽詞須打破舊曲規模

壽曲最難作，切宜戒『壽酒』、『壽香』、『老人星』、『千春百歲』之類。須打破舊曲規模，只形容其人事業才能，隱然有祝頌之意方好。

愚按：詞中之壽曲，與壽文、壽詩同爲酬應文字，托體甚卑，古人之不主張有此文字者，已數數見。然不得已而爲之，亦必以脱去俗套爲長。蓋題既甚俗，詞復不雅，當成何詞耶。伯時『只形容其人事業才能』之説，極爲得體。蓋必切定其人，只當作贈詞做，不當作壽詞做，而壽之之意，即從其事業才能中着想，既切題，又不落套。觀夢窗《甲稿》，壽曲頗多，然多從其人之本身落筆，即不俗不泛。吾人能不爲壽曲最妙，倘至不能不作時，當守定伯時此義，再參看夢窗詞之壽曲，即免於惡趣矣。

上海《生活日報》一九一四年五月二一日

[一] 又，原作『又爲』，據文意删。

[二] 花，原空一格，據《全宋詞》補。

二三　用事使人姓名

詞中用事使人姓名，須委曲得不用出最好。清眞詞多要兩人名對使，亦不可學也。如〔宴清都〕云，『庾信愁多，江淹恨極』，〔西平樂〕云，『東陵[一]晦迹，彭澤歸來』，〔大酺〕云，『蘭成憔悴，衛玠清羸』，〔過秦樓〕云，『才減江淹，情傷荀倩』之類是也。

愚按：詞中不欲用出人姓名，嫌其硬也；不欲兩人名對使，惡其板也。一首詞有幾多字，字字皆須從千錘百鍊出來，人名已嫌占地位，況直書人名，無從用運化之法，意亦未免嫌淺乎。《四庫提要》謂伯時此條不免於拘，吾謂寧爲伯時之拘，不可以不拘而生流弊也。

二四　腔以古雅爲主

古曲譜多有異同，至一腔有兩三字多少者，或句法長短不等者，蓋被教師改換。亦有嘌唱一家，多添了字。吾輩只當以古雅爲主，如有嘌唱之腔不必作，且必以清眞及諸家目前好腔爲先可也。

愚按：此條所言，即所謂襯字也。《四庫提要》謂觀此云云，『乃知宋詞亦不盡協律，歌者不免增減。而萬樹《詞律》所謂「曲有襯字，詞無襯字」之説，尚爲未盡其變。』蓋宋人詞中之有襯字，昔人鮮言及者，伯時宋人，言之當屬確鑿，惜實例無從考證耳。至以句法之參差，歸諸教師之改換，嘌唱之增添，則正與曲中之襯字同一淵源，而襯字之不足爲訓，可以概見矣。

〔一〕東陵，原作『東浚』，據《四庫全書》本、《詞話叢編》本改。

二五　句中韻

詞中多有句中韻，人多不曉。不惟讀之可聽，而歌時最叶韻應拍〔二〕，不可以爲閒字而不押。如〔木蘭花〕云，『傾城。盡尋勝去』，『城』字是韻。又如〔滿庭芳〕過處，『年年。如社燕』，『年』字是韻。不可不察也。其他皆可類曉。又如〔西江月〕起頭押平聲韻，第二、第四就平聲切去，押側聲韻。如平聲押『東』字，側聲須押『董』字、『凍』字韻方可。有人隨意押入他韻，尤可笑。

愚按：〔西江月〕詞，第二句起平韻，第三句叶平，第四句叶仄，前後段均同。今曰『第二、第四就平聲切去，押仄聲韻』，疑刊本有誤，待考。

上海《生活日報》一九一四年五月二二日

二六　詞腔謂之均

詞腔謂之均，均即韻也。

二七　大詞與小詞

作大詞，先須立間架，將事與意分定了。第一要起得好，中間只鋪敘，過處要清新。最緊是末

〔二〕最叶韻應拍，《四庫全書》本、《詞話叢編》本作『最要叶韻應拍』。

句，須是有一好出場方妙。作小詞只要些新意，不可太高遠，卻易得古人句，同亦要[一]鍊句。

愚按：此論作長調、小令之異同。長調可以鋪敘，短調極須遒鍊，此人所共知也。

二八　推敲吟嚼

初賦詞，且先將熟腔易唱者填了，卻逐一點勘，替去生硬及平側不順之字。久久自熟，便覺拗者少，全在推敲吟嚼之功也。

愚按：熟腔則參考者多，易唱則較少拗句拗字，平側之不順，即可少見，生硬字之替去，亦易從事。此初學所易爲力也。憶予初學時，漚尹先生嘗語予，當取玉田詞仿其調、仿其題而賦之，參互比較之下，易有進境。猶伯時意也耳。

二九　詠物最忌説出題字

詠物詞，最忌説出題字。如清眞〈梨花〉及〈柳〉，何曾説出一個『梨』、『柳』字。梅川不免犯此戒，如〔月上海棠〕詠月出，兩個『月』字，便覺淺露。他如周草窻諸人，多有此病，宜戒之。

愚按：此條之意，與前論『桃』、『柳』等字不可直説破者同，蓋力避鄙率淺俗之病也。

上海《生活日報》一九一四年五月二二日

〔一〕同亦要，《詞話叢編》本作『同一要』，《四庫全書》本作『同亦要』。

滑稽詞話

逸名

《滑稽詞話》七則，載上海《最新滑稽雜誌》一九一四年一月第六册，無署名。今據此迻錄。原無序號、小標題，今酌加。

滑稽詞話目錄

滑稽詞話

一　草地小遺詞

某校書，津產也。一日，驅車遊味蒓園，内急不堪，遽就草地小遺，蓋猶未脱北方習氣也。適爲某狎客若所見，戲書一詞云：『綠楊深鎖誰家院。佳人急走行方便。揭起繡羅裳，不覺花心現。衝破碧苔痕，滿地珍珠賤。那先生都不管。安塏地外，海天深處，有人偷覻〔一〕。』可爲發噱。

二　蘇妓駕車

某君游蘇，見某妓而悦之。某妓日必駕車，往來閶胥兩門，某君亦駕車尾躡其後。一詞人填〔金縷曲〕嘲之曰：『又出閶門矣。最無聊、斜陽一抹，洋場半里。油壁香驄如電掣。有個人兒纖麗。肯輕易、失之交臂。磁石竟將針吸引，有執鞭、能得主人喜。但苦了，追風驥。者番省識其

〔一〕偷覻，覻失韻，疑應作『偷看』。《中法儲蓄日報》一九二〇年一月一五日羅俠童《滑稽詞話》作『窺見』。

中味。早忘却、祿榮坊口，倉橋浜[一]裏。』填至此，適某君往訪，詞人大笑輟筆。

三　潘某父子

前清候補道潘某，曾充上海製造局總辦，好作狹邪遊。其子某部尤漁色無厭。父子二人往往合暱一妓，聞[二]者鄙之。有人填〔西江月〕詞一闋云：『紫石街前門第，翠屏山下人家。安仁擲果滿羊車。擺出龍陽功架。　必正偷詩無賴，大官馳馬夭斜。詩人天[三]韻貌如花。可許汝南偷嫁。』詞中所引皆潘姓故實，可謂謔而虐矣。

四　誤認逃妻

有宋某者，娶妻未久，忽被逃去。一日，與其弟游於上海租界，見楊姓女，竟誤認爲逃妻，致被控公堂。有人作〔黄鶯兒〕詞嘲之云：『兩宋太荒唐。自家妻，那裏藏。却來別處胡廝撞。猛見了嬌娘。不許他姓楊。居然擺出親夫樣。怎收場。人家不服，被控到公堂。　只好怪閻王。判生時，註面龐。無端長得同模樣。眼兮變了盲。心兒發了慌。推成誤認求饒放。最難當。弟兄歸去，依舊守空牀。』

[一] 浜，原作『濱』，據《南亭詞話》改。
[二] 聞，原作『問』，據《南亭詞話》改。
[三] 天，原作『夭』，據《南亭詞話》改。

五　某僧不守清規

某僧不守清規，喜填詞，其隣有女絶美，僧涎之，填〔望江南〕〔一〕詞云：『陽台月，如〔二〕鏡復如鈎。如鏡不親紅粉面，如鈎不上玉人頭。虛附水東流。』女得詞，大恚恨，訴〔三〕諸父，父控之官，官以僧違戒律，命盛之以籠而沈於水。好事者亦填前調以嘲之云：『江南竹，巧匠〔四〕製爲籠。付與法師藏法體，碧波深〔五〕處伴〔六〕蛟龍。始信色皆空。』

六　張長舌能文好嘲

張長舌，前清人，能文好嘲。遇人有醜事，非巧造謠詞，即撰成謔對，務使人態醜〔七〕畢彰，不可後掩。嘗與友人赴隣縣，其友少不更事，因冒犯長官，被責十二板，囑張勿言，張口雖應之，而回家後逢

〔一〕望江南，原作『堂江南』。

〔二〕如，原作『爲』，據下文及《南亭詞話》改。

〔三〕訴，原作『訴』。

〔四〕匠，原作『區』，據《南亭詞話》改。

〔五〕深，原作『你』，據《南亭詞話》改。

〔六〕伴，原作『件』，據《南亭詞話》改。

〔七〕態醜，疑應作『醜態』。

人便說，且形容被責時情形，歷歷如繪，又編[一]〔黄鶯兒〕詞一闋，每句暗藏十二之數。其詞云：『一日幾時辰。羨甘羅，早得名。金釵對列天緣定，巫峰[二]遍臨，闌干遍憑。今年歲月偏無閏[三]。恨奸秦。金牌召岳，令箭插全根。』此詞傳播後，其友每出，相識者皆歌以嘲之。友所聘之妻，尚未完娶，聞之抑鬱而死。友亦不能居故鄉，避之外省。張之惡作劇，竟成如此惡果，古人謂戲無益，誠哉是言。

七　新名詞〔滿江紅〕

近見有集新名詞成〔滿江紅〕詞者，頗自然可誦。詞云：『新黨偉人，無非是、民權革命。有多少、和平分子，絕端否認。暴烈行爲宜取締，進行手腕何强硬。看中央、能力竟何如，風潮靜。舍權利，誰人肯。稱義務，誰人盡。喜軍人天職，服從命令。關係由來最密切，自由都說稱平等。譜新詞、喚起國民魂，同袍聽。』

上海《最新滑稽雜誌》一九一四年一月第六册

[一] 編，原作『偏』。
[二] 峰，原作『蜂』。
[三] 閏，原作『閨』。

梅魂菊影室詞話

王蘊章

《梅魂菊影室詞話》，載上海《生活日報》一九一四年三月二八日起，迄五月五日，署『蓴農』。又載上海《雙星雜誌》一九一五年四月一五日第二期、五月一五日第三期，署『蓴農』；六月二五日第四期，署『鵲腦』；上海《文星雜誌》一九一五年九月九日第一期，署『西神』；上海《春聲雜誌》一九一六年三月四日第二集、四月三日第三集，署『紅鵝生』。今據《生活日報》逐錄爲卷一，據《雙星雜誌》諸本逐錄爲卷二。原無序號、小標題，今酌加。蓴農、鵲腦、西神、紅鵝生等，疑皆爲王蘊章筆名或號。

梅魂菊影室詞話目錄

卷一

卷二

梅魂菊影室詞話卷一

一 《衍波詞》寫本

杭州許邁孫曾刻漁洋《衍波詞》寫本，分上下兩卷，共百餘闋。譚復堂弁其首云：貽上以詩篇弁冕一代。顧論者曰『王愛好』，又曰『絕代消魂王阮亭』，其言不盡王詩之最，而於詞適合。可謂定評。近吾友涇縣胡寄塵刊《阮亭詩餘》，雖不及《衍波》之多，而卷首有漁洋自序，實爲當日手定之本。每闋下有新城邱石常子廩、徐夜東痴評註。按：邁孫〈衍波詞跋語〉稱，嘗從陶子縝處錄得《阮亭詩餘》，而不及兩家評註。則寄塵此本，尤可寶貴矣。書中〔減字木蘭花〕〈詠梅妃〉云：『天然姿媚。比向梅花應不異。一斛珍珠。得似鮫人淚點無。　文園老去。恨煞無人能解賦。我見猶憐。不受長門買賦錢。』邱評云：明皇以一斛珠密賜妃，妃賦詩不受。嘗以千金壽高力士，求詞人擬相如〈長門〉，答邀上意。報曰：無人解賦。梅妃艷潔，遠勝肥婢，得阮亭詞，三郎向何處哭耶。徐註云：東痴有〈讀開天傳信記〉一絕云：『香雲翦下淚重重，必到尊前始啟封。痴煞長門錢買賦，相如雖好不如儂。』似得原意。讀阮亭此闋及海石此評，鄙作稍似爲楊左祖，輸兩兄一籌矣。讀之絶倒。他註亦多可采處。按：東痴初名元善，字長公，慕嵇叔夜[一]之爲人，始更名夜。又號嵇庵[二]。嘗東遊浙江，至孤山，坐放鶴亭下，弔林君復墓，有句云：『買斷西湖皆宋土，羨他生死太平間。』其寄托如此。年七十餘，卒。漁洋有《徐東痴詩選》。

二　漁洋香奩體

漁洋少與西樵好爲香奩體。陳其年作詞懷新城二王，有云：『名士終朝能妄語。』漁洋讀之，笑曰：『家兄與下官，不敢多讓。』初入都時，與海鹽彭羨門，復以香奩詩酬答，此詩餘一卷，當亦作於彼時。《帶經堂全集》中，漁洋撰述備具，而《衍波詞》獨未著録，殆有戒於少年綺靡之習歟。集中和漱玉詞，如〔浣溪紗〕云：『不逐晨風飄陌路，願隨明月入君懷。半牀蟬夢待君來。』〔念奴嬌〕云：『額淺雅黄，眉銷螺碧，蟬盡相思意。』兩『蟬』字，自是千古妙語。所謂『消魂』、『愛好』者，其在斯乎。

上海《生活日報》一九一四年三月二八日

三　馮志沂詞高秀

馮志沂，字述仲，號魯川，山西代州人。官比部時，譚復堂入都，屢過譚藝。一日，馮語譚曰：

[一] 嵇叔夜，原作『稽叔夜』。
[二] 嵇庵，原作『稽庵』。

『子卿先生龔定庵言，詞出於《公羊》，此何說也。』譚曰：『龔先生發論不必由中，好奇而已。第以意內言外之旨，亦差可傅會。』馮曰：『然則近代多艷詞，殆出於《穀梁》乎。』其言詼諧入妙。馮高文絕俗，不屑屑爲倚聲，然如〈春暮〉〔蝶戀花〕云：『雨過空庭人寂寂。細掃春苔，不見春歸迹。飛絮初晴無氣力。因風還度疏簾隙。　不耐閒堦頻佇立。静掩房櫳，猶怯春寒襲。斷夢惺忪何處笛。聲聲裊入爐烟碧。』又〈秋蝶〉前調云：『老圃花殘風露冷。是汝生遲，莫怨流光迅。半晌斜陽花外影。餘溫且曬零星粉。　萬紫千紅搖落盡。不信人間，曾有花如錦。燕已南歸鶯又噤。馮誰訴與西風聽。』二篇高秀，居然作家。

四　馮志沂軼事

近從復丁老人處，得馮軼事數則。老輩風流，脫去凡俗。亟錄之，以實吾詞話。馮嘗客勝保幕。一日，幕僚會食，有勸之迎夫人者。馮曰：『內子來，諸公皆將走避矣。』衆問故，馮曰：『內子身長一丈，腰大十圍，拳如巨盌，赤髮黑面，聲如驢鳴，那得不怕。』衆大笑。蓋馮娶郝氏，同里武世家也。父武進士，兄武狀元。悍而且妒。馮客遊在外，不通問聞者，三十餘年矣。又嘗佐皖撫喬勤愨軍，歷階至觀察。同治乙丑夏，雉河告警，捻匪已渡渦，將逼壽州。大軍戒嚴，勤愨督師移駐南關外。刺史施照，良吏也，有應變才，檄鄉兵運糧入城爲守禦計，詣公請登陴聽號令。馮曰：『吾於軍事未嘗學問，姑從君往，遠眺八公山色可也。一切布置，君自主之，勿以我爲上官而奉命也。』於是携良醞一巨甕、墨汁一盂，紙筆稱是，書若干卷。人曰：『登城守禦，武事耳，焉用是爲。』馮曰：『我不嫻軍旅事，終日據城樓何所事。不如仍以讀書消遣也。』人曰：『賊至奈何。』馮曰：『賊至，即不飲酒、不讀書、不作字，又奈何。既爲守土官，城亡與亡耳。我决不學晏端書守揚州矢遁也。』晏爲團練大臣，時守揚州，賊氛已逼，晏在城上思遁，忽曰：『吾内逼，須如廁。』衆曰：『城隅即可。』晏曰：『吾非所習用者，不適意。』匆匆下城出門去，不知所往。晏時由署粵督改副督御史，在籍辦團練也。言罷大笑。既而大雨數晝夜，城不没者三版。渡舟抵雉堞上下，捻匪無舟不得至，又不能持久，遂退。馮曰：『此所謂一水賢於十萬師也。』

上海《生活日報》一九一四年三月三一日

五　王苑先《芙蓉舫集》

同里王苑先一元，久居揚州寄園，康熙癸未通籍。生平有詞癖，顧大半散失。晚年自訂其所存一千六百餘首，釐爲二十卷，名《芙蓉舫集》。王蘭泉輯《詞綜》，竟未採録。小令如〔卜算子〉云：『無計遣春愁，簾外紅成陣。繡對鴛鴦配並頭，花下長交頸。　欲繡漫停針，心上還重省。數盡歸期又不歸，繡着鴛鴦怎。』殊有《花間》風韻。又〈將别西湖〉調倚〔綺羅香〉云：『對月魂消，尋花夢短，此地恰逢春暮。絶勝湖山，能得幾回留住。弔蘇小、紅粉西陵，咏江令、綠波南浦。看紛紛、油壁青驄，六橋總是斷腸路。　重來樓上凝眺，指點斜陽外，扁舟歸渡。過雨垂楊，换盡舊時眉嫵。牽愁緒、雙燕來時，縈别恨、一鶯啼處。爲情痴、欲去還留，對空樽自語。』置之《梅溪集》中，亦復不能分辨。宛先初爲錢唐趙恒夫給諫觀風揚州所拔士，後官内閣中書。無子，以女適給諫孫。海寧吴子律稱《芙蓉舫集》二十卷，即存趙氏，殘編斷簡，名字翳如，可慨也。

上海《生活日報》一九一四年四月一日

六　桃花扇題咏

馮客皖撫幕時，項城袁文誠過臨淮，遣人以卷子索勤愍題詠，乃明季李香君桃花扇真蹟也。扇作聚頭式，但餘枝梗而已。血點桃花，久而澌滅，僅餘勾廓，後幅長三丈餘，歷順治至同治八朝名人題詠殆徧。勤愍命馮詠之，馮曰：『言爲前人所盡，但署觀欵以歸之。』侯與袁世爲婚姻，故此卷藏袁氏，今不知尚存否。

七　鏡湄詞體物工細

《鏡湄長短句》一卷，分爲四集：曰《飛蓬》，曰《繫匏》，曰《楚調》，曰《越吟》。嘉定周保璋著。每闋皆自標新名，而附舊調名於下，從張東澤例也。其自序稱《飛蓬集》中都係少作，删存不及其半，猶焰然以語多侈飾爲戒。然如〔鶯啼序〕〈詠虞美人花〉，其弟二、弟三疊云：『記否當年，醉舞帳下，替將軍把盞。楚歌起、月黑天青，霎時驚破歡醮。喚虞兮、聲聲淚落，一曲罷、風流雲散。到而今，斜日閒門，鳥啼春晚。　塵緣已了，往事休悲，算劫灰幾換。試看取、嫩跗如掌，弱幹如腰，細葉如眉，好花如面。今來古往，傷心多少，玉環飛燕皆塵土，瘗芳魂、寂寞憑誰管。爭能似爾，年年歲歲青青，惹人隔世悽惋。』體物工細，神似碧山，《茶烟閣》不足道也。又《繫匏集》有〔難得相逢〕調倚〔水龍吟〕一闋，序云：『正月十三日，偕翰卿閒步至城隍廟，廟舊有園亭池館，今存道院而已。道人桂雲，烹茗茶以待。坐頃，月上，出至前殿廢址。立談一晌，各散去。翰卿嘗謂難得相逢，月下獨歸，緣以成詠。』詞曰：『近來難得相逢，相逢不是真難得。最難得是，閒時閒境，閒情共適。芳節燈紅，清齋茗綠，偶停遊屐。待出門一笑，天空月上，移情處、渾無迹。零亂虛壇瓦礫，莽乾坤、自成今昔。長衢擾擾，幾人肯向，此間閑立。曠蕩胸襟，塵勞身世，感懷今夕。且留君小住，明朝怕又，理松江楫。』自註：時翰卿將之上海。一片神行，自係詞中上乘。其自度腔，有〔東風無氣力〕、〔池上柳〕、〔醉來眠〕、〔憶故人〕諸闋，可補朱和羲《新聲譜》所未備。

上海《生活日報》一九一四年四月四日

八　己巳歲論詞

集後附〈己巳歲論詞〉一則，造詣甚精，自非好學深思之士不辦。錄之如下：庚申歲，余始得陽羨萬氏樹《詞律》，賞其詳覈。童年弄墨，好爲苛難，以確守萬氏，不失尺寸爲賢。甚且取白石自度曲，悉仿其四聲填之。朋箋角勝，樂之不疲。逮所見稍廣，而覺其無謂也。比年唱和寥落，且疑詞之爲律，有不盡於萬氏之說者，而又迄無依據。去春已來，遂不復彈此調矣。萬氏考訂字句，最爲謹嚴。惜其搜採未備，不無疎漏。而穿鑿之甚，謬誤亦多。如〔角招〕載虛齋詞首韻云：『苔枝上，翦成萬點冰萼。』而白石作『何堪更繞西湖，盡是垂柳』。多一字，萬氏未及辨。第三韻云：『晴雪籬落』，萬氏以後段『飛來霜鶴』句校之，遂註『雪』字作平，豈知白石作『湖上攜手』，第二字且用去聲也。竊意詞入歌喉，引爲曼聲，雖字外纏聲，未如今曲之多，亦非必一字不可增損。特舊譜散佚，則亦無從懸斷。如姜、趙二作，不知傳本有無衍脫字耳。前後段相較，句同者，平仄多同，而時或特異，此不可臆决其必同也。入聲作平，固詞家通例。然亦有作去上聲者。蓋北音本無入聲，故高安周氏德清《中原音韻》以入聲分隸三聲。『雪』字固北之上聲也，萬氏又以入作平，並創爲以上作平之說，不知入之作平者，讀如北音，非曰作也。且長吟入聲，可與平類，若上聲，自有上聲之收音也。古詞或因不能用平，姑代以上，猶愈於去聲之激越耳。若上可作平，則四聲皆可通轉相作，字無定音也。胡可訓乎。且萬氏謹嚴之處，證之姜、張全集，亦有不必然者。要之，不審音律，終不足以訂字句。近所見魏氏《碎金譜》，許氏《自怡軒譜》，雖皆旁注笛色，而漏略尚多。又曾見白石歌曲原譜，其所注笛色不成字，不可識據。後人所譯，則與近譜不合。康熙間有《欽定詞譜》〔二〕，而傳本絶少，恨不得見，所謂迄無依據者也。繼而思之，詞出於詩，詩原於《三百篇》，上而〔卿雲〕〔南風〕，皆已被之管絃。《書》曰：『詩言志，歌永言，聲依永，律和聲。』觀此數言，可知音律之大概矣。四聲之説，於古無傳。《三百篇》之韻，多平仄通叶。後世一字數音者，古音多略。究未知古人有無平仄之别。其爲詩也，豈有斟句酌字以求合律者。詩成而歌之，一詩有一詩之性情，即有一詩之音節，於是以樂器和之，所謂聲依永也。協之以律，定其某均某調，使聲之清濁高下，雜而不越，所謂律和聲也。〔高山流水〕，聽其聲而可知其志，殆亦音節之出於性情者。後世詞家自度之腔，或務求悦耳，未必盡合古意，而因情生聲，尚近自然。顧亭林先生嘗言：『古人以樂從詩，後人以詩從樂。』從樂者先有調而後有辭，此猶指漢魏樂府之屬。至於填詞而按譜選字，真意或爲之不暢。且寓調之意，與創調之意，每不能符，則聲情相左矣。如〔念奴嬌〕詞多豪放，念奴，唐宫人也，美歌大曲，若以幽微婉約之詞填之，豈念奴所能奏其技乎。然而唐宋諸名家多填舊調者，何也。是必與原詞音致相類，而可倚聲歌者也，故楊繼翁有『擇腔』之説。亦或用其調而易其名，或用其體而並易其調。夫詞之調名，猶詩之篇題也。古樂府如〈薤露行〉〈來日大難〉

〔二〕 詞譜，『詞』字原排作空格。

〈關山月〉〈青青河畔草〉等篇，後人擬作者，皆就題立意，未有以奉觴上壽之詞而題曰〔薤露行〕，洞房花燭之詞而題曰〔關山月〕者也。即如〔關山〕〔薤露〕之屬，哀音相近，而題亦未嘗相假。唐宋詞之概題舊名者，度以調既承用，付之歌者爲便耳。張東澤詞，必自立新名，不爲無見。陽湖惲氏敬《大雲山房稿》，其叙例最嚴。詞則自以曲名爲目，而次行注題，不知次行所注者，序也。而首行書舊曲名，是有序而無題也。近人詞稿或不題原名，而取前人所立之新名，益無謂矣。白石填〔念奴嬌〕調，更名〔湘月〕，自注：即〔念奴嬌〕鬲指聲。〔念奴嬌〕爲大曲，所謂『鬲指』者，於笛，則移一孔也。此乃並易其調者，即古人旋宫之法。蓋以詞意與原譜不合，故仿其節奏而移其宫調也。然則今之填詞者，苟非就題立意，皆當更立新名；既更新名，而舊調可仍用，亦可移用，庶無聲情相左之病矣。余略涉律吕之學，而絲竹之器，無一習者，故未敢度腔。若隨意作長短句，即以爲自製之體，固無不可，特腔未定耳。《三百篇》中，四言爲多，時有五言，如後人詩句者，亦有如詞中一領四句法者。短至二字，如『鱒魴』、『鰭鯊』、『肇禋』之類是也。長句如『儀式刑文王之典』，亦是上三下四句法。今之長短句，何獨不然乎。惟既填舊調，亦自以謹嚴爲是。萬氏説雖未可墨守，而詞中平仄必準，去上必辨之處，諸名家金科玉律，若合符節者，古之人自不余欺。而萬氏表章，固多可法。若夫執一例百，指影疑形，好奇之談，多失之鑿。而矯之者必以闊略爲通，縱筆逞才，銷規破矩，亦未免賢智之過也。又才人之筆，往往習於牢騷，溺於艷冶，一若以詩餘戲墨無足高論者。不知詞實近代樂章，其濫觴於唐，原與古樂府不甚相遠。至宋多慢詞，其體製始與詩别。而要其義法，仍必以言志爲本，以《三百篇》爲宗。近之論詞者，於字句工拙之數，辨之綦詳，至如古所稱『發乎情，止乎禮義』，與夫『好色不淫』，『怨誹不亂』之旨，則鮮或及焉。此雅樂之所以不振。而音律之中否，又其後焉者矣。己巳暮秋，病起無事，懶霞子懶霞，黄翰卿宗起别號，又號赤霞。詳見集中《赤霞飛詞》注。以鄉先生章氏樹福《竹塢詞》示余，讀之清雋邁俗，棖觸舊興，輒復試筆，度此事終未能決捨也。因就臆見，姑妄言之，俟質之知音者。

上海《生活日報》一九一四年四月六日

九　純飛詞紆徐卓犖

比來涵芬樓，與杭州徐仲可先生欒數晨夕，先生詞名甚著。嘗取《楞嚴》『純想者飛，純情者墜』之義，以『純飛』二字名其館。取境之高，可以想見。先生嘗秉筆鳳池，又嘗從軍津沽。憤棄世變，舉其牢騷抑鬱之氣，一託之於詞。故其所作，得『紆徐爲妍，卓犖爲傑』之妙。近數數與朱古微、况夔笙兩先生相唱和，格日高，律日細，能於叔問工雋、中白穠摯而外，拔戟自成一隊。〔采桑子〕云：『黄昏幾陣瀟瀟雨，綺閣疏櫺。孤館寒更，付與春宵各自聽。　紅鵑啼瘦清明節，絮落還縈。枝嫩纔青，一樣東風兩樣聲。』〔南鄉子〕云：『疏雨晚來晴。一帶長堤草色青。青到斜陽紅盡處，回汀。知是蘭橈第幾程。　銀甲坐彈箏。不信當筵手慣生。柳外東風花裏月，清明。容易高樓近五更。』二闋已由譚復堂錄入《篋中詞》。近見其〔臨江仙〕云：『過盡歸鴻來盡燕，秦關消息漫漫。柳絲曾與綰征鞍。小樓何處，憔悴玉笙寒。　碧樹無情花自好，飛飛胡蝶成團。番風彈指又春殘。天涯回首，斜日滿屏山。』〔浣紗溪〕云：『一曲清歌殢玉簫。疑春來日是花朝。淚痕多處在重綃。　樓外啼鶯牆外燕，夜來疎雨晚來潮。離人何處木蘭橈。』踈宕渾成，深入宋人之室。先生又有『微病逢疏雨』五字，况夔笙稱爲名句未經人道。

一〇　江昉詞清空蘊藉

江昉，字旭東，號橙里，又號硯農，歙縣人。寓居揚州，著有《練溪漁唱》三卷，《集山中白雲詞》一卷。王蘭泉《國朝詞綜》選其詞三十七首。所作清空蘊藉，無繁麗昵褻之態，除激昂囂囂之習。沈沃田謂能追南渡之作者而與之並，良非溢美。其〔憶舊遊〕序云：『西磧在太湖西北，南面具區。余書莊在山下，門外波光萬頃，浩浩淼淼，不可窮極。湖中眾船，張六道帆，任風所之。朱檢討云，「到得石尤風四面，眾船打鼓發中流」，又「小姑腕露金跳脱，帆脚能收白浪中」是也。七十二峰，羅列指顧，莫釐、縹緲，正當樓遥峙，白浮、米堆、雅宜諸峯，翠色接簷際，山谷廻環數十里，居人盡種梅爲業。山根沿水處，緋桃連綿，紅霞二十里，滉漾波影中，垣内梅數百樹，桂數百本，枇杷數十枝，竹數畝，間以長松、高梧、紫藤、碧蔓。清陰濕地，無分春冬。嘯咏間，頗得琴書幽趣。偶憶及此，不勝過眼煙雲之慨。爰製此詞，以誌前蹤云爾。』不待讀其詞，已足令人神往。江又嘗集宋元人詩餘七字者爲絶句，渾成無迹，與竹垞《蕃錦》一集，異曲同工。録其二首云：『殘花微雨隔青樓（顧敻），聽得吹簫憶舊遊（孫惟信）。不分小庭芳草緑（孫元幹），一春常是爲春愁（辛弃疾）。』『簾幙輕回舞燕風（盧祖皋），雲屏冷落畫堂空（馮延巳）。最愁人是黄昏近（張炎），一樹梨花細雨中（陳克〔一〕）。』

上海《生活日報》一九一四年四月九日〔二〕

〔一〕克，原作『堯』，據《全宋詞》改。

〔二〕《生活日報》一九一四年四月一八、一九、二〇、二一日，題『梅魂菊影室詞話』下，載南北曲二套，與詞學無涉，不録。

一一　余澹心詞

余澹心《板橋雜記》三卷，讀之哀感頑艷，有泗水潛夫記武陵舊事遺意。澹心與杜濬、白仲調齊名，號『余杜白』。故其殁也，尤西堂弔之曰：『贏得人呼魚肚白，夜臺同看黨人碑。』『魚肚白』，金陵市語，染名也。其所著有《味外軒詩稿》（見《文獻徵存錄》）《江山集》、《平山蕭瑟詩》、《三吳游覽志》、《楓江酒船詩》、《梅花詩》、《茶史》（見《東湖叢記》）、《澹心雜錄》（見《靜惕堂文集》）、《秋雪詞》（見《國朝詞綜》），吉光片羽，都付飄零。僅托其名於《板橋雜記》以傳。文人多窮，亦可悲矣。《秋雪詞》，《詞綜》祇錄〔浣溪紗〕〔憶秦娥〕二闋；詩之散見各書者，亦復廖廖無幾。王漁洋□賞其金陵懷古詩，以謂不減劉賓客。余所見者，有〈孫楚酒樓〉及〈勞勞亭〉二首。〈酒樓〉云：『江城西畔酒樓紅，無數楊柳迎春風。孫楚去後李白醉，千年不見紫髯公。』〈勞勞亭〉云：『蔓草離離朝送客，驍駒愁唱新亭陌。夜深苦竹啼鷓鴣，空牀獨宿頭俱白。』蔣生沐稱嘗從馬二槎處見[一]澹心手鈔《玉琴齋詞》，精妙無倫。有梅村祭酒題云：『澹心詞大要本於放翁，而點染藻艷，出脱輕俊。又得諸《金荃》、《清真》，此繇學富而才雋，無所不詣其勝耳。』余少喜學詞，每自恨香奩艷情，當昇平遊賞之日，不能渺思巧句，以規摹秦、柳。中年悲歌侘傺之響，間有所發，而轉喉捫舌，喑噫不能出聲。比垂老，而其氣漸已衰矣，此余詞所以不成也。讀澹心之作，不能無愧。婁東弟梅村居士題。』又有尤西堂侍

〔一〕二槎處見，四字漫漶，據蔣光煦《東湖叢記》卷五補。

講題云：『昔人問詞何句最佳，曰：「好似一江春水向東流」，然「小樓昨夜」，卒召牽機之禍，豈非恨耶。千載而下，遇余子爲知己，從而和之，可以破洗面之淚矣。宋人佳句殊不多得，秦九「雨打梨花深閉門」，遂用入兩調。柳七「楊柳外、曉風殘月」，脱胎魏承班〔漁歌子〕。而『梢公登溷』，未免妬語。不如「霜風凄緊，關河冷落，殘照當樓」，尤爲切響，此外亦寥寥矣。他如「紅杏枝頭春意鬧尚書」、「雲破月來花弄影郎中」，只以一句了其一生，詞家之矜重身價若此。如余子之清言綺語，絡繹奔赴，又何巧於用多耶。壽詞多者，無過魏鶴山，苦不能佳，稼軒差强人意。余子於此兼能擅場，固知才人無所不可。猶記梅村賦〔滿江紅〕贈余子云：「賭墅好尋王武子，論書不減蕭思話。問後來領袖復誰人，如卿者。」足以定余子矣。辛亥夏五長洲同學弟尤侗漫題。』皆真跡也。

上海《生活日報》一九一四年五月三日

一二 玉琴齋詞

今《玉琴齋詞》不知散落何處，生沐嘗録其數首，不啻鳳毛麟角矣。急轉録之以饟有詞癖者，且惜生沐當時不更多録數首也。〈四十九歲感遇詞六首并序〉：『白香山云：四十九年身老日，一百五夜月照天。蘇子瞻云：嗟我與君皆丙子，四十九年窮不死。余今年四十九，身既老矣，窮猶未死。追想生平，六朝如夢，每愛宋諸公詞，倚而和之。聊進一盃，正山谷所云「坐來聲噴霜竹」也。』〔桂枝香〕〈和王介甫〉云：『江山依舊。怪捲地西風，忽然吹透。只有上陽白髮，江南紅豆。繁華往事空流水，最飄零、酒狂詩瘦。六朝花鳥，五湖烟月，幾人消受。　問千古英雄誰又。

況伯業銷沈，故園傾覆，四十餘年，收拾舞衫歌袖。莫愁艇子桓伊笛，正落葉烏啼時候。草堂人倦，畫屏斜倚，盈盈清晝。』〔念奴嬌〕〈和蘇子瞻〉云：『狂奴故態，卧東山、白眼看他世上。老子一生貧徹骨，不學黔婁模樣。醉倒金尊，笑呼銀漢，自命風騷將。樓高百尺，峨嵋堪作屏障。　追想五十年前，文章義氣，盡淋漓悲壯。一自金銅辭漢後，曾共楚囚相向。司馬青衫，內家紅袖，此地空惆悵。花奴打鼓，聲聲喚醒瑜亮。』〔水龍吟〕〈和陸放翁〉云：『白雲黄石人家，山中宰相推前輩。布衾似鐵，湘簾似水，有人酣睡。劍削芙蓉，書裝玳瑁，都無塵累。聽鷓鴣啼罷，〔霓裳〕舞破，千日酒，真堪醉。　說起英雄兒女，哭東風、幾番揮淚。明年五十，江南遊子，九分顛頷。白髮臨頭，黄金去手，孤負凌雲氣。待何時、倩取麻姑鳥爪，爲余抓背。』〔永遇樂〕〈和辛幼安〉云：『擘脯彈箏，杖矛雪足，慷慨如此。壯士横刀，美人却扇，總爲多情使。胸中五岳，夢中三島，不覺一時墳起。嘆浮生、短衣破帽，應羞碌碌餘子。　天涯衰艸，斜陽歸騎，認得蕭蕭故壘。四十九年，青樓白馬，一覺揚州耳。謝家安石，王家逸少，日在風流叢裏。從今後、及時行樂，逍遥而已。』〔沁園春〕〈和劉後村〉云：『老去悲秋，菊蕊盈頭，竹葉盈杯。正洞庭木落，宫鶯乍别；楚天雲净，旅雁初迴。天許閒人，人尋韻事，高築栽花十丈臺。催租吏、縱咆哮如虎，如我何哉。　東籬更葺茆齋。鄰架上、藏書萬卷堆。嘆年將半百，鬚髯如戟；運逢百六，心事成灰。莫話封侯，休言獻策，只勸先生歸去來。平生恨，恨相如太白，未是奇才。』〔摸魚兒〕〈和辛幼安〉云：『最傷情、落花飛絮。牽惹春光不住。佳人縹緲，朱樓下，一曲清歌何處。鶯無語。誰傳道、桃花人面黄金縷。霍王小女。恨芳艸王孫，書生薄倖，空寫斷腸句。　江南好，茂苑繁雄如故。畫船多少簫鼓。吳宫花草隨風雨，更有千門萬户。蘇台暮。君不見、夷光少伯皆塵土。斜陽無主。看鷗鳥忘機，飛來飛去，只在

上海《生活日報》一九一四年五月四日

煙深處。』

一三　散花女史

亞子近錄吳門散花女史沈蕙孫（纕）詞，入《磨劍室隨筆》，搜載甚詳。按散花與張滋蘭（允滋）、張紫蘩（芬）、陸素窗（瑛）、李婉兮（嬍）〔一〕、席蘭枝（蕙文）、朱翠娟（宗淑）、江碧岑（珠）、尤寄湘（澹仙）、沈皎如（持玉），九人齊名。滋蘭號清溪，別號桃花仙子，任兆嶲室，嘗與散花等結清溪吟社，號吳中十子。所著有《潮生閣吟稿》。〈秋後懷心田夫子〉云：『雨霽銀燈夕，纖雲入暮天。芙蓉還寂寞，秋水自嬋娟。寒雁聲疑斷，虛窗夜不眠。思君在高閣，清夜撫冰絃。』心田有與諸女士倡和之作，殆即因滋蘭中閨往還之故。散花又善書，陳雲伯《頤道堂詩集》，有〈題吳門女士沈散花臨本唐韻〉律詩一首，序云：『女士孝廉桐威女，適同里林上舍太霞（朝衍）。夫婦工書，早年同卒。所書唐韻，流傳人間。獲與觀光，因題是什。』詩曰：『如君夫婦風流甚，便是文簫與采鸞。玉貌丁年同慧麗，繡襦甲帳共清寒。幾時跨虎山中去，當日簪花鏡畔看。留得一函《唐韻》在，粉香零落蠹魚乾。』桐威，字起鳳，所著有《吹雪詞》一卷，尤工傳奇。梨園所演如《報恩猿》《才人福》諸劇，足繼李笠翁、萬紅友無異辭矣。間爲葉兒散套，亦復工雅絕倫。長洲吳翌鳳《東齋脞語》，稱桐威嘗泥其室人張湘人（靈），以金釵作贄，拜

〔一〕嬍，原作空格，據任兆麟編《吳中女士詩鈔》補。

爲閨塾師。桐威譜北曲一套示之云：『〔北新水令〕水晶簾捲畫堂高，燕呢喃春風四繞。金猊[一]香氣散，銀燭影紅揺，一翦蘭翹。有一個俏門生贄禮到。〔駐馬聽〕環珮聲飄，一捻風吹楊柳腰。氍毹拜倒，幾絲雨壓海棠嬌。一天風韻總難描，三章約法從容告。從容告，打頭先改卿卿叫。〔沈醉東風〕翡翠林書林恰好，芙蓉帳[二]絳帳還高。戒癡情，莫折花，懲閒玩，休尋草。便早來點綴眉梢，彩筆何須畫百遭，破功夫且臨畫稿。〔折桂令〕每日價日上花梢，抛殘繡譜，卷上絞綃。字臨蕙女[三]，詩吟蘇蕙，史續班昭。喜清課賣花聲杳，催好句心字香燒。紅了櫻桃，綠了芭蕉。舊園亭由他蝶鬧，新臺榭不共鶯瞧。〔沽美酒〕便盼到冷惺忪花月霄，傍春臺燈並挑。且說個春燈謎子伊知道，夾雜些美人名號，也一一費推敲。〔太平令〕那不是挂龍樓鳳閣蹊蹺，這的是繡閣規條。買幾個俊婢垂髫，鎮伴你添香拂縞。一種種花嬌柳嬌，儘意兒細教，連那小鸚哥也聽來熟了。〔離亭宴帶歇拍煞〕秀才學問誰曾飽，書生不櫛從來少。他日個鳳閣名標，替著俺寫韻箋，替著俺謄書草，替著俺題清照。這溫家玉鏡臺，俺曾把臯比靠。休只要放頑皮將師嚇倒，笑煞那荀家兒背熨焦，張家兒眉亂描。怎踏著風流竅，你做陸家卿，俺做寒山趙。考槃詩勝拾了泥金捷報，且撥隻〈洞房歌〉，搭著〈白頭吟〉，唱到老。』遥情逸韻，散花濡染有素，宜其詞之清麗芊綿矣。散花又有〈題二喬觀兵書圖〉二絕云：『舳艫焚盡仗東風，應借奇謀閨閣中。曾把韜鈐問

[一] 猊，原作『貌』。

[二] 帳，原作『賬』，據上下文改。

[三] 蕙女，疑當作『蔡女』。

夫婿，誰言兒女不英雄。』『陰符偷讀妨描黛，繡帙雙開見唾絨。一十三篇勞指授，螐磯餘烈本吳宮。』足與『聽殘紅雨到清明』之句並傳。

上海《生活日報》一九一四年五月五日

梅魂菊影室詞話卷二

一　鸎脰湖詞

平望有鸎脰[一]湖，一名鶯鬥湖，煙波淡沱，頗爲幽勝。張虞堂家於此，作漁父填詞閣，繪圖索題。郭頻伽爲題〔漁家傲〕詞云：『渺渺平湖天在水。鸎脰佳名，合是詞人里。小閣高懸明鏡裏。窗乍啓。閑鷗宿鷺飛來矣。　家風好個元真子。雨細風斜，漁父詞清綺。定有樵青將曲記。眉畫未。赤闌橋外簫聲起。』自注：畫眉橋，亦在平望。此詞《靈芬詞》中未載。

二　《倚晴樓詩餘》

海鹽黃韻珊作《桃谿雪》、《帝女花》、《茂陵絃》、《凌波影》、《鴛鴦鏡》、《脊令原》、《居官鑑》傳奇七種，俊逸清新，一時傳誦。其所著《倚晴樓詩餘》，亦能脱去凡近，時出新意，雖雄警微有不逮。倘於風清月白時，令解事雙鬟，著杏子單衫，薰都梁茉莉，靜坐花陰簾角間，倚紫玉簫，曼

〔一〕鸎脰，原作『鸎腔』，據下文『鸎鬥』改。下一『鸎脰』同。

聲歌之，不啻聽『一聲河滿』也。〔蘇幕遮〕云：『客衣單，人影悄。越是天涯，越是秋來早。雨雨風風增懊惱。越是黄昏，越是蟲聲鬧。　別情濃，歸夢渺。越是思家，越是鄉思少。一幅疏簾寒料峭。越是消魂，越是燈殘了。』前調〈題趙笛樓笛樓圖〉云：『碧雲高，良夜静。樓在花陰，月在花影等。燕子夢長吹欲醒。四面青山，對面青山應。　豔情飄，幽緒警。各處黄昏，各樣愁人聽。未是秋來先已冷。一樹垂楊，一樹相思影。』〔采桑子〕云：『玲瓏亭子分三面，一面迴廊。一面紅牆。一面闌干靠夕陽。　木樨香和茶煙膩，才出紗窗。才整羅裳。人倚西風語亦涼。』又云：『去年此刻曾相見，略訴殷勤。略解溫存。略有思量未當真。　今年此刻重相見，瘦了眉痕。肥了愁根。難道秋來例病人。』〔喝火令〕〈題潘補之同年希甫花隱庵填詞圖〉云：『韻細流鶯和，香疏粉蝶慵。冷扶殘醉倚東風。唱起花深深曲，心事海棠紅。　窄徑依微遠，迴廊宛轉通。吹笙良夜有誰同。一樹春陰，一樹月空濛。月在無人庭院，人在月明中。』

三　《香消酒醒詞》

《香消酒醒詞》，仁和趙秋舲著。秋舲少飲香名，南宮早捷，而仕宦不進，窮愁潦倒以殁。故其所作，亦多哀怨噍殺之音。然豔而失之纖，清而失之滑，以擬《倚晴》，彌復不逮。蓋《倚晴》取徑雖不甚高，時能以偏師直闖宋人之壘；秋舲則信手拈來，未能於文從字順外，再進一步。余初學爲詞，喜其清圓流麗，輒誦不去口。旋覺其山溫水軟，一覽無餘，非如小李將軍之畫，樓臺金碧，步步引人入勝也。乃屏不復觀。然其佳處，如白香山詩，老嫗都解。秋燈宵籟，輒復成吟，如：『還是芭蕉，解得儂心苦。一句一聲相對訴。隔個紗窗，說到天明住。』〔蘇幕遮〕〈聽雨〉『心是梧桐身是柳。

到得秋來都瘦。』〔憶羅月〕『玉闌干，金屈戌。簾外長廊，廊響弓弓屧[二]。鬟影春雲衫影雪，如水裙拖，幅幅相思褶。阮絃鬆，笙字澀。心上燒香，香上心先滅。安得返魂枝底葉。便作青蟲，也褪花蝴蝶。』〔蘇幕遮〕『雨聲多，梧葉墜。點點相思，點點相思淚。貧裏相如秋更累。得酒偏難，得酒偏難醉。　鼓三通，燈一穗。人夜還愁，人夜還愁睡。四壁寒蟲心叫碎。夢也全無，夢也全無謂。』以上諸首，皆無媿作家。集後附南北曲數套，較詞尤勝。蓋曲，固不厭其纖佻也。余猶愛誦其〈拜月曲〉中『我初三見你眉兒瘦，十三覷你粧兒就，廿三窺你龐兒鬥。都只在今宵前後，何況人生，怎不西風敗柳』數句。

上海《雙星雜誌》一九一五年四月一五日第二期

四　〔洞仙歌〕十闋

《東鷗草堂詞》[三]，祥符周星譽著。星譽，字畇叔，著作甚富。詞學辛、柳，非其所長，而時有佳致。亦如項羽讀書不成，去而學劍，而又不肯竟學者也。〔洞仙歌〕十闋，旖旎風流，別開一格。於詩爲冬郎、玉谿，於字爲河南、松雪，足爲全集壓卷。錄之如下：『繡帆收了，正雨絲初歇。七里香塵熨柔碧。看綠楊陰外、樓閣溟濛，是多少，春睡初醒時節。　犀帷催喚起，餳眼慵揉，剗襪跉跰向人立。檀琖遞完時、低項回身，傍孃坐、恁般羞澀。又小婢、催人去梳頭，向鏡裏流眸、驀然偷

〔二〕 屧，原作『屐』，失韻，據《香消酒醒詞》改。
〔三〕 東鷗草堂詞，原作『東歐草堂詞』。

瞥。』（其一）『呵鈿綃翠，坐棗花簾底。花鏓斜簪小鵶髻。想粧成力怯、換了鸞衫，停半晌，纔見盈盈扶起。　問名佯不説，淺笑低聲，暗裏牽衣教孃替。衆畔〔一〕坐隨肩、道是知情，卻偏又、恁憨憨地。也忒煞、難猜個人心，笑事事朦朧、者般年紀。』（其二）『深深笑語，膩緗桃花影。削哺金泥護春暝。看珠燈出玩、錦奩藏彄，卻難得，隨意猜來都準。　起身鬆繡屧，瑣步伶仃，釵尾丫蘭顫難禁。怯醉泥秋簌、親蘸豪犀，替重抿〔二〕、牡丹雙鬢。似欲向、郎言又還停，但小靨緋紅、可憐光景。』（其三）『荼靡風輭，散閒愁無數。吹送青凫到花步。算鴛鴦卅六、排作郵籤，好説與，記個相思程譜。自注：吴江至蘇計三十六里。　尋春三度也，永福橋西，門閉枇杷舊時路。小隔又生疏、道罷勝常，更沒些、離情低訴。但佯笑、兜鞵倚娘邊，問梅雨連宵、別來寒否。』（其四）『卓金車子，接么孃來早。鸚鵡銀籠隔花報。聽纖纖繡屧、纔近胡梯，驀一陣，抹麗濃香先到。　進房攏〔三〕袖立，瘦蝶腰身，寫上紅簾影都俏。側坐錦墪邊、女伴喁喁，盡背地、贊伊嬌小。看悄撚、羅巾不擡頭，怎比在家時，更矜持了。』（其五）『猜花輸後，露些些驕惰。怯飲瓊蘇薾眉鎖。把銀蕉殘酒、笑倩郎分，消受這，一抹口脂紅涴。　雁箏搊義甲，唱罷廻簧艷歌名，蓮箭沉沉月西矬〔四〕。席散點紗燈、臨去殷勤，問明日、郎來送麽。正風露、街心夜涼時，囑換了輕容、下樓方可。』（其六）『吴綃三尺，屑輕煤初

〔一〕衆畔，原作『羅畔』，據《東鷗草堂詞》改。
〔二〕替重抿，原作『替抵』，據《東鷗草堂詞》改。
〔三〕攏，原作『櫳』，據《東鷗草堂詞》改。
〔四〕矬，原作『矮』，據《東鷗草堂詞》改。

畫。錦髻瓊題恁姚冶。只花般性格，藕樣聰明，描不出、留待填詞人寫。翻香么令艷，細字紅蠶，鳳紙烏絲替親界。譜上女兒青、偷拍鞵尖，低唱向、黄梔花下。好宜愛、宜薰喚真真，瓣一片誠心、向伊深拜。』（其七）『閑情新賦，把靈犀一點。寫入香羅白團扇。好羞時低障、浴後輕攏，長傍著，小小桃花人面。横塘重寄與，滿握冰蠶，比似華年一分見。畫裏説春愁、紅飾窠溫，反輪與、翠禽雙占。倘長得、隨伊鏡臺邊，便掃地添香、也都情願。』（其八）『離腸一寸，化萬千紅豆。底事花前又分手。便不曾春去，也是無憀。況又到、深院月黄時候。玉鶩衾底夢，酒雨香雲，薄福蕭郎怎消受。無計贖珍珠、待説成名，可知道、甚時能彀。便僥倖、雙棲也生愁，看半搦弓腰、恁般纖瘦。』（其九）『江湖載酒，徧青衫塵積。玉笛聲中過三七。道漂零杜牧，慣解傷春，原不爲、歌扇酒旗悽悒。惺惺還惜惜，儂自憐花，此意何曾要花識。一霎畫屏前、香夢迷離，儘後日、思量無益。待提起、重來又傷心，怕門巷斜陽、落紅如雪。』（其十）

五　湯雨生一門風雅

《畫眉樓倚聲》四卷，武進湯雨生都尉著。雨生以武家子，殉難金陵，大節凜然。而詞乃纏綿往復，一唱三歎之遺，足與畫筆並傳。如〔鷓鴣天〕〈蘇州作〉云：『春風綠水楊花命，細雨紅樓燕子家。』〔采桑子〕〈題畫有感〉云：『白鷗家在蘋風裏，秋水長天。細雨空煙。一別天涯思渺然。美人不記青衫濕，宛轉冰絃。江月彈圓。仍上當年送客船。』皆有晏家風格。雨生一門風雅，眷屬神仙，如雙湖夫人、碧春女公子，皆以詩畫著稱。紅豆雙聲，不乏言情之作。其〔喝火令〕詞云：『中酒迎人嬾，調鸚挽髻遲。開簾已是又中時。團扇羞看細字，前夜定情詩。鬭艸輸帬佩，含毫褪口脂。堂前冷落賞花卮。姊去吹簫，小妹去彈絲。郎去紅牙低按，儂去唱郎詞。』歇拍翻古樂府『中婦、小婦』入詞，抑何綺麗乃爾。

上海《雙星雜誌》一九一五年五月一五日第三期

六　諷循默守位詞

道光朝，曹太傅振鏞當國，陶文毅澍督兩江，兼鹽政。時以商人藉引販私，國課日虧，私銷日暢，至有『根窩』之名。謀盡去之。而太傅世業鹺，根窩殊夥，文毅又出太傅門下，投鼠之忌，甚費躊躇。因先奉書取進止。太傅覆書，略曰『苟利於國，決計行之，無以寒家爲念。世寧有餓死宰相乎。』文毅遂奏請改章，盡革前弊。其廉澹有足多者。惟其生平洊歷要津，一以恭謹爲宗恉，深惡後生躁妄之風。門生後輩有入諫垣者，往見，輒誡之曰：毋多言，豪意興。由是西臺務循默守位，寖成風氣矣。晚年恩禮益隆，身名俱泰，門生某請其故，曹曰：『無他，但多磕頭，少開口耳。』道咸以還，仕途波靡，風骨銷沉，濫觴於此。有無名氏賦〔一翦梅〕詞云：『仕途鑽刺要精工。京信常通。炭敬常豐。莫談時事逞英雄。一味圓融。一味謙恭。　大臣經濟在從容。莫顯奇功。莫説精忠。萬般人事要朦朧。駁也無庸。議也無庸。』其二云：『八方無事歲年豐。國運方隆。官運方通。大家襄贊要和衷。好也彌縫。歹也彌縫。　無災無難到三公。妻受榮封。子蔭郎中。流芳身後更無窮。不謚文忠。便謚文恭。』損剛益柔，每下愈況，孰爲之前，未始非太傅盛德之累矣。

七　蔣心餘

吳縣張商言塡《碧簫詞》〈自序〉云：故人蔣舍人心餘，乞假還，過吳門，飲予舟中。喜讀予詞，納於袖，以醉墮江。寒星密霧，篙工挽救，羣噂如鼎沸。既得無恙，而此卷亦不就漂沒。明日，心餘詞所謂『一十三行真本在，衍波紋皺了桃花紙』也。一時興會泰甚，幾與波臣爲伍。文士愛才，狂態如見。而至今思之，殊饒有風味也。

八　宋板《蘆川詞》

《蘆川詞》，宋張元幹著。黄蕘圃於蘇州元妙觀西骨董舖見宋刻原板，欲以重價易之，而竟爲北街九如堂陳竹厂豪奪以去。蕘圃大恨，旋又得舊鈔本《蘆川詞》，行欵與宋版同，因託蔣硯香向陳竹厂處假得宋版對校。知舊鈔本係影宋，每葉板心有『功甫』二字者，其字形之欹斜、筆畫之殘缺，纖悉不訛，可謂神似。而中有補鈔一十八翻，不特無『功甫』字樣，且行欵間有移易，無論字形筆畫也。因倩善書者影宋補全，撤舊鈔非影宋者，附於後以存其舊。蕘圃珍惜殊甚，加跋至八段，並於社日獨坐聽雨，題兩詩於後。詩云：『陰晴剛間日，風雨迭相催。未斷清明雪，頻驚啓蟄雷。麥苗低欲沒，梅蕊冷難開。我亦無聊甚，看書檢亂堆。今朝説春社，雨爲社公來。試問有新燕，相期探早梅。自注：向有詞云『燕子平生多少恨，不見梅花』，真妙語也。近年梅信故遲，社日猶未盛。停針忘俗忌，自注：余家婦女以針線爲事，無日或輟。扶醉憶鄰醅。自注：余斷酒已五年，雖赴席，有酒戰者，從壁上觀之。日覺愁城坐，頻看兩鬢催。自注：余處境不順，已歷有年矣，惟書可以解憂，今有憂而書不能解，若反足以起吾憂者，知心境益不堪矣。』後跋

『佞宋主人漫筆』。書淫墨癖，知此老於此興復不淺也。蕘圃歿後，此書歸罟里瞿氏，後又由瞿氏歸豐順丁氏，今歸涵芬樓。繆藝風假以鏤版，每半葉七行，行二十三字。字大如錢，精彩飛舞，誠詞林之環寶也。

九　宋詞舊鈔本

《相山居士詞》一卷，宋王之道彦猷著。《樂齋詞》一卷，宋向鎬豐之著。《綺川詞》一卷，宋倪稱文舉著。《龜峯詞》一卷，宋陳經國著。《王周士詞》一卷，宋王以甯周士著。均舊鈔本，合爲一册，係朱氏結一廬所藏。余按：汲古閣《宋百家詞》，已刻者六十一家，未刻者三十八家，知不足齋從毛氏轉録，朱氏復從知不足齋轉録，而書佚不全，僅存此册，片羽吉光，彌可寶貴。今夏友人携以見示，上刻『結一廬藏書』印，下刻『布衣暖，菜根香，詩書滋味長』及『錢唐何元錫字敬祉，號夢華，又號蝶隱』兩方印，知此書曾歸何氏矣。五家詞，竹垞《詞綜》俱有甄録。《龜峯詞》一卷，皆作［沁園春］，尤跌宕多姿，中有一首序云：『予弱冠之年，隨牒江東漕闈，嘗與友人暇日命酒層樓。不惟鍾阜、石城之勝班班在目，而平淮如席，亦横陳尊俎間。既而北歷淮山，自齊安浙江[1]汎湖，薄遊巴陵，又得登岳陽樓，以盡荆州之偉觀。孫、劉虎視，遺跡依然，山川草木，差强人意。洎回京師，日詣豐樂樓以觀西湖。因誦友人「東南嫵媚，雌了男兒」之句，嘆息者久之。酒酣，大書東

---

[1] 浙江，《全宋詞》作『泝江』。

壁，以寫胸中之勃鬱。時嘉熙庚子季秋下浣也。』詞云：『記上層樓，與岳陽樓，釃酒[二]賦詩。望長山遠水，荆州形勝，夕陽枯木，六代興衰。扶起仲謀，唤回玄德，笑殺景昇豚犬兒。歸來也，對西湖嘆息，是夢邪非。　諸君[三]傅粉塗脂。問南北、戰爭都不知。悵孤山霜重，梅凋老葉；平隄雨急，柳泣殘絲。玉壘騰烟，珠淮飛浪，萬里乘風吹鼓鼙。原夫輩，算事今如此，安用毛錐。』豪雄感慨，直摩稼軒之壘。餘亦皆感懷君國而作，蓋南渡後傷心人語也。後有禹金跋云：『詞多哀憤，時作壯語，略似辛稼軒。南宋國事，以付葛嶺賈浪子，而疏遠之臣，有懷如此。』千載興慨，可謂龜峯知己矣。

上海《雙星雜誌》一九一五年六月二五日第四期

一〇　春音雅集

近與虞山龐檗子、秣陵陳倦鶴有詞社之舉，請歸安朱古微先生爲社長。古微先生欣然承諾，且取然燈之語，以『春音』二字名社。第一集集於古渝軒，入社者有杭縣徐仲可、通州白中壘、吴縣吴癯安、南潯周夢坡、吴江葉楚傖諸人。酒酣，各以命題請，古微先生笑曰：『去年見況夔笙與仲可有遊日人六三園賞櫻花唱和之詞，去年之櫻花堪賞，今年之櫻花何如。即以此爲題，調限〔花犯〕，可乎。』時中日交涉正亟也，衆皆稱善。越數日而先後脱稿。古微先生作云：『髀輕陰，娥娥怨粉，

〔二〕 釃酒，原作『釀酒』。據《全宋詞》改。
〔三〕 諸君，原作『諸□』，據《全宋詞》改。

嫣然帶濃醉。萬姝嬌睇。渾未譜羣芳，驚賦〔多麗〕。倚天照海摇花氣。仙雲臨鏡起。問檻曲、移春多少，天妝齊艷水。　東風駐顔怕無方，蓬山外，眼亂千紅荷地。香夢警，閒庭院、夜闌容易。窺牆處、更誰記省，蛾黛斂、東鄰妍笑裏。恁倦竚、十洲芳約，危闌休去倚。』夔笙先生作云：『數芳期，風懷倦後，多情誤佳麗。霧霏煙媚。重認取飛瓊，天外環珮。晚晴畫罨餘霞綺。闌干心萬里。漸暝入、銷魂金粉，滄洲餘淚幾。　東風鬢絲嚲香塵，啼鵑外，滿眼斜陽如水。抛未忍，探芳信、繫驄前地。仙山路、蒨雲恨遠，顛頷畫、濃春殘醉裏。更夢警、玉窗寒峭，笙歌鄰院起。』兩作一以雄健勝，一以密麗勝，自非詞壇耆宿不辦。余作則卑無高論，妄許附驥，殊有瓦礫厠金銀之慨，姑錄之以志一時雅興：『數繁華，番風弟幾，仙山艷雲錦[一]。嫩陰催暝。憐潤洗蠻姿，輕換芳信。軟塵占舞凌波穩。鵑魂愁未醒。鬭曉色、一天霞綺，滄洲餘淚影。　尋春問春在誰家，如今望，斷否蓬萊金粉。香夢淺，扶殘醉、膩妝嬌困。窺牆慣、賦情最苦，容易到、斜陽花外冷。但記取，玉窗人杳，啼紅心事近。』此調格律甚嚴，取清真、夢窗兩家對較，去上聲之必不可移易者，共三十四字，記之如下：『數』必上、『弟幾』必去上、『豔』必去、『潤洗』必去上、『信』必去、『占舞』必去上、『穩』必上、『未醒』必去上、『鬭曉』必去上、『綺』必上、『淚影』必去上、『斷否』必上上、『粉』必上、『夢淺』必去上、『膩』必去、『慣』必去、『最苦』必去上、『外冷』必去上、『但記取』必去去上、『杳』必上。古微先生之『約』字用入聲，從夢窗『但恐舞一簾胡蝶』體也。『事近』必去上。東縛至此，可謂難矣。第二集檠子以所得河東君妝鏡拓本命題，調限〔眉嫵〕。第三集，夢坡

〔一〕仙山艷雲錦，原作『山艷雲飾』，據《常州詞派詞選》改。

值社，假座於雙清别墅，攜舊藏宋徽宗琴，爲鼓一再行，即拈〔風入松〕調屬同人共賦。名園雅集，裙屐風流，傍晚同遊周氏學圃，復止於夢坡之晨風廬，盡竟日之歡而别。翌日，夢坡首賦七律一章紀之，同社諸子，各有和作，亦詞社中一段佳話也。

一一　戈順卿持律最嚴

元和戈順卿持律最嚴，力正萬氏之訛，所著《詞林正韻》，近時填詞家奉爲圭臬，可謂詞學功臣矣。然其所作，往往不能自遵約束。余曩時作〔秋宵吟〕，即攻其闕，説見《南社叢刻》中。又如夾鍾羽之〔玉京秋〕，宜用入聲叶均，不可叶上去，見所著《詞林正韻》〈凡例〉中，及自作『楊柳岸』一首，用『院』字上去均。〔憶舊遊〕調結七字，當作『平平去入平去平』，第四字不宜用入，歷引各家詞證之，及自作『問東風』一首，結云『山花已盡紅杜鵑』，『盡』字非入，何恕於責己耶。芬陀利室主人謂，此句何不作『山花淚濕紅杜鵑』。質之順卿，當亦首肯。

一二　李小瀛〔洞仙歌〕

余曩作〔洞仙歌〕十闋，蓋梅魂菊影，棖觸閒情，不無法秀之呵，遂蹈泥犁之戒者也。四負齋主獨見而賞之，貽書稱許，且媵以平韻〔滿江紅〕[一]一闋，有『抵封侯、十闋〔洞仙歌〕，播旗亭』之句，不虞之譽，徒增慙汗。近見上海李小瀛《枝安山房詞》中有〔洞仙歌〕四闋，則真寫生妙手

[一] 滿江紅，原作『上江紅』。

也。詞云：『一帆風雪，約胥臺小住。笳鼓聲中訪春去。驀相逢邂逅、人面桃花，猶記得，舊日芳洲蘭杜。　漫天烽火裏，綠慘紅愁，飛絮東風更無主。重問奈何天[一]、甫定驚魂，還省識、別來媚嫵。笑鸚鵡、知名隔簾呼，卻不問滄桑，問人安否。』（其一）『葭灰初動，覺鳷樓春早。門外西風尚料峭。向妝臺癡坐、私語無聲，肩凭處，別有暖香盈抱。　嬌憨憐姊妹，簾角潛窺，悄齧紅巾昵人笑。薄醉倩扶歸、深巷重重，偏謊道、獸環封了。判一宿、空桑話三生，但何處巫峯、怎生能到。』（其二）『酒闌雲散，聽沉沉更漏。眉月初三下牆久。看燈昏鴛帳、篆冷猊爐，人靜也，幾陣新寒輕逗。　慵妝輕卸後，卸到羅裳，故作嬌嗔復停手。引臂替郎肩、一笑回眸，又攬取、繡衾覆首。只輭玉、溫香可憐生，問小小春魂、那堪消受。』（其三）『雲癡雨膩，正連宵徵逐。驪唱無歸又相促。怕牽衣話別、後會先期，明鏡裏，春色眉山雙蹙。　柔腸縈宛轉，尺幅紅綃，裹贈鮫宮碎珠玉。人海易秋風、錦瑟華年[二]，須珍惜、蟬明蛾綠。願掃盡、攙槍報平安，待舊燕歸來、冶游重續。』（其四）右作迴腸蕩氣，一往情深，香草哀音，以《金荃》豔體出之，自非箇中人，固莫能印證斯語耳。

一三　《枝安山房詞》

《枝安山房詞》，小令最佳。〔點絳脣〕云：『兩岸垂楊，門前流水明於鏡。宵來人靜。露立秋衫冷。　水上紅樓，樓上紅燈暝。西風定。碧紗窗映。約略釵鬟影。』〔醉太平〕云：『瑶琴懶

[一] 重問奈何天，原作『更重問奈何天』，據《芬陀利室詞話》卷二刪。

[二] 錦瑟華年，原作『錦華年』，據《芬陀利室詞話》卷二補。

橫。銀燈懶明。芭蕉故作秋聲。一聲聲怕聽。　巫山夢醒。眉山淚盈。新涼已怯桃笙。待秋深怎生。』〔清平樂〕云：『晝長人靜。繡倦尋芳枕。睡起羅衫斜未整。玉臂簟紋紅印。　無聊獨倚妝臺。侍兒剛報花開。開到階前夜合，檀郎今夕歸來。』清圓流麗，脱口如生，所謂嘗一滴知大海味也。

一四　《滄江樂府》

近讀《滄江樂府》詞，輒多心賞之作，臚列如下。嘉定程序泊〔浣溪沙〕云：『咫尺紅樓夢轉遥。更無人在更魂消。一簾花影下如潮。　記得回燈還避影，零星舊事訴無聊。乍寒時節可憐宵。』鎮洋汪稚泉〔臨江仙〕云：『蘭月流波銀箭咽，比肩人影窗西。眉尖傳語太迷離。蚖膏羞照鏡，麝屑替熏衣。　悄説輕寒今夜減，妍春暖護雙棲。頰潮紅暈鬢雲低。海棠濃睡好，多事曉鶯啼。』〔蝶戀花〕云：『銀鑰沉沉深院静。一點冰丸，簾隙窺人冷。拂檻芭蕉聲不定。黄昏疲了缸花影。　酒到今宵偏易醒。倦倚紅蕤，往事和愁省。那更懨懨添小病。藥煙吹上屏山暝。』

一五　寶山沈小梅

寶山沈小梅，亦《滄江樂府》中之一人。蔣劍人嘗稱其〔蝶戀花〕云：『約住海棠魂未醒。嫩寒作就春人病。』〔浣溪紗〕云：『荻絮因風疑作雪，柳絲弄暝不成煙。夕陽紅上鷺鷥肩。』元人集中名句也。如此尖新，豈不可喜。然石帚、夢牕，尚須加一層渲染，淮海、清真，則更添幾層意思。劍加渲染、添意思，正欲其厚也。若入李氏、晏氏父子手中，則不期厚而自厚，此種當於神味别之。

人嘗以『有厚入無間』之説論詞，此寥寥數語，尤度盡金鍼不少。

上海《文星雜誌》一九一五年九月九日第一期

一六　陳氏書籍鋪

夢窗《丙稿》中〔丹鳳吟〕一闋，爲陳宗之芸居樓賦也。按：宗之名起，即睦親坊開書肆陳道人也。睦親坊即今杭城弼教坊。又按：《南宋六十家小集》，錢塘陳思彙集本朝人之詩集，尾書刊於臨安府棚北大街陳氏書籍鋪者是也，題曰《羣賢小集》。又陳起宗之編《前賢拾遺》五卷。此編較《羣賢小集》流傳尤少。《瀛奎律髓》云：寶慶初，史彌遠廢立之際，錢塘書肆陳起宗之能詩，凡江湖詩人，皆與之善。刊《江湖集》以售，劉潛夫《南岳藁》與焉。宗之賦詩有云：『秋雨梧桐皇子府，春風楊柳相公橋。』哀濟邸而誚彌遠，本改劉屏山句也。或嫁『秋雨』、『春風』之句，爲敖器之所作，言者並潛夫《梅》詩論列，劈《江湖集》板，二人皆坐罪，宗之坐流配。於是詔禁士大夫作詩。如孫花翁之徒，改業爲長短句。紹定癸巳，彌遠死，詩禁解，潛夫爲《訪梅》絶句云：『夢得因桃卻左遷，長源爲柳忤當權。幸非不識桃幷李，卻被梅花累十年。』此可備梅花大公案也。今《江湖集》宋刻精本，尚存吾鄉蕩口某姓家。相傳康熙初長白某公官某省巡撫，得此書，珍如拱璧，與同臥起，臨殁，屬家人殉葬。其幕友汪亦愛書成癖，急賄近侍，以贋鼎易之，書遂歸於汪氏。及汪氏中落，又流轉入吾鄉。蠹魚三食，今亦只存三十家矣。吉光片羽，猶在人間。遥望鵝湖，隱隱有豐城劍氣，安得叩王將軍之武庫而一讀之。

一七　劉几情致

白石小紅故事，爲詞人所豔稱。按，在白石前者，有劉几，字伯壽，洛陽人，爲『洛陽九老』之一。神宗朝，官秘書監，致仕上柱國通議大夫。築室嵩山玉華峯下，號玉華菴主。有妾名萱草、芳草，皆秀麗善音律。伯壽出入，乘牛吹鐵笛，二草以蘄笛和之，聲滿山谷。出門不言所之，牛行即行，牛止即止。其止也，必命壺觴，盡醉而歸。觀此，覺魏晉諸賢，去人未遠。垂虹雪夜，一曲洞簫，猶未免尋常兒女子態耳。伯壽又嘗於汴妓郜懿家賦〔花發狀元紅慢〕詞一闋，中有『詠歌才子，壓倒元白』之句，其情致可想見也。見《避暑録話》。

一八　『無可奈何』一聯

『無可奈何花落去，似曾相識燕歸來』，《珠玉詞》中妙句也，皋文《詞選》誤爲南唐中主所作，不知何本。按，《復齋漫録》：晏元獻同王琪步遊池上，時春晚有落花，晏云，每得句書牆壁間，或彌年未嘗强封。且如『無可奈何花落去』一句，至今未能對也。王應聲曰：『似曾相識燕歸來。』自此辟置館職，遂躋侍從。又張宗橚《詞林紀事》云：元獻尚有〈示張寺丞王校勘〉七律一首：『元已清明假未開，小園幽徑獨徘徊。春寒不定斑斑雨，宿醉難禁灩灩杯。無可奈何花落去，似曾相識燕歸來。遊梁賦客多風味，莫惜青錢萬選才。』中三句與此詞同，只易一字，細玩『無可奈何』一聯，情致纏綿，音調諧婉，的是倚聲家語。若作七律，未免軟弱矣，云云。是此詞爲晏作無疑。汲古閣《六十家詞》於此闋下亦注云：『向誤爲南唐二主詞。』

一九　謝蝴蝶

臨川謝無逸以《蝴蝶詩》三百首得名，人稱『謝蝴蝶』，不知其詞亦復含思淒婉，輕倩可人。漫叟題其《溪堂詞》，謂如『黛淺眉痕沁，紅添香面潮』，又『魚躍冰池飛玉尺，雲橫石嶺拂鮫綃』，皆百鍊乃出冶者。余尤愛其〔江城子〕云：『一江春水碧灣灣。繞青山。玉連環。簾幙低垂，人在畫圖間。閑抱琵琶尋舊曲，彈未了，意闌珊。　飛鴻數點拂雲端。倚欄看。楚天寒。擬倩東風，吹夢到長安。恰似梨花春帶雨，愁滿眼，淚闌干。』按，《復齋漫錄》：無逸嘗過黃州杏花村館，題〔江城子〕於驛壁，過者索筆於館卒，卒苦之，因以泥塗焉。其爲當時賞重如此。

二〇　徐師川

西江詩派，流衍至今，幾於户祝涪翁，人師文節。才薄者驚其淵古，韻俗者賞其清奇，海藏、石遺，卓爾不羣無論矣，餘亦分一勺以自豪，嘗片臠而知重。然豫章在當日，即有不滿人意之處。徐俯字師川，山谷甥也，《後村詩話》稱其『高自標樹，不似渭陽』。又《堯山堂外紀》云：徐師川是山谷外甥，晚年欲自立名，客有稱其源自山谷者，公讀之，不樂，畣以小啓曰：『涪翁之妙天下，君其問諸水濱。斯道之大域中，我獨知之濠上。』亦可爲狂放不羈矣。師川又有〔卜算子〕詞云：『胸月千種愁，掛在斜陽樹。綠葉陰陰自得春，草滿鶯啼處。　不見凌波步。空想如簧語。柳外重重疊疊山，遮不斷、愁來路。』末二語，固當與『問君能有幾多愁。恰似一江春水、向東流』爭勝。

二一　萬里雲帆

楊誠齋爲監司時，巡歷至一郡，二守宴之，官妓歌〔賀新郎〕詞以送酒，其中有『萬里雲帆何時到』之句，誠齋遽曰：『萬里昨日到。』守大慙，監繫此妓。按，『萬里雲帆』句，葉石林詞也，此妓歌之，未爲有意。遽罹縲絏之辱，郡守亦大煞風景哉。

二二　宋槧《片玉詞》

近有人持宋槧《片玉詞》求售，爲士禮居舊藏本，後有蕘翁跋云：己巳秋七日，余友王小梧以此《詳注周美成詞片玉集》三册示余，謂是伊戚顧姓物。顧住吳趨坊周五郎巷，向與白齋陸紹曾鄰，此乃白齋故物，顧偶得之，託小梧指名售余者。小梧初不識爲何代刻本，質諸顧千里，始定爲宋刻，且云精妙絶倫。小梧始持示余，述物主意，索每册白金一鎰。後減至番錢卅圓，執意不能再損。余愛之甚而又無資，措諸他所，適得足紋二十兩，遂成交易。重其爲未見書也。是書歷來書目不載，汲古鈔本，雖有十卷，却無注。此本裝潢甚舊，補綴亦雅，從無藏書家圖記，實不知其授受源流。余收得後，命工加以絹面，爲之線釘，恐原裝易散也。初見時，檢宋諱字未得，疑是元刻精本。細核之，惟避『愼』字，『愼』爲孝宗諱，此刊於嘉定時，蓋寧宗朝避其祖諱，已上諱或從略耳。至詞名《片玉集》，據劉肅序，似出伊命名。然余舊藏鈔本衹二卷，前有晉陽强煥序，亦稱《片玉詞》，是在淳熙時，又爲之先矣。若《書錄解題》，美成詞名《清真詞》，未知與《片玉詞》有異同否。又有《注清真詞》，不知即劉序所云『病舊注之簡略』者耶。古書日就湮沒，幸賴此種秘籍，流傳什一於千百。余故不惜多金購之。惟是一二同志，老者老，没者没，如余之年及艾而身尚存者，又日就貧乏，無以收之，奈何，奈何。書此誌感。

卷首更有蕘圃題詩。按，毛氏、丁氏所刻《片玉詞》，均有劉肅序而無年月，鄭叔問校勘《清真詞》，遂指劉肅所序之本爲元刻，而此本於序文下有『嘉定辛未』云云，且書爲廬陵陳元龍注。《江西通志》〈藝文志〉稱元龍宋人，《注片玉詞》十卷，是此書爲宋刻無疑。奇書入手，愛不忍釋，留案頭月餘，朝夕相對，後以物主索價甚昂，許以蕘翁十倍之價，尚不肯讓售。卒爲某公子所聞，以重金豪奪以去。放翁詩云：『名酒過於求趙璧，異書渾似借荆州。』昆山片玉，握瑜懷瑾，豈真薄福人不能消受耶。回首前塵，真如牧翁《兩漢書》爲四明謝象山攜去時也。

上海《春聲雜誌》一九一六年三月四日第二集

二三　《影曇館詞》

近從南陵徐積餘丈處，假得金繩武刻《十家詞彙》，中有《影曇館詞》一種，爲仁和吳子述承動作。其詞幽秀冷豔，黄韻珊嘗比之『翡翠凌波，珊瑚篆月』，故是浙派中健者。復堂《篋中詞》曾録其〔探芳信〕、〔四犯〕、〔翠連環〕諸闋。余猶愛誦其小令數首，録之如下：

〔鷓鴣天〕云：『消損嬋娟鏡裏容。一春如夢忒惺忪。酒闌憶遠蘼蕪雨，病起知寒芍藥風。愁忽忽，恨重重。幾時織在素紈中。淚痕界作烏絲格，寫取新詞餞落紅。』〔浣溪沙〕云：『試換羅衣待月明。玉人先上水西亭。鴛鴦睡了莫吹笙。　渲碧斜行蘋葉毯，糝金横幅桂花屏。一池秋水浴雙星。』〔梅花引〕云：『柳花飛。杏花稀。落月催人輕别離。美人兮。美人兮。何處片雲，秦時宮闕西。　書成重把鴛疊，淚流重把鵑痕拭。九張機。九張機。新織袖羅，紅如紅印泥。』〔浪淘沙〕云：『月湧萬山孤。不許雲扶。涼波另織玉浮圖。除卻美人和醉衲，沒甚稱呼。　攜策狎春鋤。衣薄風疏。瓜皮艇子百錢租。荻作闌干萍作毯，蓼作流蘇。』

二四　絳子詞

積餘丈又惠余《小檀欒室閨秀詞續鈔》，中有柳河東妹絳子詞，附小傳云：絳子薄其姊所爲，河東歸蒙叟後，絳子猶居吳江垂虹亭，杜門謝客，質釧鐲〔一〕得千餘金，搆一小園於亭畔，日攤《楞嚴》、《金剛》諸經，歸心禪悅，頗有警悟。嘗謁靈巖、支硎等山，布袍竹杖，飄遙閒適，視乃姊之迷落於白髮翁者，不啻天上人間。嘉興薛素素女士慕其行，特顧棹擔書，訪絳子於吳門，相見傾倒，遂相約不嫁男子，以詩文吟答，禪梵討論爲日課。乃同至慧泉，泝大江而上，探匡廬，入峨眉，題詩銅塔，終隱焉。其後，素素背盟，復至檇李，絳子一人居川中，足跡不至城市。河東君數以詩招之，終不應。未幾，卒。著有《雲鵑閣小集》行世。

《閨秀》錄其〈春柳〉詞調〔高陽臺〕〈寄愛姊〉一首云：『過雨含愁，因風助態，江南二月春時。少婦登樓，憐他幾許相思。流鶯處處嚦聲巧，織柔條、搖曳絲絲。散黃金，持贈旗亭，勞燕東西。　逢人莫便纖腰舞，縱青垂若輩，濁世誰知。張緒風流，靈和情更依依。天涯一霎飛花候，也應嗟、墮溷沾泥。怨東風，吹醒芳魂，吹老芳姿。』蓋諷河東君而作也。

〔一〕鐲，原作『獨』，據《然脂餘韻》卷一改。

二五　閣本《辛稼軒集》

明張大復《梅花草堂筆記》云，曾見閣本《辛稼軒集》，凡二本，而詩餘得半，中有寄調〔賀新郎〕〈詠水仙花〉二闋，愛其婉麗，吟詠累日。詞云：『雲臥衣裳冷。看蕭然、風前月下，水邊幽影。羅襪塵生凌波步，湯沐煙波萬頃。愛一點、嬌紅成暈。不記相逢曾解珮，甚多情、爲我香成陣。待和淚，揾殘粉。　靈均千古懷沙恨。恨當時、忩忩忘把，此花題品。煙雨淒迷僝僽損，翠被遥遥誰整。謾寫入、瑶琴幽憤。弦斷招魂無人賦，但金杯、的礫銀臺潤。愁滯酒，又還醒。』按，此詞與嘉靖李氏刊本及四印齋刊本均有異同，『塵生』作『塵生』〔一〕，『嬌紅』作『嬌黃』。水仙與『紅』字太遠，必『黃』字之譌無疑。『恨當時』作『記當時』，『忩忩』作『忽忽』，『忩』字誤甚，『翠被』作『翠袂』，亦『袂』字佳，『礫』作『皪』，『還醒』作『獨醒』。又：大復稱詞有二闋，而僅錄其一，疑『二』字亦一時筆誤。嘉靖本及四印齋本亦止有一闋也。大復又云，閣本用真、行、篆、隸雜書之，鐫刻遒潤，類名手新落墨者。或云稼軒自爲之。自來刻書，無以真行篆隸並書者。明人好譌，於此可見。

二六　《詞家玉律》鈔本

月前，過城中舊書肆，見吾宗一元所著《詞家玉律》鈔本。破碎已甚，方命工修理，余欲窺其

〔一〕此句有誤。

全豹，未能也。僅録其一序以歸。序云：余不解音律，而雅好填詞。刻羽引商，惟譜是賴。顧《嘯餘》、《圖譜》、《選聲》諸書，舛錯相仍，余心識其非而莫能正也。殆萬子紅友《詞律》一書起而駁正之，縷析條分，暸若指掌，《金荃》一道，幾於力砥狂瀾。然其間亦有矯枉太過者，且序次前後，未盡畫一。批閲爲難，思得數月餘閒，重爲釐訂，而拘於帖括，迫於饑驅，忽忽未果。今春捷南宫，需次京邸，應酬少暇，始取唐宋諸詞而參酌焉。會陰雨景月，剥啄不斷，濕翠入簾，獨坐小樓，燈光熒熒，漏三下不休，惟聞簷聲樹聲，若與余相贈答者。雨霽而書適成，自念生平無他嗜好，《花間》、《蘭畹》所樂存焉。减字偷聲之癖，久貽譏於士林，顧鄙陋如余，謬以詞名上達兩宫，翹首紅雲，爲之感泣，既自愧且自勵也。繼今以後，惟有手此一編，與周、秦、辛、蘇諸君子尚友千古，以詠歌太平。其敢學俗吏之投筆焚硯，以自棄於盛世哉。是編也，仍名《詞家玉律》者何，亦以折衷於萬子之成書，不敢忘所自來也。康熙癸未孟秋朔日，梁溪王一元題於燕山寄寄園之玨青閣。

按，一元，字宛先，占籍鐵嶺，官内閣中書。自訂存詞一千六百餘首，釐爲二十卷，名《芙蓉舫集》。寄園，錢塘趙恒夫給諫園，一元爲給諫所拔士，故久居其家。今《芙蓉舫集》亦在趙氏。詳見吴子律《蓮子居詞話》中。紅友之失，攻之者衆，一元以並世之人，而糾正其誤，必有可觀。青氈是吾家故物，行購求之，不使流落天壤間也。

二七　雲間作者論詞

《花草蒙拾》，新城王阮亭著，中有一條云：『近日雲間作者論詞，有云，五季猶有唐風，入宋便開元曲，故耑意小令，冀復古音，屏去宋調，庶防流失。』此語恰中清初詞人之弊。大抵清初人所作小令，雅有《花間》風韻，長調多未講究，未始非此論階之厲也。阮亭力闢其説，謂：廢宋詞而宗唐，廢唐詩而宗漢魏，廢唐宋大家之文而宗秦漢；然則古今文章，一畫足矣，不必三墳八索，至六經三史，不幾幾贅疣乎。此語辨矣。然阮亭所作，亦以小令爲工。習俗移人，可畏哉。

二八 董以寧《蓉渡詞話》

《花草蒙拾》後附董以寧《蓉渡詞話》，僅六則。第四則云：『其年常云，馬浩瀾作詞四十餘年，僅得百篇。昔人矜慎如此。今人放筆頹唐，豈能便得好句。余與程村，極歎斯言之簡妙。』其年此語，良云簡妙，乃《湖海集》正坐貪多務得之弊，何耶。至蓉渡所作，大都法秀所云泥犁語耳，可以不論。

二九 詞之初盛中晚

潁川劉體仁著《七頌堂詞繹》，以詞之初盛中晚，比之於詩。牛嶠、和凝、張泌、歐陽炯、韓偓、鹿虔扆輩，不離唐絶句，如唐之初，未脱隋調也，非皆小令耳。至宋則極盛。周、張、柳、康，蔚然大家。至姜白石、史邦卿則如唐之中。而明初比唐晚。蓋非不欲勝前人，而中實枵然取給而已，至於神味處，全未夢見。此論殊精，然有明一代，爲詞學最衰之時，比諸晚唐，雖卑之而實尊之。余近輯《梁溪詞徵》，明人著作絶少。一日，以語倦鶴，倦鶴曰，『明代詞家，豈惟梁溪人少，即天下能有幾人者。』相與大噱。

三〇　詞曲之辨

詞曲之辨，界根[一]分明。嘗見《儒林外史》載某名士作〈春日寄懷〉詩：『桃花何苦紅如此，楊柳忽然青可憐』，自矜刱獲，識者笑之。謂上句加一『問』字，填於〈賀新郎〉詞中，尚稱合拍；下句則等諸自鄶可也。此語論詩詞之辨，正可借鏡，阮亭謂，『無可奈何花落去，似曾相識燕歸來』，定非香奩詩；『良辰美景奈何天，賞心樂事誰家院』，定非草堂詞。允矣。

上海《春聲雜誌》一九一六年四月三日第三集

[一] 界根，疑當作『界限』。

倚琴樓詞話

周焯

《倚琴樓詞話》一八則，載上海《夏星雜誌》一九一四年六月二〇日第一卷第一號，署『周焯』；八月二〇日第二號，署『周太玄』。今據此迻錄。原無序號、小標題，今酌加。

倚琴樓詞話目錄

倚琴樓詞話

一　詞感人最深

清新之詞，興人山水之思，當以春水爲最；悲忙[一]之詞，增人忠義之氣，是則當讓辛、劉。詞雖小道，感人最深，徒尚頑豔，無足觀也。文道希廷式〔南鄉子〕〈病中〉詞云：『一室病維摩。且愛閒庭掩雀羅。煮藥翻書渾有味，呵呵。老子無愁世則那。　莽莽舊山河。誰向新亭淚點多。惟有鷓鴣聲解道，哥哥。行不得時可奈何。』詞意沈鬱不勝風雨陸沈之感，讀之令人愴然欲涕。

二　筆貴靈空，意貴縹渺

作詞，筆貴靈空，意貴縹渺。用筆宜熟，造意須生。每見自來警句，字爲人所常用，意則人所未道，其精絕處在人意外，又在人意中。若專事雕琢，未免澀晦，徒費心血而已。法夢窗者，多膺斯病。不知夢窗才氣過人，決不爲累，然玉田猶時病之，故堆砌雕琢，填詞者切不可犯。

[一] 忙，疑當作『愴』。

三　學古人

學古人而泥于古人，用古人而爲古人所用，斯爲詞家大病。偶見周星譽《東鷗草堂詞》，有〔踏莎行〕云：『珠箔閒垂，銀屏慵展。櫻桃斗帳金鳧煖。綠楊池館閉春陰，捲簾人比東風懶。眉葉青銷，臉花紅歛。纖腰打疊遊絲軟。懨懨病過海棠時，一身都被春愁綰。』〔柳梢青〕云：『回首凄愁，松陵城郭，一路寒蟬。藕葉圍凉，蘋花遙暝，人在秋邊。　相思昨夜燈前。酒醒後、疎楊暮烟。對月心情，阻風滋味，又過今年。』兩詞正好，惟『捲簾人比東風懶』、『酒醒後、疎楊暮烟』等句，若無『簾捲春風，人比黄花瘦』、『今宵酒醒何處，楊柳岸、曉風殘月』在前，自可出一頭地。其奈運意用筆，皆無獨到，適見小家剽竊而已。如辛稼軒之『長恨復長恨』，石帚之『猶記深宮舊事，那人正睡裏，飛近蛾綠』，用古翻新，何等氣力。有石帚、稼軒之氣力，而用古翻詩則可，否則將東鷗之不若矣。東鷗又有〔浪淘沙〕一闋，清新可愛，傑搆自不可磨。其詞云：『六曲小屏山。杏子衫單。笙囊各水玉鳧殘。雙燕和人同不睡，商略春寒。　香霧濕雲鬟。沙邏慵彈。重門深瑣蠣牆南。牆裏梨花花外月，花下闌干。』冒鶴亭謂，使十八女郎，執紅牙板歌之，恐聽者迴腸盪魄。信然。

四　詞意貴含蓄不盡

詞意，貴含蓄不盡。必使人讀之有咀嚼味方好，古人詞不可及處正在此。不然，據景直書，簡淡無味，使人一讀卽不欲再，而期以不朽，豈可得哉。邦彦詞云：『流潦妨車轂，衣潤費鑪烟』，棄疾詞云：『不知筋力衰多少，但覺新來懶上樓』，于湖詞云：『花影吹笙，滿地淡黃月』，何等力量。江陰蔣春霖詞，有『寫遍殘山賸水，都是春風杜鵑血』，又『青衫無恙，換了二分明月，一角滄桑』，諸句亦新穎可愛。朱湛廬盛稱宋張東澤以詞名入詞尾，實不知實先開自吕嵒矣。吕嵒字洞賓，關右人，咸通中，舉進士不第，携家隱終南，工詩詞，其〔梧桐影〕詞云：『落日斜，西風冷。今夜詩人來不來，教人立盡梧桐影。』

五　賦荼蘼與咏草

段弘章〈賦荼蘼〉〔洞仙歌〕詞云：『如此江山，都付與、斜陽杜宇。是曾與、梅花帶春來，又自趁梨花、送春去。』絶妙。和靖之『萋萋無數。南北東西路』，六一之『千里萬里，二月三月，行色苦愁人』，聖俞之『滿地斜陽，翠色和烟老』，咏草均能各盡其妙。

六　寫景入神

『風雨萋萋，鷄鳴喈喈』，『風雨如晦，鷄鳴不已』，寫景入神，令千古詞人一齊閣筆。

七　李劼人詞

余友成都李劼人君，性清峭，潔然自喜，工詩詞，其〔浣溪紗〕云：『百尺高樓水接天。輕風微雨畫欄前。似無愁到酒杯邊。　曉院落花紅似淚，夜窗人影澹于烟。最宜渴睡是春寒。』『燕繞梅梁樹點空。山光雲影入簾櫳。醉人端是楝花風。　兩岸鴨頭新漲綠，幾行雅背夕陽紅。杖黎閒步畫橋東。』『飛紫無端舞鷓鴣。清明前事已模糊。半階紅雨落花初。　一水惹情牽遠浦，萬山將意渡平蕪。計程人已過巴渝。』又遺余〔醜奴兒〕〈小照〉詞云：『天涯同是飄零客，一度思君。一度銷魂。千里相逢紙上身。　煩君瘦骨殷勤比，恨是誰深。淚是誰新。繡鏡鐙前仔細分。』遺胡選之魏時〈小照〉詞云：『清狂古道蜀中李，可似當時。那似當時。清濁由君定是非。　無端寸紙花前影，有意揮題。無意揮題。待到相逢再係詞。』『深杯淺酒東風裏，物換星移。猶記當時。紅淚青衫痛別離。　情懷底事如流水，近把秋姿。遠寄天涯。人影憑君判瘦肥。』

八　朱策勛學稼軒

江安朱策勛篤臣先生，善詞，學稼軒，頗能得其精意。其〔高陽台〕詞云：『笑海柔腸，磨天鐵胆，一齊交付歸船。生幾何時，蹉跎四十年。童年聽說江南好，到江南、春已闌珊。更凄愁，兩鬢成霜，萬突無烟。　而今老大歸何處，六[一]芙蓉江南。勸我先還。莫問遊蹤[二]，留些淚點難乾。無心再做糊塗夢，悔青侯未學酣。[三]怕啼鵑。如此鶯花，如此江山。』

[一] 六，疑有誤。
[二] 遊蹤，原作『遊縱』。
[三] 此句疑脱一字。按《詞譜》，〔高陽臺〕計三體，下闋第七句均作七字句。

九　朱策勳詞

又，〔南浦〕〈秋水〉詞云：『傍柳岸行來，看一波不興，秋和天染。霜氣白，蘆花迷漫處，消融諸雲成片。別離多了，又低頭數、南歸鴈。十分潔净紅醉葉，遍學桃花亂點。　今年苦雨添愁，漾斗柄西搖，月長星扁。偏問鱸魚，挑舤去了，夢鄉心願。飄飄載酒泛溪，自恰蓴芽短。錦鱗遥寄鴛機信，約我重陽重見。』〈咏楊柳〉〔蘭陵王〕詞云：『雨絲直。楊柳秋來又碧。江南岸，曾記年裏，揉烟作天色。揚州是故國。偏挽錦驄愁旅客。闌干外，飄去又來，才隔花梢二三尺。　飛棉沒踪蹟，已百度陽關，千幅蓬席。時花新酒忙寒食。枝一樹臨水，兩珠當岸，今宵人去駐冷驛。轉頭問南北。　淒惻。綠雲積。最不管離人，天涯孤寂。隨堤淺淺青無極。只茫茫葭浦，起聲漁笛。模糊天遠，似微霧，澹欲滅。』又〔瑞龍吟〕詞云：『仙菴路。遥隔野荒田，一層層樹。林間烟火模糊，寺僧負米，依溪北去。　且延步。曾記杏花門巷，絳雲飄雨。亂點烟鬟〔一〕，飛開又綴，東風裙屐〔二〕。　今我重來杯酒，綠肥紅瘦，秋風横起。須自酌青梅，澆網塵句。蛇跳盪〔三〕，總是驚人語。何妨再勾留幾日，親翻詞譜。付與年年燕子，和烟捽入，桃溪柳鋪。說向癡兒女。來歲好，鶯花鮮明如故。繡車遲早，可向前邨駐。』自序云：『秋日共友人飯二仙菴，回想百花投生時，鬟朵衣雲，恍

〔一〕此句應作六字，疑逸二字。

〔二〕屐，失韻，疑當作『屨』。或與下文『起』，均爲借韻。

〔三〕此句應作四字，疑本作『靈蛇跳盪』。

如前日，風塵客子，蹉跎易老，憔悴依人，萬古如此。因製此曲，以見人生夢影。二仙菴在錦官城西南，工部草堂北，森木蓊葱，幽静宜人，每歲春二三月，花會卽設於此。鬢影衣香，花鬚柳眼，頗極一時之盛，故詞云云。』

一〇 全闋之眼

填詞着力處，當以一二字點全闋之眼。如稼軒〈春晚〉詞云：『烟柳暗南浦。』只一『暗』字，而全闋精神俱見，不必再以晚春景物多事點綴。如下之『點點飛紅』、『十日九風雨』，則又均從『暗』字出來矣。

一一 艷詞最難

艷詞最難，當以苦醫俗，以境界醫邪蕩。字眼語氣，猶須細加詳審。如梅溪之『恐鳳鞋、挑菜歸來，萬一灞橋相見』，草山之『彈到斷腸時，春山眉黛低』，又『夢魂縱有也成虚，那堪和夢無』，六一之『算伊渾似薄情郎，去便不來來便去』，身分柔情，各得其正。若後主之『爛嚼紅茸，笑向[一]檀郎唾』，人賞其麗，吾驚其蕩。

[一] 向，原作『聞』，據《全唐五代詞》改。

一二　稼軒、龍洲獨到處

稼軒、龍洲鞺鞳奔被[一]，沈鬱雄渾，其獨到處，乃才氣學問使然，非等閒者可與之京。蓋當山河破碎，衣冠浸淫之秋，二公胸懷忠義，坎壈不遇，其悲鬱忠勇之氣，無可發洩，乃盡瀉之以詞，故其詞旨詞意獨到之處，即志趨過人之處，非惟詞是務者所能夢見。其得天也厚，其處遇也艱，其懷志也悲，故能言所欲言，大而不闊，雄而不狂，綺而不狷，穠而不纖，鏗鍧緜密，無往不可。世有才遜稼軒，志僅詞客，而欲逐影追塵于千古下者，吾知其必無成也矣。

一三　詩之退之

兩宋，詩之三唐；清眞，詩之老杜；稼軒，詩之太白；而石帚，詩之退之也。詞至白石而大，清正宏闊，各極其妙。且又深諳音律，故其改正〔滿江紅〕，自度〔暗香〕、〔疎影〕諸曲，均協律入微，一整宿病。廣元三年丁巳四月，曾上書論雅樂，並進《大樂議》一卷，《琴瑟考古圖》一卷，使古樂得傳，厥功亦偉矣。惜今人作詞，不重音律，遂令古樂存而若亡，世有白石，曷亟興乎。

一四　近代女詞家

予友維揚畢幾庵君，工詩詞，著作頗富，其夫人楊芬若女士，亦工詩，尤擅于詞，曾撰有《綰春

〔一〕被，疑當作『波』。

樓詩詞譜》各一卷，詩詞若干卷，人有『近代女詞家』之稱，今復得見其最近諸詞，珠璣滿紙，清正穠綺，若置諸《漱玉》、《斷腸》之間，可亂楮葉。〔珍珠令〕云：『鷓鴣唱斷江南路。春光暮。早吹落、櫻桃飛絮。彈淚向東風，奈東風不語。　一寸柔腸愁萬縷。撥瑤瑟、心情難訴。難訴。又院宇黄昏，蕭蕭疎雨。』〔醉桃源〕云：『晚妝樓上夕陽斜。無聊掩碧紗。東風不管病愁加。開殘紅杏花。　香篆冷，繡簾遮。春深別恨賒。可堪夢裏説還家。魂銷天一涯。』〔怨春風〕云：『落花風裏鷹啼。鈎起愁絲。夢裏分明是舊時。怕重展賸粉殘脂。　醒來蹙損雙眉。斷腸處、天涯草萋。忍淚送春歸。綠楊枝上，紅瘦斜暉。』〔太常引〕云：『斷腸春色可憐宵。心事湧于潮。魂倩不禁銷。奈夢裏、蓬山路遙。　桃花簾外，嫩寒如水，吹瘦小紅簫。銀燭不勝嬌。早又是、盈盈淚消。』〔七娘子〕云：『沈沈簾幕人孱僽。杏花殘、又是愁時候。南浦春波，大堤細柳。一般慘綠東風後。　尊前怕説相思久。怨江南、容易開紅豆。無賴哀箏，聲聲依舊。銷他絃底春魂瘦。』

上海《夏星雜誌》一九一四年六月二〇日第一卷第一號

一五　眞性情語

納蘭容若所著之《飲水》、《側帽》詞，繼響南唐，齊名陳、朱，最擅長小令，字字句句，均係性情語，而悱凉天成，綿纏獨到，如有神助。其得天也厚，故雖生長華膴而不作一穠麗語；其涉世也淺，故不作一寒酸語；不知人間有不幸事，故不作一抑鬱語。語語以眞性情、眞學問出之，故又不作酬酢語。蓋惟文人最眞，亦惟文人最假。其入世稍深，經歷既廣，所謂眞性情者漸漸滅，而酬酢徵逐之事乃多，故其爲詞非性情語，而市井語也。然其閲世至深則又至眞，蓋能出世者也，其爲詞則必如孤雲野鶴，來去無跡；而作眞性情語，故不入世者固眞，入世而出世者亦眞。以眞性情爲詞，則其詞爲個人之言，非衆人之言，爲獨到之言，非膚淺之言。張玉田謂作壽詞最難，蓋不難於用意措詞，而實難於舍己從人作酬酢語也。非作酬酢語難，作酬酢語而見眞性情實難。作酬酢語而見眞性情，吾於古今則未見其人。非不能也，實不可能也。然作出世語而眞者尚多，作不入世語而眞者實少，千餘年惟南唐後主及納蘭容若二人而已。學詞者，學清眞、白石、夢窗、玉田易，學後主、容若實難，此其所以可貴也耶。

一六　心窮而志苦

窮而後工，詞亦云然。非只窮其身，蓋必窮其心。心窮而後志苦，志苦而後情幽且眞。不然，南唐、容成[一]朱輪綠綺不可以爲詞矣。近代詞人，如張璚隱《得毋相忘詞》之〔齊天樂〕云：『年華三十春花夢，柳枝折殘離恨。不信詞人，淒涼萬種，都在眉痕鬢影。西風鳳鏡。試重照春衫，翠烟銷盡。如此蕭條，東華門外實驄冷。　天涯消息自警。歎斜陽一角，闌干紅賸。萬朶梅花，春寒勒住，不放江南夢醒。玉簫誰聽。試打疊愁心，銷歸酩酊。只恐瑤尊，淚痕和酒凝。』程子大《美人長壽盦詞》〔高陽台〕云：『殢雨蓬心，彈潮舵尾，春江斷送蘭橈。冷浸魚天，一枝涼月吟簫。返魂新柳誇三絕，做顰眉、淚眼蠻腰。繫彎頭，縱有他生，不似虹橋。　當初喚玉簫衣瞥，已心心心上，

[一] 成，疑當作『若』。

長偏愁苗。鏡海頽廊，居然有個鸚招。過頭風浪年時事，待萍鷗、送上離潮。怕橫江，萬斛詩愁，酒薄難消。』〔小樓連苑〕云：『可憐人日天涯，年年春夢花前冷。絲絲細雨，愔愔薄霧，艸堂芳訊。中酒心情，試燈天氣，峭寒偏忍。倩疎簾放了，闌干四面，遮不住、梅花影。　醉裏憑肩悄問。東風、乍催芳信。十分孱僽，三分成夢，七分成病。燕剪嬌黄，苔紋恨碧，個儂香徑。掩窗紗六扇，銀哥[一]多事，喚愁人醒。』謝枚如章鋌《酒邊詞》〔珍珠簾〕云：『小山都做傷春色。況篁寒、簾幕尖風惻惻。落葉爾何心，偏亂飛庭側。香魂應有歸來日，只扶上、枝頭難得。頃刻。已消盡脂痕，瑣窓漸黑。　塵世多少空花，便各自繁華，百年奚極。幻夢不須陳，乃歸眞太逼。平生久慣飄檣恨，管此後、轉蓬南北。誰識。賸瘦影中閒，愁陰如織。』〔喝火令〕云：『好夢原無據，愁多夜屢醒。對人無賴遠山青。最是酒闌燈炧，小膽怯淒清。　河漢三千里，更籌二五聲。幾番顦顇可憐生。爲汝焚香，爲汝寫心經。爲汝素來多病，減算況雙星。』各詞均能苦矣。

一七　澀滯空靈

作詞，密麗非病，澀滯實病。疏闊非佳，空靈乃佳。可解而不可解，謂之澀滯；不可解而可解，謂之空靈。其詞眼消息，一二字卽可判之。空靈章句，一字失檢，卽可陷爲澀滯；而澀滯者，亦一二字卽可救之。近人漢州張祥齡子馥，所作《半篋秋詞》，其中澀滯之病殊多，每每以一二字，或一二句，害及全闋。偶一研讀，輒爲之扼腕者再。如〈用片玉韻和淚薦季碩〉〔月下笛〕詞云：『雪弄

[一] 銀哥，不詳。疑當作『鸚哥』。

山谷，湖光飛翠，蕩搖空碧。離懷阻抑。隔浦何人横玉笛。倚危樓、低問歸鴻，可曾伴侣逢舊識。嘆塵箋蠹管，飄零都盡，恨塡胸臆。　因思往事[二]，記小閣紅闌，玉葱曾拍。長楸走馬，那會青衫羈客。把從前、粉痕酒痕，暗和蜜炬成淚滴。枉啼鵑，唤徧春歸，萬里無消息。〔蝶戀花〕〈用馮延己韵〉云：『畫舸排停堤上樹。楊葉眉嬌，密護春千縷。獨抱秦箏移雁柱。眼波暗逐黄衫去。　水面紅鱗吹柳絮。龍吻濺濺，玉碎飛香雨。隔坐避人絃解語。關心只有春知處。』『弄月溪唇時未久。不見人來，只見花依舊。小病懨懨非中酒。玉顔甚比梅花瘦。　前度歌橈曾繫柳。因甚湖邊，心事新來有。日暮倦招□[三]翠袖。憑欄立盡黄昏後。』等詞，〔月下笛〕之『玉葱曾拍』，〔蝶戀花〕前闋『眼波暗逐黄衫去』之『黄』字，後闋『玉顔甚比梅花瘦』之『甚』字。其病全闋甚深，即所謂一二字失檢，即可病及全闋者也。然詞中亦不乏佳者，摘之如左。〔阮郎歸〕云：『自知恩愛不如初。多情總説如。欲邀憐寵訢音書。翻招情義疏。　金斗重，玉屏孤。眉攢待熨舒。寫恩寫怨總成虚。何如一字無。』

一八　大家路數

作詞，只先求無病，平妥後再求高妙，方是大家路數。下筆之時，即須要將眼光放得高遠，用意選詞，方才不陷於卑弱。至於用字，尤須深加磨鍊，方不蹈一二字失檢即爲全闋減色之病。至於骨

〔二〕周邦彦此句作『想開元舊譜』，疑逸一字。
〔三〕□，原脱，據律補。或當爲『紅』。

格氣魄，則在平時之抱負蓄養，非可强而至也。

上海《夏星雜誌》一九一四年八月二〇日第一卷第二號

學詞隨筆

鵷雛等

《學詞隨筆》五則，小序一則，載上海江東書局《江東雜誌》一九一四年第一期，署『鵷雛』，原無序號、小標題，今酌加；《學詞隨錄》五則，載《江東雜誌》一九一四年第二期，署『破浪』，原有小標題，無序號。今合而爲一，仍題《學詞隨筆》。

學詞隨筆目錄

學詞隨筆

偶學倚聲，未嫻音律，幽居多暇，寄興發謠，横覽辛、姜，兼收吴、蔣、張、王、二周，隨興挹取，頗無專宗。近人則竹垞、湖海、樊榭、定菴，一篇之中，往往而遇。鄉中楊幾園丈，相約課詞，吟諷所得，觸類雜書，漫不銓次，聊以示丈，謂何如也。

一　刻削雋永

竹垞檢討[一]《江湖載酒集》詞，純乎清商哀竹之音。『刻削雋永』四字，足爲定評。〔賣花聲〕〈雨花臺〉云：『衰柳白門灣。潮打城還。小長干接大長干。歌板酒旗零落盡，剩有漁竿。　秋風六朝寒。花雨空臺，更無人處一憑欄。燕子斜陽來又去，如此江山。』譚仲修謂聲可裂竹，信然。

〔一〕　檢討，原作『討』，據文意補。

二　選韻

詞於選韻，最當注意。以余所見，勁折清空之詞，宜用仄韻；曼眇富麗之詞，宜用平韻。白石善用仄韻，故頓挫處聲可裂帛；夢窗善用平韻，故感慨處情韻婉約。

三　夢窗晦處

夢窗晦處，病在用事太雜。往往上下兩句，各使一典，遂覺一篇之中，托意迷離，不可尋詰。稼軒〔賀新郎〕賦琵琶，故事臚列，雜亂無章，亦犯此病。雖曰大氣包舉，不覺粗率，然究不可學也。

四　空處出力

空處出力，卽烘托遙寫訣也。清眞、夢窗，於此最能。白石〔暗香〕、〔疏影〕兩闋，亦饒此境界。

五　以物代人

稼軒『紅蓮相倚深如怨，白鳥無言定是愁』兩語，譚仲修最賞之，謂學詞者當於此討消息，不過以物代人法耳。『以物代人』四字，極粗淺，極切實。曾語楊幾園丈。丈極以爲然也。

上海《江東雜誌》一九一四年第一期，題『學詞隨筆』，署『鵷雛』

六　隔與不隔

問隔與不隔之别。曰：陶謝之詩不隔，延年則稍隔矣；東坡之詩不隔，山谷則稍隔矣。『池塘生春草』、『空梁落燕泥』等兩句，妙處惟在不隔。詞亦如是，卽以一人一詞論，如歐陽公〔少年遊〕〈詠春草〉上半闋云：『闌干十二獨凭。春晴碧，遠連雲。二月三月，千里萬里，行色苦愁人。』語語都在目前，便是不隔。至云『謝家池上，江淹浦畔[一]』，則隔矣。白石〔翠樓吟〕：『此地。宜有詞仙，擁素雲黄鶴，與君遊戲。玉梯凝望久，嘆芳草萋萋千里。』便是不隔。至『酒祓清愁，花消英氣』，則隔矣。然南宋詞，雖不隔處，比之前人，自有深淺厚薄之分。《人間詞話》

七　夢窗詞之佳者

介存謂，夢窗詞之佳者，如水光雲影，摇蕩緑波，撫玩無極，追尋已遠。余覽夢窗甲乙丙丁稿中，實無足當此者。有之，其『隔江人在雨聲中，晚風菰葉生秋怨』二語乎。《人間詞話》

八　詞中四聲句最爲着眼

詞中四聲句，最爲着眼。如〔掃花游〕之起句，〔渡江雲〕之第二句，〔解連環〕之收句之類是也。又如〔瑣窗寒〕之『小唇秀靨，冷薰沁骨』，〔月下笛〕之『品高調側』，〔暗香〕之『幾時見得』，

[一] 畔，原作『上』，據《人間詞話》改。

美成、君特、白石，無不用上平去入，乃詞中之玉律金科。今人隨手亂題，又何也。《袍碧齋詞話》

九　學填詞先知選韻

學填詞，先知選韻。琴調尤不可亂填。如〔水龍吟〕之宏放，〔相思引〕之淒纏。仙流劍客，思婦勞人，宫商各有所宜。則知〔塞翁吟〕衹能用東鐘韻矣。《袍碧齋詞話》

一〇　吴女秀辭

吴氏，湖州秀才家女，以失行，繫司理獄。郡僚聞其美，往觀之，風格傾坐。因命賦詞。時值雪中，遂吟〔長相思〕[二]一闋云：『烟霏霏。雪霏霏。雪向梅花枝上堆。春從何處回。　醉眼開。睡眼開。疏影横斜安在哉。憑教塞管催。』郡僚大喜，遂釋放。[三]

上海《江東雜誌》一九一四年第二期，題『學詞隨録』，署『破浪』

前期《學詞隨筆》，適宛若先生因事未續，茲特登《學詞隨録》，爲余年來編述，不加檢次，聊以自備研究而已。亦以效《詩人玉屑》之例也。

[二] 長相思，原作『長想思』，據《夷堅支志》庚卷一〇改。

[三] 此條見《夷堅支志》庚卷一〇、《詞苑叢談》卷七。

鏡臺詞話

病倩

《鏡臺詞話》六則，載上海《女子雜誌》一九一五年一月第一期，署『病倩雜箸』。原無序號、小標題，今酌加。

鏡臺詞話目錄

鏡臺詞話

一　李易安論詞

詞肇於唐，盛於宋，衰於元明，而再振于清。然則清之詞，將彷彿乎宋之徒歟，亦未也。唐宋研精聲律，其詞多可入簫管，而清賢俱謝不能。此古今優劣之比較，略可覩矣。往讀李易安論詞之作，輒用傾倒，茲特迻錄如下，庶能得此中消息已。

〈論〉云：樂府聲詩並著，最盛于唐。開元、天寶間，有李八郎者，能歌，擅天下。時新及第進士，開宴曲江，榜中一名士，先召李，使易服，隱姓名，衣冠故敝，精神慘沮，與同之宴所，曰表弟願與坐末。衆皆不顧。既酒行，樂作，歌者進。時曹元謙、念奴嬌爲冠，歌罷，衆皆咨嗟稱賞。名士忽指李曰，請表弟歌。衆皆哂，或有怒者。及轉喉發聲歌一曲，衆皆泣下，羅拜曰，此必李八郎也。自後鄭衛之聲日熾，流靡之變日繁，亦有〔菩薩蠻〕、〔春光好〕、〔莎鷄子〕、〔更漏子〕、〔浣溪沙〕、〔夢江南〕、〔漁父〕等詞，不可遍舉也。五代干戈，斯文道熄，獨江南李氏君臣，尚文雅。故有『小樓吹徹玉笙寒』，『吹皺一池春水』之詞，語雖奇甚，所謂亡國之音哀以思也。逮至本朝，禮樂文武大備，又涵養百餘年，始有柳屯田永者，變舊聲作新聲，出《樂章集》，大得聲稱於世，雖協音律，而詞語塵下。又有張子野、宋子京兄弟、沈唐、元絳、晁次膺輩[一]繼出，雖時時有妙語，而破碎何足名家。至晏元獻、歐陽永叔、蘇子瞻，學際天人，作爲小歌詞，直爲酌蠡水于大海，然皆句讀不葺之詩爾。又往往不協音律者，何耶。蓋詩文分平仄，而歌詞分五音，又分五聲，又分六律[二]，又分清濁輕重，且如近世所謂〔聲聲慢〕、〔雨中花〕、〔喜遷鶯〕，既押平聲韵，又押入聲韵，〔玉樓春〕本押平聲韵，又押上去聲，又押入聲，其本押仄聲韵者，如押上聲則協，如押入聲則不可歌矣。王介甫、曾子固文章似兩漢，若作小歌詞，則人必絶倒，不可讀也。乃知詞[三]，别是一家，知之者少，後晏叔原、賀方回、秦少游、黄魯直出，始能知之。而晏苦無鋪敍，賀苦少典重，秦卽專主情致而少故實，譬如貧家美女，非不妍麗，而終乏富貴態[四]。黄卽尚故實，而多疵病，如良玉有瑕，價自減半矣。

去病案：此篇於源流正變，推闡極致，其所評隲諸家，是非優劣，尤似老吏斷獄，輕重悉當。洵乎深得詞家三昧矣。沈東江謙嘗云，男中李後主，女中李易安，極是當行本色。今日思之，斯言良信。

〔一〕 輩，原作『萊』，據《苕溪漁隱叢話》後集卷三三改。
〔二〕 六律，原作『音律』，據《苕溪漁隱叢話》後集卷三三改。
〔三〕 詞，《苕溪漁隱叢話》後集卷三三無『詞』字。
〔四〕 態，原脱，據《苕溪漁隱叢話》後集卷三三補。

二　連用疊字

歐陽公〔蝶戀花〕〈春花〉詞起句，『庭院深深深幾許』，連疊三字，風調絶勝。易安居士酷愛之，遂用其語别成數闋，亦可謂風流好事矣。然余所最佩者，莫若〔聲聲慢〕一闋，劈頭連用數箇疊字，豈非大珠小珠落玉盤乎。而煞尾更綴以『點點滴滴』四字，眞所謂回頭一笑百媚生也。

三　詞貴開宕

毛稚黄嘗以易安『清露晨流[一]，新桐初引』，係《世説》全句，用得渾妙。因謂詞貴開宕，不欲沾滯，忽悲忽喜，乍遠乍近，乃爲入妙。如李詞本閨怨，而結云『多少遊春意，更看今日晴未』，忽爾開拓，不但不爲題束，併不爲本意所苦，直如行雲舒卷自如，人不覺耳。斯言眞能將妙處道得出來。然余更因是知易安此作，殆爲〈詞論〉所云，有鋪叙，又典重多故實，而兼情致者歟。

四　李易安

李又嘗作〔醉花陰〕詞致趙明誠云，『薄霧濃雰愁永晝。瑞腦銷一作噴金獸。佳節又重陽，寶枕紗廚，半夜秋初透。　東籬把酒黄昏後。有暗香盈袖。莫道不銷魂，簾捲西風，人比黄花瘦。』明誠自媿弗如，乃忘寢食三日夜，得十五闋，雜易安作，以示陸德夫。德夫玩之再三，曰，只有『莫

[一] 流，原作『添』，據《全宋詞》改。

道不銷魂』三句絶佳，政易安作也。李復有〔如夢令〕云：『昨夜雨疎風驟。濃睡不消殘酒。試問捲簾人，却道海棠依舊。知否。知否。應是緑肥紅瘦。』極爲人所膾炙。明誠卒，易安祭之云：『白日正中，歎龐翁之機捷；堅城自墮，憐杞婦之悲深。』文亦黯絶。或傳其再適張汝舟，此出怨家誣陷，不足信也。嘗攷德甫之殁，漱玉年四十餘，維時正值紹興南渡，倉皇犇走，艱苦迭嘗，讀《金石録》〈後序〉，已略可覩，而曾謂其能從容再適乎。且既再適矣，而尚忍掇拾遺稿，與之作跋，并闡述其生平行狀乎。是固不辯而知其誣也。蓋德甫雖暴卒，而其所寶藏猶多，漱玉以一嫠婦，提携轉側，安得不引人豔羡，而盜竊攘奪之事，斯接踵而至矣。及以玉壺興訟，而仇隙益滋，此蜚語之所由相逼而來也。《金石録》一序，易安其亦有悔心歟。故曰，有有必有無，有得必有失，乃理之常。人亡弓，人得之，又何足道。蓋所以爲好古之戒，至深且切。而再適之誣，亦大白矣。

五　魏夫人

朱晦菴嘗以魏夫人詞與易安並論，謂爲本朝婦人之冠。魏夫人詞不多見，世亦罕知之。惟曾慥《樂府雅詞》載十首，均清絶韵絶，果不在易安下也。如〔好事近〕云：『雨後晚寒輕，花外早鶯啼歇。愁聽隔溪殘漏，正一聲淒咽。不堪西望去程賒，離腸萬回結。不似海棠陰下，按〔涼州〕時節。』〔阮郎歸〕云：『夕陽樓外落花飛。晴空碧四垂。去帆回首已天涯。孤煙捲翠微。　樓上客，鬢成絲。歸來未有期。斷魂不忍下危梯。桐陰月影移。』〔點絳脣〕云：『波上清風，畫船明月人歸後。漸銷殘酒。獨自凭闌久。　聚散匆匆，此恨年年有。重回首。淡煙疎柳。隱隱蕪城漏。』清微咽抑，搖弄生姿。斷句如『三見柳緜飛。離人猶未歸』，融化龍標詩意，頗覺含渾。『寬盡春來金縷衣。憔悴有誰知』，亦是少婦本色。而余尤愛其〔減蘭〕兩闋：『西樓明月。掩映梨花千樹雪。樓上人歸。愁聽孤城一雁飛。　玉人何處。又見江南春色暮。芳信難尋。去後桃花流水深。』『落花飛絮。杳杳天涯人甚處。欲寄相思。春盡衡陽雁漸稀。　離腸淚眼。腸斷淚痕流不斷。明月西樓。一曲闌干一倍愁。』回環宛轉，如往而復，使置之茗柯《詞選》，不幾以《金荃》、《陽春》目之耶。

六　朱淑眞

同時幽栖居士朱淑眞，相傳爲文公姪女，以所適非偶，箸《斷腸集》，時有怨語。或且以〔生查子〕詞病之，而不知爲歐九作。則其被誣也深矣。嘗觀其詩，有與魏夫人飲宴唱和之作，所謂『飛雪滿羣山』者是已。詞尤與漱玉齊名。如〔生查子〕：『寒食不多時，幾日東風惡。無緒倦尋芳，閒却秋千索。玉減翠裙交，病怯羅衣薄。不忍捲簾看，寂莫梨花落。』『年年玉鏡臺，梅蕊宮妝困。今歲未還家，怕見江南信。　酒從別後疎，淚向愁中盡。遙想楚雲深，人遠天涯近。』斷句，如『欹枕背燈眠。月和殘夢圓』，『多謝月相憐。今宵不忍圓』，『十二闌干閒倚遍。愁來天不管』，『滿院落花簾不捲。斷腸芳草遠』，『亭亭佇立移時。拌瘦損、無妨爲伊』，『把酒送春春不語。黄昏却下瀟瀟雨』，俱極清新俊逸，意態橫生，一若聰明人不嫌作癡語，眞所謂嬌憨絶世也。又其〔清平樂〕云：『嬌癡不怕人猜。和衣睡倒人懷。最是分携時候，歸來嬾傍妝臺。』〔柳梢青〕云：『箇中風味誰知。睡乍起、烏雲任攲。嚼蕊挼英，淺顰輕笑，酒半醒時。』此尤豈門外漢所能道其隻字耶。

上海《女子雜誌》一九一五年一月第一期

詞林獵豔

靜庵

《詞林獵豔》二七則，載上海《鶯花雜誌》一九一五年二月一日第一期，署『靜庵』。今據此迻錄。原有小標題，無序號，今酌加。

詞林獵豔目錄

詞林獵豔

一　秋日宮詞

張小山〈秋日宮詞〉云：『花邊嬌月靜妝樓。葉底蒼波冷翠溝。池上好風閒御舟。可憐秋。一半兒芙蓉，一半兒柳。』又〈咏梅〉云：『枝横翠竹暮寒生。花淡紗窗殘月明。人倚畫樓羌笛聲。惱詩情。一半兒清香，一半兒影。』

二　關漢卿〈春情〉

關漢卿〈春情〉詞云：『雲鬟霧鬢勝堆鴉。淺露金蓮濕絳紗。不比等閒墻外花。罵你俏寃家。一半兒難當，一半兒耍。』『碧紗牕外靜無人。跪在床前忙要親。罵了個負心回轉身。雖是語兒嗔。一半兒推辭，一半兒肯。』

三　燕京元夜

京師舊俗，婦女多以元宵夜出遊，名『走橋』。摸正陽門釘，以祓除不祥，亦名『走百病』。魏子存《青城集》載〔木蘭花令〕云：『元宵昨夜嬉遊路。今夕還從橋下去。名香新煖繡羅襦，翠帶低垂金線縷。回頭姊妹多私語。魚鑰沉沉纖手挂。釵横髩𩮰影參差，一片花光無處所。』又海寧陳相國夫人徐湘蘋燦，有〈燕京元夜詞〉云：『華燈看罷移香屧。正御陌、遊塵絶。素裳粉袂玉爲容，人月都無分別。丹樓雲淡，金門霜冷，纖手摩娑怯。　三橋宛轉凌波躡。斂翠黛、低回説。年年長向鳳城遊，曾望蘂珠宫闕。星橋雲爛，火城日近，踏遍天街月。』

四　陝府驛題壁

有題詞於陝府驛壁云：『幼卿少與表兄同硯席，雅有文字之好。未笄，兄欲締姻好，父母以兄未禄，難其請，遂適武弁公[一]。明年，兄登甲科，職教洮，而良人統兵陝右，相與邂逅於此。兄鞭馬弩不相顧，豈前憾未平耶。因賦〔浪淘沙〕以寄情云：目送楚雲空。前事無踪。漫留遺恨[二]鎖眉峰。自是荷花開較晚，辜負東風。　客舘笑飄蓬。聚散匆匆。揚鞭那忍驟花驄。望斷斜陽人不見，滿袖啼紅。』無限離恨，惜其姓不傳。

五　幽歡詞

《支頤集》有幽歡詞，調寄〔點絳唇〕云：『殢雨尤雲，靠人緊把腰兒貼。顫聲不徹。肯放郎

[一] 公，疑衍。《能改齋漫録》卷一六無『公』字。
[二] 遺恨，原作『遺恨』，據《能改齋漫録》卷一六改。

教歇[一]。　　檀口微微，笑吐丁香舌。噴龍麝。被郎輕嚙。却更嗔郎劣。』又調寄〔鬌雲鬆〕二詞云：『洞房幽，平徑絶。拂袖出門，踏破花心月。鐘鼓樓中聲樂歇。歡娛佳境，闖入何曾怯。擁香衾，情兩結。覆雨翻雲，暗把春偷設。苦良宵容易別。試聽紫燕深深説[二]。』『漏聲沉，人影絶。素手相携，轉過花陰月。蓮步輕移嬌又歇。怕人瞧見，欲進羞還怯。　　口脂香，羅帶結。誓海盟山，盡向枕邊設。可恨雞聲催曉別。臨行猶自低低説。』

六　陸放翁夫人

陸放翁夫人唐氏，琴瑟甚諧，不當母夫人之意，遂至解褵。一日春遊，相遇於禹迹寺南之沈氏園。唐凝睇顧陸，如不勝情，因遣婢致酒殽，陸悵然下淚，賦詞云：『紅酥手。黄縢酒。滿城春色宫牆柳。東風惡。歡情薄。一懷愁緒，幾年離索。錯。錯。錯。　　春如舊。人空瘦。淚痕紅浥鮫綃透。桃花落。閒池閣。山盟雖在，錦書難託。莫。莫。莫。』唐亦賦詞答之，詞云：『世情薄。人情惡[三]。雨送黄昏花易落。曉風乾。淚痕殘。欲箋心事，獨倚斜闌。難。難。難。　　人成各。今非昨。病魂嘗似秋千索。角聲寒。夜闌珊。怕人尋問，咽淚妝懽。瞞。瞞。瞞。』

[一] 歇，原作『歌』，據《西厢記諸宫調》改。
[二] 深深説，原作『深説』，據《堅瓠八集》卷一補。
[三] 人情惡，原作『情惡』，據《全宋詞》補。

七　放翁妾

放翁至蜀，宿驛中，見壁上詩云：『玉階蟋蟀門清夜，金井梧桐辭故枝。一枕凄涼眠不得，挑燈起作感秋詩。』詢之，知爲驛卒女，遂納爲妾。後夫人妬，遂逐之。妾又有〈生查子〉詞云：『只知眉上愁，不識愁來路。窗外有芭蕉，陣陣黄昏雨。　曉起理殘粧，整頓教愁去。不合畫春山，依舊留愁住。』

八　易安居士

苕溪漁隱曰：近時婦人能文詞如李易安，頗多佳句。小詞云：『昨夜雨疎風驟。濃睡不消殘酒。試問捲簾人，却道海棠依舊。知否。知否。應是緑肥紅瘦。』此語甚新。又〈九日〉詞云：『簾卷西風，人似黄花瘦。』此語亦婦人所難到也。易安再適張汝舟，未幾反目，有〈啟事〉與綦處厚云：『猥桑榆之晚景，配茲駔儈之下才。』傳者無不笑之。

九　贈娉娉詞

晁無咎謫玉山，過徐州時，陳無已廢居里中。無咎置酒，出小姬娉娉，舞〈梁州〉。無已作〈減字木蘭花〉云：『娉娉裊裊。芍藥梢頭紅樣小。舞袖低回。心到郎邊客已知。　金尊玉酒。勸[一]我花間

[一] 勸，原作『歡』，據《苕溪漁隱叢話》後集卷三三引《復齋漫錄》改。

千萬壽。莫莫休休。白髮盈簪我自羞。』無咎嘆曰，人疑宋開府〈梅花賦〉清豔，不類其爲人，無已此詞，過於〈梅花賦〉矣。

一〇 李易安綺語

李易安〈點絳唇〉詞云：『蹴罷鞦韆，起來慵整纖纖手。露濃花瘦。薄汗輕衫透。見客入來，襪刬金釵溜。和羞走。倚門回首。却把青梅嗅。』眞綺語撩人也。又〈浣溪紗〉云：『繡面芙蓉一笑開。斜飛寶鴨襯香腮。眼波纔動被人猜。一面風情深有韻，半牋嬌恨寄幽懷。月移花影約重來。』又〈浪淘沙〉〈詠閨情〉云：『素約小腰身。不奈傷春。疎梅影下晚粧新。裊裊婷婷何樣似，一縷輕雲。歌巧動朱唇。字字嬌嗔。桃花深徑一通津。帳望瑤臺清夜月，還送歸輪。』

一一 點酥娘

蘇東坡謫黃州時，王定國遷置嶺南，後俱召還。東坡掌翰院，一日，定國置酒與坡飲，出寵人點酥娘侑尊。點酥素善談笑、捷應對。坡曰：『嶺南風物，可煞不佳。』點酥曰：『此身安處是家鄉。』坡深嘆其語，爲賦〈定風波〉一闋贈之曰：『堪羨人間琢玉郎。故教天賦點酥娘。自作清歌傳皓齒，風逐雪飛，炎海起清涼。萬里歸來年愈少，笑中猶帶玉梅香。試問領南應不好，却道此身安處是家鄉。』點酥因此詞，名噪京師。

一二　詞隱美女

吳郡周貞履，多才思，有〈閨情曲〉，每句一古美女名。後緣事爲撫軍朱國治劾奏，與金聖嘆等同死。其曲遂失傳。沈秋田倣其體，成〔賀新郎〕詞云：『靜把絲桐理（琴操）。早則見、筠簾半捲，夜光雙繫（綠珠）。目斷玉門凝望久（關盼盼），獨坐有誰相倚（無雙）。想塞外、月明於水（夷光）。纔到平明煙霧遶（朝雲），却東來、紫氣氤氳起（步非煙）。花片舞，紛如綺（紅拂）。空依女弟歡相聚（妹喜）。甘貧苦、綠芽凝翠（茶嬌），黃虀淡味（無鹽）。閒倚劉郎花下聽（蒨桃），兩個黃鸝聒耳（鶯鶯）。總只在、垂楊樹裏（柳枝）。遙望吳門一蕞爾（蘇小），念丰姿、似玉同嬌女（如姬）。想檀郎〔一〕，應相憶（念奴）。

一三　秀蘭

古人詞話〔二〕云：蘇子瞻守錢唐，有官妓秀蘭，天性慧黠〔三〕，善於應對。湖中有會，羣妓畢至，惟秀蘭不來。遣人促之，須臾方至。子瞻問其故，答以：『髮結沐浴，不覺困睡，忽有人叩門聲，急起而問之，乃催督之使也，非敢怠忽。謹以實告。』子瞻亦恕之。坐中別駕，屬意於蘭，見其晚來，怒

〔一〕郎，原作『卽』。

〔二〕古人詞話，疑應爲『古今詞話』。此條見於《苕溪漁隱叢話》後集卷三九引楊湜《古今詞話》。

〔三〕慧黠，原作『慧點』，據《古今詞話》改。

恨未已，責之曰，必有他事，以此晚至。秀蘭力辯，不能止其怒。是時，榴花盛開，秀蘭以一枝藉手告倅，其怒愈甚。秀蘭收淚無言。子瞻作〔賀新涼〕以解之，其怒始息。其詞曰：『乳燕飛華屋。悄無人、桐陰轉午，晚涼新浴。手弄生綃白團扇，扇手一時似玉。漸困倚、孤眠清熟[一]。門外誰來推繡户，枉教人、夢斷瑶臺曲。又却是，風敲竹。　石榴半吐紅巾蹙。待浮花浪蕊都盡，伴君幽獨。濃豔一枝細看取，芳衆千重似束。又恐被、西風驚落。若待得君來向此，花前對酒不忍觸。共粉淚，兩簌簌。』子瞻之作，皆目前事，蓋取其沐浴新涼，曲名〔賀新涼〕也。後人不知之，悞爲『賀新郎』，蓋不得子瞻之意矣。子瞻其所謂風流太守乎，豈可與俗吏同日語哉。

一四　鞋盃詞

楊鐵崖廉夫游杭，妓以鞋盃行酒，廉夫命瞿宗吉詠之。宗吉席上作〔沁園春〕一闋，廉夫大喜，卽令侍妓歌以侑觴，因袖其藁而去。詞云：『一掬嬌春，弓樣新裁，蓮步未移。笑書生量窄，愛渠儘小；主人情重，酌我休遲。醞釀朝雲，斟量暮雨，能使麯生風味奇。何須去，向花塵留跡，月地偷期。　風流到手偏宜。便豪吸、雄吞不用辭。任淩波南浦，誰誇羅襪；賞花上苑，祇勸金巵。羅帕高擎，銀瓶低注，絶勝翠裙深掩時。華筵散，奈此心先醉，此恨誰知。』

[一] 清熟，原作『清熱』，據《古今詞話》改。

一五　鐵崖小史

《詞苑叢譚》：林鐵崖使君，口吃，有小史名綮鐵。嘗共患難，絶憐愛之，不使輕見一人。一日，宋觀察[一]琬在坐，呼之，不至。觀察戲爲〔西江月〕詞云：『閲盡古今俠女，肝腸誰得如他。兒家郎罷太心多。金屋何須重鎖。　羞説餘桃往事，憐卿勇過龐娥。千呼萬唤出來麽。君曰期期不可。』衆皆大笑。

一六　梅杏相謔

梅嬌、杏倩，俱吴七郡王姬。工詞翰，常各逞其才，賦詞相謔。調寄〔滿庭芳〕，嬌云：『一種陽和，小英初綻，廣寒宫闕沉沉。冰肌玉骨，一片薄寒侵。樓上笛聲三弄，西園路、都未知音。明窗畔，臨風對月，會結歲寒心。　杏花何太晚，遲疑不發，等待春深。只宜遠望，舉目似燒林。幾度含羞無奈，三郎在、羯鼓相尋。爭如我，青青結子，金鼎内調羹。』倩云：『景傍清明，日和風暖，數枝濃淡胭脂。春來早起，惟我獨芳菲。門外幾番雨過，粧臺畔、細膩香肌。堪賞處，玉樓人醉，斜插滿頭歸。　梅花何太早，蕭疎骨肉，葉密花稀。荒郊野渡，何事甚孤悽。恐怕百花相笑，甘心受、雪壓霜欺。爭如我，年年得意，占斷踏青時。』

〔一〕宋觀察，原作『朱觀察』，據《詞苑叢談》卷一一改。

一七　鬥草

《熙朝樂事》：杭城春日，婦女喜鬥草之戲。黃子常〈綺羅香〉詞云：『綃帕藏春，羅裙點露，相約鶯花叢裏。翠袖拈芳，香沁筍芽纖指。偷摘遍、綠徑烟霏，悄攀下、畫欄紅紫。掃花堦、褥展芙蓉，瑤臺十二峰[一]仙子。　芳園清晝[二]乍永，亭上吟吟笑語，妬穠誇麗。奪取籌多，贏得玉鐺瑜珥。凝素靨、香粉添嬌，映黛眉、淡黃生喜。綰胸帶、空繫宜男，情郎歸也未。』

一八　美人八詠

陳克明有〈美人八詠〉。〈春夢〉云：『梨花雲繞錦香亭。蛺蝶春融軟玉屏。花外鳥啼三四聲。夢初驚。一半兒昏迷，一半兒醒。』〈春困〉云：『鎖窗人靜日初曛。寶鼎香消火尚溫。斜倚綉牀深閉門。眼昏昏。一半兒微醒，一半兒盹。』〈春妝〉云：『自將楊柳品題人。笑撚花枝比較春。輸與海棠三四分。再偷勻。一半兒胭脂，一半兒粉。』〈春愁〉云：『厭聽野鵲語雕簷。怕見楊花撲繡簾。拈起繡針還倒拈。兩眉尖。一半兒凝舒，一半兒歛。』〈春醉〉云：『海棠紅暈潤初妍。楊柳纖腰舞自偏。笑倚玉奴嬌欲眠。粉郎前。一半兒支吾，一半兒軟。』〈春繡〉云：『綠窗時有唾絨粘。銀甲頻將綵線撏。繡到鳳凰心自嫌。按春纖。一半兒端詳，一半兒掩。』〈春夜〉

[一] 峰，《詞品》卷六作『降』。

[二] 清晝，原作『清畫』，據《西湖遊覽志餘》卷二〇《熙朝樂事》改。

云：『柳綿撲檻晚風輕。花影横窗淡月明。翠被麝蘭薰夢醒。最關情。一半兒溫和，一半兒冷。』〈春情〉云：『自調花露染霜毫。一種春心無處描。欲寫寫殘三四遭。絮叨叨。一半兒連眞，一半兒草。』

一九　瑣囊書詞

《買愁集》〈瑣囊書〉詞云：『翩若驚鴻來洛浦，風流正遇陳王。凌波羅襪步生香。不言惟有笑，多媚總無粧。　回首高城人不見，一川烟樹微茫。最難言處最難忘。[二]』

二〇　赶蝶

傳奇中有〈清江引〉歌云：『一個姐兒十六七。見一對蝴蝶戲。雙肩靠粉墻，春笋彈珠淚。喚梅香，赶他去別處飛[三]。』又：『轉過雕闌正見他。斜倚定荼蘼架。佯羞整鳳釵，不説昨宵話。笑吟吟，招將花片兒打。』

[二]　按，此調爲〈臨江仙〉，末脱二句。《堅瓠二集》卷三引《買愁集》與此同。楊慎《江花品藻》引此詞，有末二句，爲：『歸程須及早，一擲買春芳。』

[三]　別處飛，原作『別處去飛』，據《金瓶梅詞話》第六〇回删。

二一 獨韻詞

卓珂月作獨韻詞云：『娘問爲何不去。爹問爲何不去。問檀郎，難道今朝眞去。郎去。郎去。打疊離魂隨去。』又：『今日問郎來麼。明日問郎來麼。向晚問還頻，有個夢兒來麼。癡麼。癡麼。好夢可知眞麼。』

二二 沈宛君

沈宜修，字宛君，吳江人，葉天寥夫人，有《午夢堂集》，中有〔踏莎行〕一闋，自序云：『春思翻教阿母疑，徐電發以爲破瓜之年，亦何須疑，直是當信耳，戲作問疑字詞云。』『芳草青歸，梨花白潤。春風又入昭陽鬢。繡窗日靜綺羅閒，金鈿二八人如蕣。碧字題眉，細香寫暈。青鸞玉綫裙榴襯。若教阿母〔一〕不須疑，粧臺試向飛瓊問。』

二三 繁華夢

閨媛塡傳奇，古今所少。長安女史王筠，幼閱書，以身列巾幗爲恨。嘗撰《繁華夢》傳奇，自抒胸臆。以女人王氏登塲，生數齣始出，變列也。自題一詞於首，名〔鷓鴣天〕云：『閨閣沉埋十數年。不能身貴不能仙。讀書每羨班超志，把酒長吟太白篇。懷壯志，欲冲天。木蘭崇嘏事無

〔一〕 阿母，原作『母』，據《鸝吹詞》補。

緣。玉堂金馬生無分，好把心情付夢詮。』稿成，就正於其戚南圃王元常。爲加評，藏之篋中。乾隆戊戌，偶出以示觀察息圃張鳳孫，卽制軍畢秋帆之舅也。息圃卽轉呈畢太夫人，共相擊賞[一]，爲之梓行，並作序詩以弁首。畢太夫人題詞云：『燕子桃花絶妙詞，南朝法曲少人知。天公奇福何嘗吝，不付男兒付女兒。不爲海上騎鯨客，暫作花間化蝶人。是幻是眞都是夢，三生誰證本來身。』

二四　新嫁娘詞

尤悔庵先生，有〈新嫁娘〉詞，調寄〈西江月〉：『月下雲翹卸早，燈前羅帳眠遲。今宵猶是女孩兒。明日居然娘子。小婢偷翻翠被。新郎初試蛾眉。最憐妝罷見人時。盡道一聲恭喜。』

二五　一半兒詞

明英宗復辟時，歸安有大臣某公，忤石亨，致政歸。子壻四人，皆列清要。寓京邸，石黨疾之甚，思設計蠱之，陷之於法。購名妓二人，曰『巫娥』、『月妹』。工詩，知音律，故寓其旁，昕夕歌舞，爲引誘地。四人果墮其計，往來甚密。一夕，聚飲於妓寓，分塡〈一半兒〉詞。時月明如晝，荷池送香。巫娥〈詠荷〉云：『好趁春晴着意栽。亭亭出水映紅腮。綠萍魚躍不知迴。晚風催。一半兒含香，一半兒開。』月妹〈咏月〉云：『滿目新涼雨乍晴。梧桐葉落夜風輕。一枝斜影小窗橫。月窺人。一半兒雲遮，一半兒明。』餘分咏閨詞，〈午睡〉云：『晝掩朱扉不捲簾。片時午夢忽驚殘。

[一]　擊賞，原作『繫賞』。

攬衣起坐問誰喧。侍兒言。一半兒風琴，一半兒蟬。』〈倦繡〉云：『爲惜韶光捲畫簾。怕聞催繡線頻添。暫拋金剪且偷閒。倚闌干。一半兒春愁，一半兒嬾。』〈家書〉云：『月斷衡陽雁字來。薄情夫壻錦書回。抽簪欲折又徘徊。甚遲挨。一半兒心慌，一半兒猜。』〈描繡〉云：『閒倚屏風春寂寥。綉床金剪莫輕拋。且把鴛鴦悄地描。怪郎瞧。一半兒含羞，一半兒惱。』酒地詩天，禍機潛伏，而四人不知也。先是，有宋羊城者，京師大賈也，緣案擬辟，公爲平反之而出其罪。賈感甚。是月，知其謀，迺以重賂結妓寓閽者，密佈火種於寓之內外，漏三下，見十餘人，持鐵鍊繩索而來，閽者啟門納之。賈卽遣人拋進引火之物。少時，烈焰飛騰。賈率多人，毀門而進。擾攘中，將四人背負而出，返之於其寓，而告以故。後石黨以事無左證，得不發。賈備細函告某公。某公遂致書於四人。拆之，得詞三首，云：『只道隔園春色多。誰知好事忽成訛。星橋剛渡正鳴珂。起風波。一半兒繩牽，一半兒鎖。』『就裏[一]機關君莫參。眼前去處是波瀾。切休誤認好姻緣。命難全。一半兒幾希，一半兒免。』『錦帳佳人貌似蓮。何須別戀野花妍。高堂望子錦衣還。再俄延。一半兒充軍，一半兒斬。』四人得詞，遂歸。

二六　柔些

浙中查伊璜，妙解音律，其家姬柔些，尤擅絶一時。廣陵汪蛟門製〈春風裊娜〉遺查君，兼贈柔些云：『看先生老矣，兀自風流。圍翠袖，昵紅樓。羡香山、攜得小蠻樊素，玉簫金管，到處遨游。

[一] 就裏，原作『就裹』，據《茶香室三鈔》卷七改。

舞愛前溪，歌憐子夜，記曲娘還數阿柔。戲罷更教彈絶調，氍毹端坐撥箜篌。新製南唐院本，衣冠巾幗，抵多少、優孟春秋。拖六幅，掩雙鈎。英雄意態，兒女嬌羞。燈下紅兒，眞堪消恨，花前碧玉，耐可忘憂。是鄉足老，任悠悠世事，爛羊作尉，屠狗封侯。』

二七　雲兒

葉元禮客西泠，遇雲兒于宋觀察席上，一見留情，時尚未破瓜也。雲兒居孤山別墅，密簡相邀，訂終身焉。別五年，復至湖頭，則如綵雲飛散，不可蹤跡矣。元禮撫今追昔，情不自禁，援筆賦〔浣溪沙〕四闋云：『彷彿清溪似若耶。底須惆悵怨天涯。青驄繫處是儂家。　生小畫眉分細藹，近來綰髻學靈虵。粧成不耐合歡花。』又：『柳暖花寒燠惱時。春情脈脈倩誰知。　廉纖香雨正如絲。　團就鏡臺烏鰂墨，寄來江上鯉魚詞。此生有分是相思。』又：『潛背紅窗解珮遲。銷魂爾許月明時。羅裙消息落花知。　蝶粉蜂黄拌付與，淺顰深笑總難知。教人何處懺情癡。』又：『斗帳脂香夜半侵。幾番絮語夢難尋。清波一樣淚痕深。　南浦鶯花新別恨，西陵松柏舊同心。一番生受到而今。』

上海《鶯花雜誌》一九一五年二月一日第一期

香豔詞話

无悶

《香豔詞話》一四則，載上海《鶯花雜誌》一九一五年四月一日第二期，署『无悶』。疑係鈔撮《詞苑叢談》等書而成。今據《鶯花雜誌》迻錄。原無序號、小標題，今酌加。

香豔詞話目錄

香豔詞話

一　遼蕭后〔回心院〕詞

遼蕭后有〈十香詞〉，其搆禍之由也。雖事出寃誣，然以帝后之尊，爲奸婢作書，且詞多近褻，自貽伊戚，夫復何言。獨喜其〔回心院〕詞，則怨而不怒，深得詞家含蓄之意。斯時，柳七之調，尚未行於北國，故蕭詞大有唐人遺意也。詞云：『掃深殿。閉久[一]金鋪暗。遊絲絡網塵作堆，積歲青苔厚堦面。掃深殿。待君宴。』『拂象牀。憑夢借高唐。敲懷半邊知妾臥，恰當天處少輝光。拂象牀。待君王。』『換香枕。一半無雲錦。爲是秋來展轉多，更有雙雙淚淚滲。換香枕，待君寢。』『鋪翠被。羞殺鴛鴦對。猶憶當時叫合歡，而今獨覆相思塊。鋪翠被。待君睡。』『裝繡帳。金鈎未敢上。解却四角夜光珠，不教照見愁模樣。裝繡帳，待君貺。』『疊錦茵。重重空自陳。只願身當白玉體，不願伊當薄倖人。疊錦茵。待君臨。』『展瑤席。花笑三韓碧。笑妾新鋪玉一牀，從來婦歡不終夕。展瑤席。待君息。』『剔銀燈。須知一樣明。偏是君來生彩暈，對妾故作青熒熒。剔

[一] 閉久，原作『閉久□』。

銀燈。待君行。』『爇薰爐。能將孤悶蘇。若道妾身多穢賤，自沾御香香徹膚。爇薰爐。待君娛。』『張鳴筝。恰恰語嬌鶯。一從彈作房中曲，常和窗前風雨聲。張鳴筝[一]。待君聽。』按，蕭后小字觀音，工書，能歌詩，善彈筝、琵琶。天祐帝敕爲懿德皇后。帝遊畋無度，蕭后諷詩切諫，帝疎之，作〈回心院詞〉，寓望幸之意也。宫女單登，故叛人重元家婢，亦善筝及琵琶，與伶官趙惟一爭能，后不知，已遂與耶律乙辛謀害后，更令他人作〈十香詞〉，謟云宋國忒里蹇作，乞后書之，遂誣后與惟一通，以〈十香詞〉爲證，因被害。忒里蹇，皇后也。

二　無名氏女郎〔玉蝴蝶〕

無名氏女郎〔玉蝴蝶〕詞云：『爲甚夜來添病，强臨寶鏡，憔悴嬌慵。一任釵横鬢亂，永日薰風。惱脂消、榴紅徑裏，羞玉減、蝶粉叢中。思悠悠，垂簾獨坐，倚遍熏籠。　朦朧。玉人不見，羅裁囊寄，錦寫牋封。約在春歸，夏來依舊各西東。粉牆花、影來疑是，羅帳雨、夢斷成空。最難忘，屏邊瞥見，野外相逢。』武林卓珂月云：此詞當時甚爲馬東籬、張小山諸君所服。或曰洞天女作，詳見元之〈夢遊詞序〉中。詞共十有八闋，周勒山《林下詞選》錄其半。

三　龔定山〔醜奴兒令〕

龔定山尚書與横波夫人，月夜汎舟西湖，作〔醜奴兒令〕四闋，自序云：『五月十四夜，湖風酣

[一] 筝，原作『争』。據上文改。

暢，月明如洗，繁星盡斂，天水一碧。偕内人繫艇子於寓樓下，剝菱煮芡，小飲達曙。人聲既絕，樓臺燈火，周視悄然，惟四山蒼翠，時時滴入杯底。千百年西湖，今夕始獨爲吾有。徘徊顧戀，不謂人世也。酒語情恬，因口占四調，以紀其事。子瞻有云：「何地無月，但少閒人如吾兩人。」予則謂：「何地無閒人，無事尋事如吾兩人者，未易多得爾。」』詞云：『一湖風漾當樓月，涼滿人閒。我與青山。冷澹相看不等閒。　藕花社榜疎狂約，綠酒朱顏。放進嬋娟。今夜紗窗可忍關。』又云：『木蘭掀蕩波光碎，人似乘潮。何處吹簫。輕逐流螢[一]度畫橋。　白鷗睡熟金鈴悄，好是蕭條。多謝雙篙。折簡明宵不用招。』又云：『情癡每語銀蟾約，見了銷魂。爾許溫存。領受嫦娥一笑恩。　戲拈梅子横波打，越樣心疼。和月須吞。省得濃香不閉門。』又云：『清輝依約雲鬟綠，水作菱花。蘇小夭斜。不見留人駐晚車。　湖山符牒誰能管，讓與天涯。如此豪華。除却芳樽一味賒。』

四　葉天寥〔浣溪沙〕

葉天寥虞部《半不軒留事》云：僊僊十三四時，即羈迹秦淮，將有錦江玉疊之行。遠望故鄉，凄心掩泣，眞所云『侯門一入深如海』也。余甚傷焉。今年十七，又作巫山神女，向楚王臺下去矣。酒間聞之，悵然感懷，口占〔浣溪沙〕二詞云：『一片歸心望也休。西陵千里水東流。杜鵑芳草楚天秋。　老去未消風月恨，閑來重結雨雲愁。欲緘雙淚寄亭州。』又：『金粉傷情别石頭。

[一] 螢，原作『瑩』。

六朝烟柳繫離憂。破瓜人泣仲宣樓。　桃葉渡邊春易去，梅花笛裏夢難留。子規斜月一悠悠。』

五　侍女隨春

天寥又云：侍女隨春，年十三四，卽有玉質，肌凝積雪，韻彷幽花，笑盼之餘，風情飛逗。瓊章極喜之，爲作〔浣溪沙〕詞，云：『欲比飛花態更輕。低回紅頰背銀屏。半嬌斜倚似含情。　嗔帶淡霞籠白雪，語偷新燕怯黄鶯。不勝力弱懶調箏。』昭齊和云：『翠黛新描桂葉輕。柳枝婀娜倚蓮屏。風前閒立不勝情。　細語嬌譁嗔亂蝶，清矑淚粉怨殘鶯。日長深院惱秦箏。』蕙綢和云：『髻薄金釵半嚲輕。佯羞微笑隱湘屏。嫩紅染面作多情。　長怨曲欄看鬬鴨，慣嗔南陌聽啼鶯。月明簾下理瑤箏。』宛君和云：『袖惹飛烟綠雨輕。翠裙拖出粉雲屏。飄殘柳絮暗知情。　千喚懶回抛繡𪄳，半含微吐澁新鶯。嗔人無賴戞風箏。』諸詞俱用『嗔』字，以此女善嗔，嘗面發赤也。宛君又有『長愛嬌嗔人不識，水翦雙眸欲滴』之句。余亦作二闋云：『初總銀篦攏鬢輕。添香朝拂美人屏。生來腼腆自風情。　殘麝翠分明月雁，小檀[一]黄入曉春鶯。故憐斜撥學新箏。』『紅袖垂鬟旖旎輕。闌干閑倚杏花屏。半將嗔語寄深情。　金釧粉痕香畫鳳，玉釵脂膩滑流鶯。坐來簾下卽彈箏。』按，隨春，一名紅于。葉小鸞歿後，歸龐氏。別字元元，龐蕙纕有〈病中聞家慈同元姨爲予誦經誌感〉〔鷓鴣天〕云：『終歲懨懨怯往還。盈盈兩袖淚痕潸[二]。一心解織愁千縷，

[一] 檀，原作『擅』，據《詞苑叢談》卷九改。
[二] 潸，原作『潛』，據《詞苑叢談》卷九改。

雙鬟傭梳月半彎。鴛被冷，瑣窗寒。翻經[一]畫閣懺[二]紅顔。枕函稽首慇勤意，不盡箋題寄小鬟。』（見《林下詞選》）

六　龔中丞賦〔燭影搖紅〕

桐城方太史納姬，合肥龔中丞賦〔燭影搖紅〕〈催粧詞〉。詞旣纖穠，序尤綺麗。今載《香嚴集》中。序云：『何來才子，自負多情。選豔花叢，旣眼苛於冀北；效顰桃葉，空夢遶於江南。無處尋愁，歌燕市酒人之曲；有官割肉，慳金門少婦之緣。願得一心，合爲雙璧。今且窮搜粉譜，恰遇麗姝。綰髻相思，能誦義山之句；投珠未嫁，欣挑客坐之琴。眉黛若遠山，臉際若芙蕖，風流放誕，驚絕世之佳人；玉釵挂臣冠，羅袖拂臣衣，微笑遷延，快上國之公子。錦茵角枕，良夜未央；白雪幽蘭，新懽方洽。兼以花枰月拍，並是慧心；壁版烏絲，時呈纖手。搴玉堂之紅藥，比金屋之奇姿。可謂勝絕一時，風華千載者矣。昔宋玉口多微詞，自許溫柔之祖，而其告楚王曰：「天下之美，無如臣里，臣里無如東家之子。」嘻，何隘也。燕趙多佳，夙驚名貴。文鴛擇棲，未肯匹凡鳥耳。豈必聽〔子夜〕於吳趨，載莫愁於煙艇，乃稱雅合哉。』詞云：『一捻芙蓉，閒情亂似春雲髮。凌波背立笑無聲，學見生人法[三]。此夕歡娛幾許，換新粧、佯羞淺答。算來好夢，總爲今番，被他猜殺。宛

[一] 經，原作『輕』，據《詞苑叢談》卷九改。
[二] 懺，原作『纖』，據《詞苑叢談》卷九改。
[三] 法，《南洲草堂詞話》作『怯』。

轉菱花，眉峰小映紅潮發。香肩生就靠檀郎，睡起還凭榻。記取同心帶子，雙雙綰、輕綃尺八。畫樓南畔，有分鴛鴦，預憑錦札。』

七　悔菴〔南鄉子〕

梁司徒伎，有名文玉者，最姝[一]麗。嘗裝淮陰侯故事，悔菴於席上調〔南鄉子〕詞贈之云：『珠箔舞鑾韈。淺立氍毹宛轉歌。忽換猩袍紅燭豔，醮[二]科。錦繖將軍小黛蛾。　鬒髮尚盤螺。一瓣絲鞭燕尾拖。爲待情人親解取，誰何。春草江南細馬馱。』蓋晉女未字者，鬌後垂辮，解辮，則破瓜矣。司徒見詞大喜，命文玉酌叵羅，再拜以獻。盡醉而歸。

八　題女子周炤詞

江夏女子周炤，字寶鐙。丰神娟媚，兼善詞翰。歸漢陽李生雲田。李固好遊，篋中藏炤自寫〈坐月浣花〉圖。雙鬟如霧，髣髴洛神。廣陵宗定九題〔風流子〕詞云：『梧桐庭院下，黄昏後、又復捲簾鉤。見花影一天，蟾光如晝，太湖石畔，烟裊甆甌。新涼也、畫屏閒冷簟，蘭蕋正嬌秋。底喚碧鬟，戲持銀甕，露珠輕瀉，細潤香柔。　漢宮人似否，簷前月、偷看瀲瀲含羞。寧讓海棠春睡，宿酒初收。縱花愁婉娩，禁寒賺暖，浣花人見，更惹閒愁。何日雙携畫卷，同玩南樓。』或云，寶鐙又

[一]　姝，原作『妹』，據《詞苑叢談》卷九改。
[二]　醮，《詞苑叢談》卷九作『瞧』。

字絡隱，某觀察女，爲雲田副室，年十九，所至雖謹自蔽匿，人得窺見之。炤，蓋天人也。

九　嚴蓀友〔瑞龍吟〕

李雲[一]田既娶周寶鐙，復迎侍兒掃鏡於吴門，無錫嚴蓀友賦〔瑞龍吟〕一闋調之云：『吴趨里。誰在小小門庭，溶溶烟水。柔枝乍結春愁，盈盈解道，塗粧綰髻。　癡情難擬。不比舊家桃葉，緑陰深矣。檀郎近約相迎，雀釵新黛，玉符空翠。　休問石城艇子，更堪腸斷，竹西歌吹。唯有泰[二]娘橋邊，離夢猶縈。漢皋珮冷，别是傷心地。待攜向、蘭缸背底。菱花偷展，誰照郎心切，探春試問，春風來未。蜂子憐新蕋。香破也、報來幽窗慵起。吟牋賦筆，待伊次第。』

一〇　汪蛟門〈記夢〉

汪蛟門〈記夢〉云：己酉夏，夜夢二女子，靚粧淡服，聯袂踏歌於瓊花觀前，唱史邦卿〔雙雙燕〕詞，至『柳昏花瞑[三]』句，宛轉嘹亮，字如貫珠。詢其姓，曰衛氏姊娣也。及覺，歌聲盈盈，猶在枕畔。爰和前調云：『伊誰豔也，看袖拂霓裳，廣寒清冷。柔情綽態，却許羅襟相並。行過玉勾仙井。更翩若驚鴻難定。衛家姊妹天人，不數昭陽雙影。　溜出歌聲圓潤。聽落葉廻風，十分幽

〔一〕雲，原作『云』，據上文改。
〔二〕泰，原作『秦』，據《詞苑叢談》卷九改。
〔三〕瞑，《全宋詞》作『暝』。

俊。最堪憐處，唱徹柳昏花暝。驚醒烏衣夢穩。眞難覓、天台芳信。魂銷洛水巫山，獨抱枕兒斜凭。』

一一　某觀察和姑蘇女子〔鷓鴣天〕

古平原村店中，姑蘇女子題壁〔鷓鴣天〕一闋，有『收拾菱花把劍彈』之句。庚申春暮，某觀察之任虔南，和詞云：『瓜字初分碧玉年。花枝憔悴一春前。陌頭塵浣文鴛錦，柳外風欺墮馬鬟。郵壁上，墨光懸。柔腸白疊念鄉關。才人厮養千秋恨，箏柱調來拭淚彈。』頗有白香山商婦琵琶之感。附錄姑蘇女子原詞云：『弱質藏閨十六年。嬌羞未敢出堂前。眉顰曠道悲新柳，袖捲輕塵擁翠鬟。　腸欲斷，意懸懸[一]。舉[二]頭何處是鄉關。臨粧莫遺紅顏照，收拾菱花把劍彈。』

一二　沈方珠〔減字木蘭花〕

西湖女子沈方珠，字浦來，善詩能文。以菌次代葬其祖，願以身歸之，而憚於入署，常以〔減字木蘭花〕寄吳。有『若肯憐才。携取梅花嶺外栽』之句，後以事不果，遂抱恨而卒。

[一] 懸懸，原作『戀懸』。據《詞苑叢談》卷九改。

[二] 舉，原作『北』，據《詞苑叢談》卷九改。

一三　吳壽潛〔一七令〕

廣陵吳壽潛，字彤本，號西瀛。其妻賀氏，名字，字乃文。吳與之情好甚篤。常戲作〈你我詞〉贈之，調〔一七令〕，曰：『我。情埋，愁裏。無奈事，如何可。薄倖些些，癡頑頗頗。眼下總成空，心中全未妥。堪嗟泣慰牛衣，難負書乾螢火。慢言枕上枉封侯，還憐有夢卿同我。』『你。前來，語子。誇弄玉，隨簫史。視我何如，憐卿乃爾。時事笑秋雲，韶光悲逝水。難忘孔雀屏前，常記櫻桃帳底。一生苦樂任天公，白頭惟願我和你。』按，此調有平仄二韻，始於唐人送白樂天，即席指物爲賦。作者頗多。然諸譜中不載。惟楊升庵有〈風〉、〈花〉、〈雪〉、〈月〉四作。彤本蓋偶與其婦爲之耳。後十年，乃文死，彤本不勝哀悼。諸名士爲作輓歌甚多。彤本亦有〈無夢〉詞，調〔子夜歌〕，曰：『夜臺難道情俱死。如何只我思量你。你若也思量。應知我斷腸。　待夢來時省。夢也無些影。畢竟是多情。怕添離恨生。』

一四　二分明月女子

萊陽姜仲子，嬖所歡廣陵妓陳素素，號『二分明月女子』。後爲豪家携歸廣陵。姜爲之廢寢食。遣人密致書，通終身之訂。陳對使悲痛，斷所帶金指環寄姜，以示必還之意。姜得之，感泣不勝。出索其友吳彤本題詞。吳爲賦〔醉春風〕一闋。其詞曰：『玉甲傳芳信。金縷和香褪。懸知掩淚訴東風，問。問。問。明月誰憐，二分無賴，鎖人方寸。　情與長江並。夢向巫山近。好將環字證團圞，認。認。認。有結都開，留絲不斷，些些心印。』吳薗次以《二分明月女子集》、《鵑紅夫人集》寄弟玉川，乞其婦小畹夫人題跋。夫人有絶句云：『郵筒纔到一緘開，《明月》、《鵑紅》寄集來。閨閣文人應下拜，吴興太守總憐才。』又：『朝來窗閣曉粧遲，小婢研朱滴露時。歌吹竹西明月滿，清輝多半在君詩。』

上海《鶯花雜誌》一九一五年四月一日第二期